Jet

Biblioteca de

DANIELLE STEEL

PLAZA **PJ** JANÉS

DANIELLE STEEL

LA RUEDA DEL DESEO

Traducción de
Mª Antonia Menini

PLAZA & JANÉS EDITORES, S.A.

Título original: *Full Circle*
Diseño de la portada: Método, S. L.

Primera edición: enero, 1999

© 1984, Benitreto Productions, Ltd.
© de la traducción, M.ª Antonia Menini
© 1999, Plaza & Janés Editores, S. A.
   Travessera de Gràcia, 47-49. 08021 Barcelona

Printed in Spain – Impreso en España

ISBN: 84-01-46245-2 (col. Jet)
ISBN: 84-01-47227-X (vol. 245/13)
Depósito legal: B. 47.385 - 1998

Fotocomposición: gama, s. l.

Impreso en Litografía Rosés, S. A.
Progrés, 54-60. Gavà (Barcelona)

L 47227 X

*A Alex Haley,
mi hermano, mi amigo,
con muchísimo amor.*

*A Isabella Grant,
con afecto, admiración
y profunda gratitud.*

*Y a Lou Blau,
con especial cariño y agradecimiento.*

*Y siempre a John,
con todo mi corazón y mi alma.*

D. S.

PRIMERA PARTE

LOS PRIMEROS AÑOS

1

La tarde del jueves 11 de diciembre de 1941 el país todavía estaba anonadado. La lista de bajas era definitiva, ya se conocían los nombres de los muertos y, poco a poco, en el transcurso de los últimos días, el monstruo de la venganza empezó a levantar la cabeza. Casi todos los corazones norteamericanos latían con un pulso desconocido. Al final lo habíamos comprendido, y no se trataba simplemente de que el Congreso hubiera declarado la guerra. Era mucho más que eso. Era una nación cuyos habitantes se sentían dominados por la cólera y el repentino temor de que todo aquello pudiera ocurrir allí. Los aviones japoneses podían aparecer en el cielo en cualquier momento del día o de la noche y destruir, en un santiamén, ciudades como Chicago, Los Ángeles, Omaha, Boston, Nueva York... La idea resultaba estremecedora. La guerra no era algo que les estaba ocurriendo a unos distantes y remotos *ellos*, sino a *nosotros*.

Con el cuello del abrigo levantado para protegerse del gélido viento, Andrew Roberts apretó el paso en dirección a la zona este de la ciudad y se preguntó qué iba a decir Jean. Él lo sabía desde hacía dos días. Estampó su firma sin vacilar; pero, al volver a casa, la miró a la cara y las palabras se le atascaron en la garganta. Ahora ya no había remedio. Tenía que decírselo aquella misma noche. Faltaban tres días para su partida hacia San Diego.

El ferrocarril elevado de la Tercera Avenida retumbó por encima de su cabeza mientras subía pesadamente los peldaños que daban acceso a la casa de piedra arenisca en la que vivían desde hacía apenas un año. El rugido del tren ya no les molestaba, pero al principio fue horrible; por la noche se abrazaban en la cama y reían. Cuando pasaba el tren, las lámparas del techo vibraban, pero al final se acostumbraron. Andy llegó a encariñarse con su pequeño apartamento. Jean lo mantenía impecable y a veces se levantaba a las cinco de la mañana para prepararle bollos de arándanos y dejarlo todo en su sitio antes de irse al trabajo. Era más extraordinaria de lo que él había imaginado. Mientras introducía la llave en la cerradura, Andy sonrió. Fuera soplaba una fría corriente de aire, pero en cuanto entró en el apartamento la atmósfera le resultó alegre y reconfortante. Había unas almidonadas cortinas de organdí blanco, una bonita alfombra azul y unas fundas en los muebles que Jean había aprendido a confeccionar en un curso nocturno de costura. Y el mobiliario de segunda mano brillaba como si fuera nuevo. Andy miró alrededor y por primera vez desde que había firmado sintió tristeza. Experimentó un dolor casi visceral al pensar que se iría de Nueva York al cabo de tres días. Se le llenaron los ojos de lágrimas y cayó en la cuenta de que no sabía cuándo regresaría... si es que regresaba. Pero, qué demonios, no se trataba de eso, se dijo. Si él no iba a luchar contra los japoneses, ¿quién lo haría? Y si no iba nadie, el día menos pensado los muy cerdos aparecerían en el cielo y empezarían a soltar bombas sobre Nueva York, sobre aquella casa y sobre Jean.

Se sentó en el sillón que ella había tapizado con una acogedora tela verde oscuro y se perdió en sus pensamientos... San Diego, Japón, Navidad, Jean... Hasta que de pronto levantó los ojos sobresaltado. Había oído el ruido de la llave de Jean en la cerradura. Ella abrió la puerta de par en par, con los brazos llenos de bolsas de comida y, de momento, no le vio; después encendió la luz y le descubrió allí sonriendo y mirándola con sus ojos verdes, mientras un mechón de cabello rubio le caía sobre la frente. Estaba tan guapo como cuando se conocieron. Entonces él tenía diecisiete años y ella, quince. Habían pasado seis años...

–Hola, cariño, ¿qué haces ahí?

–He venido a verte.

Se acercó a Jean, tomó en sus brazos las bolsas y ella le miró con sus grandes ojos castaño oscuro. Le tenía una admiración enorme, había asistido durante un par de años a unos cursos nocturnos de la universidad, había formado parte del equipo universitario de atletismo y también del de fútbol durante varios meses, hasta que se lesionó la rodilla; y era un astro del baloncesto cuando Jean le conoció en su último año de estudios. Ahora, incluso le parecía más heroico que entonces y ella estaba muy orgullosa de él. Había conseguido un empleo estupendo. Vendía Buicks en el establecimiento más importante de Nueva York y Jean sabía que con el tiempo llegaría a ser gerente... o quizá reanudaría sus estudios. Ya habían hablado de eso. Pero, de momento, traía a casa un buen sueldo que, junto con el suyo, les permitía vivir con desahogo. Jean sabía aprovechar bien el dinero desde hacía mucho tiempo. Sus padres habían muerto en un accidente de tráfico cuando ella tenía dieciocho años y, desde entonces, se ganaba la vida con su trabajo. Acababa de obtener el diploma de secretariado cuando ellos murieron y era una chica muy lista. Llevaba casi tres años trabajando en un bufete jurídico, y Andy también se sentía orgulloso de ella. Estaba preciosa cuando salía a trabajar con los vestidos que ella misma se confeccionaba, y con los guantes y sombreros que con tanto cuidado elegía, consultando las revistas de moda y pidiéndole a Andy su opinión para estar más segura del efecto que iba a producir. Él volvió a mirarla mientras Jean se quitaba los guantes y dejaba el sombrero negro de fieltro sobre el mullido sillón verde.

—¿Qué tal día has tenido, muñeca?

Le gustaba gastarle bromas, pellizcarla, estrecharla entre los brazos, hundir el rostro en su cuello cuando regresaba a casa del trabajo. Jean observaba allí un comportamiento muy circunspecto. De vez en cuando, él se dejaba caer por su despacho y la veía tan seria y formal que casi le daba miedo. Pero Jean siempre había sido así, si bien, desde que se habían casado había empezado a relajarse. Andy la besó en la nuca y Jean notó un estremecimiento en la espalda.

—Espera a que guarde la comida...

Jean sonrió con aire de misterio y trató de quitarle una de las bolsas, pero él apartó la mano y la besó en los labios.

—¿Por qué esperar?

—Vamos, Andy... —Las manos de éste estaban empezando a acariciarla apasionadamente; le quitó el grueso abrigo y le desabrochó los botones de azabache de la chaqueta que llevaba debajo. Ya habían dejado a un lado las bolsas de la compra y se estaban besando y abrazando con ardor; al final, Jean consiguió apartarse para respirar. Las manos de él seguían acariciándola—. Andy, ¿qué te pasa?

La miró con picardía, pero no hizo ningún comentario.

—No preguntes.

La acalló con otro beso y le quitó la chaqueta y la blusa con una mano; al cabo de unos momentos, la falda también cayó al suelo, dejando al descubierto un liguero de encaje blanco con bragas a juego, unas medias de seda con costura y unas piernas impresionantes. Andy le acarició la espalda y la estrechó con fuerza y después la tendió en el sofá sin que ella protestara. Jean empezó a desnudarse. En aquel instante se oyó el rugido del tren y ambos se echaron a reír.

—Maldito cacharro... –murmuró Andy mientras le soltaba el sujetador.

—¿Sabes una cosa? Ahora ya casi me gusta este ruido... –dijo Jean besándole.

Poco después, sus cuerpos se fundieron al igual que sus bocas y transcurrió una eternidad antes de que volvieran a hablar en la silenciosa estancia. La luz de la cocina, junto a la puerta de entrada, seguía encendida; pero la sala en que ambos se encontraban estaba a oscuras, así como el pequeño dormitorio. Sin embargo, Andy percibió que Jean le estaba mirando en la oscuridad.

—Ocurre algo, ¿verdad? –preguntó ella. Llevaba toda la semana con el estómago encogido–. ¿Andy...?

Éste no sabía qué contestarle. Le era tan difícil como hacía dos días. E iba a ser todavía peor cuando finalizara la semana. Pero no podía evitarlo. Pensó que ojalá no tuviera que hacerlo en ese momento. Por primera vez en tres días, se preguntó si habría hecho mal.

—No sé cómo decírtelo.

Jean lo comprendió instintivamente y el corazón le dio un vuelco mientras le miraba en la oscuridad con expresión triste. Ella era muy distinta. Andy siempre se reía y gastaba bromas, siempre contaba chistes y decía cosas divertidas. La vida siempre le había tratado muy bien. No así a Jean, que mostraba el tenso nerviosismo propio de las personas que lo han pasado mal desde su nacimiento. Sus padres eran alcohólicos, su hermana epiléptica murió a los trece años en una cama contigua a la suya cuando ella tenía nueve años, y después se quedó huérfana a los dieciocho. Sin embargo, poseía una innata alegría de vivir que florecería a su debido tiempo, siempre y cuando la cuidaran debidamente. Y Andy la cuidaba con esmero, pero en ese momento no le podía facilitar las cosas. Súbitamente, volvió a ver en los ojos de Jean la tristeza que había en ellos cuando la conocí.

—Te vas, ¿verdad?

Andy asintió con la cabeza, mientras las lágrimas asomaban a los oscuros ojos castaños; ella reclinó la cabeza en el sofá, en el que poco antes habían hecho el amor.

—No te preocupes, cariño, por favor...

De repente, no pudo soportar el dolor, se apartó y cruzó la estancia para ir por los Camel que guardaba en el bolsillo de la chaqueta. Sacó nerviosamente un cigarrillo, lo encendió y se sentó en el sillón tapizado de verde. Jean sollozaba, pero cuando le miró no pareció sorprendida.

—Sabía que te irías.

—Tengo que hacerlo, nena.

Ella asintió con la cabeza. Pareció comprenderlo, pero no por eso sintió alivio. Tardó mucho rato en preguntarlo, pero al final lo hizo.

—¿Cuándo?

Andy tragó saliva. Le costó un gran esfuerzo poder contestarle.

—Dentro de tres días.

Jean hizo una mueca y volvió a cerrar los ojos, mientras las lágrimas resbalaban por sus mejillas.

En adelante nada volvió a ser normal. Jean se quedó en casa y, sumiéndose en una especie de frenesí, hizo por él toda clase de cosas: le lavó la ropa interior, le dobló los calcetines y coció unos pastelillos para que los comiera en el tren. Sus manos no paraban en todo el día, como si manteniéndolas ocupadas pudiera dominarse y, de paso, retenerle también a él. Pero todo fue inútil; al llegar el sábado por la noche, Andy la obligó a dejarlo todo, a dejar de meter en la maleta las prendas que no iba a necesitar, los pastelillos que no iba a comer y los calcetines que maldita falta le hacían. Cuando la estrechó entre los brazos, Jean se derrumbó.

–Oh, Andy... no puedo... ¿Cómo voy a vivir sin ti?

Cuando la miró a los ojos, notó un nudo en el estómago, pero no podía evitarlo. Imposible: era un hombre, tenía que luchar, su país estaba en guerra... Y lo más grave era que, cuando se olvidaba de la angustia que le había provocado a Jean, el hecho de ir a la guerra le producía una extraña y desconocida emoción, como si fuera una oportunidad irrepetible, algo parecido a un rito de iniciación a la virilidad. Y, por si fuera poco, se sentía culpable. El sábado por la noche estaba destrozado. Se debatía entre las cariñosas manos de Jean y su sentido del deber, y pensó que ojalá todo hubiera terminado y se encontrara ya a bordo del tren que le llevaría al Oeste. Tenía que presentarse a las cinco de la mañana en la estación Grand Central. Cuando se levantó para vestirse, se volvió a mirarla y la vio más tranquila; tenía los ojos enrojecidos, pero estaba más resignada. En cierto modo, para Jean era como volver a perder a sus padres o su hermana. Andy era lo único que le quedaba. Hubiera preferido morir antes que perderle. Y él se disponía a dejarla.

–Estarás bien, ¿verdad, cariño? –le preguntó Andy, sentándose en el borde de la cama y mirándola angustiado.

–Supongo que no tendré más remedio que hacerlo, ¿no crees? –contestó ella, sonriendo con tristeza–. ¿Sabes lo que quisiera? –Ambos lo sabían: que él no se fuera a la guerra. Jean leyó sus pensamientos y le besó los dedos–. Aparte de eso... espero que esta semana me hayas dejado embarazada...

Con la emoción de los últimos días, habían descuidado todas las medidas de precaución. Andy se percató de ello, pero en medio de toda aquella agitación no le dio importancia. Confió en que Jean no estuviera en la fase peligrosa, aunque, al mirarla en ese momento, tuvo sus dudas. Habían tenido mucho cuidado en el transcurso de un año, estuvieron de acuerdo desde un principio en que no querían tener hijos durante los primeros años, hasta que mejorara su posición económica o él pudiera reanudar los estudios universitarios. No tenían prisa, eran muy jóvenes, pero durante la última semana toda su vida se había trastornado.

—¿Piensas que puedes haber...?

La miró. No era eso precisamente lo que quería. No deseaba que Jean pasara el embarazo sola, estando él en la guerra.

—Es posible... —contestó ella encogiéndose de hombros. Se incorporó y le miró sonriendo—. Ya te daré noticias.

—Estupendo. Sería lo único que nos faltaría.

La miró con inquietud y luego consultó el reloj de la mesilla de noche. Eran las cuatro y diez. Tenía que irse.

—Puede que sí —dijo Jean. Después, como si experimentara una imperiosa necesidad de decírselo antes de que se fuera, añadió—: Te lo he dicho en serio, Andy. Me gustaría muchísimo.

—¿Ahora? —preguntó él, mirándola aterrado mientras ella asentía con la cabeza.

—Sí.

2

El tren elevado pasó rugiendo frente al apartamento de Jean Roberts y le proporcionó el primer soplo de brisa en varios días, mientras permanecía sentada inmóvil ante las ventanas abiertas. La casa parecía un horno y el sofocante calor de agosto subía desde las aceras y parecía cocer los muros del edificio. A veces, por la noche, tenía que levantarse y sentarse en el porche para tomar un poco de aire mientras pasaba el tren. O bien se sentaba en el cuarto de baño, envuelta en una sábana húmeda. No encontraba forma de refrescarse, y el niño contribuía a agravar la situación. A veces tenía la sensación de que todo el cuerpo le iba a estallar; y cuanto más calor hacía, más puntapiés le daba el niño, como si también él se estuviera asfixiando de calor. Jean sonrió al pensarlo. Deseaba ver al niño; apenas faltaban cuatro semanas para poder abrazarlo... esperaba que fuera igual que Andy. Éste se encontraba en el Pacífico, haciendo lo que deseaba hacer: «luchar contra los japoneses», tal como le decía en sus cartas, aunque siempre sentía cierto desasosiego cuando leía aquellas palabras. Una de las chicas del bufete jurídico en que había trabajado era japonesa y había sido muy amable con ella cuando se enteró de que estaba embarazada. Incluso se ofreció a sustituirla al principio, cuando se encontraba tan mal que apenas podía tenerse en pie. Llegaba casi a rastras y se sentaba frente a la máquina de escribir, pidiéndole a Dios que le diera tiempo para levantarse y vomitar en el lavabo. Le permitieron seguir trabajando seis meses, más de lo que hubieran hecho en otra empresa, Jean lo sabía; pero les pareció que era patriótico hacerlo en atención a Andy, tal como ella se lo contó en una de sus cartas. Le escribía casi a diario, pese a que él lo hacía raramente más de una vez al mes. Solía estar demasiado cansado para escribir y Jean tardaba una eternidad en recibir sus cartas. Aquello no se parecía en nada a vender Buicks en Nueva York, le decía en una de ellas; y sus comentarios sobre la mala calidad de la comida y sus compañeros la hicieron reír. En cierto modo, siempre lo conseguía con sus cartas. Lo presentaba todo mejor de lo que era y, cuando Jean recibía noticias suyas, desterraba sus temores. Al principio, cuando se encontraba tan mal, se asustó mucho. Al averiguar que estaba embarazada tuvo muchas dudas. Durante los días que precedieron a la partida de Andy, la idea le pareció estupenda; pero cuando se enteró de que estaba embarazada tuvo miedo. Tendría que dejar el trabajo, estaría sola y no podría mantenerse ni mantener al niño. También temió la reacción de Andy, pero cuando éste le escribió parecía tan emocionado que todas sus inquietudes se disiparon. A los cinco meses de embarazo empezó a tranquilizarse.

En los últimos meses dispuso de mucho tiempo para transformar su dormitorio en un cuarto infantil. Ella misma lo confeccionó todo con bordados blancos y cintas amarillas, cosió e hizo gorritos, botitas y jerséis de punto. Incluso pintó unos preciosos murales en las paredes y unas nubes en el techo, pese a la reprimenda que le echó una vecina al enterarse de que ella sola lo había pintado todo, subida a una escalera. El caso era que no tenía nada que hacer porque ya no iba a trabajar. Había ahorrado hasta el último céntimo y ni siquiera iba al cine para conservar los ahorros, complementados con una parte de la paga que recibía Andy del ejército. Lo iba a necesitar todo para el niño, y pensaba quedarse en casa durante los primeros meses; después buscaría una niñera y volvería al trabajo. Esperaba que la anciana señora Weissman, la vecina del cuarto, accediera a cuidarle al niño. Era una simpática abuela que llevaba muchos años viviendo en el edificio y estaba muy emocionada con el futuro hijo de Jean. Pasaba a verla todos los días; y algunas noches en que el calor no la dejaba dormir, bajaba a última hora y llamaba a su puerta si veía que la luz se filtraba por debajo.

Pero aquella noche Jean no encendió la luz. Permaneció sentada en la oscuridad, asfixiándose de calor mientras los trenes pasaban. Jean contempló incluso la salida del sol. Se preguntó si alguna vez podría volver a respirar con normalidad o a tenderse sin experimentar aquella sensación de ahogo. Algunos días lo pasaba fatal, y el calor y los trenes no contribuían precisamente a mejorar las cosas. Ya eran casi las ocho de la mañana cuando oyó llamar a la puerta y pensó que era la señora Weissman. Se puso la bata de color rosa y, exhalando un suspiro de cansancio, se dirigió hacia la puerta caminando descalza. Menos mal que sólo le faltaban cuatro semanas. Empezaba a pensar que no podría soportarlo por mucho tiempo.

Abrió la puerta sonriendo cansadamente, esperando ver a su amiga, pero se ruborizó al encontrarse con un desconocido que, enfundado en un uniforme marrón con galones y tocado con una gorra, le tendía un sobre amarillo. Jean le miró sin querer comprender porque sabía perfectamente lo que significaba aquello; le pareció que el mensajero la miraba con expresión maliciosa. Se tambaleó a causa del sobresalto y el calor, y desgarró el sobre en silencio. Encontró lo que ya sabía y volvió a mirar al mensajero de la muerte; clavó la mirada en su

uniforme al tiempo que lanzaba un grito y se desploma-
ba pesadamente. El joven la miró horrorizado y gritó,
pidiendo ayuda. Tenía dieciséis años y jamás había estado tan cerca de una mujer embarazada. Al otro lado del
rellano se abrieron dos puertas y poco después se oyó el
rumor de unos pies que bajaban apresuradamente por la
escalera. La señora Weissman le aplicó paños húmedos
en la frente mientras el muchacho retrocedía lentamente
y se alejaba a toda prisa. Quería largarse de aquella casa.
Jean gemía y la señora Weissman, con la ayuda de otras
dos mujeres, la llevó al sofá en el que dormía, el mismo
sofá donde había concebido a su hijo, donde había hecho el amor con Andy... Andy... «Lamentamos comunicarle... Su marido cayó al servicio de la patria, en combate en Guadalcanal.» En combate, en combate... La
cabeza le daba vueltas y no podía ver las caras.

–Jean...

Mientras la llamaban por su nombre se alarmaron.
Helen Weissman leyó el telegrama y lo mostró a las
demás.

–Jean...

Poco a poco recuperó el conocimiento. La ayudaron
a sentarse y le hicieron beber un poco de agua.

Miró inexpresivamente a la señora Weissman. Y entonces, lo recordó todo, y los sollozos la ahogaron
mientras abrazaba a la anciana... Andy había muerto...
como los demás... su padre, su madre, Ruthie... Se había
ido. Jamás volvería a verle. Empezó a gimotear como
una chiquilla, sintiendo un peso desconocido en el corazón.

–Tranquila, cariño, tranquila...

Pero todas sabían que la situación no tenía arreglo ni
jamás lo tendría para el pobre Andy.

Más tarde, dos mujeres regresaron a sus apartamentos, pero Helen Weissman se quedó. No le gustaba la
mirada vidriosa de la chica, su inmovilidad y sus repen-

tinos sollozos, el terrible e interminable llanto que oyó aquella noche cuando la dejó un rato, y volvió después a verla tal como lo había hecho durante todo el día. Incluso llamó al médico, y éste le rogó que transmitiera su condolencia a Jean, advirtiéndola de que aquel sobresalto podía adelantar el alumbramiento. Eso fue justamente lo que la señora Weissman temió al ver que Jean se apretaba la espalda con los puños, paseándose incesantemente por el pequeño apartamento como si en pocas horas la casa le hubiera quedado pequeña. Todo su mundo se había venido abajo y no tenía dónde ir. Ni siquiera había un cadáver que enviar a casa... Sólo el recuerdo de un alto y apuesto muchacho rubio... y el niño que ella llevaba en el vientre.

—¿Te encuentras bien?

El acento de Helen Weissman la indujo a esbozar una sonrisa. Llevaba más de cuarenta años en el país, pero seguía conservando un marcado acento alemán. Era una mujer juiciosa y simpática, y apreciaba mucho a Jean. Hacía treinta años que era viuda y jamás se volvió a casar. Tenía tres hijos en Nueva York que la visitaban de vez en cuando, sobre todo para dejar a los nietos a su cuidado, y otro hijo que tenía un buen empleo en Chicago.

—¿Tienes dolores? —añadió, mirándola a los ojos.

Le dolía todo el cuerpo de tanto llorar y, sin embargo, se sentía entumecida por dentro. No sabía lo que le ocurría, estaba inquieta, dolorida, y tenía mucho calor. Arqueó la espalda como para desperezarse.

—Estoy bien. ¿Por qué no se va a dormir un poco, señora Weissman?

La voz se le había quedado ronca. Habían transcurrido quince horas desde que le habían entregado el telegrama que le comunicaba lo de Andy... Quince horas que parecían quince años... mil años. Empezó a pasearse por la estancia mientras Helen Weissman la miraba.

—Me apetece beber algo frío.

Tomó un vaso de limonada y le supo muy bien, pero enseguida sintió náuseas. Corrió al lavabo y vomitó una y otra vez, hasta que, al fin, salió con la cara pálida.

—Deberías tenderte un poco.

Jean obedeció. Sin embargo, tendida estaba más incómoda que incorporada. Volvió a sentarse en el sillón verde, pero a los pocos minutos sintió molestias. Le dolía la zona lumbar y tenía el estómago revuelto. A medianoche Helen Weissman volvió a dejarla sola, tras insistir en que la llamase en caso de que tuviera algún problema. Pero Jean estaba segura de que no le haría falta. Apagó las luces y se quedó sentada en el pequeño apartamento, pensando en su marido. Andy, el de los grandes ojos verdes y el liso cabello rubio, el astro del atletismo, el héroe del fútbol, su primer y único amor, el chico de quien se enamoró locamente la primera vez que le vio; mientras pensaba en él, notó una punzada desde el vientre hasta la espalda, y después otra, otra y otra, hasta que se quedó sin aliento. Se levantó con paso vacilante para dirigirse al cuarto de baño, agobiada por las náuseas; y casi permaneció allí una hora semiinconsciente, con el cuerpo desgarrado por el dolor, llamando a Andy. Así la encontró Helen Weissman a la una y media de la madrugada. Al verla, agradeció a Dios haber tenido aquella inspiración. Regresó a su apartamento para llamar al médico de Jean y pedir una ambulancia. Se puso un vestido de algodón, tomó el bolso y, con las mismas sandalias que llevaba para estar por casa, bajó a toda prisa al apartamento de Jean y le cubrió los hombros con una bata. Diez minutos más tarde se oyeron las sirenas. Las oyó Helen, porque Jean no parecía oír nada y se limitaba a llorar inconsolablemente. Cuando llegaron al hospital se retorcía de dolor y llamaba a Andy. Las enfermeras la llevaron rápidamente en una camilla; y no les dio tiempo a administrarle ningún tranquilizante, porque enseguida nació una preciosa niña que pesaba tres kilos, tenía el cabello negro como el azabache y los puños apretados, y berreaba como una marrana. Helen Weissman pudo verlas fugazmente a las dos una hora más tarde. Jean reposaba gracias a los sedantes y la niña dormía plácidamente.

Aquella noche, al regresar a casa, Helen pensó en los años de soledad que se avecinaban para Jean Roberts, que se había quedado viuda a los veintidós años y se vería obligada a criar sola a su hija; y se enjugó las lágrimas mientras el tren elevado pasaba rugiendo a las cuatro y media de la madrugada. Comprendió el esfuerzo que le iba a suponer a Jean criar a la niña; sería como un fervor religioso, una pasión solitaria que la obligaría a esforzarse al máximo por aquella niña huérfana de padre.

Jean vio a la niña a la mañana siguiente, cuando se la trajeron para que le diera el pecho por primera vez; contempló la carita y el sedoso cabello oscuro que le iba a caer, según le habían dicho las enfermeras, y comprendió instintivamente lo que tendría que hacer por ella. No experimentó miedo. Era lo que ella quería, una hija de Andy. Era el último regalo que él le había hecho, y Jean lo defendería con su vida, haría cuanto pudiera y le daría lo mejor. Viviría, respiraría, trabajaría y se entregaría en cuerpo y alma a aquella niña.

La boquita rosa se movió y Jean sonrió. Le parecía imposible que le hubieran comunicado la muerte de Andy apenas veinticuatro horas antes. La enfermera entró para ver cómo estaban. La niña era de buen tamaño, teniendo en cuenta que había nacido con cuatro semanas de adelanto.

—Parece que tiene mucho apetito –dijo la mujer del blanco uniforme almidonado, mirando a la madre y la hija–. ¿Ya ha venido a verla el padre?

No lo sabían, nadie lo sabía... sólo Jean y Helen Weissman. Se le llenaron los ojos de lágrimas mientras sacudía la cabeza y la enfermera le daba unas palmadas en el brazo, sin comprender. No, el padre aún no la había visto ni la vería jamás.

—¿Qué nombre le va a poner?

Se habían carteado con Andy sobre este particular, y al final se pusieron de acuerdo sobre el nombre si nacía niña, a pesar de que ambos preferían un niño. Era curioso, pero, tras la sorpresa inicial, ahora le parecía mejor una niña, como si eso fuera lo que ambos hubieran deseado desde un principio. La naturaleza hacía bien las cosas. Si hubiera sido un niño, se hubiera llamado como su padre. Pero Jean había elegido para la niña un nombre que le gustaba mucho, y se lo dijo a la enfermera con los ojos brillantes de orgullo mientras abrazaba a su hija.

—Se llamará Tana Andrea Roberts.

Le gustaba cómo sonaba, parecía que el nombre le cuadraba a la perfección.

La enfermera sonrió y tomó en sus brazos a la niña cuando ésta terminó de mamar. Alisó hábilmente la colcha con una mano y miró a Jean.

—Descanse un poco, señora Roberts. Le traeré a Tana cuando sea la hora.

La puerta se cerró y Jean se quedó tendida con los ojos cerrados, tratando de no pensar en Andy, sino sólo en su hija... No quería pensar en la muerte de su esposo, en lo que le habían hecho... Un pequeño sollozo se le escapó de la garganta mientras se daba la vuelta en la cama y se tendía boca abajo por primera vez en meses. Hundió el rostro en la almohada. Pasó mucho rato llorando y al final se quedó dormida; y soñó con el chico rubio al que había amado... y con la niña que éste le había dejado en herencia: Tana...

3

El teléfono del escritorio de Jean Roberts sonó sólo una vez antes de que ella contestara. Su rápida eficiencia procedía de su larga experiencia en aquel empleo en el que ya llevaba doce años. Ahora tenía veintiocho, y Tana seis, y pensó que no podría soportar un día más en otro bufete jurídico. Tuvo tres empleos en seis años, los tres en aburridos bufetes. Pero la paga era buena y tenía que pensar en Tana. Ésta era siempre lo primero para Jean.

«Por el amor de Dios, deja respirar un poco a la niña», le dijo una vez una compañera, y a partir de aquel momento Jean se mostró muy fría con ella.

Sabía muy bien lo que hacía; siempre que podía, la llevaba al teatro y al ballet, a los museos, a las bibliotecas, a las galerías de arte y a los conciertos, procurando que se empapara de cultura. Se gastaba casi todo lo que ganaba en la educación y las diversiones de Tana. Y ahorraba la pensión de viudedad que percibía. Sin embargo, no mimaba a la niña en absoluto; Jean quería que disfrutara de la vida y de las cosas que ella no pudo tener y que consideraba importantes. Ignoraba si, de estar vivo Andy, hubieran llevado aquella vida. Lo más probable era que él hubiera alquilado un barco, se las hubiera llevado a navegar por el canal de Long Island, hubiera enseñado a nadar a Tana y hubiera ido con ella a buscar almejas, a pasear por el parque o a montar en bicicleta... Se hubiera vuelto loco por aquella chiquilla rubia que tanto se parecía a él. Alta, esbelta, rubia y de ojos verdes, con la misma deslumbrante sonrisa que su padre. Las enfermeras del hospital habían acertado: el sedoso cabello negro le cayó y fue sustituido por una pálida pelusa dorada que, con el tiempo, se convirtió en una preciosa cabellera rubia. Era una chiquilla encantadora y Jean se sentía orgullosa de ella. Consiguió sacarla de la escuela pública a los nueve años y matricularla en el colegio de Miss Lawson. Tuvo que hacer un esfuerzo, pero fue una magnífica oportunidad para Tana. Arthur Durning utilizó sus buenos oficios e insistió en hacerle este pequeño favor. Sabía, por experiencia, lo importantes que eran las buenas escuelas para los niños. Él tenía dos hijos que le llevaban a Tana dos y cuatro años respectivamente y estudiaban en los selectos colegios Cathedral y Williams, de Greenwich. Jean consiguió el empleo casi por casualidad, cuando Arthur acudió al bufete en el que ella trabajaba para mantener una serie de largas conversaciones con Martin Pope, el socio de mayor antigüedad de la firma. Llevaba dos años trabajando en el bufete de Pope, Madison y Watson y se moría de aburrimiento; pero el sueldo era fabuloso y no podía permitirse el lujo de buscar un empleo «divertido» porque tenía que pensar en Tana. Pensaba en ella noche y día. Su vida giraba en torno a la de su hija, tal como le explicó a Arthur cuando éste la invitó a tomar una copa al cabo de dos meses de visitar a Martin Pope.

Arthur y Marie vivían separados y ésta se hallaba ingresada en una institución privada de Nueva Inglaterra. A Arthur no le gustaba hablar del asunto y Jean no le agobió con preguntas. Bastante tenía con sus problemas y responsabilidades. No quería llorar sobre los hombros de la gente, hablando del marido que había perdido, de la hija a la que tenía que criar, de sus cargas, responsabilidades y temores. Sabía la clase de vida, la educación y los amigos que quería para Tana. Por mucho que le costara, le iba a ofrecer seguridad y una vida que ella jamás había conocido. Y sin tener que darle demasiadas explicaciones, Arthur Durning pareció comprenderlo. Era el director de una de las empresas más importantes del país, dedicada a la fabricación de plásticos, vidrios y envases para el sector de la alimentación, y tenía cuantiosos intereses en los yacimientos de petróleo de Oriente Medio. Era un hombre muy acaudalado, pero observaba un comportamiento muy discreto, y eso a Jean le gustaba.

En realidad le gustaban muchas cosas de Arthur Durning, las suficientes como para salir a cenar con él. Salieron otras veces, y al cabo de un mes empezaron a tener relaciones. Era el hombre más extraordinario que Jean hubiera conocido jamás. Emanaba de él una especie de poder casi palpable, y tenía una fuerza impresionante; sin embargo, era muy vulnerable y su esposa le había hecho sufrir mucho. Finalmente acabó contándoselo. Marie se había convertido en alcohólica poco después del nacimiento de su segundo hijo, y Jean sabía muy bien lo que ello significaba porque sus padres, borrachos como una cuba, se estrellaron en un automóvil una Nochebuena en una helada carretera de Nueva York. Una tarde, Marie también se estrelló con un automóvil lleno de niñas a las que llevaba a sus casas a la salida de la escuela. Ann y sus amigas tenían diez años, y una de las niñas estuvo al borde de la muerte. Marie Durning accedió entonces a someterse a una cura, pero Arthur no abrigaba muchas esperanzas. Tenía treinta y cinco años, llevaba diez alcoholizada y Arthur ya estaba harto. No era extraño que Jean le hubiera llamado la atención. Poseía mucha dignidad y una dulce y suave mirada. Parecía preocuparse por todas las cosas en general y por su hija en particular. Se mostraba muy afectuosa y eso era lo que más necesitaba Arthur en esos momentos. Al principio no comprendió lo que sentía por ella. Tenía cuarenta y dos años y llevaba dieciséis casado con Marie. No sabía qué hacer con los hijos, con la casa, con su vida, con Marie... Aquel año todo le parecía muy precario, y la vida que llevaba no le gustaba en absoluto. Al principio no llevó a Jean a casa para no disgustar a sus hijos; pero al final acabó viéndose con ella casi todas las noches y Jean empezó a encargarse de sus cosas. Contrató dos nuevas sirvientas y un jardinero al que Arthur ni siquiera tuvo tiempo de ver, y organizó algunas de las pequeñas cenas de negocios que a él le gustaba ofrecer y una fiesta para los niños, por Navidad; incluso le ayudó a elegir un nuevo automóvil. Y hasta se tomó unos días libres para acompañarle en un par de breves viajes.

De repente, empezó a gobernar toda su vida, y Arthur ya no pudo arreglárselas sin ella. Jean se preguntó qué significaba todo aquello, pese a saberlo muy bien en su fuero interno. Estaban enamorados y, en cuanto Marie se repusiera y se lo pudiera decir, se divorciaría y se casarían.

Pero, en vez de eso, al cabo de seis meses le ofreció un empleo. Jean no sabía qué hacer. No le apetecía trabajar para Arthur. Estaba enamorada y él se portaba muy bien, y lo que le describió fue como una ventana abierta sobre el panorama por el que tantos años ella había suspirado. Podría seguir haciendo lo mismo que en los seis meses anteriores, en calidad de amiga íntima. Organizarle fiestas, contratar criadas, encargarse de que los niños tuvieran la ropa necesaria, los amigos adecuados y las niñeras más idóneas. Arthur opinaba que Jean tenía un gusto exquisito y no sabía que ella misma confeccionaba sus vestidos y los de Tana. Hasta había tapizado las sillas del pequeño apartamento. Seguían viviendo en el edificio próximo al tren elevado de la Tercera

Avenida, y Helen Weissman cuidaba de Tana cuando Jean iba a trabajar. Pero, con el empleo que Arthur le ofrecía podría enviar a Tana a un buen colegio y podría mudarse a un apartamento más grande; Arthur era propietario de un inmueble sito en la parte alta de la zona este; no era Park Avenue, le dijo sonriendo, pero era mucho más bonito que el sitio donde vivían. Cuando le dijo el sueldo que le iba a pagar, Jean estuvo a punto de desmayarse. Además, el trabajo sería muy fácil.

Si no hubiera tenido a Tana, quizá lo hubiera rechazado. No quería estar en deuda con él y, sin embargo, se le presentaría la maravillosa oportunidad de tenerle constantemente a su lado. Y cuando Marie se repusiera... Arthur ya tenía una secretaria en Durning International, pero había un pequeño y discreto despacho detrás de la sala de juntas, contiguo al precioso despacho de paredes revestidas de madera que Arthur utilizaba. Le podría ver todos los días, estaría a su lado, se convertiría en alguien imprescindible para él, como ya empezaba a ocurrir.

–Será lo mismo de siempre, corregido y aumentado –le explicó Arthur, suplicándole que aceptara el empleo y ofreciéndole más ventajas y un sueldo todavía más elevado.

Ahora dependía de Jean, la necesitaba e, indirectamente, también la necesitaban sus hijos, aunque todavía no la conocieran. Era la primera persona en quien confiaba desde hacía muchos años. Durante casi dos décadas todos habían dependido de él y, de repente, había encontrado a alguien de quien podía fiarse, alguien que jamás le dejaría en la estacada. Había pensado mucho en ello y quería tenerla siempre a su lado, le dijo aquella noche, en la cama, mientras volvía a suplicarle que aceptara el empleo.

Al final, a Jean le fue muy fácil adoptar una decisión y su vida se convirtió en una ensoñación. Muchos días iba a trabajar tras haber pasado la noche con Arthur. Los hijos de éste estaban acostumbrados a que su padre se quedara algunas noches en la ciudad. Por otra parte, la casa de Greenwich disponía de una servidumbre muy eficiente y Arthur ya no estaba preocupado pese a que, al principio, cuando Marie se fue, Ann y Billy lo pasaron muy mal. Cuando les presentaron a Jean, les pareció que la conocían de toda la vida. Ella los llevaba con frecuencia al cine en compañía de Tana, les compraba juguetes y ropa, los acompañaba al colegio, asistía a las representaciones teatrales de su escuela cuando Arthur se hallaba fuera de la ciudad y hasta cuidaba de las cosas de éste mucho mejor que antes. Arthur era como un gato bien alimentado que ronroneara de satisfacción sentado frente a la chimenea. Una noche, la miró sonriendo en el apartamento que le había conseguido. No era lujoso, pero era más que suficiente para Tana y Jean; tenía dos dormitorios, un salón, un comedor y una preciosa cocina. El edificio era moderno y limpio, desde las ventanas del salón se podía ver el East River. Suponía una gran diferencia en comparación con el tren elevado que sacudía el viejo apartamento de Jean.

—¿Sabes una cosa? —dijo ésta, mirándole a los ojos—. Nunca he sido tan feliz.

—Pues yo tampoco.

Eso ocurrió unos días antes de que Marie Durning intentara suicidarse. Alguien le había dicho que Arthur tenía una aventura, sin especificarle con quién y a partir de entonces las cosas empezaron a ir de mal en peor. Seis meses después, los médicos dijeron que Marie podía regresar a casa, y para entonces ya hacía más de un año que Jean trabajaba con Arthur. Tana estaba tan contenta como Jean con el nuevo colegio, la nueva casa y la nueva vida. De repente todo quedó interrumpido. Arthur fue a ver a Marie y volvió con cara muy seria.

—¿Qué ha dicho? —le preguntó Jean, mirándole aterrada.

Tenía treinta años y quería seguridad y estabilidad, no una aventura clandestina para el resto de su vida. Jamás había protestado porque sabía que Marie Durning estaba muy enferma y que Arthur tenía muchas preocupaciones. La semana anterior le había hablado de matrimonio. Pero, en ese momento, la miraba con una expresión desconocida, como si hubiera perdido sueños y esperanzas.

—Dice que si no puede volver a casa, intentará suicidarse otra vez.

—Pero no puede hacerte eso. No puede pasarse la vida amenazándote.

Jean hubiera querido echarse a gritar.

Regresó a casa tres meses más tarde, muy poco restablecida. Por Navidad, ingresó de nuevo en el hospital, volvió a casa en primavera y aguantó hasta el otoño, bebiendo sin parar durante los almuerzos con sus amigas. La situación se prolongó más de siete años.

La primera vez que Marie salió del hospital, Arthur estaba tan trastornado que llegó a pedirle a Jean que la ayudara.

—Se siente desvalida, no puedes comprenderlo... No se te parece en nada, cariño. No sabe organizarse, apenas puede pensar.

Y, por amor a Arthur, Jean empezó a interpretar el incómodo papel de la amante que cuida a la esposa. Pasaba dos o tres días a la semana con ella en Greenwich, ayudándola a llevar la casa. Marie les tenía un miedo atroz a los criados porque todos sabían que ella era una alcohólica. Los niños lo sabían también. Al principio, la miraron con desesperación y, después, con desprecio. La que más la odiaba era Ann; Billy en cambio, se echaba a llorar cuando la veía embriagada. Era una situación de pesadilla y, al cabo de unos meses, Jean se vio tan atrapada en ella como Arthur. No podía abandonarla a su suerte, desentenderse de ella..., hubiera sido como abandonar a sus padres. Pensó que esta vez podría resolver mejor el problema. Pero al final Marie tuvo un destino muy semejante al de sus padres. Por la noche tenía que reunirse con Arthur en la ciudad para asistir a una representación de ballet, y Jean juró que estaba serena cuando salió de casa; por lo menos eso parecía, pero debía de llevar consigo una botella. Derrapó y dio una vuelta de campana en la Merritt Parkway, cuando se encontraba a medio camino de Nueva York, y murió en el acto.

Ambos sintieron alivio de que Marie jamás hubiera sospechado de sus relaciones, porque, a pesar de todo, Jean le tenía mucho aprecio. Durante el funeral, lloró más que los niños y tardó varias semanas en poder acostarse de nuevo con su amante. Llevaban juntos ocho años y Arthur temía la opinión de sus hijos.

—En cualquier caso, tengo que esperar un año —dijo.

A ella no le pareció mal, porque ambos pasaban mucho tiempo juntos. Arthur se mostraba atento y considerado. Jean no quería que Tana sospechara nada, pero, al cabo de un año, su hija le lanzó una acusación.

—¿Sabes, mamá? No soy tonta. Sé lo que está pasando. —Era alta, esbelta y hermosa como Andy y tenía en los ojos la misma expresión burlona, como si estuviera siempre a punto de echarse a reír. Había sufrido demasiado tiempo en silencio. Miró a Jean con furia concentrada—. Te trata como una basura y lleva años haciéndolo. ¿Por qué no se casa contigo en lugar de entrar y salir de aquí a escondidas en mitad de la noche? —Jean le propinó una bofetada, pero Tana no se inmutó. Habían pasado solas demasiados días de Acción de Gracias, demasiadas Navidades con regalos de tiendas fabulosas, solas las dos mientras él se iba al club de campo con sus amigos. Incluso el año en que Ann y Billy se fueron con los abuelos—. ¡Nunca está aquí cuando es necesario! Pero ¿es que no te das cuenta, mamá?

Rompió a sollozar mientras gruesas lágrimas le rodaban por las mejillas, y Jean tuvo que apartar el rostro.

—Eso no es cierto —contestó con voz ronca.

—Sí lo es. Siempre te deja sola. Y te trata como a una criada. Tú le llevas la casa y acompañas a sus hijos por ahí, y él te regala relojes de brillantes y pulseras de oro, carteras, bolsos y perfumes. Pero ¿y qué? ¿Dónde está *él*? ¿No crees que eso es importante?

¿Qué podía decir? ¿Negarle la evidencia a su propia hija? Se le partió el corazón al comprender las cosas que Tana había visto.

—Hace lo que tiene que hacer.

—No es verdad. Hace lo que quiere hacer. —Era una chica lista para tener quince años—. Quiere estar en Greenwich con sus amigos, ir a Bal Harbour en verano y a Palm Beach en invierno. Y cuando va a Dallas en viaje de negocios, te lleva consigo. ¿Les ha insinuado alguna vez a Ann y Billy lo mucho que significas para él? No. Entra aquí a escondidas para que no me entere, pero me entero... Vaya si me entero.

Se estremeció de rabia. Había visto muy a menudo la tristeza en los ojos de Jean y ésta sabía que no andaba muy lejos de la verdad. La verdad era que la situación le resultaba muy cómoda y Arthur no tenía el valor de enfrentarse con sus hijos. Temía lo que éstos pudieran pensar de sus relaciones con Jean. Era un lince en los negocios, pero en casa no sabía librar las mismas batallas. Nunca tuvo la valentía de desenmascarar las farsas de Marie y limitarse a dejarla, y toleró sus caprichos de alcohólica hasta el final. Y estaba haciendo lo mismo con sus hijos. Pero Jean también tenía sus preocupaciones. No le gustaba lo que Tana le había dicho. Aquella noche habló con Arthur, pero éste desechó sus quejas con una sonrisa de cansancio. Había tenido un día muy ajetreado y Ann le estaba causando algunos problemas.

—Todos tienen sus propias ideas a esta edad. Piensa en lo que hacen los míos.

Billy tenía diecisiete años y había sido detenido un par de veces por conducir en estado de embriaguez; y Ann acababa de ser expulsada de la Universidad de Wellesley, donde estudiaba segundo curso a sus diecinueve años. Quería irse a Europa con sus amigos, pero Arthur pretendía que aún se quedara en casa algún tiempo. Jean incluso se la llevó a almorzar para tratar de convencerla, pero Ann rechazó sus argumentos y le dijo que, antes de que finalizara el año, conseguiría lo que quería de su padre.

Y, fiel a su promesa, lo consiguió. Se fue a pasar el verano al sur de Francia, conoció a un *playboy* francés de treinta y siete años y se casó con él en Roma. Quedó embarazada, perdió al hijo y regresó a Nueva York con unas terribles ojeras y una fabulosa sortija de brillantes. No estaba mal para una chica de veinte años. Como es lógico, se habló de ella en la prensa y Arthur aceptó a regañadientes conocer al joven. Le costó una fortuna comprarle, pero al final lo consiguió y envió a Ann a Palm Beach para que se recuperara. Mas, allí, la chica se metió en muchos líos; todas las noches salía de juerga con muchachos de su edad e incluso con los padres de éstos si se terciaba. Jean no aprobaba su conducta, pero la muchacha tenía veintiún años y Arthur no podía hacer nada. Había recibido la parte que le correspondía de la herencia de su madre y disponía de mucho dinero para gastarlo a su antojo. Regresó a Europa y provocó varios escándalos antes de cumplir los veintidós años. Lo único que consolaba un poco a Arthur era el hecho de que Billy pudo seguir estudiando en Princeton, tras haber rozado el suspenso varias veces.

—Desde luego, no le dejan a uno respirar tranquilo, ¿verdad, cariño? —dijo Arthur.

Solían pasar muchas veladas juntos en Greenwich,

pero casi todas las noches Jean insistía en regresar a su casa, por tarde que fuera. Los hijos de Arthur ya no vivían con él, pero ella tenía a Tana y por nada del mundo hubiera pasado la noche fuera a menos que su hija estuviera en casa de una amiga o se hubiera ido a esquiar a algún sitio.

—Mira —añadió él—, al fin acaban haciendo lo que les viene en gana. Por muy buen ejemplo que les des.

Era cierto, pero Arthur tampoco insistía demasiado. Estaba acostumbrado a pasar las noches solo; cuando alguna vez podían despertar por la mañana juntos, era todo un acontecimiento. No había mucha pasión en sus relaciones, pero ambos se sentían a gusto, sobre todo él. Jean no le pedía más de lo que él estuviera dispuesto a darle, se mostraba muy agradecida por todo cuanto Arthur había hecho a lo largo de los años. Le había proporcionado una seguridad que jamás hubiera tenido sin él, un empleo estupendo, una buena escuela para su hija y toda clase de pequeños extras siempre que podía: viajes, joyas y abrigos de pieles. Para él, no eran más que pequeñas extravagancias; y, aunque Jean Roberts seguía siendo una artista de la aguja, ya no necesitaba tapizarse los muebles o confeccionarse la ropa. Tenía una mujer de la limpieza dos veces por semana y una vivienda cómoda, y Arthur sabía que le amaba. También él la amaba, pero tenía sus costumbres y hacía muchos años que no hablaban de matrimonio. Ya no había ninguna razón para ello. Los hijos eran mayores. Arthur tenía cincuenta y cuatro años, el negocio iba viento en popa y Jean era todavía muy joven y atractiva. Él la quería mucho, y le parecía imposible que hubieran pasado doce años. En primavera, ella cumplió cuarenta años y Arthur se la llevó a pasar una semana en París. Fue como un sueño. Jean regresó con docenas de regalos para Tana y la deleitó con interminables historias, incluida la de la cena de su cumpleaños en Maxim's. Siempre le resultaba muy triste regresar a casa después de aquellos viajes, despertar de nuevo sola en la cama, extender la mano por la noche y no encontrar a nadie; pero llevaba viviendo así tanto tiempo que ya no le importaba, o, por lo menos, eso se decía en su fuero interno. Y, después de la acusación que le había lanzado hacía tres años, Tana nunca volvió a decirle nada. Al cabo de cierto tiempo, se avergonzó y se disculpó. Su madre siempre había sido muy buena con ella.

—Es que quiero lo mejor para ti... Quiero que seas feliz... que no estés siempre sola...

—Y no lo estoy, cariño —contestó Jean con los ojos llenos de lágrimas—, te tengo a ti.

—No es lo mismo.

Tana abrazó a su madre y el tema prohibido no volvió a plantearse. Pero nunca reinaba demasiada cordialidad entre Arthur y Tana cuando se veían, lo que siempre entristecía a Jean. En realidad, hubiera sido peor que Arthur hubiera insistido en casarse con ella, porque Tana no le tenía el menor aprecio. Pensaba que se había aprovechado de su madre durante doce años sin darle nada a cambio.

—¿Cómo puedes decir eso? ¡Le debemos muchas cosas!

Recordó el apartamento junto al tren elevado que Tana no recordaba, la menguada paga, las noches en que ni siquiera podía permitirse el lujo de darle carne a su hija; y las veces en que si compraba unas chuletas de cordero o un pequeño bistec, se pasaba luego tres o cuatro días seguidos comiendo macarrones.

—¿Qué le debemos? ¿Este apartamento? ¿Y qué? Tú trabajas, podríamos tener otro igual, mamá. Podrías hacer muchas cosas sin él.

Pero Jean no estaba tan segura de ello. Le hubiera dado miedo dejarle, no trabajar en Durning International, que Arthur no estuviera a su lado, no tener el apartamento, el empleo, la seguridad..., el automóvil que él le cambiaba cada dos años para que pudiera ir y venir de Greenwich con toda comodidad. Al principio, le compró una camioneta para que acompañara a los niños a la escuela. Los últimos dos automóviles que le había comprado eran unos pequeños y bonitos Mercedes. Pero había algo más que los costosos regalos. Era el hecho de saber que podía contar con Arthur para cuanto pudiera necesitar. Llevaban mucho tiempo juntos y se hubiera sentido aterrada sin él. Por mucho que Tana dijera, no podía prescindir de todo aquello.

—¿Y qué pasará si se muere? —le preguntó bruscamente su hija, en una ocasión—. Te quedarás sola, sin trabajo y sin nada. Si te quiere, ¿por qué no se casa contigo, mamá?

—Estamos bien así.

Tana la miró duramente con sus grandes ojos verdes, tal como solía hacer Andy cuando no se mostraba de acuerdo con ella.

—Eso no basta. Te debe mucho más que todo eso, mamá. Para él, es muy fácil.

—También lo es para mí, Tana. —No podía discutir con su hija aquella noche—. No tengo que soportar los caprichos de nadie. Vivo como quiero. Establezco mis propias reglas. Y, cuando me apetece, me lleva a París, a Londres o a Los Ángeles. No es mala vida.

Ambas sabían que eso no era enteramente cierto, pero no se podía modificar la situación. Cada cual tenía su propia vida organizada. Mientras arreglaba los papeles del escritorio, percibió súbitamente la presencia de Arthur en la estancia, tal como siempre le ocurría. Era como si alguien hubiera instalado un radar en su corazón para localizarle. Él había entrado en silencio y la estaba mirando.

—Hola —le dijo Jean con la sonrisa que ambos compartían desde hacía más de doce años; y él sintió que el sol brillaba en su corazón al mirarla–. ¿Qué día has tenido?

–Ahora, mejor. –Llevaba sin verla desde el mediodía, cosa insólita en ellos. Por las tardes, se veían varias veces, tomaban el café juntos todas las mañanas y, a menudo, él la invitaba a almorzar. Habían abundado los chismorreos a lo largo de los años; sobre todo, poco después de la muerte de Marie Durning. Pero, finalmente, la gente acabó suponiendo que sólo eran buenos amigos o que, si eran amantes, lo mantenían en un plano de gran discreción y nadie se molestó en seguir hablando de ellos. Arthur se sentó en su sillón preferido y encendió la pipa. Desde hacía más de una década, el olor del tabaco formaba parte de él e impregnaba todas las habitaciones en las que vivía, incluida la alcoba de Jean con su panorama del East River–. ¿Te apetece que pasemos mañana el día en Greenwich, Jean? ¿Por qué no hacemos novillos para variar?

No era un comportamiento muy habitual en él, pero llevaba siete semanas trabajando con mucho ahínco en la fusión de unas empresas y Jean pensó que le sentaría bien tomarse un día de descanso; sin embargo, sonrió y le miró con tristeza.

–Ojalá pudiera, pero mañana es nuestro gran día. –Arthur olvidaba a menudo aquellas cosas, aunque, en realidad, ella no esperaba que se acordara del día de la graduación de Tana. La miró sin comprender y Jean se limitó a pronunciar el nombre–: Tana.

–Ah, claro –dijo él haciendo un gesto con la mano en la que sostenía la pipa mientras soltaba una carcajada–. Qué estúpido soy. Menos mal que no dependes de mí como yo de ti, de lo contrario te verías constantemente en dificultades.

–No lo creo –dijo Jean, mirándolo afectuosamente mientras volvía a establecerse entre ambos una corriente de intimidad.

Casi no necesitaban las palabras. Por mucho que Tana hubiera dicho a lo largo de los años, Jean Roberts no necesitaba más. Sentada allí en compañía del hombre al que amaba desde hacía tanto tiempo, se sintió totalmente colmada.

—Está muy emocionada con la graduación, ¿verdad?

Arthur miró a Jean y pensó que era muy atractiva. Tenía unos grandes ojos oscuros y todo su cuerpo irradiaba una delicada gracia. Tana era más espigada, parecía un potrillo y, con el tiempo, su belleza dejaría a los hombres boquiabiertos por la calle. Iba a trasladarse a estudiar al Green Hill College, en el corazón del Sur, y había conseguido matricularse allí sin la ayuda de nadie. Arthur pensó que era una elección muy rara tratándose de una chica del Norte, porque aquello estaría lleno de beldades sureñas; pero sus cursos de literatura se contaban entre los mejores de Estados Unidos, tenía unos excelentes laboratorios y un programa de Bellas Artes muy completo. Arthur ya le había dicho a Jean lo que opinaba al respecto —«es ridículo que elija eso»—, pero Tana lo tenía decidido, había ganado una beca gracias a sus buenas calificaciones y estaba lista para marcharse. En verano, trabajaría en un campamento de Nueva Inglaterra, y en otoño se trasladaría a Green Hill. Y mañana era el gran día de su graduación.

—Si el volumen de su tocadiscos sirve de indicación —contestó Jean—, lleva un mes histérica.

—Dios mío, no me lo recuerdes, por favor... Billy y cuatro de sus amigos vendrán a casa la semana que viene. Olvidé decírtelo. Quieren alojarse en la casita de la piscina, y lo más probable es que lo quemen todo. Menos mal que sólo van a quedarse un par de semanas. —Billy Durning tenía veinte años y, a juzgar por sus cartas, estaba más desmandado que nunca. Seguramente, todo era consecuencia de la muerte de su madre. Fue un golpe muy duro para todos y sobre todo para Billy, que contaba entonces dieciséis años, una edad muy difícil; pero parecía que las cosas se iban arreglando—. Por cierto, la semana que viene va a organizar una fiesta. Creo que será el sábado por la noche. He sido informado y me ha pedido que te lo diga.

—Lo tendré en cuenta —dijo Jean—. ¿Alguna petición especial?

Arthur la miró sonriendo. Qué bien los conocía a todos.

—Un conjunto musical, y ha dicho que estemos preparados para recibir a doscientos o trescientos invitados. Por cierto, díselo a Tana. Quizá le guste. Un amigo de Billy podría recogerla en la ciudad.

—Se lo diré. Estoy segura de que le va a gustar.

Sólo ella sabía que era mentira. Tana odiaba a Billy Durning, pero Jean la obligaba a ser amable con él siempre que lo veía. Se lo tendría que repetir. Tenía que mostrarse cortés con Billy y asistir a su fiesta después de cuanto su padre había hecho por ellas. Jean jamás permitiría que Tana lo olvidara.

—No iré.

Tana miró con expresión obstinada a Jean mientras el estéreo sonaba en su habitación. Paul Anka interpretaba con voz melosa *Pon tu cabeza sobre mi hombro*. Ya había puesto el disco unas siete veces.

—Si ha tenido la amabilidad de invitarte, lo menos que podrías hacer sería ir un ratito.

Ya habían discutido en otras ocasiones, pero esta vez Jean estaba dispuesta a ganar. No quería que Tana fuera grosera.

—¿Y cómo quieres que vaya un ratito? Hay por lo menos una hora de coche para ir y otra para volver... ¿Qué quieres que haga, que me quede diez minutos? —Sacudió la larga melena rubia en un gesto de desesperación. Sabía lo pesada que se ponía su madre en todo lo concerniente a los Durning–. Vamos, mamá, ya no somos unos chiquillos. ¿Por qué tengo que ir si no me apetece? ¿Por qué es una grosería decir simplemente que no? ¿Acaso no podría tener otros planes? De todos modos, me voy a ir dentro de dos semanas y quiero ver a mis amigos. Ya no nos veremos...

Parecía una niña desvalida y su madre la miró sonriendo.

–Ya hablaremos de eso luego, Tana.

Pero Tana sabía cómo eran aquellas discusiones y casi soltó un gruñido. Sabía lo pesada que se iba a poner su madre con la fiesta del imbécil de Billy Durning. La cosa no tenía vuelta de hoja, y Ann todavía era peor: presumida, estirada y pagada de sí misma por muy correcta que simulara ser con Jean. Tana sospechaba que era una puta, la había visto beber más de la cuenta en algunas de las fiestas de Billy y trataba a Jean con un aire de superioridad que a Tana le atacaba los nervios. Sin embargo, cualquier alusión en este sentido hubiera dado lugar a otra batalla. Ya había ocurrido en otras ocasiones y, en aquellos momentos, no estaba de humor.

–Quiero que comprendas lo que siento, mamá. No pienso ir.

–Todavía falta una semana. ¿Por qué decidirlo ahora?

–Me limito a decírtelo...

Los verdes ojos mostraban una expresión siniestra y Jean comprendió que sería mejor no insistir.

–¿Qué has descongelado para la cena de esta noche?

Tana conocía muy bien la táctica de diversión de su madre, pero le siguió la corriente y la acompañó a la cocina.

–He sacado un bistec para ti. Yo voy a cenar con unos amigos –dijo con tono de disculpa. Quería vivir su vida, pero no deseaba dejar sola a Jean. Sabía lo mucho que su madre le había dado y los sacrificios que había hecho por ella. Todo eso lo comprendía muy bien. Se lo debía todo a su madre, no a Arthur Durning ni a sus egoístas y mimados hijos–. ¿Te importa, mamá? No tengo por qué salir.

Hablaba con mucha suavidad y poseía una madurez impropia de sus dieciocho años. Ambas estaban unidas por un nexo muy especial. Habían vivido solas mucho tiempo, compartiendo los momentos buenos y los malos; su madre jamás la había dejado en la estacada y Tana era una muchacha afectuosa y atenta.

–Quiero que salgas con tus amigos, cariño –contestó Jean–. Mañana es un día muy especial para ti.

Por la noche, iban a cenar en el Club 21. Jean sólo iba allí en compañía de Arthur, pero la graduación de Tana era lo suficientemente importante como para que se permitieran aquel lujo y, además, Jean ya no tenía que ahorrar como antes. En Durning International ganaba un sueldo fabuloso; por lo menos, comparado con el que ganaba como secretaria de bufete jurídico, pero era cuidadosa por naturaleza y, desde la muerte de Andy, siempre estaba un poco preocupada. A veces, le decía a Tana que por eso las cosas le habían salido tan bien. Andy Roberts era muy atolondrado y Tana se parecía mucho a él. Era más alegre que su madre, más maliciosa y divertida, se tomaba la vida más a broma; pero la verdad era que siempre lo había tenido todo muy fácil porque Jean la cuidaba y protegía constantemente. Miró a su madre mientras ésta sacaba una sartén para freír el bistec.

–Estoy deseando que llegue la noche de mañana.

Tana se conmovió al saber que su madre la iba a llevar al 21.

–Y yo. ¿Adónde vais esta noche?

–Al Village, a tomarnos una pizza.

–Ten cuidado –dijo Jean, frunciendo el ceño.

Se preocupaba incesantemente por ella dondequiera que fuera.

—Siempre lo tengo.

—¿Habrá chicos que os protejan?

A veces, Jean no sabía si los chicos eran una protección o una amenaza o ambas cosas a la vez. Tana leyó sus pensamientos y se echó a reír.

—Sí. ¿Ahora vas a estar más preocupada?

—Sí, claro.

—Eres una tonta, pero te quiero de todos modos.

Le echó los brazos al cuello, la besó y se fue a su habitación; puso el tocadiscos a todo volumen mientras Jean hacía una mueca. Estaba harta de oír aquella música, y cuando, al final, Tana apagó el tocadiscos y salió con un vestido blanco a topos negros, un ancho cinturón de charol negro y unos zapatos en blanco y negro, se sorprendió de repente al comprobar lo agradable que resultaba el silencio, y comprendió también lo solitario que se iba a quedar el apartamento cuando Tana se fuera. Aquello iba a ser una tumba.

—Que te diviertas.

—Lo haré. Volveré pronto.

—No cuento con ello.

A los dieciocho años, el toque de queda se había suprimido y, por otra parte, Tana solía ser muy juiciosa.

Jean la oyó llegar hacia las once y media.

Tana llamó suavemente a su puerta, murmuró «Ya estoy en casa» y se fue a su habitación; y entonces, Jean se dio la vuelta en la cama y se quedó dormida.

El día siguiente fue una jornada memorable para Jean Roberts; vio una larga hilera de muchachas adornadas con guirnaldas y margaritas, seguidas solemnemente por los chicos, cantando todos juntos, tan jóvenes, tan fuertes y vigorosos, a punto de entrar en un mundo en el que reinaban la política, los engaños, y las mentiras y los sufrimientos, aguardando al acecho para causarles daño. Jean sabía que la vida ya no volvería a ser fácil para ellos, y las lágrimas le rodaron lentamente por las mejillas mientras los estudiantes abandonaban poco a poco el salón de actos, cantando juntos por última vez. Se avergonzó de que se le escapara un sollozo, pero comprobó que no estaba sola y que los hombres lloraban tanto como las mujeres. Y de repente, se armó un alboroto y los graduados empezaron a gritar en el vestíbulo, abrazándose y besándose y haciendo promesas que no podrían cumplir: que regresarían, que harían un viaje juntos, que no se olvidarían jamás. El año que viene... Algún día... Jean los contempló a todos y especialmente a Tana, que tenía el rostro arrebolado por la emoción y los ojos de un verde casi esmeralda, todos tan alegres y llenos de entusiasmo.

Tana aún rebosaba de felicidad cuando, aquella noche, cenaron en el Club 21, y Jean le dio una sorpresa, pidiendo champaña. Por regla general, era reacia a que Tana bebiera. La experiencia que había tenido con sus padres y con Marie Durning aún seguía asustándola, pero, por tratarse de un día tan señalado, quiso hacer una excepción. Después del champaña, le entregó a Tana el estuche de Arthur. El regalo, como todos los que él hacía, incluso a sus propios hijos, lo había elegido Jean. Dentro, había una preciosa esclava de oro que Tana se puso en el acto con comedido placer.

—Es muy amable por tu parte, mamá.

Pero no se la veía demasiado contenta. Ambas conocían la razón de ello, y a Tana no le apetecía discutir en aquellos momentos. No quería disgustar a su madre. A finales de semana, perdió la batalla. Ya no pudo soportarlo más y accedió a asistir a la fiesta de Billy Durning.

—Pero es la última vez que voy a una de sus fiestas. ¿De acuerdo?

—¿Por qué tienes que ser tan rígida, Tana? Son muy amables al invitarte.

—¿Por qué? —Tana la miró con rabia y no pudo controlar su lengua—. ¿Porque soy la hija de una empleada?

¿Es acaso un favor especial de los todopoderosos Durning? ¿Algo así como invitar a la criada?

Los ojos de Jean se llenaron de lágrimas y Tana se encerró en su habitación, lamentando haber perdido los estribos. Pero no podía soportar la actitud de su madre con los Durning, no sólo con Arthur, sino también con Ann y Billy. Era asqueroso, como si el menor gesto fuera un favor especial por el que tuvieran que estarles eternamente agradecidas. Además, Tana sabía muy bien cómo eran las fiestas de Billy. Demasiada bebida, demasiados besuqueos y manoseos, todo el mundo se desmandaba y se emborrachaba. Odiaba sus fiestas, y la de aquella noche no iba a ser distinta.

Un amigo de Billy que vivía cerca de su casa la recogió en un Corvette rojo que le había regalado su padre y la acompañó a Greenwich, conduciendo a ciento veinte por hora en un infructuoso intento de impresionarla, y Tana llegó tan molesta como estaba al salir de casa. Lucía un vestido blanco de seda y zapatos blancos sin tacón y, al descender del automóvil deportivo, se alisó el largo cabello hacia atrás y miró a su alrededor, sabiendo que no conocería a nadie. Cuando era más pequeña, aborrecía acudir a las fiestas de los Durning porque los niños la evitaban deliberadamente; pero, aquella noche, iba a ser más fácil. Tres chicos con chaquetas a cuadros se le acercaron inmediatamente y se ofrecieron para traerle una tónica con ginebra o cualquier otra bebida que pudiera desear. Tana se hizo la desentendida y logró perderse por entre los invitados en un intento de escapar del chico que la había acompañado. Paseó durante media hora por el jardín, contempló a los grupos de chicas que se reían y bebió cerveza o tónica con ginebra, seguida de cerca por los chicos. Poco después, empezó a sonar la música y se formaron las parejas; y media hora más tarde, se apagaron casi todas las luces y los cuerpos se restregaban alegremente mientras varias parejas salían al jardín. Fue entonces cuando vio a Billy Durning. Se acercó a ella y pareció estudiarla con frialdad. Se habían visto muchas veces, pero él siempre la examinaba como si fuera a comprarla. Tana se ponía furiosa cada vez que le veía y aquella noche no fue una excepción.

–Hola, Billy.

–Hola. Caramba, qué alta eres.

Como saludo, no era muy emocionante y, además, él era muchísimo más alto; por consiguiente, ¿a qué venía el comentario? Pero entonces observó que le estaba mirando el busto y, por un instante, experimentó el deseo de propinarle un puntapié; sin embargo, rechinó los dientes y, en atención a su madre, decidió utilizar los buenos modales.

–Gracias por invitarme esta noche.

Pero sus ojos decían todo lo contrario.

–Cuantas más chicas haya, mejor.

Como el ganado. Tantas cabezas, pechos, piernas... o lo que fuera.

–Gracias.

Billy rió y se encogió de hombros.

–¿Quieres salir fuera? –le preguntó.

Tana estaba a punto de contestarle negativamente, pero después pensó: ¿por qué no? Billy le llevaba dos años, mas, en general, se comportaba como un chiquillo de diez. Menos cuando bebía. La tomó del brazo y se abrió paso con ella por entre los desconocidos invitados hasta salir al precioso jardín de los Durning, al fondo del cual se encontraba la casita de la piscina en la que Billy se alojaba con sus amigos. La víspera, ya habían quemado una mesa y dos sillas, y Billy les dijo que se calmaran si no querían que el viejo les asesinara. Incapaz de soportar la tortura de vivir en su proximidad, Arthur se fue a pasar la semana al club de campo.

—Ya verás los destrozos que estamos haciendo.

Sonrió, señalándole la casita de la piscina, y Tana experimentó una oleada de indignación. Sabía que su madre tendría que encargarse de sustituir todo cuanto ellos hubieran estropeado, ordenarlo todo y tranquilizar a Arthur cuando éste viera aquel desastre.

—¿Por qué no intentáis no comportaros como animales? —le preguntó Tana mirándole dulcemente, y por un instante, Billy se desconcertó.

Después, un perverso resplandor se encendió en sus ojos mientras la miraba lleno de rabia.

—Has dicho una tontería, pero siempre has sido un poco tonta, ¿verdad? Si el viejo no hubiera pagado para que estudiaras en aquella escuela tan fina de Nueva York, lo más seguro es que hubieras acabado en alguna escuela pública de mierda de la zona oeste, chupándole el pito al profesor.

Tana se quedó de una pieza y le miró en silencio; después, dio media vuelta y se alejó, mientras le oía reírse a sus espaldas. Qué cerdo era, pensó para sus adentros, mientras se abría paso hacia el interior de la casa. Observó que había llegado más gente y que casi todos los invitados eran bastante mayores que ella; sobre todo, las chicas.

Vio que el chico que la había acompañado, con la bragueta abierta, los ojos inyectados en sangre y los faldones de la camisa fuera del pantalón, compartía una botella medio vacía de whisky con una chica que le estaba manoseando todo el cuerpo. Tana los miró angustiada y comprendió que había perdido el medio de transporte para regresar a la ciudad. Por nada del mundo hubiera viajado en compañía de alguien tan embriagado. Le quedaba la alternativa de coger el tren o encontrar a una persona que estuviera sobria, lo cual no parecía, de momento, probable.

—¿Quieres bailar?

Se volvió y vio a Billy que, con los ojos más enrojecidos que antes, le miraba fijamente el busto. Los apartó a tiempo para verla mover la cabeza.

—No, gracias.

—En la casita de la piscina se lo están pasando en grande. ¿Quieres verlo?

A Tana se le revolvió el estómago al pensarlo y, si él no le hubiera dado tanto asco, se hubiera echado a reír. Era increíble lo ciega que estaba su madre con los sacrosantos Durning.

—No, gracias.

—¿Qué pasa? ¿Todavía eres virgen?

La expresión de Billy la ponía enferma, pero no quería darle a entender que estaba en lo cierto. Prefería inducirle a creer que le repugnaba, lo cual también era verdad.

—No me gusta mirar.

—¿Y por qué no? Pero si es de lo más divertido.

Tana dio media vuelta y trató de perderse entre los invitados, pero Billy la seguía por todas partes y empezaba a ponerla nerviosa. Tana miró alrededor, y, al no verle, pensó que se había reunido con sus amigos en la casita de la piscina; llegó a la conclusión de que ya había estado allí el tiempo suficiente. Tomaría un taxi hasta la estación y regresaría a casa. No sería muy agradable, pero, por lo menos, no era difícil. Mientras miraba a su alrededor para cerciorarse de que nadie la observaba, subió de puntillas por una pequeña escalera posterior y se dirigió a un teléfono privado. Fue todo muy sencillo. Llamó a información, le facilitaron el número y pidió un taxi. Le dijeron que se lo enviarían al cabo de quince minutos, y Tana sabía que llegaría con tiempo suficiente para tomar el último tren. Por primera vez en toda la noche, lanzó un suspiro de alivio, pensando que pronto se iba a librar de todos los borrachos e imbéciles que había allí abajo, y echó a andar por el pasillo cubierto por una mullida alfombra mientras contemplaba las fotografías de Arthur y Marie y de Ann y Billy cuando eran pequeños y se decía que, entre aquellas fotografías, hubiera tenido que figurar asimismo la de Jean. Formaba parte de sus vidas, había contribuido mucho a su bienestar, no era justo que la excluyeran. Sin pararse a pensar en lo que hacía, abrió una puerta. Era la habitación que su madre utilizaba como despacho cuando estaba allí. Las paredes también estaban cubiertas de fotografías, pero Tana no las vio. Al abrir la puerta lentamente, oyó un chillido nervioso y un «¡Mierda...! ¿Qué es?». Vio dos blancas formas que se levantaban en el aire y percibió un murmullo de turbación mientras volvía a cerrar la puerta. Al oír que alguien se reía a sus espaldas, brincó sobresaltada.

—¡Ah! —exclamó al ver a Billy—. Qué susto me has dado...

Creía que el joven estaba abajo.

—Pensaba que no te gustaba mirar, señorita Lirio de pureza.

—Estaba paseando por ahí y he visto...

Se le ruborizó el rostro hasta la raíz del pelo mientras él la miraba sonriendo.

—Apuesto a que... ¿por qué has subido aquí, Tan?

Así la llamaba su madre, pero le molestaba que Billy utilizara aquel diminutivo. Era un nombre familiar y él nunca había sido su amigo.

—Mi madre suele trabajar en esta habitación.

—Ni hablar. —Billy sacudió la cabeza como si se asombrara de su error—. Aquí no es.

—Te aseguro que sí.

A Tana no le cabía la menor duda de ello. Miró el reloj porque no quería perderse el taxi. Pero aún no había oído el claxon.

—Y ahora te voy a enseñar dónde trabaja de verdad, si quieres.

Billy echó a andar por el pasillo, en sentido contrario, y Tana no supo si seguirle o no. No quería discutir con él, pero estaba segura de que su madre utilizaba aquella habitación. De todos modos, Billy estaba en su casa y ella se sentía incómoda allí, escuchando los murmullos de la pareja que estaba en la habitación. El taxi tardaría unos cinco minutos en llegar y, a falta de otra cosa mejor que hacer, siguió a Billy por el pasillo.

—Es ahí —dijo el joven, abriendo la puerta de otra habitación.

Tana entró y miró a su alrededor, percatándose enseguida de que aquél no era el sitio donde trabajaba su madre. Dominaba la estancia una enorme cama con una colcha de terciopelo gris ribeteada de seda y una meridiana a juego, sobre la que se podía ver una cubierta de zarigüeya gris y otras de chinchilla. La alfombra también era de color gris, y había preciosos grabados por doquier. Tana se volvió a mirar a Billy haciendo un gesto de hastío.

—Muy gracioso. Ésa es la habitación de tu padre, ¿no?

—Sí. Y aquí es donde trabaja tu mamá. Y menudo trabajo hace la buena de Jean.

Tana experimentó el súbito impulso de agarrarle por el cabello y abofetearle; pero hizo un supremo esfuerzo por contenerse y se dirigió a la puerta; entonces, Billy la agarró por el brazo y cerró la puerta de un puntapié.

—¡Suéltame, asqueroso!

Tana trató de liberarse de su presa, pero la sorprendió la fuerza de Billy. Éste la asió brutalmente por ambos brazos y la empujó contra la pared, dejándola casi sin resuello.

—¿Me quieres enseñar la clase de trabajo que hace tu mamá, pequeña zorra?

Le estaba lastimando los brazos y Tana jadeó mientras asomaban a sus ojos unas lágrimas de rabia más que de temor.

—Me largo de aquí ahora mismo.

Tana trató de apartarse, pero Billy la empujó con furia contra la pared y le golpeó la cabeza contra la misma; entonces, le miró a los ojos y se llenó de pánico. El joven tenía cara de loco y se estaba riendo.

—No seas pelmaza.

En sus ojos se encendió un brillo perverso, mientras le asía las dos muñecas con una mano. Con la otra, se abrió la bragueta y se bajó los calzoncillos. Después le tomó una mano y la empujó hacia abajo, diciéndole:

—Agárramela, putita.

Tana estaba aterrada, mortalmente pálida y trataba de apartarse mientras Billy la empujaba con fuerza contra la pared y se reía. De repente, comprendió lo que estaba ocurriendo y se quedó aterrorizada: el miembro que él había dejado al descubierto se estaba endureciendo y parecía un asqueroso muñón; Billy seguía empujándola, una y otra vez, y le desgarraba el vestido para desnudarla, mientras sus manos recorrían el vientre, el busto, los muslos de Tana, apretándose contra ella, pasándole la lengua por el rostro y arrojándole vaharadas de alcohol, tocándola y machacándola. Después, introdujo los dedos entre las piernas de Tana y ésta lanzó un grito y le dio un mordisco en el cuello, sin conseguir que se retirara. Billy la tomó por un mechón de pelo y lo retorció hasta que ella pensó que se lo iba a arrancar de raíz. Se agitó e intentó rechazarlo con las piernas. Estaba casi sin aliento y luchaba más por su vida que por su virginidad; lloró y sollozó cuando la arrojó sobre la mullida alfombra gris y le desgarró el vestido; también le arrancó las bragas de encaje blanco y dejó al descubierto su hermosa desnudez. Ella empezó a suplicarle, casi al borde de la histeria, mientras Billy se quitaba los calzoncillos. Después, la inmovilizó con el peso de su cuerpo, sobándola por todas partes, lamiéndola con su boca. Cada vez que Tana intentaba incorporarse, Billy la abofeteaba; hasta que al final la dejó medio inconsciente y la penetró con toda su fuerza. Mientras, ríos de sangre manchaban la mullida alfombra. Él estaba encima de la joven, en una especie de culminación orgiástica, contemplando sus ojos empañados y los hilillos de sangre que manaban de su boca y su nariz.

Billy Durning se levantó riéndose y recogió los calzoncillos del suelo. Tana permaneció tendida en el suelo como si estuviera muerta.

—Gracias —le dijo el joven.

En ese instante se abrió la puerta y entró uno de los amigos de Billy.

—¡Santo cielo! ¿Qué le has hecho?

Tana seguía sin moverse, aunque oía las voces como desde muy lejos.

—No tiene importancia —contestó Billy—. Su madre es la prostituta que tiene contratada mi padre.

—Parece que uno de vosotros se lo ha pasado muy bien —dijo el otro chico, echándose a reír; era imposible no ver la sangre que empapaba la alfombra gris—. ¿Tiene la regla?

—Supongo —contestó Billy con indiferencia mientras se subía la cremallera. Tana aún se encontraba tendida en el suelo, y tenía las piernas paradas como una muñeca de trapo. Billy se inclinó y le dio una palmada en el rostro—. Vamos, Tan, levántate ya.

Al ver que la joven no se movía, Billy se fue al cuarto de baño, mojó una toalla y se la echó encima, como si ella supiera lo que tenía que hacer; pero transcurrieron diez minutos antes de que Tana se diera lentamente la vuelta sobre su propia suciedad y vomitara. Mientras el otro chico contemplaba la escena, Billy la agarró por el cabello y le gritó:

—Mierda, no hagas eso aquí, cochina.

La levantó sin miramientos y la arrastró al cuarto de baño, donde la joven se inclinó sobre el lavabo y, al final, extendió la mano y cerró la puerta de golpe. Transcurrió una eternidad antes de que pudiera sobreponerse un poco en medio de entrecortados sollozos. El taxi se había marchado y había perdido el último tren; pero lo peor era que jamás podría recuperarse de lo que acababa de sucederle. La habían violado. Temblaba de pies a cabeza, rechinaba los dientes, tenía la boca seca, le dolía la cabeza y no sabía cómo iba a salir de la casa. Tenía el vestido hecho jirones, los zapatos manchados de sangre. Se acurrucó en el suelo. Entonces, se abrió la puerta y Billy le arrojó unas prendas. Vio que eran un vestido y unos zapatos de Ann.

—Vístete —le dijo él, borracho como una cuba—. Te llevaré a casa.

—Y después ¿qué? —le gritó Tana—. ¿Cómo le vas a explicar todo eso a tu padre?

—¿Lo de la alfombra? —preguntó Billy, volviendo nerviosamente la cabeza.

—¡No, lo *mío*!

—De eso no tengo yo la culpa, cariño.

Las palabras del joven la asquearon, pero lo único que deseaba en aquellos momentos era largarse de allí aunque tuviera que regresar a pie a Nueva York. Recogió la ropa y regresó a la habitación en la que se había consumado la violación. Tenía los ojos enloquecidos, el cabello desgreñado y enredado, y las lágrimas le surcaban las mejillas. Dio media vuelta y tropezó con el amigo de Billy.

—Tú y Billy lo habéis pasado bien, ¿eh? —le dijo éste, riendo.

Ciega de rabia, Tana se alejó corriendo a otro cuarto de baño. Se puso la ropa y bajó la escalera. Era demasiado tarde para tomar el tren y de nada le serviría pedir otro taxi. Los músicos se habían marchado y la muchacha echó a correr por el camino particular dejando en la casa el vestido y el bolso. Quería irse de allí. En caso necesario, haría autostop, pararía a un vehículo de la policía... cualquier cosa... Las lágrimas se le habían secado sobre el rostro y respiraba afanosamente. Los faros del automóvil la iluminaron de golpe, y Tana comprendió que Billy la estaba siguiendo. Oyó el crujido de los neumáticos sobre la grava y se ocultó entre los árboles, llorando muy quedo, mientras él le gritaba:

—Vamos, te llevaré a casa.

No contestó. Siguió corriendo, pero el joven no se daba por vencido. Avanzó en zigzag por la desierta carretera hasta que al final Tana se volvió y le gritó:

—¡Déjame en paz!

Se inclinó, llorando y abrazándose las rodillas. Y entonces, Billy descendió lentamente del vehículo y se le acercó. El aire nocturno empezaba a serenarle y tenía el rostro ceniciento y sombrío. Le acompañaba su amigo, que permanecía en silencio en el otro asiento delantero del aerodinámico coche verde oscuro de Billy.

—Te acompañaré a casa —dijo éste, de pie en la carretera, iluminado por los faros del automóvil—. Vamos, Tan.

—No me llames así.

Parecía una chiquilla asustada. Jamás había sido su amiga, y ahora... Hubiera deseado echarse a gritar cada vez que pensaba en ello, pero ya ni siquiera tenía ánimos para eso y no le quedaban fuerzas para huir de él. Le dolía todo el cuerpo, le latían las sienes y la sangre se le había secado en el rostro y los muslos. Le miró inexpresivamente, tambaleándose por la carretera y, al ver que él trataba de asirla por un brazo, lanzó un grito y echó a correr. Billy se la quedó mirando un buen rato; luego, volvió a subir al automóvil y se alejó. Se había ofrecido para acompañarla a casa; si no quería, que se fuera al infierno. Tana avanzó a trompicones por la carretera, tenía todo el cuerpo dolorido. Billy regresó antes de veinte minutos. Se detuvo a su lado, descendió y la tomó por un brazo. Tana vio que el otro muchacho ya no estaba en el automóvil y se preguntó si iba a violarla otra vez. Presa del terror, trató de huir mientras él la empujaba hacia el automóvil. Esta vez, sin embargo, Billy la agarró con fuerza y le habló a gritos, y Tana percibió de nuevo los vahos del whisky en su aliento.

—Te he dicho que te llevaría a casa, maldita sea. ¡Sube de una vez!

La empujó hacia el asiento y Tana comprendió que de nada le serviría discutir. Estaba sola con Billy y éste haría lo que le viniera en gana. Se sentó a su lado en el coche. Billy lo puso en marcha y la muchacha pensó que la llevaría a alguna parte para torturarla de nuevo; pero, en su lugar, él enfiló la autopista y pisó el acelerador. La brisa que penetraba por las ventanillas pareció serenarlos a los dos. Billy la miró varias veces y le indicó una caja de pañuelos de celulosa.

—Será mejor que te limpies antes de volver a casa.

—¿Por qué? —preguntó ella, clavando los ojos en la desierta carretera.

Eran más de las dos de la madrugada y le pesaban los párpados. Sólo pasaba de vez en cuando algún camión, que se perdía velozmente en la noche.

—No puedes volver a casa en ese estado.

Tana no contestó ni se volvió a mirarle. Casi esperaba que Billy se detuviera e intentara violarla de nuevo; pero esta vez correría todo lo que pudiera, cruzaría la carretera y, a lo mejor, conseguiría que se detuviera algún camión. Aún se resistía a creer lo que él le había hecho y se preguntaba si no le habría alentado en cierto modo con su comportamiento... Mientras lo pensaba, observó que el potente vehículo deportivo empezaba a hacer eses. Se volvió a mirar a Billy y vio que se estaba durmiendo sobre el volante. Le tiró de una manga y él la miró sobresaltado.

—¿Por qué has hecho eso? —le preguntó—. Podrías haber provocado un accidente.

Tana no hubiera deseado otra cosa. Le hubiera encantado verle muerto al borde de la carretera.

–Te estabas durmiendo. Estás borracho.

–Ah, ¿sí? ¿Y qué?

Se le veía más cansado que enfurecido y, durante un buen rato, pareció que todo iba bien hasta que Tana vio que el automóvil volvía a hacer eses; pero, esta vez, antes de que pudiera sacudirle para que se despertara, pasó velozmente por su lado un enorme camión con remolque y el coche deportivo derrapó. Se oyó un chirriar de frenos mientras el camión volcaba y el coche rozaba milagrosamente la cabina y se estrellaba contra un árbol. Tana se dio un fuerte golpe en la cabeza y permaneció sentada inmóvil largo rato hasta que, al final, oyó unos tenues quejidos a su lado. El rostro de Billy estaba cubierto de sangre, pero ella no se movió. Permaneció sentada, inmóvil, hasta que, al fin, alguien abrió la portezuela y un par de vigorosas manos la asieron por el brazo mientras Tana empezaba a gritar. De repente, los acontecimientos de la interminable noche surtieron efecto y Tana, perdido totalmente el control, sollozaba histéricamente y trataba de huir corriendo. Dos camiones que pasaban se detuvieron y los conductores trataron de tranquilizarla mientras llegaba la policía; pero la joven tenía la mirada perdida. Billy se había hecho un horrible corte sobre un ojo y le estaban aplicando compresas frías. Por fin, llegó un coche de la policía seguido de una ambulancia y las tres víctimas fueron trasladadas al Medical Center de Nueva Rochelle. El conductor del camión fue dado de alta casi inmediatamente. Por suerte, su vehículo había sufrido más daños que él. A Billy le aplicaron unos puntos de sutura. Se comprobó que había conducido en estado de embriaguez. Era la tercera vez que le detenían por este motivo, y le iba a costar la pérdida del permiso de conducir, lo cual parecía preocuparle mucho más que la herida del ojo. Tana estaba completamente ensangrentada, pero el personal médico no acertaba a comprender por qué razón casi toda la sangre estaba seca. No conseguían que les explicara qué había ocurrido, porque, cada vez que lo intentaban, se ponía histérica. Una simpática y joven enfermera la limpió cuidadosamente mientras ella permanecía tendida, llorando sobre la mesa de exploración. Le administraron un sedante y, cuando llegó su madre a las cuatro de la madrugada, ya estaba medio dormida.

—Pero ¿qué ha pasado...? ¡Dios mío! —exclamó Jean contemplando el vendaje del ojo del joven—. Billy, ¿te recuperarás?

—Supongo —contestó él, sonriendo tímidamente.

Jean pensó que era un chico muy guapo, aunque no se pareciera a su padre, sino más bien a Marie. Billy dejó súbitamente de sonreír y se sintió lleno de pánico.

—¿Has llamado a papá?

—No he querido asustarle —contestó Jean, sacudiendo la cabeza—. Me dijeron que estabas bien cuando llamaron y he preferido venir primero a echaros un vistazo.

—Gracias. —Billy contempló el cuerpo dormido de Tana; luego, se encogió nerviosamente de hombros—. Siento haber... que yo... que hayamos destrozado el automóvil...

—Lo más importante es que no hayáis sufrido heridas graves.

Con ceño, Jean contempló el enmarañado cabello rubio de Tana; pero ya no había el menor resto de sangre en el rostro de la joven y la enfermera le explicó lo histérica que se había puesto la chica.

—Le hemos administrado un sedante. Pasará un buen rato durmiendo.

—¿Estaba bebida? —preguntó Jean.

Ya sabía que Billy lo estaba, pero se hubiera llevado un disgusto enorme si Tana también lo hubiera estado.

—No creo —contestó la enfermera—. Me parece que estaba muy asustada. Se ha hecho un chichón tremendo en la cabeza, pero nada más. No hay indicios de conmoción, pero la tendremos bajo vigilancia.

Al oír voces a su alrededor, Tana se despertó, miró a su madre como si jamás la hubiera visto y se echó a llorar en silencio mientras Jean la abrazaba y trataba de consolarla.

—No pasa nada, nena... No pasa nada...

Tana agitó la cabeza y dijo con voz entrecortada:

—Sí, sí pasa... Él me ha...

Pero Billy le estaba dirigiendo una mirada siniestra y Tana no se atrevió a pronunciar las palabras. Temía que volviera a golpearla. Apartó el rostro y reprimió los sollozos. No podía volver a mirarle..., no podía..., no quería volver a verle jamás...

Se tendió en el asiento posterior del Mercedes de su madre y acompañaron a Billy a casa. Jean se quedó un rato en la casa. Echaron a los últimos invitados, hicieron salir de la piscina a otra media docena, sacaron a dos parejas de la cama de Ann, pidieron al grupo de la casita de la piscina que no armara alboroto y Jean regresó al automóvil donde la estaba aguardando Tana, sabiendo que se vería obligada a perder media semana de trabajo. Habían destrozado la mitad de los muebles, quemado algunas plantas, estropeado la tapicería e incluso manchado las alfombras; y en la piscina había de todo, desde vasos de plástico hasta piñas enteras. No quería que Arthur viera la casa hasta que ella hubiera puesto un poco de orden. Subió al automóvil lanzando un suspiro de cansancio y contempló la figura inmóvil de Tana. Ésta parecía extrañamente tranquila. El sedante le estaba haciendo efecto.

—Menos mal que no han entrado en la habitación de Arthur. —Puso en marcha el vehículo y Tana negó con la cabeza en silencio, pero no pudo pronunciar las palabras—. ¿Estás bien?

Eso era lo más importante. Hubieran podido matar-se. Se habían salvado de milagro. Fue lo que pensó Jean cuando sonó el teléfono a las tres de la madrugada. Llevaba varias horas preocupada y, al oír el teléfono, comprendió instintivamente lo que había ocurrido y contestó al primer timbrazo.

–¿Cómo te encuentras?

Tana se limitó a mirar a su madre.

–Quiero ir a casa.

Las lágrimas le resbalaban de nuevo por las mejillas, y Jean se preguntó si habría tomado alguna copa de más. Estaba claro que la noche había sido muy movida y que Tana había participado activamente en ella. Vio que no llevaba el mismo vestido que al salir de casa.

–¿Has estado nadando en la piscina?

Tana se incorporó y Jean vio, a través del espejo retrovisor, la extraña expresión que había en los ojos de su hija.

–¿Qué le ha pasado a tu vestido?

–Billy me lo ha desgarrado.

–¿Qué dices? –Jean pareció sorprenderse, pero esbozó una sonrisa–. ¿Te ha arrojado a la piscina? –Era lo único que se le ocurría porque, aunque estuviera un poco bebido, el muchacho era completamente inofensivo. Menos mal que no se había estrellado contra el camión. Había sido una buena lección para ambos–. Espero que esta noche hayas aprendido una lección, Tan. –Al oír el diminutivo que Billy había utilizado, Tana empezó a sollozar y al final Jean se apartó de la carretera y detuvo el coche–. Pero ¿qué te pasa? ¿Has bebido? ¿Has tomado drogas?

La voz y los ojos de su madre la acusaban. Qué injusta era la vida, pensó Tana. Pero su madre no entendía lo que había hecho Billy Durning.

–Billy me ha violado en la habitación de su padre –dijo mirándola a los ojos.

—¡Tana! —exclamó Jean, horrorizada—. ¿Cómo puedes decir eso? —Estaba enojada con su hija, no con el hijo de su amante. No podía creer que Billy hubiera hecho semejante cosa y miró con expresión de reproche a su única hija—. Es terrible decir eso.

Más terrible era haberlo hecho. Pero su madre se limitó a mirarla fijamente.

—Es lo que ha hecho. —Dos solitarias lágrimas rodaron por las mejillas de Tana mientras el rostro se le contraía en una mueca—. Lo juro...

Se estaba volviendo a poner histérica y Jean puso nuevamente en marcha el vehículo sin mirarla.

—No quiero oírte decir eso nunca más, acerca de nadie. —Sobre todo, acerca de alguien a quien conocían. Un inofensivo muchacho a quien conocían de casi toda la vida... No quiso detenerse siquiera a pensar por qué había dicho Tana algo tan espantoso; tal vez por celos de Billy, de Ann o Arthur—. Que no vuelva a oírtelo decir. ¿Está claro?

No hubo respuesta desde el asiento trasero. Tana se limitó a permanecer sentada con los ojos perdidos en la lejanía. Jamás volvería a decirlo. Acerca de nadie. Algo acababa de morir en su interior.

4

El verano transcurrió rápidamente para Tana después de aquello. Pasó dos semanas recuperándose en Nueva York, mientras su madre iba a trabajar todos los días. Jean estaba preocupada por su hija. No parecía que le ocurriera nada, pero se pasaba el día sentada, con la mirada perdida y sin querer ver a sus amigos. No contestaba al teléfono cuando Jean o alguna otra persona la llamaba. Jean se lo comentó incluso a Arthur al término de la primera semana. Ya casi había arreglado todos los desperfectos de la casa, y Billy y sus amigos se habían ido a Malibú. Habían destrozado la casita de la piscina, pero lo peor era un trozo de la alfombra de la habitación de Arthur, que parecía haber sido cortado con un cuchillo. Arthur reprendió severamente a su hijo.

—Pero ¿qué clase de salvajes sois? Te tendría que enviar a West Point y no a Princeton, a ver si te enseñaban un poco a portarte como es debido. Santo cielo, en mis tiempos nadie se comportaba de esta manera. ¿Has visto ya esta alfombra? Le han arrancado un trozo.

—Lo siento, papá —contestó Billy con tono compungido—. Es que las cosas se nos escaparon un poco de las manos.

—¿Un poco? Es un milagro que tú y Tana no os matarais.

Por suerte, sin embargo, todo se estaba resolviendo favorablemente. El ojo aún le molestaba un poco cuando se fue del hospital, pero ya le habían quitado los puntos de la ceja. Billy siguió saliendo todas las noches hasta que se fue a Malibú.

—Condenados muchachos... —dijo Arthur—. ¿Qué tal está ahora Tana?

Jean le había comentado varias veces el extraño comportamiento de su hija, y se preguntaba si el golpe en la cabeza no había sido más grave de lo que en un principio había creído.

—La primera noche casi deliraba. Hasta llegó a decir que...

Aún recordaba la ridícula historia que Tana le había contado sobre Billy. La chica no estaba totalmente repuesta y Arthur se inquietó un poco.

—Que le den otro vistazo.

Pero, cuando Jean se lo propuso, Tana rechazó la idea. Jean se preguntó si su hija estaría en condiciones de irse a trabajar al campamento de verano, en Nueva Inglaterra. Pero la víspera de su partida, Tana hizo silenciosamente el equipaje y, a la mañana siguiente, se acercó a la mesa del desayuno con el rostro pálido y ojeroso. Mas, por primera vez en dos semanas, esbozó una sonrisa cuando su madre le ofreció un vaso de zumo de naranja. Jean estuvo a punto de echarse a llorar de alegría. La casa parecía una tumba desde que había ocurrido el accidente. No había ruido, ni música, ni risas por teléfono, ni voces; sólo un silencio mortal por doquier. Y los tristes ojos de Tana.

—Te he echado de menos, Tan.

Al oír el diminutivo, los ojos de Tana se llenaron de lágrimas. No le quedaba nada más por decir. A nadie. Tenía la sensación de que su vida había terminado. No quería que volviera a tocarla ningún hombre. Nadie volvería a hacerle lo que le había hecho Billy Durning; y lo más dramático era que su madre no quería ni oír hablar de ello. En su mente, era imposible y, por tanto, no había ocurrido. Pero, por desgracia, había ocurrido.

–¿Estás segura de que puedes ir al campamento? –oyó preguntar a su madre.

Tana se lo había estado preguntando; sabía que la opción era importante. Podía pasarse la vida escondida allí como un inválida, una víctima, un ser encogido, destrozado y roto, o podía empezar a moverse de nuevo; y al fin había decidido que lo mejor sería hacer esto último.

–Todo irá bien.

–¿Seguro? –Se la veía tan apagada y tan madura de repente... Era como si el golpe en la cabeza le hubiera arrebatado la juventud. Tal vez fuera efecto del miedo. Jean jamás había visto un cambio tan acentuado en tan poco tiempo. Arthur decía, en cambio, que Billy estaba arrepentido, pero ya casi se había recuperado cuando se fue de vacaciones–. Mira, cariño, si no te sientes con ánimo, vuelve a casa. Tienes que estar fuerte cuando empieces a estudiar en otoño.

–Todo irá bien.

Fue casi lo único que dijo antes de marcharse con una maleta por todo equipaje. Tomó el autobús de Vermont, tal como lo había hecho en dos ocasiones anteriores. El trabajo en el campamento le encantaba; pero, esta vez, todo fue distinto y los demás se dieron cuenta. Estaba más ausente, se mantenía apartada y casi nunca se reía. Sólo hablaba un poco con los niños del campamento. Los que la conocían de antes comentaban que debía de haberle ocurrido algo en casa, que debía de estar enferma, que era una chica distinta... Todo el mundo notó algo, pero nadie sabía nada. Al finalizar el verano, tomó el autobús y regresó a casa. Aquel año, no hizo ninguna amistad aparte de todos los chiquillos, pero hasta con ellos perdió parte de su popularidad. Estaba más bonita que en años anteriores, pero todos los niños comentaban: «Tana Roberts está muy rara.» Y ella sabía que era cierto.

Pasó dos días en casa con Jean, evitó a sus antiguos amigos, hizo maletas para marcharse al centro universitario y subió al tren, lanzando un suspiro de alivio. Quería irse lejos de casa, apartarse de Arthur, de Jean, de Billy... de todo el mundo. Hasta de sus amigos de la escuela. Ya no era la muchacha despreocupada que se había graduado tres meses antes. Era una persona distinta, angustiada y dolida, que tenía heridas en el corazón. Sentada en el tren que la llevaba al Sur, empezó, poco a poco, a sentirse nuevamente un ser humano. Necesitaba alejarse de todos, de sus engaños y mentiras, de las cosas que no podían ver o se negaban a creer, de sus juegos... Era como si, desde que Billy Durning la había forzado, ya nadie pudiera comprenderla. Ella no existía porque no querían reconocer el pecado de Billy... pero sólo Jean mantenía esta actitud. Sin embargo, ella no tenía a nadie más. Si su propia madre no la creía..., no quería volver a pensar en ello. No quería recordar nada. Se iba todo lo lejos que podía y tal vez no regresara jamás a casa; pero ella sabía que eso era mentira. «Volverás a casa para el día de Acción de Gracias, ¿verdad, Tan?», fueron las últimas palabras que le dijo su madre. Parecía que ésta le tuviera miedo, que hubiera visto en sus ojos algo que no podía admitir, una especie de herida abierta y sangrante que ella no podía sanar y no deseaba reconocer. No quería regresar a casa nunca más. Se había escapado de sus vulgares y mezquinas vidas, de su hipocresía, de Billy y sus brutales amigos, de Arthur y de los años en que se había aprovechado de Jean, de la esposa a la que él había engañado y de las mentiras que la propia Jean se decía a sí misma para engañarse... De repente, Tana no pudo soportarlo y deseó irse lo más lejos posible. Tal vez no regresara jamás... jamás.

Le encantaba el traqueteo del tren y se entristeció cuando éste se detuvo en Yolan. Green Hill College se encontraba a tres kilómetros de distancia y habían enviado a recogerla a un viejo negro canoso con una anticuada camioneta. El hombre la saludó amablemente, pero Tana le miró con recelo cuando la ayudó a colocar las maletas en el vehículo.

–¿Ha sido un viaje muy largo, señorita?

–Trece horas.

Apenas habló con él durante el breve trayecto hasta el instituto y, si el hombre hubiera hecho ademán de detener el automóvil, hubiera saltado del vehículo y se hubiera puesto a gritar. Él intuyó la inquietud de la joven y procuró no asustarla con exceso de confianza. Se pasó buena parte del camino silbando; y, cuando se cansó de silbar, empezó a tararear canciones del profundo Sur que Tana no conocía. Al llegar a su destino, la muchacha no pudo evitar dirigir al hombre una sonrisa.

–Gracias por el paseo.

–Estoy a su disposición, señorita. Baje al despacho y pregunte por Sam. Y yo la llevaré a pasear a donde quiera. –El negro rió cordialmente–. Aunque aquí no hay muchos sitios adonde ir.

Tenía el acento del profundo Sur. Al descender del tren, Tana se fijó en lo bonito que era todo. Los majestuosos árboles, las alegres flores por todas partes, la lujuriante hierba, el tibio y perfumado aire. Experimentó el súbito deseo de pasear tranquilamente por allí y, cuando vio por primera vez el edificio del colegio, le pareció que era tal y como ella lo había imaginado. En invierno, había pensado trasladarse allí para efectuar una visita de inspección, pero después no tuvo tiempo. Se limitó a establecer contacto con su representante del Norte, y se conformó con lo que leyó en los folletos. Sabía que era uno de los mejores centros de enseñanza universitaria del país, pero, en realidad, Tana buscaba algo más..., la fama de que gozaba el colegio y su reconocido prestigio. Era un sitio un poco anticuado, lo sabía, pero en cierto modo eso le gustaba. Contempló los blancos edificios perfectamente conservados con sus altas columnas y sus preciosas puertas vidrieras que daban a un pequeño lago, y experimentó la sensación de encontrarse en su casa.

Se presentó en recepción, rellenó unos impresos, anotó su nombre en una larga lista, averiguó en qué edificio se iba a alojar y, poco después, Sam volvió a ayudarla, cargando las maletas en un viejo coche. El solo hecho de estar allí era como un regreso al pasado y, por primera vez en muchos meses, volvió a sentirse tranquila. Allí no vería a su madre, no tendría que explicarle lo que sentía o no sentía, no tendría que oír hablar de los odiados Durning, ni ver el dolor que Arthur le estaba causando a su madre... ni oír hablar de Billy. Vivir con ellos en la misma ciudad la ahogaba y, durante uno o dos meses después de la violación, sólo quiso escapar. Tuvo que hacer acopio de todo su valor para ir al campamento, en verano, y cada día libró una batalla. Siempre que se le acercaba alguien, sobre todo si era un hombre, se aterrorizaba; y ahora, hasta los chicos le daban miedo. Menos mal que allí no tendría que preocuparse en este sentido porque era un colegio femenino y no habría bailes de gala ni partidos de fútbol. Antes, le gustaba la vida social, pero ahora ya no le interesaba. Ya no le interesaba nada... Desde hacía tres meses por lo menos... Pero de repente le pareció que el aire olía a rosas y experimentó el deseo de sonreír mientras Sam conducía lentamente el coche que llevaba el equipaje.

—Eso queda muy lejos de Nueva York —dijo el negro de ensortijado cabello blanco.

—Desde luego. Y todo es precioso.

Tana contempló el lago y los edificios dispuestos en abanico; otros de menor altura se alzaban un poco más lejos. Parecía una gran mansión –lo que había sido en otros tiempos–, perfectamente cuidada y conservada. Casi lamentó que su madre no pudiera ver todo aquello; pero quizá la visitara más adelante.

–Antes eso era una plantación, ¿sabe?

Sam se lo contaba a cientos de chicas cada año. Se jactaba de que su abuelo hubiera sido uno de los esclavos de allí y le encantaba ver las miradas de asombro de las muchachas, tan jóvenes y bonitas, casi como su hija, que ya se había casado y tenía hijos. Cada año, en primavera, regresaban chicas de todas partes para casarse en la hermosa iglesia del colegio. Y tras la ceremonia de entrega de diplomas, siempre había por lo menos una docena de bodas en los días sucesivos. Miró a Tana, sentada a su lado, y se preguntó cuánto tiempo iba a tardar. Era una de las chicas más bonitas que jamás hubiera visto; tenía unas piernas largas y bien torneadas, una cara preciosa, la melena rubia y unos enormes ojos verdes. Si le tuviera más confianza, le diría que parecía una estrella de cine, pero la chica parecía más retraída que la mayoría, además de extraordinariamente tímida.

–¿Ha estado aquí alguna vez? –le preguntó. Tana sacudió la cabeza mientras contemplaba el edificio frente al cual se había detenido el coche–. Jasmine House es una de las mejores casas que tenemos. Hoy, ya he traído aquí a cinco chicas. Van a ser ustedes unas veinticinco en total, y habrá una directora encargada de vigilarlas, aunque estoy seguro de que a ninguna de ustedes le hace falta –añadió, soltando una carcajada mientras Tana le ayudaba a descargar algunas maletas.

Al entrar, vio un salón decorado con mobiliario rústico inglés y norteamericano, con alegres tapicerías de colores claros y grandes ramos de flores en jarrones de cristal sobre varias mesas y un escritorio. Tana admiró aquella atmósfera hogareña y el carácter señorial de todo el ambiente. Todo era impecable, como si una tuviera que andar por allí con sombrero y guantes blancos. De repente, contempló su falda a cuadros y sus zapatos planos y calcetines cortos y miró a la mujer que se acercaba a ella, enfundada en un severo vestido gris. Tenía cabello blanco y ojos azules, y Tana comprendió que era la directora de Jasmine House desde hacía más de veinte años. Hablaba con un suave acento sureño y llevaba un collar de perlas. Las profundas arrugas que le rodeaban los ojos le conferían la apariencia de una anciana y bondadosa tía.

—Bienvenida a Jasmine House, querida —le dijo. Y le explicó que había en el campus otras once casas como aquélla—. Pero nosotras creemos que Jasmine es la mejor.

Miró a Tana con una sonrisa y le ofreció una taza de té, mientras Sam subía el equipaje a su habitación. Tana aceptó la taza con motivos florales y la cucharilla de plata y rehusó unos pastelillos a la vez que contemplaba el lago, pensando en cuán extraña era la vida. Le parecía haber aterrizado en otra galaxia. Todo era tan distinto de Nueva York... Allí estaba ella, lejos de las personas que conocía, hablando con aquella mujer de ojos azules y un collar de perlas... Tres meses antes la habían violado en el dormitorio de Arthur Durning.

—... ¿no te parece, querida?

Tana miró inexpresivamente a la directora sin saber qué le había dicho y asintió con la cabeza; de repente, se sintió muy cansada. Eran muchos cambios de una sola vez.

—Sí, sí... Desde luego.

Deseaba escapar a su habitación. Terminaron de beber el té y dejaron las tazas en la mesa; y a Tana le entraron ganas de reírse al pensar en todas las tazas de té que habría tenido que tomarse aquella mujer a lo largo del día. Intuyendo su impaciencia, la directora la acompañó a su habitación. Subieron dos tramos de una preciosa escalera y avanzaron por un largo pasillo en cuyas paredes colgaban grabados de flores y fotografías de alumnas. La habitación de Tana se encontraba al fondo del pasillo. Las paredes eran de color rosa pálido, y las cortinas y colchas, de calicó. Había dos camas, dos cómodas antiguas, dos sillas y un pequeño lavabo en un rincón. Era una habitación deliciosamente anticuada, y el techo seguía la inclinación del tejado.

—Es muy bonita —dijo Tana.

—Aquí todas lo son —contestó la mujer.

Después se retiró y Tana permaneció sentada contemplando los baúles, sin saber qué hacer. Se tendió en la cama y admiró la belleza de los árboles. No sabía si aguardar la llegada de su compañera de habitación antes de elegir una de las cómodas y la mitad del armario, aunque, de todos modos, no le apetecía deshacer el equipaje. Estaba pensando en ir a dar un paseo alrededor del lago cuando llamaron a la puerta y apareció el viejo Sam, portando dos maletas. El viejo miró a Tana y se encogió de hombros.

—Me parece que es la primera que tenemos.

¿De qué estaba hablando?, pensó ella, perpleja, mientras estudiaba las maletas. No vio nada raro en ellas; eran un par de maletas a cuadros azules y verdes con marbetes del tren, un estuche de maquillaje y una sombrerera redonda como las que llevaba ella para guardar sus cachivaches. Empezó a pasear lentamente por la estancia, preguntándose cuándo aparecería la propietaria. Pensó que la espera sería interminable porque antes había el ritual del té; pero, en vez de ello, la muchacha apareció enseguida. Primero, llamó la directora, miró a Tana con aire de misterio y, después, se apartó a un lado para que Sharon Blake pudiera entrar en la habitación. Era una de las chicas más guapas que Tana hubiera visto jamás. Tenía el cabello de color azabache recogido hacia atrás, unos brillantes ojos de color ónix y unos dientes más blancos que el marfil destacando en un rostro canela tan delicadamente esculpido que no parecía de verdad. Tana se quedó boquiabierta al ver su impresionante belleza, la gracia de sus movimientos y su estilo. La muchacha se quitó el abrigo rojo y el sombrero que llevaba y se quedó con un vestido de lana gris, exactamente del mismo tono que los zapatos. Se parecía más a una modelo de alta costura que a una universitaria, y Tana sonrió para sus adentros al pensar en la ropa que ella se había traído. Faldas a cuadros y pantalones deportivos, viejos jerséis de lana, blusas sin pretensiones y un par de vestidos que su madre le había comprado en Sacks antes de su partida.

—Tana —dijo la directora, tomándose las presentaciones muy en serio—, te presento a Sharon Blake. También es del Norte, aunque no de tan arriba como tú. Es de Washington.

—Hola —dijo Tana mirando tímidamente a Sharon mientras ésta le tendía la mano con una deslumbrante sonrisa.

—¿Cómo estás?

—Os dejo solas —dijo la directora, mirando a Sharon casi con angustia y a Tana con pesadumbre. Le dolía tenerle que hacer aquella jugada, pero alguien tenía que dormir con aquella chica y, al fin y al cabo, Tana estaba allí gracias a una beca. Era una pura cuestión de justicia. Ya podía darse por satisfecha con lo que había conseguido. Las demás chicas no lo hubieran aceptado.

Cerró suavemente la puerta y se alejó por el pasillo con paso decidido. Era la primera vez que ocurría semejante cosa en Jasmine House y en todo Green Hill, y Julia Jones pensó que ojalá hubiera podido tomar aquella tarde algo más fuerte que una simple taza de té. Buena falta le hacía, porque la tensión había sido terrible.

Sharon se echó a reír, se sentó en una de las incómodas sillas de la habitación y miró el sedoso cabello rubio de Tana. Formaban una curiosa pareja. La una tan clara y la otra tan oscura. Se miraron con curiosidad, y Tana se preguntó qué estaría haciendo allí aquella chica cuando lo más lógico hubiera sido que se fuera a un colegio del Norte. Pero no conocía a Sharon Blake. La chica era preciosa, desde luego, y vestía de maravilla. Tana la contempló mientras Sharon se quitaba los zapatos.

—Bueno —una sonrisa volvió a iluminar el delicado rostro oscuro—, ¿qué te parece Jasmine House?

—Es bonita.

Tana aún se sentía un poco intimidada, pero no cabía duda de que su compañera de habitación tenía un encanto especial. Parecía valiente y audaz.

—Nos han dado la peor habitación.

—¿Cómo lo sabes? —preguntó Tana, asombrada.

—Lo he visto al pasar —contestó Sharon—. Ya me lo imaginaba. —La miró inquisitivamente—. Y tú, ¿qué pecado has cometido para que te hayan puesto conmigo en la misma habitación?

Miró afectuosamente a Tana. Sharon sabía por qué estaba allí: era la única negra que habían aceptado en Green Hill, lo cual era algo insólito. Su padre era un célebre escritor, que había ganado el premio Nacional del Libro y el premio Pulitzer; su madre era abogada y ocupaba un cargo en el gobierno, por cuyo motivo su situación iba a ser distinta de la de la mayoría de las chicas negras. Por lo menos, eso esperaban sus padres..., aunque nunca se sabía lo que podía ocurrir, claro... Miriam Blake le había ofrecido a su hija otras alternativas antes de enviarla a Green Hills. Hubiera podido matricularse en algún colegio del Norte, en la Universidad de Columbia, en Nueva York —con sus excelentes calificaciones, no hubiera tenido ningún problema—, en la de Georgetown, más cerca de su casa, o en la Universidad de California en Los Ángeles, en caso de que tuviera auténtica vocación de actriz... O bien podía hacer algo más importante, le dijo su madre:

—Algo que tenga algún día un significado para otras chicas, Sharon. —Ésta la miró sin saber a qué se refería—. Podrías ir a Green Hill.

—¿En el Sur? —preguntó Sharon, aterrada—. No me aceptarían.

—Pero ¿es que aún no lo has entendido, nena? —preguntó Miriam, enfurecida—. Tu padre es Freeman Blake. Ha escrito libros leídos por miles de personas en todo el mundo. ¿Crees de veras que se atreverían a rechazarte?

—Pues a mí me parece que sí, mamá —contestó Sharon, muy nerviosa—. Me embadurnarían de alquitrán y me emplumarían antes de que deshiciera el equipaje.

Estaba aterrorizada. Sabía lo que había pasado en Little Rock tres años antes. Lo había leído en los periódicos. Se utilizaron tanques e intervino la Guardia Nacional para que unos niños negros pudieran asistir a una escuela blanca. Pero ellas no hablaban de una escuela de mala muerte, sino de Green Hill, el colegio femenino de más prestigio de todo el Sur, en el que estudiaban las hijas de los congresistas y senadores, y al cual los gobernadores de Texas y Carolina del Sur y Georgia enviaban a sus hijas para que estudiaran un par de años antes de casarse con chicos de su misma categoría.

—¡Eso es una locura, mamá!

—Si todas las chicas negras de este país piensan como tú, Sharon Blake, dentro de cien años aún dormiremos en hoteles para negros, nos sentaremos en los asientos traseros de los autobuses y beberemos en las fuentes en las que se mean los chicos blancos.

Su madre la miró con furia y Sharon hizo una mueca. Miriam Blake siempre había pensado lo mismo. Estudió en Radcliffe con una beca y después se licenció en derecho por la Universidad de California; desde entonces, siempre había luchado por sus creencias, por los desheredados, por el hombre de la calle y por su gente. Hasta su marido la admiraba. Era la persona más valiente que jamás había conocido y no había quien la detuviera. A veces Sharon se asustaba.

–¿Y si me admiten? –le preguntó a su padre–. Yo no soy como ella, papá... No quiero demostrar nada, ni entrar allí a la fuerza... Quiero tener amigos y pasarlo bien... Lo que ella quiere que haga es demasiado duro...

Las lágrimas asomaron a los ojos de Sharon, pero su padre no pudo hacer nada por ayudarla. No podía cambiarle las ideas a Miriam ni tampoco a aquella dulce y encantadora muchacha que no era tan agresiva como su mujer y que tanto se parecía a él. Quería ser actriz y triunfar en Broadway. Y estudiar en la Universidad de California en Los Ángeles.

–Podrás estudiar allí los dos últimos cursos, Shar –le dijo su madre–, cuando hayas pagado tu cuota.

–¿Y por qué tengo yo que pagar una cuota? –gritó la chica–. ¿Por qué tengo que perder dos años de mi vida?

–Porque vives aquí, en la casa de tu padre, en un barrio elegante de Washington, y duermes en una mullida cama gracias a nosotros y nunca has sabido lo que es sufrir en la vida.

–Pues pégame, si quieres. Trátame como a una esclava, ¡pero déjame hacer lo que quiera!

–Muy bien, haz lo que quieras –contestó la madre, echando chispas por los ojos–. Pero nunca podrás sentirte orgullosa de ti, muchacha, siendo tan egoísta como eres. ¿Crees que es eso lo que hicieron en Little Rock? Llegaron hasta el fondo sin temer que les pegaran un tiro o que el Ku-Klux-Klan les hiciera picadillo. ¿Y sabes por quién lo hicieron, muchacha? Lo hicieron por ti. Y tú, ¿por quién lo vas a hacer, Sharon Blake?

–¡Por mí! –contestó la muchacha a gritos, antes de subir corriendo a su habitación y dar un portazo.

Sin embargo, las palabras de su madre le hicieron mella. No era fácil vivir a su lado, no era fácil amarla y conocerla, porque era muy dura con la gente, pero, a la larga, conseguía que las cosas marcharan bien para todo el mundo.

Aquella noche, Freeman Blake trató de hablar con su mujer. Sabía lo que sentía Sharon y lo mucho que le apetecía ir a estudiar al Oeste.

—¿Por qué no le dejas hacer lo que quiera, sólo para variar?

—Porque tiene una responsabilidad. Como la tenemos nosotros.

—Pero ¿acaso no puedes pensar en otra cosa? Es muy joven. Dale una oportunidad. Puede que no le apetezca luchar por una causa. Ya haces tú suficiente en este sentido. —Sin embargo, ambos sabían que ello no era enteramente cierto. Dick, el hermano de Sharon, contaba apenas quince años, pero ya era el vivo retrato de su madre y compartía sus ideas, dándoles un toque todavía más radical. No quería que nadie le humillara jamás y Freeman se sentía orgulloso de él, aunque también reconocía que Sharon era distinta—. Déjala en paz —le dijo a su mujer.

La dejaron. Pero Sharon se sintió culpable y decidió ir, como se lo contó a Tana aquella noche.

—Y aquí me tienes.

Cenaron en el comedor principal y regresaron a su habitación. Sharon llevaba un camisón de color rosa que le había regalado su mejor amiga antes de marcharse, y Tana iba enfundada en un camisón azul de franela y se había recogido el largo y sedoso cabello en una cola de caballo.

—Creo que me iré a la Universidad de California cuando termine aquí —suspiró mientras contemplaba la laca rosa que acababa de aplicarse a las uñas de los pies. Luego, volvió a mirar a Tana—. Mi madre espera demasiado de mí.

—Igual que la mía. Ha dedicado toda su vida a mi bienestar y sólo quiere que estudie aquí uno o dos años y después me case con un buen chico.

Hizo una mueca para dar a entender lo poco que le gustaba la idea, y Sharon se echó a reír.

–En el fondo, es lo que quieren todas las madres, incluso la mía, siempre y cuando le prometa seguir participando en sus cruzadas después de casarme. ¿Qué dice tu padre? Afortunadamente, el mío me saca las castañas del fuego siempre que puede. Considera que todas estas cosas son una tontería.

–El mío murió antes de nacer yo. Por eso está mi madre siempre tan preocupada. Teme que las cosas vayan mal y busca la seguridad por encima de todo. Y espera que yo haga lo mismo.

–¿Sabes una cosa? –dijo Sharon–. Tu madre no me cae del todo mal.

Ambas jóvenes se echaron a reír y aún tardaron dos horas en apagar la luz. Antes de que finalizara su primera semana en Green Hill, se hicieron íntimas amigas. Tenían casi el mismo horario, se reunían a la hora del almuerzo, iban juntas a la biblioteca y daban largos paseos alrededor del lago. Tana le habló a su amiga de las relaciones de su madre con Arthur Durning, incluso cuando él aún estaba casado con Marie, y de la opinión que aquel hombre le merecía. Le habló de su hipocresía y mezquindad, de la estereotipada vida que llevaba en Greenwich, en compañía de unos hijos, de unos amigos y de unos conocidos que bebían demasiado, en una casa comprada para presumir, mientras su madre trabajaba día y noche para él, vivía pendiente de sus llamadas y no había sacado el menor provecho de aquella situación al cabo de doce años.

–Te aseguro, Shar, que me ataca los nervios. ¿Y sabes lo más grave? –Tana miró a su amiga con sus ojos verde esmeralda–. Lo más grave es que ella acepta de buen grado toda esta mierda. Todo le parece bien. Nunca se le ha pasado por la imaginación abandonarle o exigirle algo más. Se quedará allí sentada el resto de su vida, satisfecha de ser su criada, sin darse cuenta de que él no hace nada por ella y convencida de que se lo debe todo. ¡Qué le va a deber! Ha trabajado como una esclava toda su vida para ganarse lo que tiene, y él la trata como un mueble...

–Una *prostituta contratada*... Las palabras de Billy le seguían resonando en los oídos; trató de apartarlas de su pensamiento por milésima vez–. No sé... mi madre ve las cosas de otra manera, pero yo me pongo furiosa. No puedo pasarme toda la vida lamiéndole a Arthur el trasero. Le debo muchas cosas a mi madre, pero a Arthur Durning no le debo nada en absoluto. Y ella tampoco se lo debe, aunque no lo advierta. Siempre tiene miedo. No sé si era así antes de que muriera mi padre...

Su madre le decía a menudo que se parecía mucho a él y eso la alegraba.

–A mí me gusta más mi padre que mi madre.

Sharon era siempre muy sincera, sobre todo con Tana. Ambas se habían contado muchas cosas al término del primer mes, aunque Tana había omitido el episodio de la violación. No le salían las palabras y, al final, se dijo que daba igual; pero, cuando faltaban pocos días para que se celebrara un baile que habían organizado para la víspera de Todos los Santos con un colegio masculino de la zona, Sharon puso los ojos en blanco y se tendió en la cama.

–Lo que faltaba. ¿Y qué hago yo ahora? ¿Voy disfrazada de gato negro o envuelta en una sábana blanca como si fuera del Ku-Klux-Klan?

Las demás chicas procuraban guardar las distancias. Eran amables, ninguna de ellas se la quedaba mirando como al principio, y los profesores la trataban con mucha cortesía, pero parecía que no quisieran reconocer su presencia. Su única amiga era Tana, que la acompañaba a todas partes y que, por esta razón, no había hecho amistad con ninguna otra chica. Si quería jugar con negras, que jugara ella sola.

—¿Por que no vas con las de tu clase? —le había grita-
do Sharon más de una vez.

—Vete al cuerno —le contestaba Tana en el mismo
tono de fingida aspereza.

—Eres una tonta.

—Muy bien. Ya somos dos. Por eso nos llevamos tan
bien.

—Ni hablar —decía Sharon sonriendo—. Nos llevamos
bien porque tú vistes fatal y, si no tuvieras a mano mi
ropa y mis expertos consejos, andarías por ahí hecha una
birria.

—Tienes razón —contestaba Tana—. Pero ¿me vas a enseñar a bailar?

Ambas muchachas se dejaban caer muertas de risa en
las camas y casi todas las noches se podían oír sus risas
desde el pasillo. La energía y vitalidad de Sharon consiguieron despertar a Tana y, a veces, ambas permanecían
sentadas largo rato, contándose chistes y riéndose hasta
que las lágrimas les resbalaban por las mejillas. Sharon
poseía, además, un innato sentido de la elegancia y unas
prendas de vestir preciosas. Ambas tenían aproximadamente la misma talla y, al cabo de algún tiempo, lo metieron todo en los mismos cajones y empezaron a intercam-
biarse la ropa; se ponían lo primero que les venía a mano.

—Bueno, ¿qué te vas a poner para el baile de Todos
los Santos, Tan? —preguntó Sharon, que se estaba pin-
tando las uñas de los pies con un espectacular esmalte
anaranjado. Miró a su amiga, pero Tana apartó los ojos.

—No sé... Ya veremos.

—¿Qué quieres decir? —Sharon advirtió algo raro en
la voz de su amiga, algo que había notado en una o dos
ocasiones anteriores sin saber muy bien si le había tocado alguna fibra sensible o dónde estaba aquella fibra—.
Pero vas a ir, ¿no?

Tana se levantó y se desperezó, mirando directamente a Sharon.

—Pues no.

—Pero ¿por qué no? –Sharon estaba perpleja. A Tana le gustaba divertirse. Tenía mucho sentido del humor, era bonita, simpática e inteligente–. ¿Es que no te gusta el baile de Todos los Santos?

—Está bien para los críos...

Sharon se sorprendió porque era la primera vez que veía a Tana comportarse de aquella forma.

—Anda, no seas tonta. Yo misma te prepararé un disfraz –dijo, empezando a buscar en el armario que ambas compartían y dejando las prendas sobre la cama.

Pero Tana no mostraba el menor interés. Aquella noche, cuando apagaron la luz, Sharon le preguntó:

—¿Cómo es posible que no quieras ir al baile de Todos los Santos, Tan? –Sabía que aún no había salido con ningún chico. La situación de Sharon era distinta porque, siendo la única negra en la escuela, ya se había resignado a la soledad, aunque lo cierto era que ninguna de las chicas conocía a nadie. Todas estaban seguras de que el baile iba a ser una extraordinaria ocasión, y Sharon deseaba con toda el alma poder ir–. ¿Acaso tienes novio? –Aunque no habían comentado el tema, Sharon pensó que era muy posible. Habían evitado referirse a la cuestión de la virginidad, cosa insólita en Jasmine House, donde todas se morían de ganas de hablar del asunto, porque Tana se mostraba muy reticente al respecto. Se incorporó en la cama y miró a su amiga bajo el resplandor de la luna que penetraba en la estancia–. ¿Tan...?

—No, no es por eso... Es que no me apetece salir.

—¿Tienes alguna razón especial? ¿Eres alérgica a los hombres? ¿Te aturde el baile? ¿Te conviertes en vampiro pasadas las doce de la noche? Aunque, en realidad –añadió Sharon sonriendo perversamente–, eso sería una jugarreta sensacional en un baile de disfraces.

—No seas tonta –dijo Tana, riéndose en la otra cama–. No me apetece, eso es todo. No creo que valga la pena.

Ve tú. Enamórate de algún chico blanco y pégales un susto a tus padres.

—Lo más seguro es que me expulsaran de la escuela —contestó Sharon, echándose a reír—. Si en su mano estuviera, la señora Jones me emparejaría con el viejo Sam.

La directora miraba muchas veces a Sharon con expresión compasiva y después posaba los ojos en Sam, como si existiera algún nexo entre ambos.

—¿Sabe quién es tu padre?

Freeman Blake acababa de ganar otro premio Pulitzer y su nombre era conocido en todo el país, tanto por los que habían leído sus libros como por los que no.

—Tengo la sensación de que ni siquiera sabe leer.

—Regálale un libro autógrafo cuando vuelvas de las vacaciones.

—Se moriría del susto... —contestó Sharon, soltando una carcajada.

Pero la cuestión del baile aún no se había resuelto. Al final, Sharon decidió ir disfrazada de atractivo gato negro, luciendo un leotardo negro que acentuaría la belleza de sus grandes ojos y la longitud de sus piernas. Tras la tensión inicial, alguien la sacó a bailar y, a partir de aquel momento, no paró en toda la noche. Aunque ninguna chica le dirigió la palabra, se lo pasó de maravilla. Y, cuando volvió a la residencia, pasada la una, Tana dormía como un tronco.

—¿Tana?

Ésta se agitó levemente, levantó la cabeza, abrió un ojo y soltó un gruñido.

—¿Te lo has pasado bien?

—¡Estupendamente! ¡He bailado toda la noche!

Estaba deseando contárselo todo a su amiga, pero Tana se dio la vuelta en la cama.

—Me alegro... Buenas noches.

Sharon contempló la espalda de Tana y se preguntó por qué no habría querido ir al baile. Cuando al día siguiente intentó averiguarlo, Tana no quiso hablar. A partir de aquel baile, todas las demás chicas empezaron a salir con chicos. El teléfono no cesaba de sonar, pero a Sharon Blake sólo la llamó un muchacho. Fueron al cine juntos, pero, al llegar, el hombre de la entrada no les permitió el paso.

—Esto no es Chicago, amigos —les dijo, mirándoles enfurecido mientras el chico se ponía colorado como un tomate—. Ahora estáis en el Sur —insistió. Y dirigiéndose al chico, añadió: —Vuelve a casa y búscate a una chica como Dios manda, hijo.

Cuando se fueron, Sharon intentó tranquilizarle.

—De todos modos, no me apetecía demasiado ver esta película. De veras, Tom, no te preocupes. —Él la acompañó en silencio a la residencia y, al llegar a Jasmine House, Sharon le dijo dulcemente, mirándole con sus aterciopelados ojos—: No te preocupes, Tom, en serio. Lo comprendo. Estoy acostumbrada —suspiró—. Por eso vine a Green Hill.

Tom la miró inquisitivamente. Era la primera vez que salía con una negra y le parecía la criatura más exótica que jamás hubiera visto.

—¿Has venido aquí para que te insulte un imbécil, en un cine de una ciudad de mala muerte?

Estaba furioso, aunque Sharon no lo estuviera.

—No —contestó la joven, pensando en las palabras de su madre—; creo que he venido aquí para cambiar las cosas. Todo empieza así y se prolonga durante mucho tiempo, hasta que al fin, a nadie le importa un bledo y las chicas negras y los chicos blancos van juntos al cine, pasean en coche, van del brazo por la calle y comen hamburguesas en cualquier sitio. Eso es lo que ocurre en Nueva York. ¿Por qué no puede ocurrir aquí? La gente mira algunas veces, pero, por lo menos, no te expulsa de los sitios. Para conseguirlo, hay que empezar poco a poco, tal como lo hemos hecho hoy.

El chico la miró, preguntándose si ella le habría utilizado para sus propios fines, aunque no lo creía. Sharon Blake no era de ésas y él sabía quién era el padre de la joven. Había que quitarse el sombrero ante alguien como ella. Después de lo que le había dicho, aún la admiraba más. Estaba un poco desconcertado, pero sabía que todo aquello era verdad.

–Siento que no hayamos podido entrar. ¿Por qué no lo intentamos de nuevo la semana que viene?

–Yo no he dicho que haya que cambiarlo todo de golpe –contestó Sharon, echándose a reír.

Pero le gustaba la audacia de Tom. Había comprendido la idea y puede que su madre no estuviera totalmente equivocada.

–¿Por qué no? Más tarde o más temprano, el tipo de la entrada se cansará de echarnos. En todo caso, podemos ir a la cafetería..., al restaurante de la acera de enfrente.

Las posibilidades eran ilimitadas, y Sharon se rió mientras Tom le abría la portezuela y la acompañaba hasta el vestíbulo de Jasmine House. Ella le ofreció una taza de té. Pensaban sentarse un rato en el salón, pero, al ver las miradas de reproche que les dirigían las demás parejas que se encontraban allí, Sharon se levantó y acompañó a Tom a la puerta; tenía la cara muy triste. Con lo fácil que hubiera sido en Los Ángeles... en cualquier lugar del Norte, en todas partes menos allí... Tom comprendió el estado de ánimo de la muchacha y le dijo al salir:

–Recuérdalo: eso no ocurre de la noche a la mañana.

Le acarició una mejilla, y Sharon le vio alejarse en su automóvil... Tom tenía razón, desde luego..., esas cosas no ocurrían de la noche a la mañana.

Al subir a su habitación, Sharon pensó que no había sido una noche completamente desperdiciada. Tom le gustaba y se preguntó si volvería a llamarla. Era un buen chico.

—Bueno, ¿se te ha declarado? —le preguntó Tana, sonriendo desde la otra cama.

—Sí. Dos veces.

—Estupendo. ¿Qué tal la película?

—Pregúntaselo a otra persona —contestó Sharon sonriendo.

—¿No habéis ido?

—No nos dejaron entrar... Ya sabes, chico blanco y chica negra. «Búscate a una chica como Dios manda, hijo.»

Sharon soltó una carcajada, pero Tana intuyó su tristeza.

—Los muy cerdos. ¿Qué ha dicho Tom?

—Ha sido muy amable. Nos hemos sentado un rato abajo, pero eso aún ha sido peor. Debía haber como unas siete Blancanieves con sus Príncipes Encantadores y todos han empezado a mirarnos como si fuéramos unos bichos raros. —Sharon lanzó un suspiro y se sentó, mirando a su amiga—. ¡Qué asco! Mi madre y sus brillantes ideas... Allí, en el vestíbulo del cine, me he sentido muy noble, valiente e idealista. Pero, al volver aquí, he pensado que todo eso es una mierda. Ni siquiera podemos ir a comernos una hamburguesa. En esta ciudad podría morirme de hambre.

—Yendo conmigo, apuesto a que no.

Aún no habían salido a comer juntas porque se encontraban muy a gusto allí, y la comida de la escuela era sorprendentemente buena. Ambas habían aumentado un par de kilos, con gran disgusto por parte de Sharon.

—No estés tan segura. Apuesto a que armarían un alboroto aunque me acompañaras tú. Se mire como se mire, lo negro es negro y lo blanco es blanco.

—¿Por qué no probamos?

Tana sentía curiosidad y, a la noche siguiente, lo intentaron. Se fueron a la ciudad y entraron a comerse una hamburguesa en un local. La camarera les dirigió una prolongada mirada despectiva y se alejó sin atenderlas. Tana volvió a hacerle señas y la mujer no se dio por enterada. Por fin, Tana se levantó y le preguntó si podía atenderlas.

—Lo siento —contestó la camarera en voz baja para que Sharon no pudiera oírla—. No puedo servir a su amiga.

—¿Por qué no? Es de Washington —dijo Tana como si eso cambiara las cosas—. Su madre es abogada y su padre ha ganado dos veces el premio Pulitzer...

—Eso aquí no cuenta. No estamos en Washington. Estamos en Yolan, Carolina del Sur.

—¿Hay algún sitio en la ciudad donde podamos cenar?

La camarera se asustó un poco al oír el tono de voz de aquella chica rubia de ojos verdes.

—Hay un sitio para ella en esta misma calle..., y usted podría cenar aquí.

—Quiero decir cenar juntas. —Los ojos verdes de Tana brillaron como el acero y, por primera vez en su vida, un estremecimiento le recorrió la espalda. Deseaba agredir a alguien. Era un sentimiento que jamás había experimentado, una cólera ciega e irracional—. ¿Hay algún sitio en esta ciudad donde podamos cenar juntas sin necesidad de tomar un tren con destino a Nueva York? —La camarera meneó la cabeza, pero Tana no se dio por vencida—. Muy bien, pues. Tomaré dos hamburguesas de queso y dos coca-colas.

—No, de eso ni hablar. —Un hombre salió de la cocina situada en la parte de atrás—. Vuelvan a ese instituto de lujo en el que estudian. —Las alumnas de Green Hill se notaban a la legua. El atuendo de Sharon hubiera llamado la atención en cualquier sitio. Llevaba una falda y un jersey que su madre le había comprado en el lujoso establecimiento de Bonwit Teller, en Nueva York—. Allí podrán comer lo que les venga en gana. No sé qué se les habrá metido en la cabeza, pero si quieren aceptar a las negras, que les den de comer ellos en Green Hill. Nosotros no tenemos por qué hacerlo.

Miró significativamente a Tana y después a Sharon, todavía en su asiento, y fue como si una enorme fuerza bruta hubiera penetrado de repente en el local. Por un instante, Tana temió que las echara a la calle a la fuerza y se enfureció casi tanto como cuando la habían violado.

Sharon se levantó con elegancia y dijo:

—Vamos, Tan.

Al oír el sugerente timbre de su voz, el hombre le dirigió una lujuriosa mirada y Tana experimentó el deseo de propinarle un puñetazo. Recordó algo en lo que no deseaba volver a pensar y, al cabo de unos instantes, salió con Sharon a la calle.

—Hijo de perra... —dijo Tana mientras regresaban lentamente a la escuela.

Sharon estaba asombrosamente tranquila. Era el mismo sentimiento que había experimentado la víspera, con Tom. De momento, se sintió fuerte y comprendió por qué estaba allí, pero luego el abatimiento la dominó.

—Qué extraña es la vida, ¿verdad? —dijo—. Si estuviéramos en Nueva York o Los Ángeles o en cualquier otro sitio, a nadie le importaría. En cambio, aquí abajo, es importantísimo que yo sea negra y que tú seas blanca. Puede que mi madre tenga razón. Quizá haya llegado el momento de iniciar una cruzada. No sé, siempre pensé que, mientras me fueran bien las cosas, me daba igual lo que pudiera ocurrirle a otra persona. Pero de repente yo soy esta otra persona. —Comprendió por qué su madre había insistido en enviarla allí, y, por primera vez desde su llegada, se preguntó si tendría razón. Tal vez aquél era el lugar que le correspondía. Tal vez estuviera en deuda con alguien por todo el tiempo en que se lo había pasado bien—. No sé qué pensar.

—Ni yo. —Caminaban codo con codo—. Creo que jamás me he sentido tan desvalida y tan furiosa. –Recordó de golpe la expresión de Billy Durning y su rostro se contrajo en una mueca–. Bueno..., puede que una vez...

En aquel instante, ambas muchachas se sintieron más unidas que nunca. Tana experimentó el impulso de rodear los hombros de su amiga con un brazo para protegerla de las humillaciones, y Sharon la miró sonriendo.

–¿Cuándo ocurrió, Tan?

–Hace mucho tiempo... –contestó Tan–. Unos cinco meses.

–Ya, eso es *muchísimo* tiempo –dijo Sharon. Pasó un automóvil, pero nadie las molestó. Tana no tenía miedo. Nadie volvería a hacerle lo que le había hecho Billy Durning. Aunque para ello tuviera que matar. Sharon vio una extraña expresión en sus ojos–. Debió de ser terrible.

–Lo fue.

–¿Quieres contármelo?

Ambas siguieron caminando en silencio mientras Tana reflexionaba. Desde que había intentado contárselo a su madre, nunca se lo había querido contar a nadie.

–No lo sé.

Sharon asintió como si la comprendiera. Cada cual tenía su propia tragedia y ella también tenía la suya.

–No importa, Tan.

Ésta la miró y, de repente, le salieron las palabras sin poderlo evitar.

–Sí, quiero... pero, no sé... ¿Cómo se puede hablar de semejante cosa? –Aceleró el paso como si quisiera echar a correr, y Sharon la siguió sin esfuerzo con sus largas piernas. Tana se alisó el cabello con una mano y empezó a respirar afanosamente–. No hay mucho que contar... En junio, poco después de mi graduación fui a una fiesta en casa del jefe de mi madre... Tiene un hijo que es un auténtico cerdo. Le dije a mi madre que no quería ir. –Sharon comprendió que convenía que la muchacha se desahogara contándole la razón de su angustia–. Ella insistió en que fuera, siempre hace lo mismo, no se percata de lo que son Arthur y sus hijos... –Se interrumpió y ambas siguieron caminando a grandes zancadas como si Tana quisiera huir de algo, luchando contra sus propios recuerdos–. En fin, un imbécil acudió a recogerme a mi casa y llegamos allí..., a la fiesta, quiero decir..., y todo el mundo se emborrachó... Y el imbécil que me había llevado también se emborrachó y lo perdí de vista y yo estaba paseando por la casa... Y Billy, el hijo de Arthur, me preguntó si quería ver la habitación donde trabajaba mi madre, yo sabía cuál era... –Las lágrimas le resbalaron por las mejillas sin que ella lo advirtiera y Sharon la miró en silencio–. Y entonces, me llevó al dormitorio de Arthur y allí todo era de color gris... Terciopelo gris, raso gris, colchas de piel color gris... Hasta la alfombra del suelo era gris. –Era lo único que podía recordar, una inmensidad gris y su sangre en la alfombra, y el rostro de Billy, y después el accidente sufrido en la carretera. Sin apenas poder respirar a causa de la emoción, se desabrochó el cuello de la blusa y echó a correr sollozando, seguida por Sharon. Ya no estaba sola, tenía a una amiga que la acompañaba en su pesadilla–. Billy empezó a abofetearme y me arrojó al suelo... Y todo cuando hice... –Recordó su desamparo, su desesperación, y lanzó un grito en la noche. Se detuvo y se cubrió el rostro con las manos–. No pude impedirlo... no pude. –Estaba temblando, y Sharon la abrazó con fuerza–. Y me violó, dejándome allí toda ensangrentada... Las piernas, la cara... Después vomité. Y más tarde, me siguió por la carretera y me obligó a subir a su automóvil y estuvo a punto de estrellarse contra un camión. –Se echó a llorar sin poder contenerse y Sharon lloró con ella–. Nos estrellamos contra un árbol y Billy se hizo un corte en la cabeza y le salió mucha sangre. Nos llevaron al hospital y mi madre vino a verme... –Se detuvo y, con el rostro desfigurado por el recuerdo que había estado tratando de ahogar durante cinco meses, miró a Sharon–. Y cuando intenté decírselo, no se lo quiso creer. Dijo que Billy Durning era incapaz de hacer eso.

Tana arreció en sus sollozos, pero su rostro estaba más sereno y Sharon le enjugó las lágrimas con un pañuelo.

–Te creo, Tan.

–No quiero que nadie vuelva a tocarme jamás –dijo Tana mirando a su amiga como una chiquilla desvalida.

Sharon comprendía muy bien lo que sentía, pero no por las mismas razones. A ella no la habían violado. Se había entregado voluntariamente al chico al que amaba.

–Mi madre no se creyó ni una sola palabra de lo que le conté. Y nunca se lo creerá. Para ella, los Durning son como dioses.

–Lo importante es que estés bien, Tan. –Se sentaron en el tocón de un árbol y Sharon le ofreció un cigarrillo. Por una vez, Tana dio una calada–. Y estás bien, ¿sabes? Mejor de lo que te figuras.

Sharon miró cariñosamente a Tana, profundamente conmovida por aquella confidencia.

–¿No piensas que soy horrible?

–Qué tontería. Tú no tuviste la culpa, Tan.

–No sé... A veces pienso que hubiera podido impedirlo, si hubiera luchado un poco más.

Le sentó bien decirlo. Llevaba muchos meses preguntándoselo angustiada.

–¿De veras lo crees? ¿Piensas de veras que hubieras podido impedirlo? Di la verdad.

–No –contestó, sacudiendo la cabeza.

–Pues entonces no te tortures. Ocurrió y fue horrible. Espantoso. Probablemente lo más espantoso que jamás te sucederá en la vida. Pero nadie te lo volverá a hacer. Y, además, él no te tocó de verdad. A pesar de lo que ocurrió, Billy no pudo tocar lo que tú eres de verdad, Tan. Quítatelo de la cabeza. Olvídalo y sigue adelante.

—Es fácil decirlo —contestó Tana con aire abatido—, pero hacerlo no lo es tanto. ¿Cómo se puede olvidar semejante cosa?

—Tienes que hacer un esfuerzo. No permitas que eso te destruya, Tan. Un tipo como él sólo puede vencer cuando se comporta de este modo. Es un enfermo. Tú no lo eres. No te desesperes por lo que te hizo. Aunque fue horrible, olvídalo y sigue adelante.

—Oh, Sharon... —Suspiró y se levantó, mirando a su amiga. Era una noche preciosa—. ¿Cómo puedes ser tan sabia a tu edad?

Sharon sonrió con tristeza.

—Yo también tengo mis secretos —dijo.

—¿Como cuáles? —Tana estaba más tranquila que nunca, como si un animal furioso se hubiera escapado de ella, como si Sharon hubiera abierto la puerta de la jaula y lo hubiera dejado en libertad. Su madre no pudo hacerlo; en cambio, aquella muchacha lo acababa de hacer; y Tana comprendió que, por muchas cosas que ocurrieran, ambas seguirían siendo amigas durante toda la vida—. ¿Qué te pasó?

Tana la miró a los ojos y comprendió con toda claridad que guardaban un doloroso secreto. Sharon no se fue por las ramas. Jamás se lo había contado a nadie, pero había pensado mucho en ello, y había hablado con su padre la víspera de su partida. Su padre le dijo lo mismo que ella acababa de decirle a Tana: que no podía destruir su vida. Que había ocurrido y que la cosa no tenía remedio. Que tenía que seguir adelante, pero Sharon no sabía si podría.

—Tuve un hijo, este año.

—¿Cómo? —preguntó Tana, boquiabierta de asombro.

—Sí. Salía con el mismo chico desde que tenía quince

años y, al cumplir los dieciséis, él me regaló su anillo... No sé, Tan... Me pareció un gesto muy simpático... Parece un dios africano, es tremendamente listo y baila de maravilla... –Al pensar en él, el rostro de Sharon se iluminó–. Ahora está en Harvard, pero llevo casi un año sin hablar con él. Quedé embarazada, se lo dije y se asustó. Quería que abortara con la ayuda de un médico que conoce su primo, pero yo me negué a hacerlo. Había oído decir que algunas mujeres se morían... –Se le llenaron los ojos de lágrimas al recordarlo, olvidando la presencia de Tana–. Se lo iba a decir a mi madre, pero no pude... Se lo dije a mi padre y él se lo dijo a ella, y todo el mundo se volvió loco. Llamaron a los padres del chico y todos gritaron y lloraron. Mi madre le llamó negro de mierda. Y su padre me llamó puta... Fue la peor noche de mi vida. Cuando todo terminó, mis padres me dieron a elegir entre abortar con la ayuda de un médico que mi madre había encontrado, o tener el hijo y entregarlo en adopción. Dijeron que no podía quedarme con él... que destruiría mi vida... –Sharon estaba temblando–. Tener un hijo a los diecisiete años... No sé por qué decidí tenerlo, debí pensar que Danny cambiaría de opinión..., o que lo harían mis padres... que ocurriría un milagro... Pero no sucedió nada de todo eso. Viví cinco meses en una residencia y seguí estudiando. El niño nació el diecinueve de abril... –Tana le cogió una mano–. No hubiera tenido que verlo, pero lo vi una vez... Era muy pequeñito. El parto duró diecinueve horas y lo pasé muy mal; y el niño sólo pesaba tres kilos... –Sus ojos se perdieron en la distancia mientras pensaba en el niño al que jamás volvería a ver–. Ahora se ha ido, Tan –dijo, lloriqueando como una chiquilla–. Hace tres semanas, firmé los documentos definitivos. Mi madre los extendió. Lo han adoptado unas personas de Nueva York... –Inclinó la cabeza y se echó a llorar–. Espero que le traten bien. No hubiera tenido que abandonarle... Total, ¿para qué?

—Miró a su amiga—. ¿Para eso? ¿Para venir a este cochino instituto a abrirles el camino a otras chicas negras? ¿Y eso a mí qué me importa?

—Lo uno no tiene nada que ver con lo otro. Tus padres querían que vinieras aquí para que empezaras de nuevo por el principio y tuvieras un marido y una familia en el momento oportuno.

—Se equivocaron y yo también. No te imaginas lo que fue, el vacío que sentí cuando regresé a casa... Sin nada, sin nadie. Nunca podrá compensarme jamás de esta pérdida. No he vuelto a ver a Danny desde que me fui a la residencia de Maryland... Y nunca sabré dónde está el niño... Me gradué sin que ninguno de mis compañeros supiera lo que me pasaba...

Tana la miró. Ambas habían vivido unas experiencias muy duras y era demasiado pronto para saber si las cosas mejorarían con el tiempo. Pero, mientras regresaban despacio a la residencia, cada una de ellas comprendió que tenía una amiga sincera y ambas se abrazaron, hermanadas por un mismo dolor.

—Te quiero mucho, Shar —dijo Tana mientras Sharon se enjugaba las lágrimas.

—Y yo a ti.

Regresaron a Jasmine House tomadas del brazo, en la silenciosa noche; se desnudaron y se acostaron, sumida cada una en sus propios pensamientos.

—¿Tan? —dijo Sharon en la oscuridad.

—¿Sí?

—Gracias.

—¿Por qué? ¿Por escucharte? Para eso están las amigas. Yo también te necesito.

—Mi padre tenía razón. «Tienes que seguir adelante con tu vida», me dijo.

—Supongo que sí. Pero ¿cómo? ¿Te sugirió cómo hacerlo?

—Tendré que preguntárselo —contestó Sharon, sonriendo.– ¿Por qué no se lo preguntas tú misma? ¿Por qué no te vienes conmigo a pasar el día de Acción de Gracias en mi casa?

Tana sonrió. Le gustaba la idea.

–No sé qué dirá mi madre. –Pero no estaba muy segura de que ello le importara demasiado. En todo caso, le importaba mucho menos que antes. Quizá había llegado el momento de actuar por su cuenta y hacer lo que le viniera en gana–. La llamaré mañana por la noche.

–Muy bien –dijo Sharon, volviéndose a su amiga para dormir–. Buenas noches, Tan.

Ambas se durmieron enseguida. Tana con las manos levantadas por encima de su rubia cabeza, como una chiquilla, y Sharon acurrucada como un pequeño ovillo negro. Parecía un gatito dormido.

5

Jean Roberts sufrió una decepción cuando su hija la llamó para decirle que había decidido no regresar a casa para Acción de Gracias.

—¿Estás segura? —No quería insistir, pero hubiera preferido ver a Tana—. No conoces muy bien a esta chica...

—Mamá, vivo con ella. Compartimos la misma habitación. La conozco mejor de lo que jamás haya conocido a nadie.

—¿Estás segura de que a sus padres no les importará?

—Completamente. Ella les ha llamado esta tarde. Tienen una habitación para mí y han dicho que estarán encantados. —Y lo estaban de veras. Las palabras de Sharon demostraban que Miriam había estado en lo cierto al suponer que su hija podría ser feliz en Green Hill, aunque fuera la única negra del colegio. Y ahora, iba a llevar a casa a una de «ellas», lo que constituía una prueba definitiva de lo bien que la habían aceptado. Ignoraban que Tana era su única amiga, que no había en Yolan un solo sitio donde pudiera comer, que no podía ir al cine y que las demás chicas evitaban su compañía hasta en la cafetería de la escuela. Sin embargo, aunque lo hubieran sabido, dijo Sharon, Miriam hubiera dicho que era una razón de más para que su hija permaneciera allí. Algún día tendrían que aceptar a los negros, y ya era hora de que empezaran a hacerlo.

Sería un buen reto para Sharon; sobre todo, después de lo que había ocurrido el año anterior. Así se distraería y tendría otras cosas en que pensar, decía Miriam Blake–. De veras, han dicho que les parece muy bien.

–De acuerdo, pues. Invítala a que venga a pasar con nosotros las fiestas de Navidad –dijo Jean–. El caso es que tengo una sorpresa para ti. Arthur y yo pensábamos decírtelo el día de Acción de Gracias... –A Tana le dio un vuelco el corazón. ¿Se iba a casar Arthur finalmente con ella? Se quedó muda de asombro al oír a su madre–. Arthur ha conseguido que tengas tu baile puesta de largo. Habrá una especie de cotillón aquí, en la ciudad. Bueno, más bien será una fiesta de presentación de sociedad, y Arthur ha incluido tu nombre en la lista; al fin y al cabo, has estudiado en la escuela de la señorita Lawson y... Te vamos a presentar en sociedad, cariño, ¿no te parece maravilloso? –Por un instante Tana no supo qué responder. No le parecía maravilloso en absoluto; su madre iba a besar, una vez más, los pies de Arthur Durning. ¿Casarse con ella? Ni hablar. ¿Cómo se le había ocurrido semejante cosa? «Una especie de cotillón.» ¡Qué asco!–. ¿Por qué no invitas a tu amiga a venir?

Tana se quedó sin habla. Porque mi nueva amiga es negra, mamá, pensó.

–Se lo diré, pero creo que pasará las vacaciones fuera.

Qué asco. Una presentación en sociedad. ¿Quién iba a ser su pareja? ¿Billy Durning? ¿Aquel bastardo?

–No pareces muy contenta, cariño.

Jean Roberts estaba decepcionada porque Tana no regresaría a casa y porque la fiesta no le había hecho demasiada gracia. Arthur sabía lo mucho que eso significaba para Jean. Ann había sido presentada cuatro años antes en el Baile Internacional, claro; y aunque aquella fiesta no iba a ser, ni mucho menos, tan espectacular, sería una experiencia maravillosa para Tana, o eso suponía Jean.

–Perdona, mamá. Es que ha sido una sorpresa.

–Una sorpresa estupenda, ¿no? –Pues no: le importaba un pimiento. Aquellas cosas no le interesaban. Jamás le habían interesado. El mundo social de los Durning la traía sin cuidado; para Jean, en cambio, todo aquello significaba mucho–. Tendrás que ir pensando en tu pareja. Esperaba que pudiera ser Billy. –A Tana le dio un vuelco el corazón–. Pero se va a esquiar a Europa con unos amigos. A Saint Moritz, nada menos, menuda suerte... –Menuda suerte: fue el que me violó, mamá–. Tendrás que pensar en otro. Alguien que resulte adecuado para ti, claro.

¿A cuántos violadores conocemos?, pensó.

–Lástima que no pueda ir sola –dijo Tana con voz apagada.

–Pero ¿qué tontería estás diciendo? –exclamó Jean–. Bueno, no olvides invitar a tu amiga..., esa que te ha invitado a pasar el día de Acción de Gracias en su casa.

–Descuida. –Tana sonrió. Si lo supiera. Jean Roberts se hubiera muerto de vergüenza si Tana hubiera invitado a una amiga negra a la fiestecita de presentación en sociedad que Arthur había organizado. Le hizo gracia, pero jamás le hubiera hecho semejante jugada a su amiga. Todos eran un hato de presumidos. Ni siquiera su madre podría aceptarlo–. ¿Qué vas a hacer el día de Acción de Gracias, mamá? ¿Crees que lo pasarás bien?

–Estupendamente. Arthur ya nos había invitado a pasar el día en Greenwich.

–Ahora que no estoy, podrías quedarte también a pasar la noche. –Hubo un silencio mortal en el otro extremo de la línea, y Tana lamentó haber pronunciado aquellas palabras–. No quería decirlo.

–Sí querías.

–Bueno, ¿qué más da? Tengo dieciocho años. No es ningún secreto... –Tana se mareó al pensar en el enorme dormitorio gris en el que...–. Perdona, mamá.

97

—Cuídate mucho. —Jean se sobrepuso a su desilusión. Iba a echarla de menos, pero tenía muchas cosas que hacer, y además ya la vería al cabo de un mes—. Y no olvides darle las gracias a tu amiga por la invitación.

Tana sonrió; parecía que tuviera siete años. Quizá su madre la tratara así toda la vida.

—Lo haré. Que pases un buen día de Acción de Gracias, mamá.

—Así lo espero. Le daré las gracias a Arthur de tu parte —dijo Jean con intención; y Tana no supo qué decirle.

—¿Por qué?

—Por el baile, Tana, por el baile. No sé si te das cuenta, pero eso es muy importante para una chica y yo no podría ofrecértelo. —¿Importante? ¿Para quién?—. No tienes ni idea de lo que eso significa.

Las lágrimas asomaron a los ojos de Jean Roberts. En cierto modo, era un sueño convertido en realidad. La hija de Andy y Jean Roberts, la niña que Andy no pudo ver, sería presentada en sociedad en Nueva York y, aunque no se tratara de un baile muy sonado, iba a ser un acontecimiento muy importante para ambas... Para Tana y, sobre todo, para Jean... Sería el momento más importante de su vida. Recordó la puesta de largo de Ann. Fue ella quien organizó todos los detalles sin pensar que algún día Tana también sería presentada en sociedad.

—Lo siento, mamá.

¿Qué demonios significa?, quiso gritar. ¿Que encontraría un marido rico algún día, que lo podría anotar en su pedigrí? ¿Y eso a quién le importaba? ¿Acaso era una hazaña extraordinaria asistir a un estúpido baile y ser admirada por un hato de borrachos? Ni siquiera sabía quién iba a ser su pareja y, al pensarlo, se estremeció. Había salido con media docena de chicos durante los dos últimos cursos que pasó en la escuela, pero no había sido nada serio. Y después de lo que le había ocurrido en Greenwich, en junio, no le apetecía salir con nadie.

—Tengo que dejarte, mamá.

Quería colgar el teléfono. Regresó muy deprimida a la habitación y encontró a Sharon, pintándose las uñas. Era algo que ambas repetían muy a menudo. Últimamente habían probado el beige Show Hat de Fabergé.

—¿Ha dicho que no?

—Ha dicho que sí.

—Pues, por la cara que pones, se diría que alguien acaba de pincharte un globo.

—Algo hay de eso. —Tana se sentó en la cama—. Qué asco. Ha conseguido que su maldito amigo me incluya en la lista de un estúpido baile de presentación en sociedad. Me siento una imbécil, Shar.

—¿Quieres decir que te van a poner de largo, Tan? —preguntó Sharon, y soltó una carcajada.

—Más o menos. —Suspiró con expresión avergonzada—. ¿Cómo ha podido hacerme eso?

—Puede que resulte divertido.

—¿Para quién? ¿Y para qué sirve eso? Parece una feria de ganado. Te visten de blanco y te pasean por delante de las narices de toda una serie de borrachos, entre los que se supone que vas a encontrar un marido. Qué astutos, ¿eh?

Al ver su expresión de hastío, Sharon apartó a un lado el frasco de la laca de uñas.

—¿Quién te va a llevar?

—No me lo preguntes. Mi madre quería que mi pareja fuera Billy Durning, claro, pero, afortunadamente, no estará en la ciudad.

—Menos mal —dijo Sharon.

—Desde luego, pero todo me parece una farsa.

—Como tantas otras cosas en la vida.

—No seas tan cínica, Shar.

—Y tú, no seas tan cobarde. Te sentará bien.

—¿Quién lo dice?

—Yo. —Sharon se acercó a ella—. Aquí, vives como una monja.

–¿Y qué? Tú también.

–Yo no tengo más remedio. –Tom no había vuelto a llamarla. Se había asustado y Sharon lo comprendía. No esperaba más de él. Pero su vida en Green Hill no era muy interesante–. Tú sí.

–Qué más da.

–Tienes que empezar a salir.

–No pienso hacerlo. No tengo por qué hacer nada que no me apetezca. Tengo dieciocho años y soy libre como un pájaro.

–Como un patito cojo. Vuelve a salir, Tana.

Pero ésta se fue al cuarto de baño que compartían con las chicas de la habitación de al lado, se encerró, se dio un baño y tardó una hora en salir.

–Lo que he dicho, lo he dicho en serio –dijo Sharon en voz baja, desde su cama en la habitación a oscuras.

–¿Qué?

–Tienes que volver a salir.

–Tú también.

–Lo haré uno de esos días. –Sharon suspiró–. Quizá durante las vacaciones, cuando esté en casa. Aquí, no tengo con quien salir. –Rió–. Pero no sé de qué me quejo, Tan. Por lo menos te tengo a ti.

Tana sonrió, y ambas charlaron un rato antes de dormirse.

A la semana siguiente, Tana se fue con su amiga a Washington. Freeman Blake acudió a recibirlas a la estación, y Tana se quedó pasmada al ver lo alto y guapo que era. Era un hombre impresionante. Tenía un rostro de color caoba, unas facciones bellamente cinceladas, unos hombros muy anchos y unas piernas muy largas, como Sharon. Tenía una simpática sonrisa y unos dientes muy blancos. Abrazó estrechamente a su hija, de la que estaba muy orgulloso. Había sufrido mucho y lo había superado todo como una campeona.

–Hola, nena, ¿qué tal el colegio?

Sharon puso los ojos en blanco y se volvió rápidamente a mirar a su amiga.

–Tana, te presento a mi padre, Freeman Blake. Papá, te presento a Tana Roberts, mi compañera de habitación en Green Hill.

Freeman estrechó cordialmente la mano de Tana, y ésta se sintió fascinada por sus ojos y por el timbre de su voz mientras se dirigían a casa. Freeman informaba a Sharon de todas las novedades locales: del nombramiento de su madre para un puesto más importante, del nuevo idilio de Dick, de las reformas que habían hecho en la casa, del hijo que había tenido la vecina, de su nuevo libro. Aquella noche, durante la cena, en el precioso comedor de estilo colonial, Tana envidió la vida hogareña de Sharon. Tenía una casa preciosa, con un jardín muy grande, un patio en la parte de atrás y tres automóviles en el garaje; uno de ellos era el Cadillac de Freeman que tantos comentarios suscitaba entre sus amigos. Pero él siempre había ansiado poseer un Cadillac descapotable y, al fin, se había podido permitir aquel lujo. Los cuatro miembros de la familia estaban muy unidos, y a Tana le pareció que Miriam era una mujer estupenda. Era inteligente y dinámica y siempre esperaba lo máximo de todo el mundo. Uno jamás podía librarse de sus preguntas, de sus exigencias y de su inquisitiva mirada.

–¿Comprendes ahora lo que quería decir? –le preguntó Sharon a su amiga, una vez a solas con ella en la habitación del piso de arriba–. Cenar con ella es como estar sentada en el banquillo de los acusados.

Miriam quería saber todo lo que había hecho Sharon durante los últimos dos meses, y mostró mucho interés tanto por el incidente que había tenido con Tom en el cine, como por el que había tenido en la cafetería, con Tana.

–Se preocupa demasiado, Shar... ¡Por todo!

–Lo sé. Y me vuelve loca. Papá es tan inteligente como ella, pero se toma las cosas con mayor tranquilidad.

Era cierto, Freeman contaba cosas muy divertidas,

hacía reír a todo el mundo y conseguía que todos formaran un grupo muy unido. Tana pudo observarlo durante toda la noche y pensó que era el hombre más extraordinario que jamás hubiera conocido.

–Es un hombre increíble, Shar.

–Lo sé.

–El año pasado leí uno de sus libros. Cuando vuelva a casa los leeré todos.

–Te los regalaré.

–Sólo si él me los firma.

Ambas se echaron a reír. A los pocos minutos, Miriam llamó a la puerta para preguntar cómo estaban.

–¿Tienes todo cuanto necesitas?

–Sí –contestó Tana sonriendo tímidamente–. Se lo agradezco mucho, señora Blake.

–No hay por qué. Nos alegra mucho que hayas podido venir. –Su sonrisa era todavía más deslumbrante que la de Shar, y sus ojos parecían omniscientes y aterradores porque miraban como si la atravesaran a una–. ¿Te gusta Green Hill?

–Sí, muchísimo. Los profesores son muy interesantes.

Miriam captó la ausencia de entusiasmo de su voz.

–¿Pero...?

Tana sonrió. Miriam era muy perspicaz.

–La atmósfera no es tan cordial como yo esperaba.

–¿Y eso por qué?

–No tengo idea. Las chicas forman camarillas.

–¿Y vosotras dos, ¿qué hacéis?

–Casi siempre estamos juntas.

Sharon miró a Tana sonriendo y Miriam pareció alegrarse. Tana era una chica muy lista y tenía muy buenas cualidades. Más de lo que ella misma creía. Era inteligente y divertida, pero estaba encerrada en sí misma. Tendría que abrirse un poco y, cuando eso sucediera, cualquiera sabía qué ocurriría.

–Puede que vosotras tengáis la culpa, chicas. Tana, ¿qué otras amigas tienes en Green Hill?

–Sólo a Shar. Casi siempre estamos juntas en clase. Compartimos la misma habitación.

–Probablemente, por eso te castigan. Estoy segura de que lo comprendes. Si tu íntima amiga es la única negra que hay en la escuela, lo más lógico es que te lo hagan pagar.

–¿Por qué?

–No seas tan ingenua.

–Y tú no seas tan cínica, mamá –terció Sharon, molesta.

–Ya es hora de que os espabiléis un poco.

–¿Qué demonios quieres decir con eso? –le preguntó Sharon–. Hace nueve horas que estoy en casa y ya me estás fastidiando con tus sermones y tus cruzadas.

–No te estoy echando ningún sermón. Me limito a decirte que tienes que enfrentarte con los hechos. –Las miró a ambas–. No podéis ignorar la verdad, chicas. No es fácil ser negro, hoy día. Ni ser la amiga de una negra. Tenéis que comprenderlo y estar dispuestas a pagar el precio, si queréis que vuestra amistad sea verdadera.

–Pero ¿es que todo lo que haces tiene que convertirse en una cruzada política, mamá?

–Quiero que las dos me hagáis un favor antes de regresar al colegio el domingo por la noche –dijo Miriam, mirando a ambas muchachas–. Este domingo, hablará en Washington un amigo mío. Es uno de los hombres más extraordinarios que jamás he conocido, Martin Luther King, y quiero que vengáis a escucharle conmigo.

–¿Por qué? –preguntó Sharon, todavía furiosa con su madre.

–Porque es algo que ninguna de vosotras podrá olvidar jamás.

Aquella noche, mientras regresaban en tren a Carolina del Sur, Tana pensó en ello. Miriam Blake tenía razón. Luther era un hombre fabuloso. A su lado, todo el mundo parecía estúpido y ciego. Tana tardó muchas horas en poder comentar lo que había escuchado. Sencillas palabras acerca del hecho de ser negro o de ser el amigo de un negro, acerca de los derechos civiles y la igualdad de oportunidades para todos. Después, todos cantaron tomados de la mano. Tana miró a Sharon cuando ya llevaban una hora en el tren.

—Ha sido asombroso, ¿verdad?

Sharon asintió, recordando sus palabras.

—Me parece una tontería regresar al colegio. Pienso que debería estar haciendo otra cosa.

Sharon apoyó la cabeza en el respaldo del asiento y Tana contempló la noche a través de la ventanilla. Tuvo la sensación de que las palabras de King eran todavía más importantes de lo que le habían parecido al principio. En el Sur estaban ocurriendo aquellas cosas, la gente sufría y era ignorada y maltratada. Mientras estas ideas se agitaban en su mente, Tana pensó en la fiesta de presentación en sociedad que su madre le había preparado. Eran cosas tan diametralmente opuestas que no podían caber juntas en su cabeza. Cuando Sharon volvió a abrir los ojos, Tana la estaba mirando.

—¿Qué piensas hacer?

Tras haberle oído, no se tenía más remedio que hacer algo. Hasta Freeman Blake se mostró de acuerdo.

—Pues todavía no lo sé. —Sharon parecía cansada, pero, desde que había abandonado Washington no había dejado de pensar en lo que podía hacer para colaborar. En Yolan, en Green Hill—. ¿Y tú qué?

—No lo sé. —Tana suspiró—. Supongo que todo lo que pueda. Pero, después de oír hablar al doctor King, te diré una cosa... Pienso que esta fiesta a la que mi madre me obliga a ir en Nueva York es la mayor tontería de mi vida.

Sharon sonrió. Estaba de acuerdo, pero había otra cuestión de tipo personal.

—Te será beneficioso.

—Lo dudo.

Ambas intercambiaron una sonrisa mientas el tren proseguía su camino hacia el Sur. Al llegar a Yolan, tomaron uno de los dos taxis que había en la ciudad para trasladarse a Green Hill.

6

El 21 de diciembre, poco después de las dos de la tarde, el tren entró rugiendo en la estación Pensilvania. Nevaba ligeramente y Tana pensó que ello daba una atmósfera más navideña. Pero, tras recoger sus cosas y salir a la calle para tomar un taxi, se percató de lo mucho que la deprimía regresar a casa. Inmediatamente, se sintió culpable y le pareció que era injusta con su madre; pero hubiera preferido estar en cualquier parte para no tener que asistir a aquel baile de presentación en sociedad. Sabía lo emocionada que estaba su madre. Jean se había pasado casi dos semanas llamándola todas las noches para hablarle de los invitados, de las flores, de la decoración, de su pareja y de su vestido. Ella misma lo había elegido, era un modelo de seda blanco con adornos de raso y unos bordados de cuentas blancas en el dobladillo. Costaba una fortuna, y Arthur le dijo que lo cargara en su cuenta de los establecimientos Saks.

—Es muy bueno con nosotras, cariño...

Mientras regresaba a casa en taxi, Tana cerró los ojos y se imaginó el rostro de su madre al decirlo. ¿Por qué le estaba tan agradecida? ¿Qué diablos había hecho por ella como no fuera permitirle trabajar como una loca y esperarle todas aquellas veces que él no acudía a verla cuando aún vivía Marie? E incluso ahora, todo lo demás era siempre lo primero. Si Arthur quería tanto a Jean, ¿por qué no se casaba con ella? Tana se entristeció al pensarlo. Todo le parecía una cochina comedia. Su madre y Arthur, lo «buenos» que eran los Durning con ellas... Sí, ya recordaba lo bueno que había sido Billy con ella, y la fiesta a la que tendría que asistir el sábado por la noche. Había invitado a un chico al que conocía desde hacía muchos años, pero que no le gustaba; sin embargo, era lo que necesitaba para un acontecimiento como aquél. Se llamaba Chandler George. Había asistido con él a un par de bailes y era un pelmazo, pero su madre estaría muy contenta. Lo iba a pasar muy mal, seguro, pero la cosa no tenía remedio.

Cuando Tana llegó al apartamento, estaba a oscuras, porque Jean no había regresado del trabajo. Todo estaba igual, pero a la muchacha le parecía más pequeño y triste que antes. Pensó que era injusta con su madre que tanto se había esforzado para que ambas tuvieran un bonito hogar. Las cosas eran distintas porque ella había cambiado imperceptiblemente y ya no encajaba en aquella escena. Pensó en la acogedora casa de los Blake, en Washington, y en lo mucho que había disfrutado allí. No era espectacular como la de los Durning, sino cálida, hermosa y auténtica. Además, echaba de menos a los Blake; sobre todo, a Sharon. Al verla apearse del tren, tuvo la sensación de que perdía a su mejor amiga. Sharon se volvió una vez para sonreírle y saludarla con la mano y, después, se perdió de vista mientas el tren proseguía su marcha hacia el Norte. Tana puso las maletas en el suelo del dormitorio y sintió deseos de echarse a llorar.

—¿Ya está aquí mi niñita? —La puerta de entrada se cerró de golpe y se oyó la alegre voz de Jean. Tana se volvió, asustada. ¿Y si su madre leyera sus pensamientos y advertía cuán incómoda se sentía? Pero Jean sólo vio a la hija a la que tanto quería. La estrechó entre los brazos y, luego, retrocedió un paso para mirarla—. ¡Estás guapísima!

Ella también lo estaba. Tenía las mejillas arreboladas a causa del frío, algunas gotitas de escarcha brillaban en sus cabellos, y sus ojos parecían más grandes y oscuros que nunca. Estaba tan emocionada que no se quitó el abrigo. Corrió a su habitación para ir a buscar el vestido de Tana. Era precioso. Todavía colgado de la percha acolchada de raso con que la tienda lo había entregado. Parecía un traje de novia y, al verlo, Tana esbozó una sonrisa.

—¿Dónde está el velo?

—Eso nunca se sabe —contestó su madre—. Vendrá por sus pasos contados.

Tana se rió.

—Bueno, pero no nos precipitemos. Apenas tengo dieciocho años.

—Eso no significa nada, cariño. Mañana por la noche podrías conocer al hombre de tus sueños. Y después, ¿quién sabe?

Tana la miró, perpleja.

—¿Hablas en serio, mamá?

Jean miró sonriendo a Tana y pensó que el vestido le sentaría de maravilla. Iba a triunfar por todo lo alto.

—Eres una chica muy guapa, Tana. Y el hombre que se case contigo va a tener mucha suerte.

—Pero ¿no te disgustaría que le conociera ahora?

—¿Por qué?

Tana se asombró de que no la entendiera.

—Pero si sólo tengo dieciocho años. ¿No quieres que siga estudiando y haga algo de provecho?

—Ya lo estás haciendo.

—Pero esto no es más que el principio, mamá. Cuando termine mis dos años en Green Hill, quiero hacer otra cosa.

—No tiene nada de malo casarse y tener hijos —dijo Jean, frunciendo el ceño.

—Ah, conque de eso se trata, ¿eh? —Tana se sintió asqueada—. Esta idiotez de la presentación en sociedad es una especie de subasta de esclavas, ¿verdad?

—Tana, es injusto que digas eso —exclamó Jean, escandalizada.

—Pero es verdad, ¿no? Todas estas chicas puestas en fila y haciendo reverencias y todos los hombres examinándolas. —Entornó los ojos como si tuviera a las chicas delante—. Vamos a ver, me quedo con aquélla. En la vida tiene que haber algo más que eso, caramba.

—Oyéndote hablar, cualquiera diría que es una cosa fea, y no lo es. Es una bonita tradición y es muy importante para todo el mundo —no, no lo es, mamá; por lo menos, no para mí. Sólo para ti. Pero no se atrevió a decirlo. Jean la miró tristemente—. ¿Por qué pones tantos reparos? Ann Durning fue presentada en sociedad hace cuatro años y se divirtió muchísimo.

—Me alegro por ella. Pero yo no soy Ann.

Tampoco se había largado a Italia con un gamberro a quien después habían tenido que dar dinero para que se esfumara.

Jean se sentó suspirando y miró a Tana. Llevaba tres meses sin verla y ya empezaba a producirse entre ambas una atmósfera de tensión.

—¿Por qué no te calmas y disfrutas un poco? Nunca se sabe, puedes conocer a alguien que te guste.

—No quiero conocer a nadie que me guste. Ni siquiera me apetece ir, mamá.

Jean la miró con los ojos llenos de lágrimas y Tana no pudo soportarlo.

—Yo sólo quería... Quería que tuvieras...

—Lo siento, mamá —dijo arrodillándose junto a ella y abrazándola—. Lo siento. Sé que va a ser muy bonito.

Jean sonrió y la besó en la mejilla.

—Ten por segura una cosa, cariño: vas a estar guapísima.

—Con este vestido quién no lo estaría. Te habrá costado una fortuna.

Estaba emocionada, pero le parecía un gasto inútil. Hubiera preferido que le compraran ropa para llevar en el colegio. Siempre le pedía cosas prestadas a Sharon.

–Es un regalo de Arthur, cariño –le dijo Jean.

A Tana se le encogió el estómago. Otro motivo para estarle agradecida. Estaba hasta la coronilla de Arthur y sus regalos.

–No hubiera tenido que hacerlo.

Tana parecía visiblemente molesta y Jean no acertó a comprender por qué; a menos que fuera una manifestación de los celos que siempre le había tenido a Arthur.

–Quería que tuvieras un vestido muy bonito.

Y lo era. Cuando, a la noche siguiente, se miró al espejo, con el cabello peinado hacia arriba como el que su madre le había visto a Jackie Kennedy en *Vogue* y aquel precioso vestido de seda, parecía una princesa de cuento de hadas. Estaba encantadora. Poco después, acudió a recogerla Chandler George y Jean se fue con ellos. Arthur dijo que intentaría ir, pero no estaba seguro de poder hacerlo. Tenía que asistir a una cena, pero haría todo lo posible. Tana no le dijo nada a Jean, pero ya había oído aquella excusa muchas veces y sabía que no significaba nada en absoluto y que, a lo largo de los años, había servido para la Navidad, el día de Acción de Gracias o el cumpleaños de Jean. Por regla general, hacer lo «posible» significaba que no iría y que enviaría en su lugar un ramo de flores, un telegrama o una tarjetita. Su madre solía ponerse muy triste en tales circunstancias, pero aquella noche estaba demasiado emocionada para pensar en Arthur. Al llegar, se reunió con un grupo de madres, junto a la barra. Los padres se hallaban reunidos en otro lugar, y había muchos amigos y conocidos de las familias, pero lo que más abundaba era la gente joven de la edad de Tana, muchachitas vestidas de rosa, verde o rojo y sólo una docena con los trajes largos blancos que sus padres les habían comprado para su presentación en sociedad. Todas tenían un aire aniñado, rostros y cinturas que tardarían años en adelgazar. Las chicas de aquella edad eran todas un poco desmañadas, y por eso, Tana destacaba de un modo especial. Era alta y delgada y mantenía la cabeza erguida como una reina.

Jean la miró con orgullo desde el otro extremo del salón. Cuando llegó el gran momento y se escuchó el redoble del tambor, cada muchacha avanzó dando el brazo a su padre para hacer una reverencia ante los invitados. Jean había abrigado la esperanza de que Arthur Durning pudiera estar presente y se había atrevido incluso a soñar que fuera él quien le diera el brazo a Tana. Pero le era imposible, claro. Bastante había hecho por ellas, no se le podía pedir más. Tana avanzó, nerviosa y arrebolada, del brazo de Chandler George, hizo una bonita reverencia, bajó la mirada y se perdió entre el resto del grupo. Poco después se inició el baile. Ya había ocurrido, ya estaba hecho. Tana había sido presentada oficialmente en sociedad. Miró alrededor y se sintió una imbécil absoluta. No experimentaba la menor emoción. Lo había hecho para complacer a su madre, y basta. Se armó una tremenda confusión y Tana aprovechó para escapar un ratito. Chandler parecía haberse enamorado locamente de una rechoncha pelirroja enfundada en un complicado vestido de terciopelo blanco, y Tana entró en un saloncito y se dejó caer en un sofá. Apoyó la cabeza en el respaldo, cerró los ojos y suspiró, alegrándose de poder aislarse de todo: de la música, de la gente, de Chandler, a quien no podía soportar, y de la solitaria mirada de orgullo de su madre. Volvió a suspirar y casi pegó un brinco en el asiento al oír una voz.

—No puede ser tan horrible. —Abrió los ojos y vio a un fornido joven moreno, de ojos verdes como los suyos. Tenía pinta de bribón a pesar del esmoquin y sonreía cínicamente con un vaso en una mano, mientras un mechón de cabello negro le caía sobre uno de los ojos color esmeralda–. ¿Te aburres, encanto? –preguntó con tono divertido mientras Tana asentía tímidamente.

–Me has pillado por sorpresa. –Le miró a los ojos y sonrió. La joven tenía la sensación de haberlo visto en alguna parte, pero no recordaba dónde–. ¿Qué quieres que te diga? Es un latazo.

–Desde luego. Es una feria de ganado. La visito todos los años.

Sin embargo, no parecía que llevara mucho tiempo haciéndolo. A pesar de su aire sofisticado, parecía muy joven.

–¿Desde cuándo lo haces?

–Éste es el segundo año –contestó él, sonriendo como un chiquillo–. En realidad, tendría que ser el primero, pero el año pasado me invitaron al cotillón por error y, después, a los demás bailes de presentación en sociedad, y yo fui a todos. –Puso los ojos en blanco y añadió–: Menudo tostón. –Estudió a Tana y bebió un sorbo de whisky–. ¿Cómo has llegado hasta aquí?

–En taxi.

–Vaya una pareja que te has traído –dijo el chico, sarcástico–. ¿Ya estás comprometida con él?

–No, gracias.

–Eso demuestra que tienes un mínimo de sentido común.

Hablaba con el lánguido acento propio de la clase alta y, sin embargo, parecía burlarse de todo aquello. A Tana le hizo gracia. A pesar de la corrección y elegancia de que hacía gala, aquel muchacho resultaba extravagante. Por otra parte, la irreverencia de que estaba haciendo gala casaba a la perfección con el estado de ánimo de Tana.

–Entonces, ¿conoces a Chandler?

–Estuvimos juntos en el mismo internado durante dos años –contestó el joven sonriendo–. Juega estupendamente al squash, es muy malo con el bridge, se las apaña bastante bien en las pistas de tenis, suspendió en matemáticas, historia y biología y es un botarate.

Tana se rió sin poderlo evitar. Chandler no le gustaba en absoluto y el retrato que acababan de hacer de él era exacto, aunque, desde luego, no le dejaba en muy buen lugar.

—Es bastante acertado. No muy amable, pero acertado.

—A mí no me pagan por ser amable —contestó el chico, sonriendo con picardía mientras tomaba otro sorbo de whisky y admiraba el busto y la fina cintura de Tana.

—¿Te pagan para que hagas algo?

—Pues, la verdad es que todavía no. Y, con un poco de suerte, eso no ocurrirá jamás.

—¿Dónde estudias?

El joven frunció el ceño como si acabara de olvidar algo en alguna parte y, después, la miró con aire distante.

—¿Sabes una cosa? Creo que no me acuerdo. —Volvió a sonreír y Tana se preguntó qué habría querido decir. A lo mejor, no estudiaba, aunque tampoco daba aquella impresión—. ¿Y tú?

—En Green Hill.

—Qué fino. —Volvió a sonreír y arqueó una ceja—. ¿Y en qué te vas a especializar? ¿En plantaciones sureñas o en maneras de servir el té?

—En ambas cosas. —Ella sonrió y se levantó—. Por lo menos estudio.

—Durante dos años. Pero después qué, princesa. ¿O acaso has venido aquí esta noche para participar en la gran cacería del marido ideal? —Simuló hablar a través de un megáfono—: Que todos los candidatos se sitúen de pie junto a la pared del fondo, por favor. Se trata de varones blancos, jóvenes y sanos, todos ellos con pedigrí... Lleven en la mano los datos de sus padres, queremos conocer también sus estudios y grupos sanguíneos, averiguar si saben o no conducir un automóvil, a cuánto asciende su fortuna personal y cuándo entrarán en posesión de ella... –Tana se echó a reír–. ¿Ya has visto a alguien así o estás demasiado enamorada de Chandler George?

–Como una loca.

Tana regresó al salón principal y el joven la siguió a tiempo para ver que su acompañante estaba besando a la gordita pelirroja en un rincón.

–Tengo una mala noticia para ti –le dijo en tono sombrío–. Creo que están a punto de dejarte plantada, princesa.

Tana se encogió de hombros y le miró a los ojos.

–Que les aproveche –dijo.

Le importaba un bledo Chandler George.

–¿Te apetece bailar?

–Pues claro.

El joven la guió hábilmente por la pista. Poseía una experiencia mundana impropia de su edad. Tana tenía la sensación de haberle visto, pero no sabía quién era; sin embargo, al término del primer baile, él satisfizo su curiosidad.

–Por cierto, princesa, ¿cómo te llamas?

–Tana Roberts.

–Yo soy Harry. –La miró con una sonrisa infantil y, luego, le hizo una inesperada reverencia–. En realidad, Harrison Winslow IV. Pero Harry es suficiente.

–¿Tengo que caerme de espaldas?

Estaba impresionada, pero no quería darle la satisfacción de que lo supiera.

–Sólo si puedes leer la notas de sociedad. Harrison Winslow III suele armar escándalos en ciudades de todo el mundo. París y Londres, casi siempre. Roma cuando tiene tiempo. Gstaad, Saint Moritz, Munich, Berlín... Y en Nueva York cuando no le queda más remedio, para pelearse con los fideicomisarios encargados de administrar la fortuna legada por mi abuela. Pero la verdad es que no les tiene demasiado apego ni a Estados Unidos ni a mí. –Tana le miró asombrada, preguntándose qué misterio encerraba aquel chico, porque aún no tenía ninguna pista–. Mi madre murió cuando yo tenía cuatro años. No la recuerdo en absoluto, pero, de vez en cuando, me viene a la memoria un perfume, o un rumor de voces, sus risas por la escalera cuando salían... un vestido que me la recuerda vagamente, aunque parezca imposible. Se suicidó. «Muy inestable», solía decir mi abuela, «pero preciosa». Y mi pobre padre se ha estado lamiendo las heridas desde entonces... He olvidado mencionar Mónaco y Cap d'Antibes. Allí también se lame las heridas. Con la ayuda de sus amiguitas, claro. Tiene a una aparcada casi todo el año en Londres, otra muy guapa en París, otra con quien le gusta ir a esquiar... una china en Hong Kong. Antes, me llevaba consigo durante las vacaciones, pero después empecé a ponerme pesado y me dejó en casa. Eso y... –la mirada del joven se perdió a lo lejos– otras cosas. En fin –añadió sonriendo cínicamente–, ése es Harrison Winslow, o por lo menos uno de ellos.

–¿Y tú? –preguntó Tana suavemente. El chico le había contado más cosas de las que hubiera aconsejado la discreción. Pero ya iba por el cuarto whisky; y aunque éste no había influido en sus pies a la hora de bailar, sí le había soltado la lengua. ¿Qué más daba? En Nueva York todo el mundo sabía quiénes eran los Winslow, tanto el padre como el hijo–. Y tú, ¿eres como él?

Tana lo dudaba. Entre otras cosas, porque no hubiera tenido tiempo de desarrollar todas aquellas aptitudes. Al fin y al cabo, tendría aproximadamente la misma edad que ella.

–Lo estoy intentando –contestó Harry encogiéndose de hombros–. ¡Ten cuidado conmigo, encanto!

La rodeó con los brazos y la arrastró de nuevo a la pista de baile, mientras Jean contemplaba la escena.

Los observó durante un buen rato; después le preguntó a alguien quién era aquel chico; cuando lo supo, pareció alegrarse.

—¿Ves a tu padre muy a menudo?

Tana pensó en lo que Harry le había contado. Parecía una vida muy solitaria. Internados..., la madre que se suicidó cuando él tenía cuatro años..., un padre libertino que se pasaba la vida yendo de aquí para allá.

—No mucho. No tiene tiempo. —Por un instante, a Tana le pareció un chiquillo desvalido y tuvo lástima de él; pero Harry contraatacó enseguida—. Y tú, ¿qué? ¿Cuál es tu historia, Tana Roberts, aparte el hecho de tener un gusto deplorable en cuestión de hombres?

Miró a Chandler George, que estaba estrechando en sus brazos a la pequeña pelirroja, y ambos se echaron a reír.

—Soy soltera, tengo dieciocho años y estudio en Green Hill.

—Jesús, qué aburrimiento. ¿Y qué más? ¿Algún amor importante?

Tana se encerró en sí misma y él lo advirtió.

—No.

—Calma. Quería decir otro que no fuera Chandler, claro. —Tana volvió a tranquilizarse—. Aunque debo reconocer que no es fácil derrotarle —pobre chico, le estaban dejando de vuelta y media porque era un pelmazo insufrible y se prestaba a ser objeto de toda clase de burlas—. Vamos a ver, ¿qué otra cosa puede haber? ¿Padres? ¿Hijos ilegítimos? ¿Perros? ¿Amigos? ¿Aficiones? Un momento. —Se dio unas palmadas en los bolsillos como si buscara algo—. Creo que tengo por aquí una especie de formulario... —Ambos se echaron a reír—. ¿Alguna cosa de lo que he apuntado? ¿Ninguna...?

—Una madre. Perros no. Y tampoco hijos ilegítimos.

—Me decepcionas —dijo Harry con rostro apesadumbrado—. Esperaba algo más de ti. —Estaba a punto de ce-

sar la música y el joven miró alrededor–. Menudos pelmazos. ¿Te apetece ir a tomar una hamburguesa o una
copa en alguna parte?

–Me encantaría –contestó ella, sonriendo–. Pero
¿tendremos que llevarnos a Chandler?

–Déjalo de mi cuenta –contestó él. Se alejó y volvió
poco después con una perversa sonrisa en los labios.

–Dios mío, ¿qué has hecho?

–Le he dicho que estabas disgustadísima por su manera de comportarse toda la noche con esta pelandusca
pelirroja, y que yo te iba a acompañar a tu psiquiatra...

–¡Oh, no!

–Pues sí –dijo Harry con aire inocente. Y añadió–:
Bueno, lo que de verdad le he dicho es que habías visto el
cielo abierto y me preferías a mí. Me ha encargado que te
felicitara por tu buen gusto y se ha largado con la gorda.

Tana no sabía exactamente qué le había dicho Harry,
pero vio que Chandler los saludaba jovialmente con una
mano, acompañado por la otra chica, y comprendió que
no estaba ofendido.

–Tengo que decirle algo a mi madre antes de irnos.
¿Te importa?

–En absoluto. Bueno, en realidad sí. Pero supongo
que no hay más remedio.

Se comportó con mucha corrección cuando ella le
presentó a Jean, y ambos abandonaron el baile mientras
Jean regresaba sola a casa, pensando en que ojalá Arthur
hubiera estado presente para verlo. Había sido una velada preciosa y Tana lo había pasado muy bien. Jean sabía
quién era Harry Winslow IV o por lo menos le conocía
de nombre.

–¿Y qué me dices de tu padre? –preguntó Harry, en
el taxi, tras haberle indicado al taxista que los llevara al
Club 21. Era su local preferido cuando estaba en la ciudad.

Tana pensó que aquello era más divertido que salir

con Chandler George. Hacía tanto tiempo que no salía con un chico que casi se había olvidado de cómo era; además, sus acompañantes siempre habían sido de otro estilo. Por regla general, se iba con ellos a tomar una pizza en grupo en algún local de la Segunda Avenida. Pero aquello fue antes de su graduación. Antes de lo de Billy Durning.

—Mi padre murió en la guerra antes de que yo naciera.

—Fue muy considerado de su parte. Mejor eso que seguir dando la lata durante años. —Tana se preguntó por qué se habría suicidado la madre de Harry, pero no lo mencionó—. ¿Se ha vuelto a casar tu madre?

—No —contestó ella con cierta vacilación. Y añadió—: Tiene un amigo.

—¿Casado? —preguntó él arqueando una ceja.

—¿Por qué lo preguntas? —repuso ella, enrojeciendo como un tomate.

—Simple intuición. —Si no hubiera sido tan infantil y tan atractivo a un tiempo, Tana hubiera deseado abofetearle. Pero su descaro hacía que todo resultara aceptable—. ¿Me equivoco?

—No —contestó la joven, reconociendo algo que en otras circunstancias no hubiera revelado a nadie—. Aunque lo estuvo durante mucho tiempo. Es viudo desde hace cuatro años, pero aún no se ha casado con mi madre. Es un cerdo egoísta.

Era lo más duro que jamás hubiera dicho acerca de Arthur en público. Ni siquiera con Sharon se había mostrado tan sincera.

—Como casi todos los hombres —dijo Harry sin inmutarse—. Debieras conocer a mi padre. Las deja sangrando al borde de la carretera por lo menos cuatro veces a la semana para mantenerse en forma.

—Qué bonito.

—No tanto. —Su mirada se endureció—. Sólo le interesa una cosa. Su propia persona. No me extraña que mi madre se matara.

Harry jamás se lo había perdonado a su padre. Tana le miró con tristeza mientras el taxi se detenía frente al 21. Al cabo de unos instantes, se vieron envueltos por el lujoso ambiente del restaurante. Tana sólo había estado allí una o dos veces y le gustaban la decoración de la barra, los elegantes clientes –reconoció incluso a dos astros de la pantalla– y las atenciones del *maître* que se acercaba a Harry mostrando una visible satisfacción. Estaba claro que era un cliente habitual. Permanecieron un rato en la barra y después se dirigieron a su mesa. Harry pidió bistec tártaro y Tana huevos a la Benedict. Mientras bebían champán él vio que ella palidecía. Estaba mirando a un grupo de personas sentadas a una mesa en el otro extremo del local, entre las cuales se podía ver a un hombre que rodeaba con un brazo a una bonita mujer. Harry le dio una palmada en la mano.

–Déjame adivinar. ¿Un viejo amor?

Le asombró que a Tana le gustaran los hombres maduros.

–Mío no, desde luego.

–¿El amigo de tu madre? –preguntó él, comprendiéndolo inmediatamente.

–Dijo a mi madre que esta noche tenía una cena de negocios.

–Puede que lo sea.

–A mí no me lo parece. Pero lo que más me molesta es que mi madre no le vea ningún defecto. Siempre le disculpa. Se pasa la vida esperándole y le está extraordinariamente agradecida.

–¿Cuánto llevan juntos?

–Doce años.

–Es mucho tiempo.

–Sí. –Tana volvió a mirar a Arthur con odio reconcentrado–. Y no parece que eso suponga un obstáculo en su vida.

Recordó a Billy y apartó la mirada como para librarse de aquel pensamiento; pero Harry vio la súbita expresión de dolor que había aparecido en los ojos de la muchacha.

—No te lo tomes tan a pecho, princesa.

—Es la vida de mi madre, no mía.

—Exactamente. No lo olvides. Tú podrás elegir lo que quieras. Y eso me recuerda —añadió sonriendo— que no has contestado a mis preguntas de antes. ¿Qué vas a hacer cuando salgas de Green Hill?

—Quién sabe. Puede que me matricule en la Universidad de Columbia. No estoy segura. Quiero seguir estudiando.

—¿No te apetece casarte y tener cuatro hijos?

Se echaron a reír.

—De momento no, gracias, aunque ése sea el mayor sueño de mi madre. Y tú ¿qué? ¿Dónde estudias?

—Pues nada menos que en Harvard. —Suspiró y dejó la copa de champán—. Parece detestable, ¿verdad?

Por eso no se lo había contado al principio.

—¿De veras?

—Desgraciadamente sí. Pero hay esperanzas. Podrían suspenderme antes de acabar el curso. Me estoy esforzando por conseguirlo.

—Tan malo no puedes ser. De lo contrario, no te hubieran aceptado.

—¿Cómo quieres que no acepten a un Winslow? No seas absurda, encanto. A nosotros nos aceptan *siempre*. Construimos prácticamente esta universidad.

—Ah..., comprendo. —Tana estaba asombrada—. ¿Y no querías ir?

—No tenía excesivo interés. Yo prefería ir a alguna universidad del Oeste. A Stanford o a la Universidad de California, pero a mi padre casi le da un ataque, y pensé que no merecía la pena discutir... Y aquí me tienes, dando la lata y obligando a aquella gente a arrepentirse de haberme aceptado.

—Deben de estar encantados contigo —dijo Tana, echándose a reír.

Vio que Arthur Durning y sus acompañantes ya se habían ido. Él no había reparado en la presencia de la joven.

—Procuro que lo estén, princesa. Tendrás que venir a verme algún día, durante las vacaciones de primavera, por ejemplo.

—Dudo que pueda hacerlo.

—¿No te fías de mí?

Se le veía muy seguro de sí mismo para ser un chico de dieciocho años.

—Más bien no. —Ella bebió otro sorbo de champán y ambos se echaron a reír. Estaba un poco aturdida. Era el primer chico que le gustaba en mucho tiempo, pero le gustaba como amigo. Era simpático y divertido y le podía contar cosas que nunca le había contado a nadie, exceptuando a Shar. Entonces, se le ocurrió una idea—. Quizá fuera a verte si pudiera traer a una amiga.

—¿Qué clase de amiga? —preguntó él con tono receloso.

—Mi compañera de habitación de Green Hill.

Después, le habló de Sharon Blake y él pareció intrigado.

—¿La hija de Freeman Blake? Eso ya es otra cosa. ¿Es tan maravillosa como dices?

—Más.

Tana le contó el incidente que había tenido lugar en la cafetería de Yolan y le explicó que habían asistido juntas a la conferencia de Martin Luther King.

—Me gustaría conocerla. ¿Crees que podríais ir a Cambridge durante las vacaciones de primavera?

—Es posible. Tendré que preguntárselo.

—Pero ¿es que sois hermanas siamesas?

Harry miró a Tana y pensó que era una de las chicas más bonitas que jamás hubiera visto y que merecía la pena aguantar a otra chica con tal de volverla a ver.

—Más o menos. Estuve en su casa el día de Acción de Gracias y quiero volver.

—¿Por qué no la invitas aquí?

Hubo una larga pausa y después Tana contestó:

—A mi madre le daría un ataque si supiera que Sharon es negra. Se lo he dicho todo menos eso.

—Estupendo. —Sonrió—. No sé si te he dicho que mi abuela también lo era.

Por un instante pareció tan sincero que Tana estuvo a punto de creerle; pero se echó a reír y ella hizo un mohín.

—Eres incorregible. ¿Por qué no le hablo de ti a mi madre?

—Magnífico.

Lo hizo al día siguiente, cuando Harry la llamó para invitarla a almorzar dos días más tarde. Primero, tenían que soportar las Navidades en familia.

—¿No se trata del chico que conociste anoche?

Era una sábado por la mañana y Jean leía tranquilamente un libro. Aún no había hablado con Arthur y estaba deseando contarle cómo había ido la fiesta, pero no quería molestarle. Era una costumbre que conservaba de cuando él aún estaba casado con Marie. Además, era Navidad y estaría ocupado con Billy y Ann.

—Sí —contestó Tana; y le explicó para qué la había llamado Harry.

—Parece simpático.

—Lo es.

Pero Tana sabía que su madre no aprobaría la forma de comportarse del joven. Era irreverente y atrevido, bebía demasiado y estaba muy consentido; pero se comportó con mucha corrección al acompañarla a casa. Le dio las buenas noches y no tuvo que forcejear con él. Y, cuando acudió a recogerla, dos días más tarde, para llevarla a almorzar, vestía una americana azul, corbata y pantalones grises. Pero, en cuanto estuvieron en la calle, se puso unos patines y un sombrero rarísimo y empezó a comportarse como un chiflado mientras se dirigían al centro de la ciudad.

—Estás como un cencerro, Harry Winslow, ¿lo sabías? —le dijo Tana, y rió.

—Sí, señorita —contestó él, bizqueando e insistiendo en entrar en el Oak Room con los patines puestos.

Al *maître* no le hizo la menor gracia, pero, siendo Harry quien era, no se atrevió a echarle. El joven pidió una botella de Roederer, se bebió una copa en cuanto la descorcharon y, después, miró a Tana sonriendo.

—Creo que soy un adicto a estas cosas.

—Quieres decir que eres un borrachín.

—Pues, sí —contestó Harry con orgullo.

Al terminar, fueron a dar un paseo por Central Park y se pasaron más de una hora viendo patinar a la gente en el Wollman Rink, mientras ellos hablaban acerca de la vida. Harry observó que Tana se mantenía distante y precavida, como si no quisiera entregarse por entero. Sin embargo, era una muchacha inteligente y muy cordial. Se preocupaba por la gente y por las cosas. Pero no le tendía la mano. Harry sabía que tenía una amiga, y nada más, y ella se encargó de que comprendiera claramente que ya no le daría más explicaciones.

—¿Tienes amores con algún muchacho de Green Hill? —preguntó él, picado por la curiosidad.

—No —contestó Tana, mirándole a los ojos—. Ahora no me apetece tener amores con nadie.

A Harry le sorprendió su sinceridad. Aquello constituía un desafío irresistible.

—¿Por qué no? ¿Temes que te lastimen, como a tu madre?

Tana nunca se lo había planteado en semejantes términos. Harry le había dicho que no deseaba tener hijos. No quería lastimar a otros tal como le habían lastimado a él. Tana le comentó que Arthur había vuelto a dejar plantada a su madre en Navidad.

—No sé. Puede. Eso, y otras cosas.

—¿Qué clase de cosas?

—No me apetece contártelo.

Apartó la mirada y Harry trató de adivinar el motivo. Se mantenía a una distancia prudencial e, incluso cuando reían y bromeaban, le enviaba mensajes que decían: «No te acerques demasiado.» Esperaba que no tuviera inclinaciones sexuales raras, aunque no lo creía. Parecía más bien que quisiera esconderse bajo un caparazón protector y el joven no acertaba a comprender por qué motivo. Alguien le había hecho daño.

—¿Ha habido en tu vida algún hombre importante?

—No —contestó Tana, mirándole fijamente—. Pero no quiero hablar de eso.

La expresión de su rostro indujo a Harry a hacer marcha atrás de inmediato.

Era cólera y dolor y otra cosa que no acertaba a comprender del todo, pero cuya intensidad le dejó sin aliento, y eso que él no se asustaba fácilmente. Comprendió que no debía insistir. Hasta un ciego lo hubiera entendido.

—Perdona.

Empezaron a hablar de cosas más intrascendentes. Tana le gustaba mucho y se vieron varias veces durante las vacaciones de Navidad. Fueron a cenar y almorzar juntos, a patinar sobre el hielo en el parque y al cine; y hasta, una noche, la muchacha le invitó a cenar con su madre, pero se dio cuenta enseguida de que había cometido un error. Jean empezó a acosar a Harry como si fuera un candidato a la mano de su hija, haciéndole preguntas acerca de sus futuros planes, de su familia, de sus aspiraciones profesionales y de sus estudios. Cuando él se fue, Tana la recriminó.

—¿Por qué has hecho eso? Sólo ha venido aquí a cenar, no a pedirme que me case con él.

—Tienes dieciocho años y ya es hora de que empieces a pensar en serio.

–¿Por qué? Sólo es un amigo. No te comportes como si fuera a casarme con él la semana que viene.

–Entonces, ¿cuándo piensas casarte?

–¡Nunca, maldita sea! ¿Por qué tengo que casarme?

–¿Qué vas a hacer el resto de tu vida?

Los ojos de su madre la empujaban, la acorralaban, y Tana no podía soportarlo.

–No sé qué voy a hacer. ¿Tengo que decidirlo ahora? ¿Ahora mismo? ¿Esta noche? ¿Esta semana?

–¡A mí no me hables así! –También su madre estaba enojada.

–¿Por qué no? ¿Qué pretendes decirme?

–Quiero que tengas seguridad, Tana. Que no te encuentres en mi situación cuando tengas mi edad. ¡Te mereces algo más que eso!

–Y tú también. ¿Lo has pensado alguna vez? No me gusta verte así, esperando constantemente a Arthur como si fueras su esclava. Eso es lo que has sido durante todos estos años, mamá. La concubina de Arthur Durning.

Estuvo tentada de decirle a su madre que le había visto con otra mujer en el 21, pero no se atrevió a hacerlo. No quería darle aquel disgusto. Se contuvo, pero, de todos modos, Jean se molestó.

–Eso no es justo ni cierto.

–Entonces, ¿por qué no quieres que sea como tú?

Jean apartó el rostro para que su hija no viera sus lágrimas; y cuando volvió a mirarla, sus ojos mostraban la huella de los sufrimientos que había soportado durante aquellos doce años y durante toda su vida.

–Quiero que tengas todas las cosas que yo no tuve. ¿Es pedir demasiado?

Tana se conmovió y le habló con tono más comedido.

–Pero es que a lo mejor yo no quiero las mismas cosas que tú.

–¿Y por qué no las quieres? Un marido, seguridad, una casa, unos hijos... ¿Qué tiene de malo?

–Nada. Pero soy demasiado joven para pensar en ello. ¿Y si quisiera ejercer una profesión?

–¿Cuál? –preguntó Jean, asustada.

–Pues no sé. Lo decía en plan teórico.

–Es una vida muy solitaria, Tana. Estarías mejor si te casaras.

Pero a Tana le parecía que aquello era como arrojar la toalla. Lo estuvo pensando en el tren que la llevaba al Sur y lo comentó con Sharon, la primera noche de su regreso a Jasmine House, cuando apagaron la luz de la habitación.

–Qué barbaridad, Tan. Tu madre, como la mía... de una manera distinta, claro. Pero todas quieren para nosotras lo que querrían para ellas, sin pensar en quiénes somos ni cuán distintos somos, ni en lo que pensamos, sentimos y queremos. Mi padre lo comprende, pero mi madre... Sólo me habla de la facultad de derecho y de las sentadas y de la «responsabilidad» de ser negra. Estoy tan harta de ser «responsable» que ya no aguanto más. Por eso vine a Green Hill. Quería ir a un sitio donde hubiera otros negros; aquí, ni siquiera puedo salir con un chico, y ella me dice que ya habrá tiempo para eso. ¿Cuándo? Yo quiero salir ahora, pasarlo bien ahora, ir a los restaurantes, al cine y al fútbol.

Tana sonrió en la oscuridad.

–¿Quieres venir conmigo a Harvard durante las vacaciones de primavera?

–¿Y eso? –Sharon se incorporó en la cama, apoyándose en un codo.

Tana le habló de Harry Winslow.

–Me parece muy bien. ¿Te has enamorado de él?

–No.

–¿Por qué no?

Hubo un silencio que ambas comprendieron.

—Ya sabes por qué.

—No puedes permitir que eso destroce tu vida, Tan.

—Ahora pareces mi madre. Quiere que me comprometa en matrimonio con el que sea, lo más tarde la semana que viene, siempre que él esté dispuesto a casarse conmigo, comprarme una casa y darme hijos.

—Siempre es mejor que participar en sentadas y que te estrellen huevos podridos en la cara. Resulta gracioso.

—No mucho.

—Tu amigo de Harvard parece simpático.

—Y lo es —contestó Tana sonriendo—. Me gusta mucho como amigo. Es la persona más honrada y sincera que he conocido.

La llamada que Harry le hizo aquella semana le hizo comprender mejor por qué disfrutaba tanto en su compañía. Simuló ser el propietario de unos laboratorios de Yolan y le explicó que necesitaban la colaboración de unas chicas para llevar a cabo ciertos experimentos.

—Estamos intentando averiguar si las chicas son tan inteligentes como los chicos —dijo, alterando la voz—. Ya sabemos que no lo son, claro, pero...

Poco antes de empezar a insultarle, Tana reconoció su voz.

—¡Serás asqueroso!

—Hola, nena. ¿Qué tal la vida en el profundo Sur?

—No está mal.

Tana le pasó después el teléfono a Sharon y todos charlaron un buen rato, hasta que al final Sharon subió a la habitación y Tana se quedó una eternidad pegada al teléfono. La conversación no tenía ningún matiz romántico; Harry era para ella como un hermano y, al cabo de dos meses de llamadas telefónicas, se convirtió en su mejor amigo, aparte de Sharon. Harry esperaba verla en primavera, y ella quería ir con Sharon; pero no hubo modo de hacerlo. Decidió desafiar a su madre e invitar a su amiga a alojarse en su casa, pero Miriam Blake llamaba a Sharon casi todas la noches. Habían organizado una gran concentración negra en Washington y una vigilia con velas a favor de los derechos civiles durante el fin de semana de Pascua, y quería que Sharon participara en ella. Consideraba que ello era importante para sus vidas y que no era momento para emprender viajes de vacaciones. Sharon estaba muy deprimida cuando ambas abandonaron Green Hill.

—Bastaba con que le hubieras dicho que no, Shar —dijo Tana.

En los ojos de su amiga se encendió una chispa de furia.

—Tal como lo hiciste tú con la fiesta de presentación en sociedad, ¿verdad?

Tana asintió con la cabeza. Su amiga tenía razón. Era difícil luchar con ellos a cada paso. Se encogió de hombros y sonrió.

—De acuerdo, tú ganas. Lo siento. Te vamos a echar de menos en Nueva York.

—Yo también os echaré de menos.

En el tren, se dedicaron a charlar y jugar a las cartas. Sharon se apeó en Washington y Tana prosiguió viaje a Nueva York. Hacía un tiempo muy agradable cuando salió de la estación y tomó un taxi. El apartamento estaba igual que siempre y, por una razón inexplicable, Tana lamentó haber regresado a casa. Nada cambiaba, todo estaba igual que antes. Nunca había cortinas ni plantas nuevas, flores bonitas o alguna novedad emocionante. Siempre lo mismo, la misma vida, el mismo sofá, las mismas plantas de aburrida apariencia año tras año. Cuando vivía allí, no se daba cuenta de ello, pero, ahora que iba y venía, le parecía distinto. Todo estaba como gastado y parecía que el apartamento se hubiera encogido. Su madre aún no había vuelto del trabajo y, en el momento en que dejaba las maletas en su habitación, sonó el teléfono. Volvió al salón y miró de nuevo a su alrededor.

—¿Diga?

—Soy Winslow. ¿Qué tal, nena?

Tana sonrió. Fue como si una bocanada de aire fresco penetrara en la mohosa estancia.

—Hola.

—¿Cuándo has llegado?

—Hace cuatro segundos. ¿Y tú?

—Vine anoche por carretera con un par de amigos. Y aquí me tienes —contestó el joven, mirando alrededor en el apartamento que su padre tenía en el hotel Pierre—. La misma vieja casa y la misma vieja ciudad de siempre. —Tana recordó su infantil sonrisa y se emocionó ante la perspectiva de volver a verle. Ambos habían aprendido muchas cosas el uno acerca del otro después de haber hablado por teléfono durante cuatro meses. Y eran como viejos amigos—. ¿Te apetece tomar un trago conmigo?

—Pues claro. ¿Dónde estás?

—En el Pierre —contestó él.

—Es un sitio muy bonito —dijo Tana sonriendo.

—No mucho. El año pasado, mi padre mandó que cambiaran la decoración del apartamento. Ahora, parece la casa de un marica, pero por lo menos puedo utilizarlo cuando estoy en Nueva York.

—¿Está ahí tu padre? —preguntó Tana.

—No seas ridícula —bromeó Harry—. Creo que esta semana está en Munich. Le gusta pasar la Pascua allí. Los alemanes son muy sentimentales con todo lo relacionado con las fiestas cristianas. Sin olvidar la Oktoberfest. —Tana apenas podía seguir el hilo de la conversación—. No importa. Ven aquí y volveremos locos a los del servicio de habitaciones. ¿Qué te apetece? Lo pediré ahora porque van a tardar dos horas en traerlo.

—Pues no sé... —contestó ella, aturdida—. ¿Te parece bien un bocadillo y una coca-cola?

El apartamento era impresionante; pero, cuando Tana llegó, encontró a Harry sentado como si tal cosa en el sofá, descalzo y con unos pantalones vaqueros, mirando un partido de fútbol en la televisión. La levantó del suelo y la abrazó como un oso, más contento de verla de lo que ella suponía. Todo su cuerpo se estremeció cuando le dio un cariñoso beso en la mejilla. Hubo unos momentos un poco embarazosos antes de poder trasladar a la vida real la intimidad que habían compartido por teléfono; pero, a última hora de la tarde, ya eran como amigos de toda la vida, y Tana lamentó tener que regresar a casa.

—Pues, entonces, quédate. Me pondré unos zapatos e iremos al 21.

—¿Así por las buenas? —repuso Tana, mirando su falda a cuadros, sus calcetines de lana y sus zapatos deportivos—. Tengo que ir a casa. Llevo cuatro meses sin ver a mi madre.

—Siempre me olvido de esos rituales.

Estaba más guapo que nunca, pero Tana no sentía nada especial por él; sólo la amistad que había seguido desarrollándose con el paso del tiempo. Estaba segura de que Harry no sentía por ella más que una atracción puramente platónica. Mientras recogía el impermeable que había dejado sobre un sillón, le preguntó:

—¿Nunca ves a tu padre, Harry?

Sabía lo solitario que se sentía y se entristeció por él. Siempre pasaba las vacaciones solo o con amigos, o en hoteles, o en casas vacías, y únicamente mencionaba a su padre dentro del contexto de chistes malos relativos a sus mujeres, sus amigos y sus juergas.

—Le veo de vez en cuando. Coincidimos una o dos veces al año. Por regla general, aquí o en el sur de Francia.

Parecía una vida extraordinaria, pero Tana comprendió lo solitario que se sentía Harry. Por eso había sido tan sincero con ella. Había algo en el interior del muchacho que deseaba ser amado. Era algo parecido a lo que le

ocurría a ella, que sólo tenía a su madre y hubiera deseado algo más, un padre, hermanos y hermanas, una familia... Algo más que una solitaria mujer cuya vida transcurría a la espera de un hombre que no la amaba. Harry
no tenía ni aquello siquiera. Tana empezó a odiar al padre del joven sin conocerlo.

—¿Cómo es?

—Supongo que guapo. —Harry se encogió nuevamente
de hombros—. Por lo menos eso dicen las mujeres... Brillante... frío. Él mató a mi madre, ¿cómo quieres que sea?
—Tana se estremeció al ver la mirada de su amigo y no supo
qué decirle. Lamentó haberle hecho la pregunta, pero
Harry la rodeó con un brazo mientras la acompañaba a la
puerta—. No te aflijas, Tan. Ocurrió hace mucho tiempo.

Pero la joven se entristeció. Le veía tan solo y era tan
honrado, simpático y divertido... No le parecía justo.
Además, era mimado, consentido y travieso. Se dirigió
con acento británico al primer camarero del servicio de
habitaciones que subió, simuló ser francés con el segundo, y después se partió de risa con Tana. Ésta se preguntó si siempre se comportaría de aquella forma, y llegó a
la conclusión de que sí. Al tomar el autobús para regresar a la zona alta de la ciudad, pensó que no le importaba
compartir con su madre aquel pequeño y deprimente
apartamento. Era infinitamente mejor que la lujosa y gé-
lida suite que tenían los Winslow en el hotel Pierre. Las
habitaciones eran enormes y había mucho metal, vidrio
y objetos pintados de blanco, dos fabulosas alfombras
de piel blanca y valiosas pinturas por doquier, pero nada
más. No había nadie cuando el muchacho regresó de la
universidad, y no habría nadie en los días sucesivos.
Harry estaba solo con un frigorífico lleno de bebidas al-
cohólicas y coca-colas, un armario repleto de costosas
prendas de vestir y un televisor.

—¡Hola, ya estoy en casa! —exclamó al entrar, y Jean
corrió a su encuentro y la abrazó con entusiasmo.

–¡Oh, qué guapa estás! –Tana pensó en Harry y en todo cuanto no tenía, a pesar de los fideicomisos, las casas y su ilustre apellido. A él le faltaba aquello, y ella quería hacer cuanto estuviera en su mano por compensarle–. He visto tus maletas. ¿Dónde has ido?

–A ver a un amigo, que vive en el centro. Pensaba que aún tardarías en volver.

–He salido antes por si venías.

–Lo siento, mamá.

–¿A quién has ido a ver?

Jean siempre quería saber lo que hacía y a quién veía su hija. Pero Tana ya no estaba acostumbrada a que le hicieran preguntas y vaciló un momento antes de contestar.

–He ido a ver a Harry Winslow, al Pierre. No sé si lo recuerdas.

–Pues claro que sí –dijo Jean muy contenta–. ¿Está en la ciudad?

–Tiene un apartamento aquí.

En la mente de Jean se agitaron pensamientos contradictorios. Estaba muy bien que fuera maduro y solvente y tuviera un apartamento propio, pero aquello tenía también sus peligros.

–¿Has estado a solas con él? –preguntó con inquietud.

–Pues claro –contestó Tana, echándose a reír–. Hemos tomado un bocadillo y hemos visto la televisión. Algo inofensivo, mamá.

–Aun así... No creo que debieras hacerlo.

Contempló los ojos de Tana mientras el rostro de la chica empezaba a endurecerse.

–Es amigo mío, mamá.

–Pero es un chico joven y nunca se sabe lo que puede ocurrir en semejante situación.

–Yo sí lo sé –replicó Tana con aspereza. Vaya si lo sabía. Sólo que había ocurrido en casa del maravilloso Billy Durning, en el dormitorio de su padre, mientras cien muchachos se divertían en el salón de abajo–. Yo sé de quién me puedo fiar.

–Eres demasiado joven para juzgar estas cosas, Tan.

–No es verdad. –La violación había cambiado toda su vida. Lo sabía todo acerca de aquellas cosas y, si hubiera percibido la menor amenaza en Harry, jamás hubiera acudido a su apartamento, ni se hubiera quedado a solas con él. Pero sabía instintivamente que era su amigo y que no le causaría ningún daño, como se lo había causado el hijo del amante de su madre–. Harry y yo sólo somos amigos.

–Eres una ingenua. Eso no es posible entre un chico y una chica, Tan. Los hombres y las mujeres no pueden ser amigos.

Tana miró asombrada a su madre. No podía creer lo que le estaba diciendo.

–¿Cómo puedes decir eso, mamá?

–Porque es cierto. Y si él te invita a su apartamento, es que está pensando en otra cosa, tanto si tú te das cuenta como si no. Quizá esté esperando la ocasión. ¿Crees que tiene intenciones serias, Tan?

–¿Serias? Ya te lo he dicho, sólo somos amigos.

–Y yo te he dicho que no me lo creo. –Jean esbozó una sonrisa casi de complicidad–. Sería un partido estupendo, si pudieras pescarle.

Tana no pudo soportarlo. Se levantó de un brinco y miró despectivamente a su madre.

–Se diría que estás hablando de un pez, maldita sea. Yo no quiero pescar nada. No quiero casarme. No quiero acostarme con nadie. Sólo quiero tener amigos y estudiar, ¿te enteras? –dijo con los ojos llenos de lágrimas.

–¿Por qué eres tan violenta en todo? Antes no eras así, Tan.

Había tanta tristeza en la voz de su madre que Tana se conmovió, pero no podía evitar sentir lo que sentía ni decir lo que estaba diciendo.

—Porque antes no me acosabas constantemente.

—¿Que te acoso? —replicó su madre, sorprendida—. Si apenas te veo. Te he visto un par de veces en seis meses. ¿A eso le llamas tú acosar?

—La fiesta de presentación en sociedad fue un acoso, lo que acabas de decir sobre Harry es un acoso, y me acosas cuando me hablas de pescar a un chico y casarme. ¡Por Dios, mamá, tengo dieciocho años!

—Casi diecinueve. Y después, ¿qué? ¿Cuándo vas a pensar en eso, Tan?

—Pues no lo sé, mamá. Puede que nunca, ya ves. Puede que nunca me case. ¿Y qué? ¿A quién le importa que yo sea feliz?

—Me importa a mí. Quiero que te cases con un hombre bueno, que tengas unos hijos preciosos y un bonito hogar.

Jean empezó a sollozar. Eso era lo que hubiera querido ella. Y, sin embargo, estaba sola, sólo pasaba un par de noches a la semana con el hombre al que amaba y veía de vez en cuando a una hija que se le estaba escapando.

Inclinó la cabeza y lloró, mientras Tana se le acercaba para abrazarla.

—Vamos, mamá, no llores. Ya sé que quieres lo mejor para mí... Pero déjame hacer las cosas a mi modo.

—¿Te das cuenta de quién es Harry Winslow? —repuso Jean, mirando a su hija con una tristeza infinita en sus grandes ojos oscuros.

—Sí. Es mi amigo.

—Su padre es uno de los hombres más ricos de Estados Unidos. A su lado, Arthur Durning es un pobretón.

Arthur siempre era la vara de medición que utilizaba Jean.

—¿Y qué?

—¿Te das cuenta de la vida que podrías llevar si te casaras con él?

Tana se afligió por ella y también por sí misma. Su

madre estaba equivocada y, probablemente, lo había estado toda la vida. Pero le había dado muchas cosas y Tana se sentía en deuda. Sin embargo, durante las dos semanas que estuvo en Nueva York, apenas la vio. Salió con Harry casi todos los días, pero no le dijo nada a Jean. Aún estaba furiosa por lo que le había dicho. *¿Te das cuenta de quién es?* Como si a ella le importara. Se preguntó cuántas personas pensarían lo mismo. Era un asco que a uno le valoraran por el apellido.

Un día en que estaban merendando en el Central Park, Tana se atrevió a comentárselo cautelosamente a Harry.

—¿No te molesta que la gente sólo quiera conocerte por ser quien eres, Harry?

La idea la horrorizaba, pero el joven se limitó a encogerse de hombros mientras comía una manzana tendido sobre la hierba.

—Supongo que la gente es así. Se emociona con estas cosas. Cuando era pequeño, veía constantemente que acosaban a mi padre en todas partes.

—¿Y él qué piensa?

—Pues no creo que le importe. —Harry la miró sonriendo—. Es tan insensible que ni siquiera lo nota.

—¿De veras es tan malo?

—Peor.

—¿Y cómo es posible que tú seas tan simpático?

—Suerte que tiene uno —contestó Harry, soltando una carcajada—. O, a lo mejor, son los genes de mi madre.

—¿Aún te acuerdas de ella?

Era la primera vez que se lo preguntaba y observó que él apartaba el rostro.

—A veces, un poco... No lo sé, Tan. —Volvió a mirarla—. Cuando era pequeño, simulaba ante mis amigos que aún estaba viva y decía que había salido de compras o lo que fuera cuando venían a jugar a casa. No quería diferenciarme de ellos. Pero siempre acababan enterándose.

Sus madres se lo decían cuando regresaban a sus casas y entonces pensaban que era un bicho raro, pero a mí me importaba un comino. Me gustaba ser normal, aunque no fuera más que durante unas horas. Hablaba de ella como si estuviera fuera o en el piso de arriba. –Las lágrimas asomaron a sus ojos, pero enseguida miró a Tana casi con dureza–. ¿Qué estúpido, verdad, estar obsesionado por una madre a la que ni siquiera conocí?

Tana le abrazó con su corazón, con sus palabras y con la dulzura de su voz.

–¿Qué otra cosa tienes? Yo de ti, haría lo mismo.

Harry se encogió de hombros y apartó la mirada. Después fueron a dar un paseo y hablaron de otras cosas, de Freeman Blake, de Sharon, de las asignaturas que Tana estudiaba en Green Hill. Y, de súbito, él tomó una mano de Tana.

–Gracias por lo que has dicho antes.

La joven comprendió a qué se refería. Estaban muy compenetrados, desde el mismo instante en que se conocieron.

Tana apretó la mano de Harry y siguieron paseando. Estaba asombrada al comprobar cuán a gusto se sentía a su lado. No la agobiaba, preguntándole por qué no salía con nadie. La aceptaba tal como era y Tana se lo agradecía. Le agradecía muchas cosas, su manera de enfocar la vida, lo mucho que se divertía con él, su sentido del humor. Era maravilloso tener a alguien con quien compartir sus pensamientos. Harry era como una caja de resonancia de todo lo que bullía en la cabeza de la muchacha. Y cuando regresó a Green Hill, aún le estuvo más agradecida.

Cuando vio a Sharon, le pareció que era una muchacha distinta porque todas sus moderadas ideas políticas se habían esfumado. Había asistido a toda una serie de concentraciones y sentadas con su madre y sus amigos, y se había vuelto tan radical como Miriam Blake. Tana no acertaba a comprender aquel cambio y, tras pasarse dos días aguantando sus peroratas, le dijo a gritos:

—Pero, por Dios, Shar, ¿qué demonios te ha pasado? Desde que volvimos, esta habitación parece un mitin político. Baja de una vez de la plataforma. ¿Qué te ha ocurrido?

Sharon se limitó a permanecer sentada, mirándola y, de repente, empezó a sollozar y a estremecerse; transcurrió casi media hora antes de que pudiera hablar. Mientras, Tana la miraba asombrada. Algo horrible le había ocurrido, pero Tana ignoraba qué era. La abrazó y la acunó y, al fin, Sharon pudo hablar.

—Mataron a Dick la víspera de Pascua, Tan. Le mataron. Tenía quince años y le ahorcaron...

Sintió que se mareaba. No era posible. Esas cosas no le ocurrían a la gente que ella conocía..., ni a los negros..., ni a nadie. Pero vio en el rostro de Sharon que era verdad. Y, aquella noche, llamó a Harry y le comunicó la noticia llorando.

—Oh, Dios mío... Oí comentar en la universidad que habían matado al hijo de un negro muy importante, pero no lo relacioné. ¡Qué mierda!

—Sí —dijo Tana con el corazón apesadumbrado.

Cuando su madre llamó algunos días más tarde, aún estaba deprimida.

—¿Qué te pasa, cariño? ¿Te has peleado con Harry?

Jean había decidido utilizar una nueva táctica. Al hablar con Tana, daría por sentado que aquellas relaciones eran un idilio, y tal vez la idea acabara adquiriendo cuerpo. Pero Tana no tuvo paciencia con ella y fue inmediatamente al grano.

—Ha muerto el hermano de mi compañera de habitación.

—¡Oh, qué horrible! —exclamó Jean horrorizada—. ¿Fue un accidente?

Hubo una larga pausa mientras Tana reflexionaba. *No, mamá, le ahorcaron porque era negro, ¿sabes?*

—Más o menos.

¿Acaso la muerte no era siempre un accidente? ¿Quién la esperaba?

—Dale el pésame de mi parte. Es hijo de la familia con la que pasaste el día de Acción de Gracias, ¿verdad?

—Sí —contestó Tana, abatida.

—Es terrible.

Pero Tana ya no aguantaba más.

—Tengo que dejarte, mamá.

—Llámame dentro de unos días.

—Lo intentaré.

La dejó con la palabra en la boca y colgó. No le apetecía conversar con nadie. Pero aquella noche volvió a hablar con Sharon. La vida de su compañera había cambiado por completo. Incluso había establecido contacto con la iglesia negra de la ciudad y, durante el resto de la primavera, tenía previsto colaborar en la organización de sentadas, los fines de semana.

—¿Crees que debes hacerlo, Shar?

—¿Acaso hay otra alternativa? —dijo Sharon mirándola con furia—. Creo que no. —Su alma estaba llena de rabia, de una rabia infinita, de un fuego que ningún amor podría extinguir. Habían matado al chiquillo con quien ella se había criado—. Menuda pieza estaba hecho —dijo riéndose entre lágrimas en la oscuridad—. Se parecía mucho a mamá y ahora...

Ahogó los sollozos y Tana fue a sentarse en su cama. Todas las noches ocurría lo mismo, hablaban de las marchas que se organizaban en otras localidades del Sur, de las sentadas que tenían lugar en Yolan o del doctor Martin Luther King. Era como si Sharon ya no estuviera allí. Y, al llegar el período de los exámenes, la joven negra empezó a asustarse. No había estudiado en absoluto. Era una chica inteligente, pero temía que la suspendieran. Tana la ayudó en todo cuanto pudo, compartió sus apuntes con ella y le subrayó los párrafos de los libros;

pero no abrigaba demasiadas esperanzas porque Sharon sólo pensaba en la sentada que había organizado en Yolan para la siguiente semana. Los habitantes de la ciudad ya se habían quejado de ella un par de veces al director de Green Hill; pero, en atención a su padre, las autoridades del colegio se habían limitado a llamarla y hacerle una advertencia. Comprendían que estaba trastornada debido al desdichado accidente que había sufrido su hermano, pero, aun así, tenía que reportarse y no querían que siguiera causando problemas en la ciudad.

—Será mejor que lo dejes, Shar. Te expulsarán del colegio si no lo haces.

Tana se lo había advertido más de una vez, pero su amiga no podía cambiar. No tenía más remedio que hacerlo. Y la víspera de la gran sentada que había organizado en Yolan, miró a Tana poco antes de apagar la luz de la habitación, y ésta vio brillar en sus ojos un fuego que la asustó.

—¿Te ocurre algo? —le preguntó.

—Quiero pedirte un favor, y no me enfadaré si te niegas. Por consiguiente, haz lo que consideres oportuno. ¿De acuerdo?

—Sí, pero ¿qué pasa?

Tana rezó para que no le pidiera que hiciera trampa en un examen.

—Hoy he estado hablando con el reverendo Clarke en la iglesia, y creo que sería importante que hubiera blancos en la sentada de mañana. Vamos a entrar en la iglesia de los blancos.

—¡Madre mía! —exclamó Tana, asustada.

—Tranquilízate. El doctor Clarke va a intentar buscar a alguien y yo... no sé... quizá sea una equivocación, pero quería pedirte que vinieras. Si no quieres, no lo hagas.

—¿Y por qué les iba a molestar que entrara yo? Soy blanca.

—Si entras con nosotros no. Eso te convierte en basura blanca o en algo peor. Si entras dándome la mano y teniendo a tu lado al reverendo Clarke o a otro negro, será distinto, Tan.

—Sí. —El miedo le atenazaba el estómago, pero quería ayudar a su amiga—. Creo que lo comprendo.

—¿Y qué respondes? —le preguntó Sharon, mirándola a los ojos.

—¿Quieres que te lo diga en serio? Tengo miedo.

—Yo también. También lo tenía Dick. Pero fue. Y yo iré también. Iré todas las veces que pueda durante el resto de mi vida hasta que cambien las cosas. Pero es mi lucha, Tana, no la tuya. Si vienes, vendrás en calidad de amiga mía. Pero, si no vienes, te querré igual.

—Gracias. ¿Me dejas que lo piense esta noche?

Tana sabía que habría repercusiones en caso de que las autoridades del colegio se enteraran, y no quería poner en peligro la beca del siguiente curso. Aquella misma noche, llamó a Harry, pero no lo encontró en casa. Al amanecer, se despertó y recordó las veces en que iba a la iglesia, de chica, y su madre le decía que todas las personas eran iguales a los ojos de Dios: los ricos, los pobres, los blancos, los negros, todo el mundo. Y, después, pensó en Dick, muerto ahorcado a los quince años. Cuando Sharon se dio la vuelta en la cama, al salir el sol, Tana ya la estaba esperando.

—¿Has dormido bien?

—Más o menos —contestó Tana, incorporándose en la cama y desperezándose.

—¿Ya te levantas? —preguntó Sharon.

—Sí. ¿No tenemos que ir a la iglesia?

Sharon sonrió de oreja a oreja, se levantó de la cama y fue a abrazar y besar a su amiga.

—Me alegro de que te hayas decidido, Tan.

—Yo no sé si me alegro, pero creo que debo hacerlo.

—Lo sé.

La lucha iba a ser larga y encarnizada, y Sharon participaría en todas sus fases. Tana, en cambio, lo haría sólo esa vez.

Se puso un sencillo vestido de algodón azul, se peinó el largo cabello rubio en una cola de caballo, se calzó unos zapatos deportivos y salió a la calle en compañía de su amiga.

—¿Vais a la iglesia, chicas? —les preguntó, sonriendo, la directora. Ambas contestaron que sí.

La directora se refería a otra iglesia distinta; pero Tana se fue con Sharon a la iglesia negra, donde estaba el doctor Clarke con un grupo de noventa y cinco negros y once blancos. Les dijeron que estuvieran tranquilos, que sonrieran si les parecía oportuno hacerlo, pero no para provocar, y que guardaran silencio por mucho que les insultaran. Deberían entrar respetuosamente en la iglesia tomados de la mano y en grupos de cinco. Sharon y Tana estarían juntas. Las acompañaría otra chica blanca y dos negros, muy altos y fornidos. Éstos le comentaron a Tana, mientras se dirigían a la otra iglesia, que trabajaban en el trapiche. Tendrían aproximadamente su misma edad y estaban casados; uno tenía tres hijos y el otro cuatro, y no les sorprendió en absoluto verla allí. La llamaban «hermana». Poco antes de entrar en la iglesia, los cinco intercambiaron unas nerviosas sonrisas. Luego, entraron silenciosamente. Era una pequeña iglesia presbiteriana del barrio residencial de la ciudad a la que, los domingos, asistían muchos feligreses y tenía una escuela dominical bien nutrida de niños. Al entrar los negros, hombres y mujeres se volvieron a mirarlos con expresiones aterradas. El órgano se detuvo, una mujer se desmayó, otra empezó a gritar y, en cuestión de segundos, se armó un alboroto tremendo. El pastor empezó a dar voces, alguien corrió a avisar a la policía y sólo los voluntarios del doctor Clarke conservaron la calma; permanecieron inmóviles junto al muro del fondo sin causar la menor molestia, mientras la gente les miraba con desprecio y profería insultos pese a estar en un templo. Al cabo de unos instantes, apareció el pequeño contingente de las fuerzas antidisturbios de la policía. Los hombres habían sido adiestrados recientemente para actuar en las sentadas y pertenecían, en su mayoría, al cuerpo de vigilancia de carreteras. Enseguida empezaron a empujar y arrastrar hacia afuera los cuerpos de los negros, que no oponían la menor resistencia. De repente, Tana se dio cuenta de lo que estaba pasando. Ella fue la siguiente; aquello no les estaba ocurriendo a unos «ellos» remotos, sino a «nosotros». Dos vigorosos agentes se inclinaron sobre Tana y la agarraron sin miramientos por los brazos, agitando las porras ante su rostro.

—¡Debería darte vergüenza! ¡Basura blanca!

Tana abrió los ojos de par en par mientras la arrastraban fuera y, al pensar en Richard Blake y en cómo le habían matado, hubiera deseado pegarles, morderles y propinarles puntapiés, pero no se atrevió a hacerlo. La arrojaron a la parte de atrás de una furgoneta, junto con buena parte del grupo del doctor Clarke; y, media hora más tarde, le tomaron las huellas dactilares y la metieron en el calabozo. Se pasó allí el resto del día en compañía de quince chicas negras, y pudo ver a Sharon encerrada en una celda que había al otro lado del pasillo. A los blancos les permitieron efectuar una llamada telefónica; a los negros aún les estaban «clasificando», según los agentes. Sharon le gritó que llamara a su madre y Tana así lo hizo. Miriam Blake llegó a medianoche y consiguió la puesta en libertad de ambas muchachas. Las felicitó efusivamente por lo que habían hecho. Tana observó que sus facciones se habían endurecido desde la última vez que la había visto. Sin embargo, estaba muy contenta y ni siquiera se disgustó cuando Sharon le comunicó la noticia al día siguiente.

La habían expulsado de Green Hill con carácter urgente. La directora de Jasmine House ya había mandado recoger todas sus cosas y tenía que abandonar la residencia antes del mediodía. Tana se asustó al enterarse y comprendió lo que le aguardaba cuando entró en el despacho del director del colegio. Ocurrió lo que se temía: le pidieron que se fuera. No podría disfrutar de ninguna beca durante el año siguiente. Mejor dicho, ya no habría año siguiente. Para ella y para Sharon, todo había terminado. La única diferencia consistía en que ella podría quedarse a prueba hasta final de curso, lo que significaba que podría hacer los exámenes y matricularse en otro colegio. Pero ¿en cuál? Cuando Sharon se fue, Tana se quedó sentada en su habitación, sumida en un estado de absoluto abatimiento. Sharon iba a regresar a Washington con su madre y, probablemente, trabajaría algún tiempo como voluntaria con el doctor King.

—Sé que papá se va a enfadar porque quiere que siga estudiando, pero tú ya sabes que estaba del instituto hasta la coronilla. —Miró tristemente a Tana—. ¿Y tú?

Estaba muy afligida por el precio que su amiga había tenido que pagar por la sentada. Nunca la habían detenido y, aunque antes de la sentada en la iglesia le advirtieron que cabía esta posibilidad, Sharon no lo creyó.

—Puede que todo sea para bien —contestó Tana para animarla.

Pero, tras la marcha de Sharon, se quedó sentada sola en su habitación hasta que oscureció. Su situación de alumna a prueba significaba que tendría que comer sola en Jasmine House, que no podría salir de la habitación por la noche y que no podría participar en actividades sociales, ni siquiera en el baile de gala estudiantil. Se había convertido en una paria, pero afortunadamente sólo faltaban tres semanas para que terminara el curso.

Sin embargo, lo peor fue que informaron a Jean, tal

como le dijeron que iban a hacerlo. Aquella noche, su madre la llamó y empezó a sollozar como una histérica a través del teléfono.

—¿Por qué no me dijiste que esta maldita bruja era negra?

—¿Y qué más da el color? Es mi mejor amiga.

Los ojos de Tana se llenaron de lágrimas. De repente, le cayó encima todo el peso de las emociones que había experimentado en los últimos días. En la escuela, la miraban como si fuera una asesina. Y Sharon ya no estaba. No sabía dónde se iba a matricular el siguiente curso y su madre no paraba de gritar... Era como si tuviera cinco años y le estuvieran diciendo que había sido muy, pero que muy mala, aunque no sabía por qué.

—¿A eso llamas tú una amiga? —Su madre soltó una carcajada entre lágrimas—. Te ha costado la beca y te han expulsado del colegio. ¿Piensas que, después de lo ocurrido, te van a aceptar en otro sitio?

—Pues claro que te aceptarán, tonta. —La tranquilizó Harry al día siguiente—. Hay millones de radicales en la Universidad de Boston.

—Yo no soy radical —objetó Tana entre sollozos.

—Ya lo sé. Lo único que hiciste fue participar en una sentada. La culpa la tienes tú, por matricularte en esta ridícula y reaccionaria escuela del Sur. Pero si eso no pertenece siquiera al mundo civilizado. ¿Por qué demonios no te vienes a estudiar al Norte?

—¿De verdad crees que me admitirán?

—¿Con las estupendas notas que tienes? Te pondrían de directora.

—Lo dices para animarme.

Tana se echó nuevamente a llorar.

—Ya me estás hartando, Tan. ¿Por qué no dejas que presente una solicitud de ingreso, a ver qué ocurre?

Y lo que ocurrió fue que la admitieron para gran asombro suyo y disgusto de su madre.

–¿La Universidad de Boston? ¿Qué clase de centro es ése?

–Uno de los mejores del país. Y hasta me han concedido una beca.

Harry se encargó de todo, la recomendó incluso un poco. Y el primero de julio, ya lo tenía todo arreglado. Tana estaba emocionadísima. En otoño, iniciaría sus estudios en la Universidad de Boston.

Aún estaba aturdida por los acontecimientos de hacía dos meses y su madre seguía fastidiándola con sus exigencias.

–Creo que deberías buscarte un trabajo, Tana. No puedes pasarte la vida estudiando.

–Pero ¿por qué no puedo estudiar tres años hasta que consiga el título?

–Y después ¿qué? ¿Qué harás entonces que no puedas hacer ahora, Tana?

–Conseguir un empleo aceptable.

–Podrías empezar a trabajar ahora mismo en Durning Internacional, si quisieras. La semana pasada hablé con Arthur...

Tana se veía obligada a hablarle constantemente a gritos, pero Jean no comprendía la razón.

–Por Dios bendito, no me condenes a eso el resto de mi vida.

–¿Condenarte? ¿Condenarte, dices? ¿Cómo te atreves a decir eso? Te han detenido, te han expulsado del colegio y crees que te asiste el derecho a comerte el mundo. Tienes suerte de que un hombre como Arthur Durning acceda a contratarte.

–¡Es él el que tiene suerte de que yo no presentara una denuncia contra su hijo el año pasado!

Las palabras se le escaparon de la boca sin que pudiera impedirlo.

–¿Cómo te atreves a decir semejante cosa? –preguntó Jean, mirándola fijamente a los ojos.

—Es cierto, mamá —contestó ella con infinita tristeza.

Jean se volvió de espaldas como si no quisiera ver la expresión de su hija ni escuchar sus palabras.

—No quiero oírte decir mentiras.

Tana abandonó en silencio la estancia y, a los pocos días, se fue.

Estuvo con Harry en la residencia que el padre de éste tenía en Cape Cod, jugó al tenis, navegó en la embarcación de vela que el joven tenía, nadó y visitó a sus amigos y no se sintió amenazada por él en ningún momento. Por lo que a ella respectaba, las relaciones eran enteramente platónicas. Harry experimentaba otros sentimientos, pero procuraba mantenerlos cuidadosamente ocultos. Tana le escribió varias cartas a Sharon, pero recibió unas respuestas breves y apresuradas. Jamás había sido tan feliz ni había estado tan ocupada. Su madre tenía razón: se lo pasaba muy bien trabajando como voluntaria del doctor Martin Luther King. Era asombroso lo mucho que habían cambiado sus vidas en apenas un año.

Cuando se inició el curso en la Universidad de Boston, Tana se asombró de lo distinto, abierto y progresista que era todo en comparación con Green Hill. Le gustaba estar en clase con chicos. Constantemente se planteaban temas de interés y obtenía muy buenas calificaciones en todas las asignaturas.

Su madre estaba secretamente orgullosa de ella, aunque las relaciones entre ambas ya no eran tan buenas como antes. Jean se dijo que aquello era simplemente una fase transitoria y, además, tenía otras cosas en qué pensar. Cuando Tana finalizara el primer año de estudios en la Universidad de Boston, Ann Durning iba a contraer matrimonio por segunda vez. Se iba a celebrar una fastuosa boda en la iglesia episcopaliana de Greenwich, Connecticut, y después una recepción en la casa, organizada por Jean. Tenía el escritorio lleno de listas, fotografías y tarjetas de empresas especializadas en la organización de banquetes, y Ann la llamaba por lo menos catorce veces al día. Era casi como si se casara su propia hija; al cabo de catorce años de ser la amante y el brazo derecho de Arthur Durning, le parecía que los hijos de éste también eran suyos. Se alegraba mucho de lo bien que había elegido Ann esta vez. Era un encantador hombre de treinta y dos años, también divorciado, trabajaba en el bufete jurídico de Sherman y Sterling en Nueva York y, a juzgar por lo que Jean había oído decir, era un prometedor abogado y tenía mucho dinero. Arthur también estaba encantado y, para agradecerle a Jean todas las molestias que se había tomado, le regaló una preciosa pulsera de oro de Cartier.

—Eres una mujer maravillosa, ¿sabes? —le dijo, sentado en su salón con un vaso de whisky en la mano.

Se preguntó por qué no se habría casado con ella. De vez en cuando, lo pensaba, aunque, por regla general, se sentía a gusto tal como estaba. Ya se había acostumbrado.

—Gracias, Arthur —dijo Jean, ofreciéndole una bandeja de los entremeses que más le gustaban: salmón sobre pequeñas rebanadas de pan de centeno noruego, albondiguillas de carne cruda picada sobre tostada de pan blanco, avellanas australianas que siempre tenía en casa por si él la visitaba, junto con su whisky preferido, sus pastelillos preferidos, su jabón, su agua de colonia... todo cuando a él le gustaba.

Ahora que Tana no estaba, le era más fácil estar siempre a su disposición. La situación tenía sus ventajas y sus inconvenientes. Se sentía más libre y más disponible, Arthur podía visitarla en cualquier momento; pero, sin la presencia de su hija, se sentía más sola y necesitaba mucho más la compañía de Arthur. Se angustiaba muchísimo y se ponía más nerviosa cuando transcurrían dos semanas sin tenerle una noche en la cama. Comprendía que tenía que estarle agradecida porque le daba muchas cosas que hacían que su vida fuera mucho más agradable, pero quería tenerle más tiempo a su lado, lo había querido siempre, desde el día que se conocieron.

–Tana asistirá a la boda, ¿verdad? –preguntó Arthur, llevándose otra albondiguilla a la boca.

Jean se mostró evasiva. Hacía días que había llamado a Tana porque aún no había contestado a la invitación de Ann.

La reprendió, diciéndole que era una grosera y que sus modales de Boston no eran aceptables, lo cual no contribuyó precisamente a ablandar a Tana.

–Contestaré en cuanto pueda, mamá. Ahora mismo tengo unos exámenes. Recibí la invitación la semana pasada.

–Basta un minuto para contestar.

–Muy bien –dijo Tana molesta por el tono de su madre–, pues dile que no iré.

–No pienso hacerlo. Debes contestar tú misma a la invitación. Y considero que debes ir.

–Vaya por Dios, ya me lo imaginaba. Otra orden del clan de los Durning. ¿Cuándo podremos decirle que no? –Se estremecía cada vez que recordaba el rostro de Billy–. De todos modos, creo que voy a estar ocupada.

–Podrías hacer un esfuerzo por mí.

–Diles que no me puedes mandar, que soy imposible, que voy a escalar el Everest. ¡Diles lo que se te antoje!

–¿De veras no vas a ir? –preguntó Jean como si le pareciera increíble.

–No lo había pensado todavía, pero, ya que lo dices, creo que no.

–Es lo que tenías pensado desde un principio.

–Mira, mamá, ya estoy harta. No me gustan ni Ann ni Billy. Entérate de una vez. No me gusta Ann y odio a Billy con toda mi alma. Arthur es asunto tuyo, y perdóname la franqueza. ¿Por qué tienes que meterme en estas cosas? Soy una persona adulta y ellos también lo son, nunca hemos sido amigos.

—Es su boda, y Ann quiere que vayas.

—Tonterías. Seguramente ha invitado a todo el mundo y me invita a mí para hacerte un favor.

—Eso no es cierto.

Pero ambas sabían que sí lo era. Con el paso del tiempo, Tana iba adquiriendo mayor fuerza debido, en buena parte, a la influencia que Harry ejercía sobre ella. El joven tenía ideas muy claras acerca de casi todo y la obligaba a reflexionar acerca de lo que pensaba y sentía. Su consejo sobre la Universidad de Boston resultó también muy acertado. Boston fue para ella mucho más beneficioso que Green Hill. Estaba a punto de cumplir veinte años y, en aquel breve espacio de tiempo, había madurado mucho.

—Tana, no comprendo por qué te portas así.

Su madre la estaba volviendo loca con el asunto de la boda.

—Mamá, ¿no podríamos hablar de otra cosa? ¿Qué tal estás?

—Estoy muy bien, pero me gustaría que pensaras por lo menos en todo eso...

—¡Muy bien! Ya lo pensaré. ¿Podría llevar a un amigo?

Quizá fuera más soportable si Harry la acompañara.

—Lo estaba esperando. ¿Por qué no tomáis ejemplo de Ann y John y os comprometéis en matrimonio?

—Porque no estoy enamorada. Ésta es la mejor razón para decir que no.

—Pues a mí me parece increíble después de tanto tiempo.

—La realidad es siempre más extraña que la ficción, mamá.

Hablar con su madre la sacaba de quicio. Al día siguiente lo comentó con Harry.

—Es como si se pasara todo el día pensando en la mejor manera de fastidiarme y te aseguro que lo consigue.

—Mi padre también tiene esta habilidad. Es el requisito previo.

—¿Para qué?

—Para la paternidad. Hay que superar el examen. Si no eres suficientemente pesado, te obligan a repetir hasta que logras hacerlo bien. Después, una vez ha nacido el hijo, tienen que renovar el examen cada pocos años y, al cabo de unos quince o veinte, ya son unos maestros. —Tana soltó una carcajada. Harry estaba más guapo que la noche en que se conocieron, y las chicas se volvían locas por él. Siempre había por lo menos una docena alrededor de él, pero jamás le faltaba tiempo para ella. Para él, Tana era su mejor amiga y algo más, pero ella no se daba cuenta—. Vas a estar aquí mucho tiempo. Ellas se irán la semana que viene. —Jamás las tomaba en serio, por mucho que ellas le quisieran. No engañaba a nadie, procuraba no herir sentimientos y tenía sumo cuidado con el control de la natalidad—. Gracias a mí nunca se produce ninguna baja, Tan. La vida es demasiado corta y bastantes sufrimientos hay en el mundo para que yo le añada otros.

Harry Winslow sólo quería pasarlo bien. Nada de te quiero, anillos de compromiso y miradas lánguidas, sólo algunas carcajadas, muchas cervezas y mucha diversión, a ser posible en la cama. Su corazón ya estaba comprometido en secreto, pero otras partes no menos interesantes de su cuerpo no lo estaban.

—¿Y no quieren nada más?

—Pues claro. Todas tienen madres como la tuya. Sólo que casi todas atienden más que tú a los consejos de sus madres. Todas quieren casarse y dejar los estudios cuanto antes. Pero yo les digo que no cuenten conmigo para eso. Saben que hablo en serio.

Tana se rió de buena gana. Sabía que las chicas caían

muertas como moscas cada vez que las miraba. Ella y Harry eran inseparables desde hacía un año y todas sus amigas la envidiaban. Les parecía imposible que no hubiera nada entre ellos y estaban tan desconcertadas como su madre pero sus relaciones seguían manteniéndose castas. Harry ya había aceptado la situación, y no se hubiera atrevido a escalar el muro que Tana había levantado alrededor de su sexualidad. Una o dos veces, trató de organizarle una cita amorosa con algunos de sus amigos, pero la joven no quiso. Su compañero de habitación llegó a preguntarle incluso si era lesbiana, pero él estaba seguro de que no. Tenía la casi absoluta certeza de que algo la había traumatizado, pero, puesto que no quería hablar de ello, prefería dejarla en paz. Salía con Harry, con compañeros suyos de la universidad o bien sola, pero no había ningún hombre en su vida desde el punto de vista amoroso.

—Es una lástima, nena —bromeó, procurando hacerla cambiar de actitud.

—Ya haces tú suficiente por los dos.

—Pero eso no te beneficia.

—Me reservo para mi noche de bodas —contestó Tana echándose a reír.

—Una causa muy noble —dijo Harry con una profunda reverencia.

En Harvard y en la Universidad de Boston estaban acostumbrados a verles jugando y gastando bromas con sus amigos. Un fin de semana, Harry compró una bicicleta de dos plazas de segunda mano; y, a partir de entonces, se dedicó a recorrer Cambridge con ella. Harry se cubría la cabeza con un enorme sombrero de piel de mapache en invierno, o de paja en la estación más cálida.

—¿Quieres ir a la boda de Ann Durning conmigo? —le preguntó ella.

Estaban paseando por el patio de Harvard al día siguiente de la conversación que Tana había mantenido con su madre por teléfono.

—No me apetece demasiado. ¿Hay posibilidades de que resulte divertido?

—No muchas. Mi madre cree que debo ir.

—Era de esperar.

—Cree que deberíamos comprometernos en matrimonio.

—Comparto esa idea.

—Estupendo. ¿Por qué no celebramos una doble ceremonia? Hablando en serio, ¿quieres ir?

—¿Por qué?

Harry vio en sus ojos una inquietud inexplicable. La conocía muy bien, pero a veces se le escapaba.

—No quiero ir sola. No me gusta aquella gente. Ann es una niña mimada y ya ha estado casada una vez. Pero su padre le está dando mucha importancia a esta boda. Creo que en esta ocasión ha acertado.

—¿Y eso qué significa?

—¿A ti qué te parece? Pues el chico con quien se casa tiene mucho dinero.

—Sensata decisión —dijo él, sonriendo con inocencia.

—Es bonito saber cuáles son los valores de la gente, ¿verdad? En fin, la boda se celebrará en Connecticut cuando terminen las clases de aquí.

—Esa semana tenía intención de irme al sur de Francia, Tan. Pero podría aplazar el viaje unos días.

—¿Sería mucha molestia?

—Pues sí —contestó Harry con franqueza—. Pero, tratándose de ti, lo que sea —añadió. Hizo una reverencia y le dio después una palmada en el trasero, mientras montaban en bicicleta para regresar a la residencia de Tana.

Aquella noche Harry tenía una importante cita. Ya había invertido cuatro cenas en una chica y esperaba poder alcanzar, finalmente, sus propósitos.

—¿Cómo puedes hablar así? —le dijo ella con fingido reproche junto a la puerta de su residencia.

—Comprenderás que no puedo darle eternamente de

comer sin conseguir nada a cambio. Además, a la señora le da por comer filete y langosta. Mis ingresos ya se están empezando a resentir de la situación. Pero ya te diré cómo ha ido la cosa.

—No creo que me apetezca saberlo.

—Claro... Oídos vírgenes... Bueno, pues...

Harry montó en la bicicleta y se alejó, saludándola con la mano.

Aquella noche, Tana escribió una carta a Sharon y se lavó el cabello. Al día siguiente, almorzó con Harry. Éste no había llegado a ninguna parte con la chica, la glotona, como la llamaba él. Devoró no sólo su propio bistec y su ración de langosta, sino también la de Harry; después, le dijo que no se encontraba bien y que tenía que volver a casa para preparar los exámenes. A Harry sus esfuerzos no le habían reportado más que una crecida cuenta en el restaurante y una tranquila noche de sueño reparador, solo en la cama.

—Ya estoy harto. Qué barbaridad, lo que tiene uno que sudar para acostarse con una mujer en los tiempos que corren.

Pero Tana sabía, por lo que le había contado, que tenía mucho éxito con las mujeres y se lo comentó en broma durante el viaje que hicieron juntos a Nueva York, en junio. Al llegar, Harry la acompañó a su casa y después se fue al Pierre. Al día siguiente, cuando acudió a recogerla para ir a la boda, Tana tuvo que reconocer que el aspecto del joven era impresionante. Llevaba unos pantalones blancos de franela, un blazer azul de lana cachemir, una camisa de seda de color crema que su padre le había mandado confeccionar en Londres el año anterior y una corbata azul marino y roja de Hermès.

—Si la novia tuviera dos centímetros de frente abandonaría a ese tipo y se fugaría contigo.

—No me quieras tan mal. Estás preciosa, Tan.

Ésta lucía un vestido de seda verde casi del mismo

color que sus ojos, y llevaba la larga y reluciente melena peinada hacia atrás.

—Gracias por acompañarme —le dijo Tana—. Sé que será un tostón, pero te lo agradezco mucho.

—No seas tonta. De todos modos, no tenía nada que hacer. Saldré para Niza mañana por la noche. —Y desde allí, se iría a Mónaco, donde su padre le esperaba en el yate de un amigo. Pasaría dos semanas allí y, después, su padre seguiría con sus amigos y le dejaría solo en la casa de Cap Ferrat—. Algunos se lo pasan peor, Tan.

Estaba pensando en el alboroto que iba a armar, persiguiendo a las chicas en el sur de Francia y viviendo solo en la casa; pero a Tana no le pareció muy divertido. No tendría a nadie con quien hablar, nadie que le apreciara de veras. Por su parte, ella iba a pasar el verano aguantando a su madre. En un momento de debilidad, sintiéndose culpable por la independencia que le había costado adquirir, accedió a trabajar durante las vacaciones de verano en Durning International. Y su madre estaba encantada.

—Siento deseos de matarme cada vez que me acuerdo —le comentó a Harry—. Fui una tonta. Pero, a veces, me da mucha pena mi madre. Está siempre tan sola cuando yo no estoy... Y pensé que sería un detalle, pero... ha sido una equivocación.

—No será tan terrible, Tan.

—¿Qué te apuestas?

Tenía una beca para el curso siguiente y quería ganar un poco de dinero para sus gastos. En este sentido, por lo menos, el empleo le iba a ser útil. Pero la idea de pasarse todo el verano en Nueva York en compañía de Jean, viendo cómo ésta besaba cada día los pies de Arthur, la ponía enferma.

—Nosotros pensamos ir una semana a Cape, a mi regreso.

—¡Qué suerte tienes!

Charlaron animadamente mientras se dirigían en automóvil a Connecticut. Por fin, llegaron a la iglesia y se mezclaron con los invitados en medio de una sofocante atmósfera. Una vez terminada la ceremonia, se fueron a la residencia de los Durning. Cruzaron la enorme verja mientras Harry estudiaba la expresión del rostro de Tana. Habían transcurrido exactamente dos años desde la pesadilla de aquella noche.

—No te gusta esto, ¿verdad, Tan?

—No demasiado.

Al descender del automóvil y entrar en la casa, Harry advirtió la inquietud de la muchacha. Saludaron a los anfitriones con las frases de rigor y Tana presentó Harry a Arthur, a la novia y al novio. Luego, pidió una copa y vio que Billy la estaba mirando fijamente y que apartaba los ojos al ver a Harry. Después, bailó varias veces con Harry y con algunos desconocidos, y habló en un par de ocasiones con su madre. De repente, se encontró cara a cara con Billy.

—Hola. No sabía si ibas a venir.

Tana experimentó un impulso de abofetearle, pero en su lugar apartó el rostro. El solo hecho de verle la agobiaba. No le había visto desde aquella noche y parecía tan débil, perverso y mimado como entonces. Recordó que la había golpeado, y después...

—Apártate de mi vista —le susurró.

—No seas tan estrecha, mujer. Es la boda de mi hermana, un feliz acontecimiento. —Tana vio que llevaba muchas copas de más. Hacía unos días que se había graduado en Princeton y, probablemente, no había parado de beber desde entonces. Trabajaría en la empresa de su padre y se lo iba a pasar en grande, persiguiendo a las secretarias y acostándose con ellas. Tana hubiera querido preguntarle a quién había violado últimamente, pero, en su lugar, se limitó a alejarse. Billy la agarró del brazo—. Eso ha sido una grosería.

Ella se volvió de espaldas y apretó los dientes mientras en sus ojos se encendía un siniestro fulgor.

–Quítame las manos de encima o te arrojo esta bebida a la cara –siblió como una serpiente.

Y en ese momento apareció Harry y vio en los ojos de Tana una expresión que jamás había visto. Y la mirada de Billy Durning tampoco le pasó inadvertida.

–Puta –dijo Billy por lo bajo.

Harry le asió por un brazo con un solo gesto y se lo retorció dolorosamente hasta provocarle un gemido. Billy trató de responder, pero no quería hacer una escena.

–¿Te has enterado, amigo? –le musitó Harry al oído–. Bueno, pues por qué no te largas. –Billy se soltó de su presa y, sin decir palabra se alejó mientras Harry miraba a Tana, que estaba temblando de la cabeza a los pies–. ¿Te encuentras bien? –Ella asintió, no demasiado convencida. Estaba pálida y le castañeteaban los dientes a pesar del calor–. ¿Qué ha ocurrido? ¿Un viejo amigo?

–El adorable hijo del señor Durning.

–Parece que ya os conocéis.

–Nuestro encuentro no fue muy agradable.

Permanecieron un rato en la casa, pero, al ver lo nerviosa que estaba Tana, él propuso que se marcharan. Regresaron a la ciudad en silencio y, conforme se iban alejando de la casa de los Durning, ella se fue tranquilizando. Entonces, Harry se atrevió a hacerle la pregunta.

–¿Qué ha ocurrido, Tana?

–Nada especial. Un antiguo odio, eso es todo.

–¿Basado en qué?

–En que es un cerdo asqueroso, nada más que en eso. –Eran palabras muy duras y él se sorprendió–. Un auténtico hijo de puta.

–Ya me ha parecido que no erais muy amigos –dijo sonriendo, sin que ella le devolviera la sonrisa–. ¿Qué te hizo para que le odies tanto, Tan?

—Ahora no tiene importancia.

—Sí la tiene.

—¡Te digo que no! —replicó ella mientras las lágrimas empezaron a resbalarle por las mejillas. A pesar de los dos años transcurridos, sus heridas no habían sanado porque ella no había permitido que les diera el aire. No se lo había dicho a nadie más que a Sharon, no se había enamorado ni había salido con ningún chico—. Ahora no importa.

—¿A quién pretendes engañar, a mí o a ti? —repuso Harry, ofreciéndole su pañuelo para que se sonara la nariz.

—Lo siento.

—No lo sientas. ¿Acaso no recuerdas que soy tu amigo?

Tana sonrió y le dio unas palmadas en la mejilla.

—Eres mi mejor amigo.

—Quiero que me digas qué te ocurrió con él.

—¿Por qué?

—Para que pueda volver a la casa y matarle, si quieres.

—De acuerdo —dijo Tana, soltando finalmente una carcajada.

—En serio, creo que necesitas desahogarte.

—No es cierto.

Eso la asustaba más que guardar el secreto. No quería hablar.

—Se te insinuó, ¿verdad?

—Más o menos —contestó ella mirando por la ventanilla.

—Cuéntamelo.

—¿Por qué? —preguntó Tana.

—Porque me importa mucho. —Harry se apartó de la carretera, detuvo el coche y la miró. Sabía que estaba a punto de abrir una puerta cerrada a cal y canto, pero que, por el bien de Tana, tenía que abrirla—. Dime qué te hizo.

—Me violó hace un par de años —contestó ella sin inflexión alguna en la voz, mirándole a los ojos—. Mañana por la noche se cumplirán exactamente dos años. Feliz aniversario.

—¿Cómo que te violó? ¿Saliste con él?

—No —respondió ella sacudiendo la cabeza—. Mi madre insistió en que fuera a una fiesta en la casa de Greenwich. Una fiesta que Billy había organizado. Fui con uno de sus amigos, que se emborrachó y desapareció, y Billy me encontró paseando por la casa. Me preguntó si quería ver la habitación donde trabajaba mi madre. Y yo, como una tonta, le respondí que sí. Entonces, me arrastró en un santiamén al dormitorio de su padre, me arrojó al suelo y empezó a pegarme. Me violó y me pegó. Luego, al acompañarme a casa, estrelló el automóvil contra un árbol. —Tana empezó a sollozar y notó que las palabras fluían de su boca como un torrente impetuoso—. Me dio un ataque de histeria en el hospital... Cuando llegó la policía... Vino mi madre y no se lo quiso creer, pensó que yo estaba borracha. Billy no podía haberme hecho nada malo... Intenté decírselo en otra ocasión. —Se cubrió el rostro con las manos y Harry la estrechó en sus brazos y trató de consolarla como jamás nadie le había consolado a él, pero sus palabras le habían partido el corazón. Comprendió, al fin, por qué Tana no había salido con nadie desde que se conocían y por qué había guardado siempre las distancias en su trato con él.

—Pobre chiquilla... Pobre Tana...

Regresaron a la ciudad. Harry la llevó a cenar a un lugar tranquilo y después fueron al Pierre y pasaron varias horas charlando. Tana sabía que su madre se quedaría en Greenwich. Toda la semana se la había pasado allí, preparando los detalles de la boda. Tras dejarla en su casa, Harry se preguntó si las cosas iban a cambiar para ella a partir de aquel momento, o si cambiaría la situación entre ambos. Era la chica más extraordinaria que jamás había conocido y, de no haberse andado con cuidado, se hubiera enamorado de ella como un insensato. Pero hacía dos años que evitaba meterse en aquellos berenjenales. No quería estropear las cosas. ¿Para qué? ¿Por un trasero? De eso ya tenía suficiente y, además, ella era otra cosa. Iba a tardar mucho tiempo en sanar, si es que sanaba, y él podría ayudarla mejor como amigo que como terapeuta de pacotilla en su cama.

La llamó al día siguiente antes de emprender viaje a Francia, y al otro día le envió un ramo de flores con una nota que decía: «Olvídate del pasado. Ahora ya estás bien. Con cariño, H.» La llamó desde Europa todas las veces que pudo. Su verano fue mucho más divertido que el de Tana y ambos compararon sus notas cuando él regresó, una semana antes de la celebración del día del Trabajo. Tana dejó el despacho y se fue con él a Cape Cod. Al dejar Durning International, lanzó un suspiro de alivio. Había sido un error, pero consiguió aguantar hasta el final.

—¿Algún idilio en mi ausencia?

—Ninguno. ¿No recuerdas lo que te dije? Me reservo para mi noche de bodas.

Ambos sabían que Tana aún estaba traumatizada por la violación, pero también sabían que tenía que superarlo. Tras haber hablado con Harry, el drama le pareció menos doloroso. Y la herida estaba empezando a cicatrizar.

—No habrá noche de bodas si no sales nunca.

—Pareces mi madre –le dijo ella, alegrándose de volver a verle.

—Por cierto, ¿cómo está tu madre?

—Igual que siempre. Convertida en la sumisa esclava de Arthur Durning. Me repugna. Nunca quiero ser así con nadie.

—Vaya por Dios –exclamó Harry–. Y yo que pensaba que...

La estancia en Cape Cod tuvo algo de mágico y transcurrió muy deprisa. A pesar de sus sentimientos ocultos, Harry no intentó modificar el carácter de sus relaciones con Tana. Después ambos regresaron a sus respectivas universidades para reanudar los estudios y el curso pasó también en un abrir y cerrar de ojos. Tana se pasó el verano trabajando en Boston, y Harry se fue a Europa. A su vuelta, se fueron otra vez a Cape Cod y se lo pasaron muy bien. Les faltaba un año para obtener el título y, cada uno a su manera, estaban tratando de volver la espalda a la realidad.

—¿Qué vas a hacer? —le preguntó Tana, una noche.

Al final, había accedido a salir con uno de los amigos de Harry, pero las cosas no marchaban muy bien y el chico no le interesaba. En su fuero interno, Harry se alegró. Pensaba, sin embargo, que algunas relaciones superficiales le serían beneficiosas.

—No es mi tipo.

—¿Y cómo lo sabes? Llevas tres años sin salir con nadie.

—Por lo que veo, no me he perdido gran cosa.

—Eres mala —le dijo Harry sonriendo.

—Hablo en serio. ¿Qué demonios vamos a hacer el año que viene? ¿Piensas cursar estudios de especialización?

—¡Ni hablar! Es lo que me faltaría. Estoy de la universidad hasta el coco, y pienso largarme enseguida.

—¿Qué harás?

Tana llevaba dos meses atormentándose.

—Pues no lo sé. Supongo que me iré algún tiempo a la casa de Londres. Ahora mi padre pasa mucho tiempo en Sudáfrica y, por consiguiente, no le molestaría. Tal vez París, Roma. Después volveré. Sólo quiero jugar, Tan.

Deseaba huir de algo que no podía conseguir. Por lo menos, de momento.

—¿No quieres trabajar? —le preguntó Tana, asombrada.

—¿Por qué?

—¡Es asqueroso!

—¿Qué tiene de asqueroso? Los hombres de mi familia llevan años sin trabajar.

—¿Y lo reconoces?

—Pues claro, porque es verdad. Son unos ricachos holgazanes. Como mi padre.

Pero había en ellos, y sobre todo en él, algo más que eso.

—¿Eso es lo que quieres que tus hijos digan de ti el día de mañana? —le preguntó Tana, horrorizada.

—Pues claro, si soy lo suficientemente tonto como para tenerlos, de lo cual dudo mucho.

—Ahora, hablas como yo.

—Dios me libre.

—En serio, ¿no quieres simular por lo menos que trabajas?

—¿Por qué?

—Deja de decir eso.

—¿Y a quién le importa que yo trabaje, Tana ? ¿A ti? ¿A mí? ¿A mi padre? ¿A los columnistas de los periódicos?

—¿Por qué estudiaste, entonces?

—No tenía nada mejor que hacer y Harvard era divertido.

—Mentira. Estudiaste como un loco para los exámenes —le dijo Tana mirándole muy seria—. Fuiste un buen estudiante. ¿Por qué?

—Por mí. ¿Y tú? ¿Por qué lo hiciste?

—Por lo mismo. Pero ahora no sé qué demonios hacer.

La llamó Sharon Blake y le preguntó si quería tomar parte en una marcha con el doctor King. Tana lo pensó por la noche y, al día siguiente, llamó a Sharon y le dijo sonriendo:

—Me has vuelto a atrapar.

—¡Hurra! —aclamó Sharon—. ¡Sabía que vendrías!

Después, le explicó a Tana todos los detalles. La marcha se celebraría tres días antes de Navidad, en Alabama, y no correrían muchos riesgos. A Tana le pareció muy bien y se pasó un buen rato charlando con su amiga. Sharon no había reanudado los estudios, para gran disgusto de su padre, y en aquellos momentos estaba enamorada de un joven abogado negro. Pensaban casarse en primavera. Tana se alegró mucho por ella. Por la tarde, le habló a Harry de la marcha.

—A tu madre le va a dar un ataque.

—No tengo por qué contárselo. No hay razón para que sepa todo lo que hago.

—Lo sabrá cuando te vuelvan a detener.

—Te llamaré para que me pagues la fianza.

—No podré —dijo Harry—. Estaré en Gstaad.

—Qué fastidio.

—No creo que debas ir.

—No he pedido tu opinión.

Pero, cuando llegó el momento, Tana contrajo la gripe y tuvo que acostarse; tenía cuarenta de fiebre. La víspera trató de levantarse y hacer las maletas, pero se encontraba demasiado débil y llamo a Sharon a su casa de Washington. Contestó Freeman Blake.

—Entonces, ya te has enterado de la noticia... —dijo éste como si hablara desde el fondo de un pozo.

—¿Qué noticia?

A Freeman Blake ni siquiera le salieron las palabras de la boca. Se quedó sentado llorando y, sin saber por qué, Tana también empezó a llorar.

—Ha muerto. La mataron anoche..., de un tiro. Mi nena, mi chiquilla...

Estaba totalmente destrozado y Tana empezó a asustarse y a ponerse histérica, hasta que Miriam Blake tomó el teléfono. Estaba desolada, pero más serena que su marido. Le comunicó a Tana cuándo se iba a celebrar el entierro. A pesar de la fiebre, Tana tomó un avión con destino a Washington la víspera de Navidad. Tardaron mucho en conseguir el traslado del cadáver; Martin Luther King tenía previsto asistir y pronunciar unas palabras.

Acudieron reporteros de todo el país y se apretujaron en la iglesia disparando sus flashes sobre todo el mundo. Freeman Blake estaba completamente deshecho. Había perdido a sus dos hijos en la lucha por la misma causa. Tana visitó la casa y estuvo hablando un rato con ellos y unos pocos amigos íntimos.

—Haz algo útil en la vida —le dijo Freeman Blake muy abatido—. Cásate, ten hijos. No hagas lo mismo que hizo Sharon.

Se puso a llorar. Por fin, el doctor King y otro amigo le acompañaron al piso de arriba; Miriam se sentó al lado de Tana. Todos llevaban muchos días llorando y Tana estaba agotada, no sólo por las emociones, sino también por la gripe.

—Lo siento muchísimo, señora Blake.

—Lo sé, querida. —Sus ojos eran un mar de dolor.

Lo había visto todo, pero se mantenía firme y se mantendría siempre así. Era una mujer de mucho temple y Tana la admiraba muchísimo.

—¿Qué vas a hacer ahora?

Tana no comprendió muy bien a qué se refería Miriam.

—Supongo que volver a casa.

Tomaría el último avión de la noche y pasaría las Navidades con su madre. Como de costumbre, Arthur se había ido con sus amigos y Jean estaría sola.

—Me refiero a cuando termines los estudios.

—No lo sé.

—¿No te gustaría entrar en la administración pública? Eso es lo que necesita el país. —Tana sonrió y pensó en Sharon. Su hija acababa de morir y ella ya estaba de nuevo con sus cruzadas. En cierto modo era aterrador, pero también admirable–. Podrías estudiar derecho. Podrías cambiar las cosas. Tienes madera para eso.

–No estoy muy segura.

–Puedes estarlo. Eres valiente. Sharon también lo era, pero no tenía tu mentalidad. Te pareces un poco a mí.

Tana se inquietó al oír estas palabras porque siempre la había considerado una mujer muy fría y no quería parecerse a ella.

–¿De veras? –preguntó, perpleja.

–Sabes lo que quieres y procuras conseguirlo.

–A veces.

–Cuando te expulsaron de Green Hill no perdiste el compás.

–Sólo tuve suerte. Un amigo me aconsejó que intentara matricularme en la Universidad de Boston.

–Aunque no lo hubieras hecho, te las hubieras arreglado sola. –Miriam se levantó, lanzando un suspiro–. Ve pensándolo. No hay muchos abogados que sean como tú, Tan. Eres lo que este país necesita.

Aquellas palabras tan halagadoras para una muchacha de veintiún años resonaron en la cabeza de Tana a bordo del avión que la conducía a casa, pero lo que más recordaba era el rostro y el llanto de Freeman Blake. Recordó las cosas que le decía Sharon en Green Hill... las veces que visitaron Yolan. Los recuerdos la abrumaron y tuvo que enjugarse repetidamente las lágrimas. No hacía más que pensar en el hijo que Sharon había tenido que dejar cuatro años antes, preguntándose dónde estaría y qué habría sido de él. Se preguntó si Freeman habría pensado en él. Se habían quedado sin nadie.

No podía apartar de su mente las palabras de Miriam. Este país te necesita... Le planteó la posibilidad a su madre y ésta se horrorizó.

–¿La facultad de derecho? Pero ¿es que no has estudiado bastante? ¿Piensas pasarte allí toda la vida?

—Sólo en caso de que me sea útil.

—¿Por qué no te buscas un trabajo? Podrías conocer a alguien.

—Por Dios, mamá, ya basta.

Siempre pensaba en lo mismo. En conocer a alguien, en sentar la cabeza, en casarse, en tener hijos.

Sin embargo, Harry tampoco se mostró muy entusiasmado cuando le expuso la idea, a la semana siguiente.

—Santo cielo, ¿por qué?

—¿Por qué no? Podría ser interesante y quizá no lo hiciera del todo mal. —Cuanto más lo pensaba, más le gustaba la idea; hasta que, al final, le pareció que era lo más indicado. Daría un sentido a su vida—. Presentaré una solicitud en la Boalt de la Universidad de Berkeley.

Lo tenía decidido. Iba a presentar solicitudes de ingreso en otras dos facultades, pero la Boalt era la que más le gustaba.

—¿Hablas en serio? —le preguntó Harry, mirándola a los ojos.

—Sí.

—Creo que estás chiflada.

—¿Te apetece venir conmigo?

—No, gracias —contestó el joven—. Ya te lo he dicho. Quiero jugar, divertirme como un loco.

—Eso es malgastar el tiempo.

—Pues ya estoy deseando empezar.

—Yo también.

En mayo, le comunicaron la noticia. La habían admitido en la Boalt. Le concedieron una beca parcial y el resto lo pagaría con sus ahorros.

—Ya me voy —le dijo a Harry, sentada con él en el césped del jardín de su residencia.

—¿Estás segura?

—En mi vida lo estuve más.

Se miraron sonriendo. Sus caminos estaban a punto de separarse.

Tana asistió a la ceremonia de su graduación en Harvard, en junio, y lloró por él, por sí misma, por Sharon Blake que ya no estaba con ellos, por John F. Kennedy asesinado hacía siete meses, por las personas que habían conocido y por las que no conocerían jamás. Había terminado una etapa de sus vidas. También lloró durante la ceremonia de su propia graduación, como lo hicieron Jean Roberts y Arthur Durning. Harry se sentó en la última fila y se las dio de conquistador entre las chicas de primer curso.

Pero mantenía los ojos clavados en Tana; se sentía muy orgulloso de ella y muy triste ante la inminente separación. Sabía que sus caminos volverían a cruzarse inevitablemente. Él se encargaría de que así ocurriera. Para Tana todavía era demasiado temprano. Le deseó suerte con todo su corazón y confió en que todo le fuera bien en California. Se angustió al imaginarla tan lejos. Pero de momento tenía que dejarla. Sólo de momento. Se le llenaron los ojos de lágrimas al verla descender los peldaños con el diploma en la mano. Se la veía tan joven y lozana, con aquellos preciosos ojos verdes y aquel sedoso cabello rubio, y los labios que con tanta desesperación deseaba besar desde hacía cuatro años. Aquellos mismos labios le rozaron levemente la mejilla cuando se acercó a felicitarla y ella le abrazó por un instante, dejándole casi sin sentido.

–Gracias, Harry –le dijo con lágrimas en los ojos.

–¿Por qué? –repuso él, tratando de ahogar su emoción.

–Por todo.

Los demás empezaron a empujarles y se esfumó la magia del momento. Sus vidas separadas acababan de comenzar.

SEGUNDA PARTE

EMPEZANDO A VIVIR

7

El trayecto hasta el aeropuerto se le antojó interminable. Tana tomó un taxi y Jean insistió en acompañarla.
Hubo interminables silencios, pausas y estallidos de palabras semejantes a los de una ametralladora disparada
contra un enemigo escondido entre la maleza, hasta que,
al fin, llegaron a su destino. Jean insistió en pagar el importe de la carrera como si fuera la última oportunidad
que le quedara de hacer algo por su hija. Trató de reprimir las lágrimas mientras Tana entregaba el equipaje.

—¿Sólo llevas eso, cariño? —le preguntó, nerviosa, y
su hija asintió con una sonrisa en los labios.

Ella también había tenido una mañana muy difícil.
Ya no había por qué disimular. Tardaría muchísimo
tiempo en volver a casa. Tal vez hiciera alguna escapada
ocasional, pero, si las cosas le iban bien en la Boalt, lo
más probable era que jamás volviera a vivir en su casa. Se
trataba de un hecho que no tuvo que afrontar cuando se
fue a Green Hill o a la Universidad de Boston, pero que
en aquellos momentos estaba dispuesta a asumir. El rostro de Jean mostraba una expresión de pánico, la misma
de hacía veintitrés años, cuando Andy Roberts le comunicó que se iba a la guerra. La expresión que procede del
conocimiento que se tiene de que ya nada podrá volver a
ser igual que antes.

—No olvidarás llamarme esta noche, ¿verdad, cariño?

—No, mamá, no me olvidaré. Pero después ya no puedo prometerte nada. Si es cierto todo cuanto me han contado, me pasaré seis meses sin apenas poder respirar.

Ya le había comunicado a su madre que no regresaría a casa por Navidad. Entre otras cosas, porque el viaje resultaba demasiado caro. Jean ya estaba resignada. Esperaba que Arthur le pagara el pasaje, pero entonces no podría pasar las Navidades con él. La vida no era fácil a veces. Para algunas personas no lo era jamás.

Mientras tomaban una taza de té a la espera de que anunciaran su vuelo, Tana observó que su madre la miraba con inquietud. Veintidós años de cuidados y desvelos estaban a punto de finalizar oficialmente, y la situación resultaba difícil para ambas.

—¿Es eso lo que de veras deseas, Tan? —preguntó Jean, tomándole una mano y mirándola a los ojos.

—Sí, mamá, lo es —contestó con voz pausada.

—¿Estás segura?

—Lo estoy. Sé que te parece extraño, pero es de veras lo que quiero. Aunque resulte increíble, jamás he estado tan segura de nada.

Jean frunció el entrecejo y meneó la cabeza antes de volver a mirar a Tana. Era un poco raro hablar de aquellas cosas en un lugar extraño, rodeadas de miles de personas, a la espera de que despegara el avión; pero estaban allí y aquello era lo que pensaba Jean.

—Parece una carrera más propia de un hombre. Jamás pensé...

—Lo sé —dijo Tana con tristeza—. Tú querías que fuera como Ann. —Ésta vivía en Greenwich, con su padre, y acababa de dar a luz su primer hijo. Su marido había pasado a convertirse en socio de pleno derecho de Sherman y Sterling. Tenía un Porsche y ella un Mercedes. Era el sueño de todas las madres—. Pero yo no soy así. Nunca lo fui, mamá.

—Pero ¿por qué no?

Jean no acertaba a comprenderlo. Quizá se hubiera equivocado.

—Supongo que me hace falta algo más. A lo mejor necesito realizarme y no me bastan los éxitos de un marido. No sé, pero no creo que pudiera ser feliz de esta manera.

—Yo creo que Harry Winslow está enamorado de ti, Tan —dijo Jean suavemente, pero su hija no quería oír sus palabras.

—Estás equivocada, mamá. —Siempre a vueltas con lo mismo—. Nos queremos muchísimo como amigos, pero ni él está enamorado de mí, ni yo lo estoy de él. —No era eso lo que ella quería. Le quería como hermano, como amigo. Jean asintió en silencio mientras anunciaban el vuelo de Tana. Había intentado, por última vez, cambiar la mentalidad de su hija, pero carecía de medios para ello; ningún estilo de vida, ningún hombre, ningún regalo impresionante hubiera podido cambiar su forma de pensar. Tana miró a su madre y se fundió con ella en un estrecho abrazo mientras le susurraba al oído—: Mamá, eso es lo que más me apetece. Estoy segura. Te lo juro. —Le dijo adiós y fue como si se marchara a África, a un mundo y una vida distintos. Se le partió el corazón al ver a su madre tan apenada, con las lágrimas resbalándole por las mejillas mientras la saludaba con una mano y ella se encaminaba hacia el avión, gritándole—: ¡Te llamaré esta noche!

Pero ya nunca volverá a ser lo mismo, se dijo Jean mientras cerraban la portezuela, retiraban la escalerilla y el aparato avanzaba por la pista de despegue para elevarse, finalmente, en el aire, y convertirse, poco después, en una simple mancha en el cielo. Al salir, Jean se sintió muy pequeña y muy sola. Tomó un taxi y regresó a la oficina donde Arthur Durning la necesitaba. Por lo menos había alguien que todavía la necesitaba, pero le daba miedo regresar a casa aquella noche.

8

Tana tomó otro avión para dirigirse a Oakland. Cuando llegó, la localidad le pareció muy simpática. Era más pequeña que Boston y Nueva York, pero mucho más grande que Yolan, que ni siquiera tenía aeropuerto. Tomó un taxi para trasladarse a Berkeley, se instaló en la habitación que le habían proporcionado como parte de la beca y deshizo las maletas. Todo le parecía distinto, extraño y nuevo. Era un día tibio y soleado. La gente vestía de todo, desde vaqueros azules a pantalones de pana u holgadas túnicas. Se veían muchos caftanes, shorts y camisetas, sandalias, zapatillas de lona, zapatos deportivos o pies descalzos. A diferencia de lo que ocurría en la Universidad de Boston, allí no se veía a ninguna princesa judía de Nueva York con sus costosos jerséis de lana y cachemir procedentes de los lujosos establecimientos Bendel's. Allí cada cual vestía como le daba la gana y todo resultaba muy agradable. Al mirar alrededor se sintió alborozada. El alborozo le duró todo el mes. Todo el día corría de una clase a otra y regresaba apresuradamente a casa para poder pasarse la tarde y la noche estudiando. Siempre que le era posible, comía en su habitación o en el primer sitio que encontraba y acudía con regularidad a la biblioteca.

Al término del primer mes había perdido tres kilos

que no necesitaba perder. Lo único de bueno que tenía aquello era que no echaba de menos a Harry tanto como temía. Habían pasado tres años muy unidos, a pesar de estudiar en universidades distintas; y, ahora, él ya no estaba aunque la llamaba algunas veces. El 5 de octubre se encontraba en su habitación cuando alguien la avisó de que había una llamada para ella en el teléfono de abajo. No le apetecía bajar porque pensaba que era otra vez su madre. Tenía un examen de derecho mercantil al día siguiente y aún no había terminado un trabajo correspondiente a otra asignatura.

—Averigua quién es y pregunta si puedo llamar luego.

—Muy bien, enseguida vuelvo. —Su compañera no tardó en regresar—. Es de Nueva York.

—Maldita sea. —Otra vez su madre—. Ya llamaré después.

—Él dice que no puedes.

¿Él? ¿Harry? Por él, pensó sonriendo, interrumpiría cualquier trabajo.

—Voy enseguida. —Cogió unos arrugados vaqueros del respaldo de una silla y se los acabó de poner por la escalera—. ¿Diga?

—¿Qué demonios estás haciendo? ¿Ligándote a algún tío en el piso catorce? Llevo aquí sentado una hora, Tan.

Parecía molesto y, a juzgar por su voz, estaba borracho. Ella le conocía muy bien.

—Lo siento, estaba estudiando en mi habitación y pensé que era mi madre.

—No ha caído esa breva —dijo él insólitamente serio.

—¿Estás en Nueva York? —preguntó ella, alegrándose de volver a oírle.

—Sí.

—Pensaba que no ibas a regresar hasta el mes que viene.

—Y no iba a hacerlo. Pero he vuelto para ver a mi tío. Al parecer me necesita.

–¿Qué tío? –Harry nunca le había hablado de ningún tío.

–Mi Tío Sam. ¿No te acuerdas de él? ¿Del tipo que aparecía en los carteles con un ridículo traje azul y rojo y una larga barba blanca?

Estaba completamente borracho, y Tana se echó a reír; pero la risa se le congeló en los labios. Hablaba en serio. ¡Oh, Dios mío!

–¿Qué quieres decir?

–Pues que me han llamado a filas, Tan.

–Oh, no. –Cerró los ojos. Todo el mundo hablaba de lo mismo. Vietnam, Vietnam, Vietnam. Todos tenían algo que decir al respecto: hay que hacerles morder el polvo, tenemos que largarnos de allí, recuerda lo que les pasó a los franceses, pégales duro, quédate en casa, acción policial, guerra... Era imposible saber lo que estaba ocurriendo, pero no era nada bueno–. Pero ¿por qué demonios has vuelto? ¿Por qué no te quedaste allí?

–No quise hacerlo. Mi padre se ofreció incluso a pagar para sacarme de este lío, cosa que dudo mucho pudiera hacer. No se puede comprar todo con el dinero de los Winslow. Ése no es mi estilo, Tan. No sé, a lo mejor, en mi fuero interno, estaba deseando ir allí y hacer algo de provecho durante algún tiempo.

–Estás chiflado o algo mucho peor. ¿No comprendes que podrían matarte? Vuelve a Francia, Harry. –Se lo dijo a gritos, hablando desde un pasillo de la residencia–. ¿Por qué no te vas a Canadá o te pegas un tiro en el pie? Haz algo, no dejes que te recluten. Estamos en 1964, no en 1941. No seas tan noble, en todo eso no hay ninguna nobleza, tonto. Vuelve a Francia. –Se le llenaron los ojos de lágrimas y temió preguntarle lo que deseaba saber. Pero tenía que hacerlo. Tenía que saberlo–. ¿Adónde te destinan?

–A San Francisco. –A Tana se le llenó el corazón de júbilo–. De momento. Durante cinco horas. ¿Quieres que nos veamos en el aeropuerto, Tan? Podríamos almorzar y hablar un rato. A las diez de la noche tengo que estar en un sitio que se llama Fort Ord y llegaré a eso de las tres. Me han dicho que está a unas dos horas de coche de San Francisco.

Su voz se perdió; ambos estaban pensando lo mismo.

—Y después ¿qué? –preguntó Tana con voz ronca.

—Vietnam, supongo. Bonito, ¿verdad?

—No tiene nada de bonito. Hubieras tenido que venir aquí, a estudiar derecho conmigo. Pero tú querías jugar y divertirte en todas las casas de putas de Francia y, ahora, fíjate, te vas al Vietnam a que te peguen un tiro en los cojones.

Las lágrimas se le deslizaban por las mejillas, y nadie se atrevió a pasar por su lado en el pasillo.

—Me lo estás poniendo interesante.

—Eres un tonto.

—Bueno, ¿qué me cuentas? ¿Ya te has enamorado de alguien?

—No tengo tiempo, me paso la vida leyendo. ¿A qué hora llega tu avión?

—Mañana a las tres.

—Allí estaré.

—Gracias.

Pronunció esta última palabra con su juvenil acento de costumbre.

Al día siguiente, cuando le vio, a Tana le pareció que estaba pálido y desmejorado. El encuentro estuvo lleno de nervios y de tensión. Tana no sabía qué hacer con su amigo. Cinco horas eran muy poco. Lo llevó a su habitación de Berkeley y, después, se fueron a almorzar a Chinatown y pasearon un rato; pero Harry consultaba constantemente el reloj. Tenía que tomar el autobús. Había decidido no alquilar un automóvil para dirigirse a Fort Ord y, por tanto, disponía de menos tiempo. No se rieron tanto como otras veces y estuvieron inquietos toda la tarde.

—¿Por qué lo haces, Harry? Hubieras podido pagar para no ir.

—No es mi estilo, Tan. Debieras saberlo. Y puede que, en el fondo, considere que eso es lo más adecuado. Tengo una faceta patriótica que ignoraba.

—Eso no es patriotismo —le dijo ella, angustiada—. No es nuestra guerra.

Estaba asombrada de que, pudiendo evitar que le reclutaran, no lo hubiera hecho. Nunca lo hubiera sospechado. Harry el comodón había madurado; y ahora, tenía ante sus ojos a un hombre desconocido. Era muy terco y decidido y, aunque lo que estaba haciendo le asustaba, se veía a las claras que lo quería hacer.

—Creo que muy pronto lo será, Tan.

—Pero ¿por qué tú?

Permanecieron largo rato en silencio. Cuando se despidieron, Tana le abrazó con fuerza y le hizo prometer que la llamaría siempre que pudiera. Pero Harry la llamó al cabo de seis semanas, al término del período de instrucción básica. Quería ir a verla a San Francisco; pero, en lugar de mandarle al Norte, le iban a enviar al Sur.

—Esta noche salgo para San Diego. —Era un sábado—. Y para Honolulú, a principios de semana.

Pero Tana tenía los exámenes parciales de mitad de curso y no podía irse a pasar uno o dos días a San Diego.

—Qué fastidio. ¿Vas a quedarte algún tiempo en Honolulú?

—Parece que no.

Tana intuyó que no le decía toda la verdad.

—¿Eso qué significa?

—Pues que me mandan a Saigón a finales de la semana que viene —dijo con una voz tan fría como el acero y no parecía el Harry de siempre. Tana se preguntó cómo era posible que le hubiera ocurrido todo aquello precisamente a él. «Suerte que tiene uno», les dijo en tono de chanza a sus compañeros. Pero no era cosa de broma y, cuando empezaron a entregar las órdenes de destino a los reclutas, se hubiera podido cortar la atmósfera con un cuchillo. Nadie se atrevió a decir nada a sus compañeros; y, menos que nadie, los que habían tenido suerte, por temor a que otros no la hubieran tenido. Harry figuraba entre estos últimos–. Es un fastidio, pero la cosa no tiene remedio.

–¿Lo sabe tu padre?

–Llamé anoche. Nadie sabe dónde está. En París creen que está en Roma. En Roma suponen que está en Nueva York. Probé a llamarle a Sudáfrica y después pensé: que se vaya al diablo. Más tarde o más temprano, ya se enterará de dónde estoy. –¿Cómo era posible que no pudiera localizar a su padre? Tana incluso se hubiera ofrecido a llamarle ella, pero tenía la sensación de que era un hombre que no quería enterarse de las cosas–. Le escribí a la casa de Londres y le dejé un recado en el Pierre de Nueva York. Es lo único que puedo hacer.

–Probablemente es más de lo que se merece. Harry, ¿puedo ayudarte en algo?

–Reza por mí.

Hablaba en serio y ella se angustió. No era posible. Harry era su mejor amigo, su hermano, prácticamente su hermano gemelo, y le iban a mandar al Vietnam. Experimentó un pánico desconocido y comprendió que no podía hacer absolutamente nada.

–¿Me llamarás antes de irte? ¿Y desde Honolulú?

Se le llenaron los ojos de lágrimas. ¿Y si a Harry le ocurriera algo? Pero no ocurriría, se dijo apretando los dientes, no quería pensarlo tan siquiera. Harry Winslow era invencible y le pertenecía. Era dueño de una parte de su corazón. Durante varios días, se sintió perdida. Esperaba constantemente sus llamadas. La llamó dos veces desde San Diego, antes de marcharse.

–Siento haber tardado tanto, pero estaba muy ocupado acostándome por ahí. Creo que he pillado la gonorrea, pero da igual.

Casi siempre estaba borracho, lo mismo que en las Hawai, desde donde la llamó un par de veces. Después, desapareció en el silencio, en las junglas y en el abismo de Vietnam. Tana se lo imaginaba constantemente en situaciones de peligro, hasta que empezó a recibir sus desenfadadas cartas en las que le describía la vida en Saigón, las prostitutas, la droga, los otrora encantadores hoteles, las deliciosas mujeres de allí y lo útil que le resultaba saber francés; y entonces, empezó a tranquilizarse. El bueno de Harry era siempre el mismo, tanto en Cambridge, como en Saigón. Consiguió superar los exámenes, el día de Acción de Gracias y los dos primeros días de las vacaciones de Navidad que iba a pasar en su habitación con un montón de libros. Y una tarde, hacia las siete, alguien llamó a la puerta.

—Llamada para ti.

Su madre la había llamado muchas veces y Tana sabía por qué, aunque ninguna de las dos quisiera reconocerlo. Las vacaciones eran muy difíciles para Jean. Arthur pasaba muy poco tiempo con ella. Siempre había excusas y razones y fiestas a las que no podía llevarla, y Tana sospechaba que también había otras mujeres. Además, estaba Ann con su marido y el niño, y a lo mejor incluso Billy; y Jean no pertenecía a la familia a pesar de los muchos años que llevaba a su lado.

—Voy enseguida —dijo Tana, poniéndose la bata para dirigirse al teléfono. El pasillo estaba muy frío y había niebla en la calle. No era frecuente que la niebla se extendiera hasta aquella zona, pero, cuando hacía mal tiempo, ocurría algunas veces—. ¿Diga?

Esperaba oír la voz de su madre y se quedó de una pieza al oír la de Harry.

Hablaba con voz áspera y cansada, como si hubiera permanecido en vela toda la noche, lo cual era comprensible estando en la ciudad. Su voz sonaba próxima.

—¿Harry? —Se le llenaron los ojos de lágrimas—. ¿Eres tú, Harry?

—Sí, Tan —contestó el joven profiriendo un gruñido; y a ella casi le pareció percibir la aspereza de su rostro sin afeitar.

—¿Dónde estás?

Hubo una pausa.

—Aquí, en San Francisco.

—¿Cuándo llegaste? De haberlo sabido hubiera ido a recibirte al aeropuerto.

—Acabo de llegar.

Era mentira, pero le resultaba más fácil que explicarle por qué razón había tardado tanto en llamarla.

—Menos mal que no has estado allí mucho tiempo. —Estaba tan contenta de oírlo que no paraba de llorar. Reía y lloraba a la vez y él estaba haciendo lo mismo en el otro extremo de la línea. Pensaba que jamás volvería a verla y la quería más que nunca. No estaba seguro de poder ocultarlo por más tiempo. Pero tendría que hacerlo por ella y por él mismo—. ¿Por qué te han dejado volver tan pronto?

—Les causé muchos problemas. La comida era una bazofia y las mujeres tenían piojos. Pillé ladillas un par de veces y tuve una gonorrea espantosa...

Trató de reírse, pero le dolía demasiado.

—Eres un caso. ¿Nunca aprenderás a comportarte como es debido?

—Mientras pueda, no.

—Y ahora ¿dónde estás?

Hubo una pausa.

—Me están limpiando en el Letterman.

—¿El hospital?

—Sí.

—¿Por la gonorrea? —Hablaba tan alto que dos chicas se volvieron a mirarla en el pasillo y Tana se echó a reír—. Desde luego, eres imposible. Eres la peor persona que conozco, Harry Winslow IV o quienquiera que seas. ¿Puedo ir a visitarte o me la vas a contagiar? –le preguntó riéndose.

–Procura no utilizar mi excusado –contestó él con voz áspera y cansada.

–No lo haré, descuida. Puede que ni siquiera te estreche la mano, si primero no te la hierven. Sabe Dios dónde la habrás metido. –Harry sonrió. Se alegraba tanto de oír su voz... Tana consultó su reloj–. ¿Puedo ir ahora?

–¿No tienes nada mejor que hacer un sábado por la noche?

–Tenía previsto hacer el amor con una montaña de libros de derecho.

–Ya veo que sigues tan divertida como de costumbre.

–Sí, pero soy más lista que tú. Y a mí nadie me envió al Vietnam.

Hubo un extraño silencio. Después, Harry le contestó muy serio, provocándole un estremecimiento.

–Afortunadamente, Tan. ¿De veras quieres venir esta noche?

–Pues claro. ¿Pensabas que no iba a venir? Lo que no quiero es que me pegues la gonorrea.

–Me comportaré –contestó él sonriendo. Pero tenía que decirle algo antes de que acudiera a verle–. Tan... –Se le quebró la voz. Aún no se lo había dicho a nadie. Ni siquiera había hablado con su padre. No habían podido localizarle en ninguna parte aunque Harry sabía que estaría en Gstaad a finales de semana. Siempre pasaba las Navidades allí, tanto si estaba Harry como si no. Para él, Suiza significaba Navidad–. Tengo algo más que la gonorrea.

Ella cerró los ojos y se estremeció.

–¿Como qué, tontainas?

Hubiera querido hacerle reír con sus palabras, hacerle sentirse a gusto en caso de que no se encontrara bien; pero ya era tarde para detener las palabras.

—Me han disparado un poco aquí y allá...

—¿Ah, sí? —dijo Tana, tratando de reprimir las lágrimas, tal como estaba haciéndolo él—. ¿Y por qué hacían esas cosas?

—Supongo que no tenían nada mejor que hacer. Las mujeres eran un asco... —su tono se suavizó— comparadas contigo, Tan.

—Deben de haberte disparado en el cerebro. —Ambos rieron. Descalza en el pasillo, Tana tuvo la sensación de que todo el cuerpo se le había congelado—. Me has dicho el Letterman, ¿verdad?

—Sí.

—Ahí estaré dentro de media hora.

—No te des prisa. No pienso ir a ninguna parte.

Y tardaría mucho tiempo en poder ir, pero Tana lo ignoraba. Se puso unos vaqueros, metió los pies en unos zapatos que ni siquiera supo cuáles eran, se pasó por la cabeza un jersey negro de cuello de cisne, se peinó de cualquier manera y tomó el chaquetón marinero que había dejado al pie de la cama. Tenía que ir a verle, averiguar qué le había ocurrido. «Me han disparado un poco aquí y allá...» Las palabras resonaron sin cesar en su cabeza mientras bajaba en autobús al centro de la ciudad, y, una vez allí, tomaba un taxi para dirigirse al hospital Letterman, en el Presidio. Tardó el doble de lo que había dicho y, una hora después de haber colgado el teléfono, entró en el hospital y preguntó por la habitación de Harry. La recepcionista le preguntó en qué departamento estaba, y Tana experimentó el impulso de responderle «departamento de gonorrea», pero no estaba para bromas. Y menos lo estuvo todavía cuando empezó a recorrer los pasillos de la sección de neurocirugía, rezando para que a Harry no le hubiera ocurrido nada grave. Estaba tan pálida como él cuando entró en su habitación. Lo encontró con un aparato de respiración artificial y tendido boca arriba, con un espejo sobre la cabeza. Había cabestrillos y tubos por todas partes y una enfermera vigilándole. Le pareció en un principio que estaba paralizado porque no se movía en absoluto. Después, le vio mover una mano y se le llenaron los ojos de lágrimas, aunque sólo había acertado a medias. Estaba paralizado de cintura para abajo. Más tarde, Harry le explicó entre sollozos que le habían pegado un tiro en la columna vertebral. Al final, podía hablar con ella, llorar con ella, decirle lo que sentía. Se sentía una mierda. Quería morir. Deseaba morir desde que le habían traído.

–Así estamos. –Apenas podía hablar y sollozaba como un chiquillo–. A partir de ahora tendré que pasarme la vida sentado en una silla de ruedas... –Pensaba que jamás la volvería a ver, pero allí estaba ella, tan guapa, tan buena y tan rubia, igual que siempre. Allí todo estaba igual que siempre. Allí nadie sabía nada del Vietnam. Ni de Saigón, de Da Nang o de los guerrilleros del Vietcong, a quienes nunca se les veía por ninguna parte. Se limitaban a dispararte en el trasero desde su escondrijo, en algún árbol, y, a lo mejor, sólo eran unos chiquillos de nueve años, o al menos eso parecían. Pero allí a nadie le importaba un pimiento todo aquello.

Tana le miró, procurando reprimir las lágrimas. Se alegraba de que estuviera vivo. Él le contó que había permanecido tendido boca abajo en la jungla en medio del barro y bajo una incesante lluvia torrencial. Por consiguiente, era un milagro que estuviera vivo. ¿Qué importaba que no pudiera volver a andar? Estaba vivo, ¿no? Empezó a aflorar a la superficie lo que Miriam Blake había visto en Tana hacía mucho tiempo.

–Eso es lo que te pasa por andar acostándote por ahí con putas, tonto. Puedes quedarte aquí tendido hasta que te dé la gana, pero quiero que sepas que no pienso aguantar idioteces. ¿Está claro? –Se levantó con ojos llorosos, le tomó una mano y se la apretó con fuerza–. Vas a levantarte y a trabajar con ahínco, ¿te enteras? –Harry la miró perplejo porque vio que estaba hablando en serio—. ¿Te enteras bien?

—Estás loca, Tan.

—Y tú eres un perezoso, maldita sea. No te hagas demasiadas ilusiones acerca de que vas a permanecer tendido sobre el trasero toda la vida, porque eso no va a durar mucho tiempo. ¿Te has enterado, idiota?

—Sí, señorita —contestó él, saludándola militarmente.

A los pocos minutos, entró una enfermera para administrarle una inyección contra el dolor y Tana le tomó una mano hasta que se durmió. Entonces lloró y rezó en silencio, dando gracias a Dios. Le estuvo contemplando durante varias horas sin soltarle la mano y, al final, le besó una mejilla y los ojos. Luego, abandonó el hospital. Era pasada la medianoche. Y mientras tomaba el autobús para regresar a Berkeley, lo único que pudo pensar fue: Gracias, Dios mío. Gracias, Dios mío, porque estaba vivo. Gracias, Dios mío, porque no había muerto en aquella lejana jungla infernal. Era un lugar en el que se mataba a la gente. No era simplemente un lugar sobre el que se leían comentarios o se hablaba entre clase y clase con profesores y compañeros. Era un lugar real y ella sabía exactamente lo que significaba. Significaba que Harry Winslow jamás volvería a andar. Al bajar del autobús, en Berkeley, con lágrimas todavía en las mejillas, regresó a su habitación sabiendo que ni Harry ni ella volverían jamás a ser los mismos.

9

Tana pasó dos días sin moverse del lado de Harry como no fuera para irse a casa a dormir un rato, bañarse, cambiarse de ropa y regresar de nuevo. Le tomaba de una mano y recordaban juntos, cuando estaba despierto, los años en que él estudiaba en Harvard y ella en la Universidad de Boston, el tándem que tenían y las vacaciones en Cape Cod. Al joven le administraban sedantes pero algunas veces estaba tan lúcido que daba pena verle y comprender los pensamientos que se agitaban en su mente. No quería pasarse el resto de la vida paralizado. Quería morir, le decía a Tana una y otra vez. Y entonces ella le gritaba y le insultaba. Pero no se atrevía a dejarle por las noches por temor a lo que pudiera hacer. Advirtió a las enfermeras, pero éstas estaban acostumbradas y no le dieron demasiada importancia. Además, había otros que estaban peor, como un joven que había perdido ambos brazos y tenía la cara destrozada por culpa de una granada de mano que le entregó un chiquillo de diez años.

La víspera de Navidad, la madre de Tana la llamó cuando ésta se hallaba a punto de salir hacia el hospital. En Nueva York eran las diez, y Jean, que ya llevaba unas horas en la oficina, decidió llamarla para ver cómo estaba. Esperó hasta el último momento que su hija cambiara de idea y regresara a casa para pasar las Navidades con ella, pero Tana ya le había dicho que le sería imposible. Tenía mucho trabajo que hacer y tampoco merecía la pena que Jean la fuera a ver a California. Sin embargo, le parecía una manera muy deprimente de pasar las Navidades, tan deprimente como la suya. Arthur las pasaría en Palm Beach con Ann, Billy, su yerno y el niño, pero a ella no la había incluido. Jean comprendía que la situación hubiera sido muy embarazosa para él.

—Hola, cariño. —Llevaba dos semanas sin llamarla. Estaba demasiado deprimida y no quería que Tana se percatara a través del teléfono. Por lo menos, cuando Arthur se quedaba a pasar las fiestas en Nueva York, siempre había alguna esperanza de que pudiera verle, pero aquel año no le quedaba siquiera aquella esperanza, y Tana se había ido—. ¿Estudias tanto como pensabas?

—Sí. Yo... no... —Aún estaba medio dormida. Se había quedado con Harry hasta las cuatro. La fiebre le subió de repente, la víspera, y ella no quiso dejarle; pero, a las cuatro de la madrugada, las enfermeras insistieron en que se fuera a casa a dormir un poco. Harry tenía por delante un duro esfuerzo y, si Tana se agotaba al principio, no podría serle útil más adelante, cuando él la necesitara más—. No demasiado. Por lo menos, durante estos tres últimos días. —Estaba muerta de cansancio, sentada en la silla de duro respaldo que siempre había junto al teléfono—. Harry ha regresado de Vietnam.

Se le empañaron los ojos. Era la primera vez que se lo decía a alguien y le angustiaba sólo pensarlo.

—¿Le has visto? —preguntó Jean con tono irritado—. Creía que ibas a estudiar. Si hubiera sabido que tenías tiempo para distraerte, Tana, no me hubiera quedado aquí a pasar sola las Navidades. Si tienes tiempo para divertirte con él, lo menos que hubieras podido hacer...

—¡Basta! —gritó súbitamente Tana en el desierto pasillo–. ¡Ya basta! Está en el Letterman. Aquí nadie se está divirtiendo.

Jean se quedó muda. Jamás había oído hablar a Tana en aquel tono de histérica desesperación.

–¿Qué es el Letterman?

Se imaginaba que debía de ser un hotel, pero algo le hizo comprender en el acto que estaba equivocada.

–El hospital militar de aquí. Le hirieron en la columna vertebral... –Tana empezó a respirar hondo para no echarse a llorar, pero fue inútil. Cuando no estaba al lado de Harry, se pasaba el rato llorando. No podía creer lo que le había ocurrido. Se hundió en la silla como una chiquilla desvalida–. Ahora es un parapléjico, mamá. Puede que muera. Anoche tenía mucha fiebre.

Se quedó sentada llorando y temblando sin poder contenerse, y Jean clavó los ojos en la pared de su despacho, pensando en aquel chico al que había visto tantas veces. Era simpático y cordial, alegre, divertido e irreverente, y más de una vez la había sacado de sus casillas; y ahora le daba gracias a Dios de que Tana no se hubiera casado con él. Qué vida más espantosa hubiera tenido que llevar.

–Oh, cariño... Cuánto lo siento.

–Yo también. –Tana hablaba como la vez que se le murió un perrito, cuando era pequeña–. Y no puedo hacer nada como no sea sentarme a su lado y mirarle.

–No debieras estar allí. Es una tensión tremenda.

–*Tengo* que estar. ¿Es que no lo entiendes? Soy lo único que tiene.

–Pero ¿y su familia?

–Su padre no ha aparecido. Y es probable que no aparezca a tiempo. Y Harry está allí solo, con la vida pendiente de un hilo.

–Tú no puedes hacer nada y no me parece bien que veas todas esas cosas, Tana.

–Ah, ¿no? –contestó la joven con tono desafiante–.

¿Y qué es lo que tengo que ver, mamá? ¿Los banquetes de la zona este, las veladas en Greenwich con el clan de los Durning? Es la mayor barbaridad que he oído jamás. A mi mejor amigo le han incapacitado en Vietnam y tú crees que no debo hacer nada. ¿Qué quieres que haga con él, mamá? ¿Que le tache de mi lista porque ya no puede bailar?

—No seas tan cínica, Tana.

—¿Y por qué no? ¿Qué clase de mundo es éste? ¿Qué está pasando? ¿Por qué no comprenden que Vietnam es una trampa?

Por no hablar de Sharon y Richard Blake, y de John Kennedy, y de los demás desastres del mundo.

—No está en tu mano ni en la mía resolver eso.

—¿Por qué no se preocupan de lo que pensamos? ¿De lo que pienso yo? ¿De lo que piensa Harry? ¿Por qué no le preguntaron su opinión antes de enviarle?

Los sollozos ahogaron sus palabras.

—Tienes que sobreponerte. —Jean esperó un instante y después añadió—: Sería mejor que vinieras a pasar las fiestas a casa, Tan. No será agradable pasarlas en el hospital con ese chico.

—Ahora no puedo ir ahí —contestó con aspereza.

—¿Por qué no? —preguntó su madre, lloriqueando también como una chiquilla.

—No quiero dejar a Harry.

—¿Cómo es posible que signifique tanto para ti? ¿Más que yo?

—Significa y punto. ¿No vas tú a pasar las Navidades, o, por lo menos, parte de ellas con Arthur?

Tana se enjugó las lágrimas mientras Jean sacudía la cabeza en el otro extremo de la línea.

—Este año no, Tan. Se va a Palm Beach, con los chicos.

—¿Y a ti no te han invitado? —preguntó su hija, asombrada.

Era un auténtico egoísta, un malnacido, como el padre de Harry.

—Sería embarazoso para él.

—¿Por qué? Su mujer murió hace ocho años y tu relación con él ya no es ningún secreto. ¿Por qué no puede invitarte?

—No importa. De todos modos, tengo trabajo aquí.

—Ya, un trabajo que es para él. —Tana se ponía furiosa al pensar en el servilismo de su madre—. ¿Por qué no le dices que se tire al lago un día de ésos? Sólo tienes cuarenta y cinco años. Podrías encontrar a otro y nadie te iba a tratar peor que Arthur.

—¡Tana, eso no es cierto!

—¿Ah, no? Pues entonces ¿por qué tienes que pasar las Navidades sola?

—Porque mi hija no quiere venir a casa.

—A otro perro con ese hueso, mamá —dijo Tana, experimentando un impulso de colgar sin más.

—No me hables así. ¿Acaso no es verdad? Quieres que él esté aquí para tú no tener ninguna responsabilidad. Pues bien, las cosas no siempre salen a gusto de una. Puedes no venir, si quieres, pero no me digas que eso está bien.

—Estudio en la facultad de derecho, mamá. Tengo veintidós años. Soy una persona adulta. No puedo estar siempre a tu disposición.

—Pues él tampoco. Además, sus responsabilidades son mucho más importantes que las tuyas.

Jean estaba llorando muy quedo, y Tana sacudió la cabeza al oírla.

—Es con él con quien tienes que enojarte, mamá, no conmigo —dijo más calmada—. Siento no poder estar ahí contigo.

—Lo comprendo.

—No lo comprendes y eso también me duele.

—Creo que no podemos hacer nada —dijo Jean, exhalando un suspiro–. Pero, por favor, cariño, no te pases todo el día en el hospital. Es demasiado deprimente y no puedes hacer nada por ese chico. Ya se irá recuperando por sí solo.

La actitud de su madre la ponía enferma, pero Tana no discutió.

–De acuerdo, mamá.

Cada cual tenía sus propias ideas y ya no iban a cambiar. La situación era irremediable. Los caminos de ambas se habían separado y Jean lo sabía. Pensó en lo afortunado que era Arthur, que tenía a sus hijos constantemente a su lado. Ann buscaba siempre su ayuda, tanto económica como de otro tipo, su yerno le besaba prácticamente los pies y Billy vivía en casa. Era maravilloso, pensó mientras colgaba el teléfono. Por eso nunca tenía tiempo suficiente para ella. Sus negocios, sus amigos, que apreciaban muchísimo a Marie; y a ella no querían aceptarla –o por lo menos eso decía Arthur–. Y sus hijos apenas le dejaban tiempo libre. Sin embargo, estaban unidos por un nexo especial y siempre lo estarían.

Merecía la pena esperarle, aunque tuviera que pasarse muchas horas sola. Por lo menos eso se dijo Jean mientras ordenaba el escritorio y regresaba a su apartamento, donde la aguardaba la habitación de Tana. Estaba todo tan dolorosamente pulcro y desierto, era tan distinto de la habitación de Tana en Berkeley, con todas las cosas diseminadas por el suelo mientras ella se vestía en un periquete para poder regresar junto a Harry... Tras hablar con su madre, Tana llamó al hospital; le dijeron que al joven había vuelto a subirle la fiebre. Acababan de darle una inyección y en aquellos momentos estaba durmiendo. Pero Tana quería estar allí cuando despertara. Mientras se pasaba un peine por el cabello y se ponía unos vaqueros, pensó en lo que su madre le había dicho. Era injusto que la culpara de su soledad. ¿Qué derecho tenía a esperar que Tana estuviera constantemente a su lado? Era la manera que tenía su madre de absolver a Arthur de sus responsabilidades. Se había pasado dieciséis años disculpándose ante Tana, ante sí misma, ante sus amigos y sus compañeras de trabajo. ¿Hasta qué extremo se podía disculpar a un hombre?

Tana descolgó la chaqueta de la percha y bajó las escaleras corriendo. Tardó media hora en cruzar el puente de la Bahía en autobús y unos veinte minutos en llegar al Letterman, apaciblemente asentado en el barrio del presidio. Había más tráfico que en días anteriores, pero era lógico siendo la víspera de Navidad. Trató de no pensar en su madre. En aquellos momentos, Jean se las podía arreglar mejor que Harry. Fue lo único que se le ocurrió mientras subía en ascensor a la tercera planta y entraba silenciosamente en la habitación. Harry aún no había despertado y las cortinas estaban corridas. Fuera hacía un soleado día invernal, pero allí no entraban ni la luz ni la animación del exterior. Todo era oscuridad, silencio y tristeza. Tana se sentó en una silla, al lado de la cama, y contempló el rostro de Harry. El muchacho se hallaba sumido en un profundo sueño y pasó dos horas sin moverse. Al fin, ella salió a estirar un poco las piernas por el pasillo, procurando no mirar el interior de las habitaciones ni ver aquellos horribles aparatos, los afligidos rostros de los padres que acudían a ver a sus hijos o lo que quedaba de ellos, los vendajes, los rostros medio tapados y los miembros mutilados. Era casi insoportable. Al llegar al final del pasillo se detuvo para respirar hondo, y entonces, vio a un hombre que la dejó boquiabierta. Alto, moreno, de ojos azules, bronceado, anchos hombros, piernas larguísimas; vestía un traje azul oscuro de corte impecable y llevaba un abrigo de pelo de camello colgado del brazo. Su camisa de color crema era tan perfecta que parecía sacada de un anuncio. Todo en él era bonito, inmaculado y pulcro. Llevaba una sortija de oro en la mano izquierda. La miró con rostro angustiado durante una décima de segundo mientras ella le miraba fijamente.

–¿Sabe usted dónde está la sección de neurocirugía?

Tana inclinó la cabeza, sintiéndose un poco tonta e infantil, y después le dirigió una tímida sonrisa.

–Sí, al final de este pasillo –le dijo, indicándoselo.

El hombre le dio las gracias con una sonrisa en los labios, pero no en los ojos. Se le veía muy triste, como si acabara de perder lo que más quería en el mundo, y así era, en efecto, o casi.

Tana se preguntó por qué estaba allí. Tendría unos cincuenta años, un aspecto extraordinariamente juvenil, y era el hombre más impresionante que hubiera visto jamás. Se alejó pasillo abajo y ella le vio girar a la izquierda en dirección al mostrador de las enfermeras de las que tanto dependían los enfermos. Entonces, Tana pensó de nuevo en Harry y decidió regresar a la habitación. Tal vez hubiera despertado, y ella tenía que decirle muchas cosas, cosas en las que había pensado toda la noche, ideas que se le habían ocurrido acerca de lo que podrían hacer. Lo que había dicho, lo había dicho en serio. No iba a permitir que Harry permaneciera allí sobre el trasero. Tenía toda la vida por delante. Dos enfermeras le miraron sonriendo mientras entraba de puntillas en la habitación del joven, que aún estaba a oscuras. El sol ya se estaba poniendo. Vio que Harry estaba despierto. Se le veía un poco aturdido, pero la reconoció enseguida. La miró a los ojos sin sonreír, y Tana experimentó la extraña sensación de que ocurría algo, algo mucho peor de lo que ya había ocurrido. Y entonces vio en un rincón, con aire abatido, al apuesto hombre moreno del traje azul oscuro, y poco faltó para que diera un respingo. No lo había adivinado. Y ahora, allí estaba. Harry Winslow III. El padre de Harry. Al fin había aparecido.

–Hola, Tan –dijo Harry con tono apagado. Las cosas eran más fáciles antes de la llegada de su padre. Ahora, tendría que habérselas no sólo con sus males, sino también con él. Con Tana se sentía más a gusto porque ella comprendía siempre sus sentimientos, cosa que su padre jamás había hecho.

—¿Cómo te encuentras? —le preguntó ella.

Por un instante ambos hicieron caso omiso del hombre, como si primero quisieran darse ánimos mutuamente. Tana ni siquiera sabía qué decirle.

—Estoy bien —contestó Harry, peor no lo parecía. Después, miró a su bien trajeado visitante y le dijo—: Papá, te presento a mi amiga Tana Roberts.

Winslow padre le tendió la mano sin decir nada, la miró casi como a una intrusa. Quería conocer todos los detalles. Llegó a Londres la víspera procedente de Sudáfrica, vio los telegramas y tomó de inmediato un avión con destino a San Francisco, sin saber exactamente qué había sucedido. Acababa de enterarse y aún no se había repuesto de la impresión. Poco antes de que Tana entrara en la habitación, Harry le había comunicado que se tendría que pasar la vida sentado en una silla de ruedas. No se anduvo con rodeos y se lo dijo sin la menor delicadeza. No tenía por qué hacerlo. Las piernas eran suyas y, si no podía volver a utilizarlas, el problema era suyo y de nadie más, y podía hablar de ello como le viniera en gana. En ese momento tampoco medía sus palabras.

—Tan, te presento a mi padre Harrison Winslow tercero —dijo el joven con tono sarcástico.

Nada había cambiado entre ambos. Ni siquiera en aquellas circunstancias. El padre parecía muy afligido.

—¿Prefieren que les deje solos? —preguntó Tana, percatándose de que Harry no lo prefería y su padre sí—. Voy por una taza de té —dijo. Después añadió, mirando cautelosamente al padre de Harry—: ¿Le apetece a usted tomar una?

El padre vaciló y luego asintió con la cabeza.

—Sí, gracias.

Sonrió. Y Tana no pudo por menos que observar lo apuesto que era, incluso allí, en el hospital, en la habitación de su hijo, tras haberse enterado de la terrible noticia. Sus ojos azules poseían una increíble profundidad, su mandíbula parecía labrada con un cincel y sus manos eran suaves y fuertes a un tiempo. Parecía imposible que fuera el bellaco que Harry le había descrito, pero tenía que aceptar la palabra de su amigo. Sin embargo, la duda empezó a insinuarse en su mente mientras se encaminaba a la cafetería. Regresó antes de media hora, preguntándose si sería más oportuno marcharse y volver al día siguiente, o bien aquella misma noche, pero un poco más tarde. De todos modos, tenía mucho que hacer. Al verla entrar, Harry la miró fijamente como si le pidiera que lo rescatara de su padre. La enfermera también lo advirtió; y sin saber cuál era la causa del desasosiego del enfermo, al cabo de un rato les pidió que se marcharan. Cuando Tana se inclinó para darle un beso, Harry le dijo:

—Vuelve esta noche si puedes.

—De acuerdo —contestó la muchacha, dándole un beso en la mejilla y decidiendo primero consultar con las enfermeras.

Pero estaban en Nochebuena y no querría estar solo. Se preguntó si habría discutido con su padre. Éste se volvió a mirarle al salir, suspiró tristemente y echó a andar por el pasillo. Mantenía la mirada fija sobre los lustrosos zapatos, y Tana no se atrevió a decirle nada. Se sentía desaliñada con sus viejos mocasines y sus vaqueros, pero no esperaba encontrar a nadie allí y, tanto menos, al legendario Harrison Winslow III. Cuando, de repente, él le dirigió la palabra, Tana se quedó sorprendida.

—¿Cómo lo ve usted?

—Todavía no lo sé —contestó ella, respirando hondo—. Es demasiado pronto. Creo que aún está aturdido.

Harrison Winslow asintió. Él también lo estaba. Había hablado con el médico antes de subir y no podían hacer absolutamente nada. La columna vertebral de Harry tenía una lesión tan grave, le explicó el neurocirujano, que jamás podría volver a andar. Habían reparado algo y le someterían a otras intervenciones a lo largo de seis meses; pero había algunos detalles alentadores. Se lo habían dicho a Harry, pero aún era demasiado pronto para que éste lo hubiera asimilado. La mejor noticia era que podría hacer el amor observando ciertas precauciones, porque aquella parte de su sistema nervioso aún funcionaba hasta cierto punto, aunque le faltaría un poco de sensibilidad y control.

–Hasta podría llegar a tener hijos –le dijo el médico al padre–, pero otras cosas ya nunca podrá hacerlas. Por ejemplo, caminar, bailar, correr o esquiar...

Los ojos del padre se llenaron de lágrimas al pensarlo. Y entonces se acordó de la chica que tenía al lado. Era muy bonita, y admiró su bello rostro, sus grandes ojos verdes y sus graciosos andares. Al verla entrar en la habitación de Harry, se quedó de una pieza.

–Usted y Harry son muy amigos, ¿verdad?

Era curioso, pero Harry jamás le había mencionado a aquella chica, aunque su hijo nunca le mencionaba nada.

–Sí, desde hace cuatro años.

Una vez en el vestíbulo del Letterman, decidió no andarse por las ramas. Tenía que saber qué se llevaba su hijo entre manos y quizá fuera un buen momento para averiguarlo. ¿Qué relación tendría Harry con aquella chica? ¿Se trataría de una aventura sin importancia, un amor oculto, una esposa secreta quizá? Tenía que pensar, además, en los asuntos financieros de Harry, porque éste aún no era lo suficientemente maduro como para saber protegerse.

–¿Está usted enamorada de mi hijo?

Clavó sus ojos en los de Tana, y, por un instante, la desconcertó.

–Yo... No. Yo... bueno. –No estaba muy segura de por qué se lo había preguntado–. Le quiero mucho, pero no estamos... pero no mantenemos relaciones, si a eso se refiere usted.

Tana se ruborizó y él sonrió con expresión de disculpa.

–Perdone que se lo pregunte, pero, si conoce bien a Harry, ya sabrá cómo es. Nunca sé qué demonios está tramando. Y el día menos pensado, llegaré y me encontraré con que tiene mujer y tres hijos.

Tana rió. Aquello era improbable, pero no imposible. Tres amantes serían lo más lógico. De improviso, se dio cuenta de que le resultaba difícil tenerle a aquel hombre tanta antipatía como Harry hubiera querido. Pensándolo bien, no le tenía ninguna.

Era decidido y no temía preguntar lo que le interesaba. Consultó su reloj de pulsera y luego miró al automóvil que le aguardaba junto al bordillo.

–¿Quiere tomar una taza de té conmigo en algún sitio? ¿En mi hotel quizá? Me alojo en el Stanford Court; mi chófer podría acompañarla después a donde usted quisiera. ¿Le parece bien?

Tana pensó que era una leve traición, pero no sabía qué decir. El pobre hombre había llegado de muy lejos y también estaba pasando lo suyo.

–Yo debería volver a casa. Tengo mucho que estudiar. –Se ruborizó y, al ver la apenada expresión del hombre, tuvo lástima de él. A pesar de lo elegante y deslumbrador que era, se le veía muy vulnerable–. Perdone, no quería ser grosera. Es que...

–Lo sé –dijo él, esbozando una triste sonrisa–. Mi hijo le habrá dicho que soy un malvado. Pero estamos en Nochebuena. Quizá nos sentara bien hablar un rato. He sufrido un golpe terrible y supongo que usted también. –Tana asintió en silencio y le siguió hasta el vehículo. El chófer abrió la portezuela. Ella subió primero y se acomodó en el asiento de terciopelo gris. Permanecieron en silencio mientras el automóvil cruzaba velozmente la ciudad para dirigirse a Nob Hill, donde bajó por la cara este de la colina y penetró, por fin, en el patio de entrada del Stanford Court–. Harry y yo nunca nos hemos llevado bien. Jamás hemos conseguido hacer buenas migas. –Hablaba como para sus adentros. No parecía tan despiadado como Harry le aseguraba. Mejor dicho, no lo parecía en absoluto. Se le veía solitario y triste–. Es usted una chica muy hermosa –dijo mirándola a los ojos–. Y supongo que también lo es por dentro. Harry tiene suerte de tenerla como amiga.

Y lo más curioso de aquello era algo que Harry no podía saber. Tana se parecía mucho a su madre. Mientras ella descendía del automóvil y entraba con él en el edificio, Harrison pensó que el parecido era impresionante. Se dirigieron al restaurante Potpourri y se sentaron en un reservado. Él no dejaba de mirarla, como si quisiera averiguar quién era y qué significaba para su hijo. No podía creer que fuera simplemente su «amiga», tal como ella afirmaba. Sin embargo, ella había insistido en ello durante la conversación, y no había ninguna razón para que mintiera.

Tana sonrió, mirándole a los ojos.

–Mi madre opina lo mismo que usted, señor Winslow. Me dice constantemente que los chicos y las chicas no pueden ser amigos, y yo le digo que está equivocada. Eso es exactamente lo que somos Harry y yo. Él es mi mejor amigo. Algo así como un hermano... –Se le llenaron los ojos de lágrimas al pensar en lo ocurrido–. Haré cuanto pueda para ayudarle a recuperarse. –Lo miró con expresión desafiante; no estaba enojada con él, sino con el destino que había dejado inválido a su hijo–. Lo haré, ya lo verá. No voy a dejarle allí sentado. Conseguiré que se levante, que se mueva y vuelva a ser tan alegre como antes. Se me ha ocurrido una idea –añadió–. Pero primero tengo que hablar con él.

Harrison Winslow estaba intrigado. Podía ser que la joven estuviera interesada en su hijo, por mucho que Tana lo negara. No sería mala cosa en aquellos momentos. Aparte de su belleza, estaba claro que era muy inteligente y enérgica. Cuando hablaba, sus ojos verdes ardían como si fueran de fuego.

–¿Qué clase de idea? –le preguntó el padre.

Si no hubiera estado tan preocupado por su hijo, le hubiera hecho gracia.

Tana vaciló. Probablemente le parecería una locura; sobre todo si era tan indolente como Harry decía.

–No sé... Seguramente le parecerá una tontería, pero yo había pensado... –Le daba vergüenza decírselo–. He pensado que podría convencerle de que estudiara derecho conmigo. Aunque nunca lo utilice, podría ser beneficioso para él. Sobre todo, ahora.

–¿Habla en serio? –repuso Harrison Winslow con una leve sonrisa–. ¿Derecho? ¿Mi hijo? –Pensó que era una chiquilla asombrosa, pero la creía muy capaz de conseguirlo–. Si pudiera usted convencerle, sobre todo ahora –su sonrisa se borró como por ensalmo–, sería todavía más extraordinaria de lo que pienso.

–Lo intentaré en cuanto se reponga un poco.

–Me temo que tardará algún tiempo.

Permanecieron en silencio mientras alguien empezaba a entonar unos villancicos en la calle.

–¿Por qué le ve usted tan poco? –le preguntó Tana de repente.

Se lo tenía que preguntar, no tenía nada que perder y, en caso de que él se enfadara, se marcharía. No podía causarle ningún daño. Sin embargo, él se limitó a mirarla tristemente a los ojos.

–¿De veras quiere saberlo? Porque Harry y yo nunca hemos podido congeniar. Lo intenté hace ya mucho tiempo, pero no llegué a ninguna parte. Me odia desde que era pequeño, y la situación se ha ido enconando con el paso de los años. Al final pensé que no había por qué seguir infligiendo nuevas heridas. El mundo es muy grande, yo tengo muchas cosas que hacer, él tiene su propia vida. —Las lágrimas asomaron a sus ojos—. O la tenía hasta ahora.

—La volverá a tener —dijo Tana, tocándole una mano—. Se lo prometo. Si vive... Dios mío... te lo suplico, Dios mío, no le dejes morir. —Las lágrimas también empezaron a rodarle por las mejillas—. Es tan maravilloso, señor Winslow. Es el mejor amigo que he tenido.

—Ojalá pudiera yo decir lo mismo. Ahora, casi somos unos extraños. Hoy me he sentido un intruso en su habitación.

—Tal vez porque yo estaba allí. Debería haberles dejado solos.

—La cosa ya ha llegado demasiado lejos. Ya somos unos extraños.

—No tienen por qué serlo. —Tana le hablaba como si le conociera de toda la vida; en aquellos momentos, ya no le parecía tan impresionante, por muy apuesto y sofisticado que fuera. Sólo era otro ser humano con un problema espantoso: un hijo gravemente enfermo—. Ahora podrían volver a hacerse amigos.

Harrison Winslow sacudió la cabeza y la miró sonriendo. Le parecía una chica preciosa. Volvió a preguntarse qué habría de veras entre Harry y ella. Su hijo era demasiado donjuán para dejarse escapar semejante oportunidad, a no ser que la quisiera más de lo que ella pensaba. Tal vez fuera eso. Tal vez Harry estaba enamorado de ella. Tenía que estarlo. Lo que Tana le había dicho le parecía imposible.

—Es demasiado tarde. Y, a sus ojos, mis pecados son imperdonables —dijo exhalando un suspiro—. Supongo que yo, en su lugar, pensaría lo mismo. Cree que yo maté a su madre, ¿sabe? —añadió mirándola a los ojos—. Ella se suicidó cuando Harry tenía cuatro años.

—Lo sé —dijo Tana, contemplando el inmenso dolor que se reflejaba en sus ojos. Su amor por ella jamás se había extinguido, como tampoco el que sentía por su hijo.

—Se estaba muriendo de cáncer y no quería que nadie lo supiera. Al final, hubiera quedado desfigurada y no hubiera podido soportarlo. Ya le habían hecho dos operaciones antes de morir y... —Vaciló, y añadió—: Fue terrible para ella, para todos nosotros. Harry sabía que su madre estaba enferma, pero ya no se acuerda de ello. De todos modos, no importa. Mi esposa no podía soportar las operaciones, el dolor, y yo no soportaba verla sufrir. Lo que hizo fue terrible, pero siempre lo he comprendido. Era joven y bonita. Se parecía mucho a usted y era casi una chiquilla...

No se avergonzó de sus lágrimas. Tana le miró angustiada.

—¿Por qué no lo sabe Harry?

—Ella me hizo prometer que jamás se lo diría —contestó él. Aún no se había librado de la desesperación causada por su muerte. Se pasó varios años tratando de olvidarla; primero, con Harry, después, con mujeres y con toda clase de gente y, al fin, buscando consuelo en la soledad. Tenía cincuenta y dos años y había descubierto que era inútil querer huir. Los recuerdos estaban allí, al igual que la tristeza y la sensación de pérdida. Y ahora, también podía perder a Harry. Contempló a aquella encantadora muchacha, tan llena de vida y esperanza, y la idea se le hizo insoportable. Era casi imposible explicárselo todo, había transcurrido mucho tiempo—. La gente tenía entonces otro concepto del cáncer; era casi como si uno tuviera que avergonzarse de él. Yo no estaba de acuerdo, pero mi esposa insistió en que Harry no lo supiera. Me dejó una carta muy larga. Tomó una sobredosis de píldoras un día en que fui a Boston a visitar a mi tía abuela. Deseaba que Harry la recordara etérea, hermosa y romántica, no devastada por la enfermedad, y decidió matarse... y él la tiene por una heroína. —Esbozó una triste sonrisa—. Para mí, lo fue. Murió de una manera muy triste, pero de otro modo, hubiera sido mucho peor. Nunca le he reprochado lo que hizo.

—Y ha permitido que él le siguiera echando a usted la culpa —dijo Tana, mirándole horrorizada con sus grandes ojos verdes.

—Jamás pensé en eso y, cuando lo advertí, ya era demasiado tarde. Cuando Harry era un niño, traté de divertirme para ahogar mi dolor. Pero eso no da resultado. La pena te sigue como un perro sarnoso, te espera siempre fuera de la habitación cuando te despiertas, rasca la puerta con las patas, se queja a tus pies; por muy bien vestido que vayas, por encantador que seas y por muchos amigos que tengas, está siempre ahí, mordisqueándote los talones. A los ocho o nueve años, Harry sacó sus propias conclusiones y llegó a odiarme tanto que le metí en un internado en el que decidió quedarse. Entonces me quedé solo y me desmandé como nunca. —Se encogió de hombros—. Mi esposa murió hace casi veinte años, y aquí estamos. Murió en enero. —Su mirada se perdió un instante y, luego, volvió a posarse en Tana, pero, entonces, su angustia se intensificó: la muchacha se parecía tanto a ella, que el solo hecho de mirarla era como volver al pasado—. Y ahora Harry se encuentra en esta terrible situación. La vida es extraña y dolorosa, ¿verdad?

Tana asintió sin saber qué decir. Sus palabras le habían dado que pensar.

—Creo que debería decirle algo.

—¿Sobre qué?

—Sobre cómo murió su madre.

—No podría. Le hice una promesa a mi mujer. Me la hice a mí mismo. Me comportaría como un egoísta si se lo dijera ahora.

–¿Y por qué me lo dice a mí?

Tana se sorprendió de la cólera que se reflejaba en su voz y de la indignación que experimentaba ante los daños que la gente se causaba a sí misma y los momentos que desperdiciaba odiándose, en lugar de quererse, como les había ocurrido a él y a su hijo. Habían desaprovechado muchos años que hubieran podido compartir. En aquellos instantes, Harry necesitaba mucho a su padre. Necesitaba a todo el mundo.

–Supongo que no hubiera debido contarle estas cosas –dijo Harrison, pidiéndole disculpas con la mirada–. Pero necesitaba hablar con alguien. Y está usted tan compenetrada con mi hijo... Quiero que sepa que le quiero mucho –añadió mirándola fijamente.

Tana notó que se le hacía un nudo en la garganta; y no estaba muy segura de si deseaba abofetearle o besarle, o quizá ambas cosas a la vez. Ningún hombre le había provocado jamás semejante reacción.

–¿Por qué no se lo dice?

–No serviría de nada.

–Puede que esta vez sí.

Harrison la miró con aire pensativo; después bajó los ojos y, por fin, volvió a mirarla.

–Puede que sí. Pero apenas le conozco. No sabría ni por dónde empezar.

–Cuénteselo tal como me lo ha contado a mí, señor Winslow, ni más ni menos.

Él la miró sonriendo; de súbito parecía muy cansado.

–¿Cómo es posible que sea usted tan sensata?

Tana le miró y sintió que un increíble calor emanaba de él. En cierto modo se parecía mucho a Harry, pero había algo más. Comprendió, turbada, que la atraía. Era como si de golpe hubieran despertado todos los sentidos adormecidos desde que la habían violado.

–¿En qué está pensando?

Tana sacudió la cabeza y se ruborizó levemente.

–En algo que no tiene nada que ver con todo esto. Perdone, estoy cansada. Llevo varios días sin dormir.

–La acompañaré a su casa. –Harrison le hizo una seña al camarero para que le trajera la cuenta y la miró con simpatía. Tana sintió añoranza por el padre que nunca había tenido ni conocido. Hubiera deseado que Andy Roberts fuera como aquel hombre y no como Arthur Durning, que entraba y salía de la vida de su madre a su gusto y conveniencia. Aquel hombre era mucho menos egoísta de lo que Harry decía y quería creer. El joven había pasado muchos años odiándole, y Tana comprendió que estaba equivocado y se preguntó si sería demasiado tarde para remediar el error, como decía Harrison–. Gracias por hablar conmigo, Tana. Es una suerte para Harry que sea usted amiga suya.

–La suerte la tengo yo.

–¿Es usted hija única? –le preguntó Harrison mientras dejaba un billete de veinte dólares bajo la cuenta.

–Sí. Jamás conocí a mi padre, murió en la guerra antes de que yo naciera.

Lo había contado muchas veces a lo largo de su vida, pero ahora le pareció que sus palabras adquirían otro significado. Todo era distinto y no sabía por qué. Algo extraño le estaba ocurriendo y se preguntó si se debería a que estaba muy cansada. Harrison la acompañó hasta el coche y la sorprendió sentándose a su lado en lugar de ordenar al chófer que la llevara a casa.

–La acompañaré.

–No es necesario, de veras.

–No tengo otra cosa que hacer. He venido aquí para ver a Harry, y creo que es mejor que descanse unas cuantas horas.

Tana asintió. Harrison le comentó que era la primera vez que visitaba San Francisco. Era una ciudad muy simpática, dijo con aire ausente. Tana imaginó que debía de estar pensando en su hijo; pero, en realidad, pensaba en ella.

–La veré de nuevo en el hospital –le dijo al llegar–. Si necesita que la acompañen, llame al hotel y le enviaré el coche.

Tana le había dicho que tomaba el autobús para ir y volver, y Harrison estaba preocupado. Era joven y bonita y podía ocurrirle cualquier cosa.

–Gracias por todo, señor Winslow.

–Harrison –le dijo él, esbozando la misma sonrisa traviesa de Harry–. Ya nos veremos. ¡Procura descansar!

La saludó con la mano y el automóvil se alejó mientras Tana subía los peldaños, pensando en todo cuanto él le había contado. Qué injusta era a veces la vida. Se durmió pensando en Harrison, en Harry y en Vietnam. Y en la mujer que se había suicidado y que en un sueño carecía de rostro. Cuando despertó, todo estaba a oscuras; se incorporó sobresaltada en la cama, casi sin respiración. Vio que eran las nueve y se preguntó cómo estaría Harry. Bajó al teléfono, llamó y le dijeron que le había bajado la fiebre, que había permanecido un rato despierto y que ahora estaba adormilado. Aún no le habían administrado el tranquilizante y tardarían un rato en hacerlo. Oyó unos villancicos en la calle y recordó que era Nochebuena y que Harry iba a necesitarla. Se duchó rápidamente y decidió acicalarse en honor del joven. Se puso un precioso vestido de punto blanco, unos zapatos de tacón alto y un abrigo rojo con bufanda a juego que no se ponía desde el invierno anterior, en Nueva York, y que no creía tener ocasión de lucir allí; pero le pareció navideño y pensó que tal vez sería importante para él. Se perfumó un poco, se cepilló el cabello y tomó el autobús, pensando en Harrison. Eran las diez y media de la noche cuando llegó al Letterman, donde se respiraba un soñoliento aire de fiesta con arbolillos de luces intermitentes y papás Noel de plástico. Pero nadie estaba muy animado porque allí ocurrían cosas muy graves. Cuando llegó a la habitación, llamó suavemente a la puerta y entró de puntillas pensando encontrar a Harry dormido; pero estaba mirando fijamente al techo y tenía lágrimas en los ojos. Al verla, el joven se sobresaltó y ni siquiera sonrió.

—Me estoy muriendo, ¿verdad?

Tana se asustó. Vio la apagada expresión de sus ojos y se acercó a la cama, frunciendo el ceño.

—No, a menos que tú quieras. —Sabía que tenía que mostrarse dura con él—. Sobre todo, depende de ti —añadió, mirándole a los ojos sin que él hiciera ademán de tomarla de una mano.

—Eso es una tontería. Yo no tengo la culpa de que me hirieran en el trasero.

—Pues claro que sí —dijo ella con aire indiferente.

—¿Qué quieres decir? —preguntó Harry.

—Que hubieras podido seguir estudiando. Pero decidiste jugar. Y tuviste mala suerte. Jugaste y perdiste.

—Sí. Pero no perdí diez dólares, sino las piernas.

—Pues a mí me parece que aún las tienes —dijo Tana, contemplando las extremidades sin vida del muchacho.

—No seas tonta. ¿De qué me sirven ahora?

—Las tienes y estás vivo. Y todavía hay muchas cosas que puedes hacer. Según las enfermeras, aún puedes levantarlo. —Jamás había sido tan ruda con Harry y no era un tema de conversación muy propio de la Nochebuena; pero sabía que tenía que empezar a empujarle, teniendo en cuenta que él pensaba que se iba a morir—. Imagínate qué maravilla. Hasta podrías volver a pillar una gonorrea.

—Tonta —dijo Harry, apartando el rostro.

—Maldita sea. Eres tú el tonto —dijo Tana, asiéndole del brazo para que volviera a mirarla—. La mitad de los chicos de tu pelotón murieron y tú estás vivo; por consiguiente, no te quedes ahí gimoteando por lo que has perdido. Piensa en lo que tienes. Tu vida no ha terminado a menos que tú quieras, y yo no quiero que termine.

—Las lágrimas le escocían en los ojos—. Quiero que levantes el trasero de aquí, aunque tenga que arrastrarte para que vuelvas a vivir. ¿Está claro? ¡No pienso soltarte jamás! —exclamó mientras las lágrimas le resbalaban por las mejillas.

Vio que en los labios de Harry asomaba una sonrisa.

—¿Sabes que estás completamente loca, Tan?

—Quizá lo esté, pero ya verás tú de lo que soy capaz como no empieces pronto a cambiar de actitud y hacer algo de provecho.

Se secó las lágrimas con un pañuelo, y Harry la miró por primera vez en muchos días con la misma sonrisa de siempre.

—¿Sabes qué es eso?

—¿Qué? —preguntó Tana.

Habían sido los días más emotivos de su vida y jamás se había sentido tan agotada como en aquellos momentos.

—Esa energía sexual que llevas dentro es la esencia de la vitalidad que pones en todo cuanto haces. Y te aseguro que a veces eres pesadísima.

—Muchas gracias.

—Por nada. —Harry cerró los ojos un instante y volvió a abrirlos—. ¿Por qué te has emperifollado tanto? ¿Vas a algún sitio?

—Sí. Aquí. A verte a ti. Es Nochebuena —contestó Tana, mirándole con dulzura—. Bienvenido otra vez a la raza humana.

—Me ha gustado lo que has dicho antes. —Harry sonreía y Tana comprendió que ya no estaba tan deprimido. Si se aferraba a la voluntad de vivir, todo sería relativamente más fácil. Eso había dicho el neurocirujano.

—¿Qué he dicho? ¿Que te iba a dar un puntapié en el trasero si no hacías algo de provecho? Menos mal —dijo más contenta.

—No; que podía levantarlo y volver a pillar la gonorrea.

Tana sonrió. Entró una enfermera y ambos se echaron a reír como en los viejos tiempos.

Poco después entró Harrison Winslow y, al verlos tan alegres, esbozó una sonrisa. Ellos le miraron un poco cohibidos y dejaron de reírse. Harrison deseaba hacerse amigo de su hijo, y sabía lo mucho que a éste le gustaba la chica.

—No quisiera estropearos la diversión. ¿Puedo saber el motivo?

Tana se ruborizó. Resultaba difícil hablar con una persona tan cosmopolita, aunque había pasado toda la tarde conversando con él.

—Su hijo, tan grosero como de costumbre.

—Eso no es ninguna novedad. —Harrison se acomodó en una de las dos sillas que había en la habitación y les miró—. Aunque, por lo menos en Nochebuena, podría esforzarse en ser un poco más comedido.

—En realidad, estaba diciendo que las enfermeras... —la interrumpió Harry, ruborizándose.

Tana se echó a reír y Harry Winslow empezó a reírse con ellos.

Ninguno de los tres se sentía completamente a sus anchas, pero pasaron media hora charlando con animación hasta que Harry empezó a dar muestras de cansancio y Tana se levantó.

—Bueno, sólo había venido a darte un beso de Navidad, no pensaba siquiera que estuvieras despierto —dijo.

—Ni yo —dijo Harrison Winslow levantándose también—. Volveremos mañana, hijo. —Vio cómo Harry miraba a la chica y creyó comprenderlo todo. Tana ignoraba los verdaderos sentimientos de Harry y, por alguna razón, se los ocultaba. Era un misterio absurdo, pensó mientras volvía a mirar a su hijo—. ¿Necesitas algo antes de que nos vayamos?

Harry le miró tristemente y meneó la cabeza. Necesitaba una cosa, pero ellos no se la podían dar. Necesitaba sus piernas. Su padre lo comprendió y le apretó suavemente el brazo.

—Hasta mañana, hijo.

—Buenas noches —contestó Harry sin excesiva amabilidad; pero al mirar a la preciosa rubia se le iluminaron los ojos—. Pórtate bien, Tan.

—¿Por qué debería hacerlo? Tú no lo haces —dijo ella, enviándole un beso—. Feliz Navidad, tonto.

Salió al pasillo y se reunió con Harrison Winslow.

—Me ha parecido que estaba mejor, ¿no?

La desgracia de Harry les había unido en una sincera amistad.

—Pues sí. Creo que ya ha superado lo peor. Pero la recuperación será muy lenta.

Harrison asintió mientras tomaban el ascensor. Todo tenía un aire de familiaridad, como si lo hubieran hecho docenas de veces. Eran los efectos de la conversación que habían mantenido por la tarde. Él le cedió el paso al abrir la puerta y Tana vio su automóvil plateado.

—¿Te apetece comer algo?

La joven se disponía a rehusar, pero recordó que aún no había cenado. Tenía intención de ir a la misa del Gallo, pero no le apetecía ir sola. Miró a Harrison, preguntándose si querría acompañarla.

—Quizá. ¿Le interesaría ir después a la misa del Gallo?

Harrison asintió, y Tana volvió a pensar que era guapísimo. Fueron a tomarse rápidamente una hamburguesa, y hablaron un poco de Harry y los días que había pasado en Cambridge. Tana le contó algunas de sus travesuras, y él rió, sorprendido de aquella extraña relación. Como Jean, no acababa de entenderla. Fueron a la misa del Gallo y, cuando entonaron *Noche de paz*, Tana lloró, recordando a su querida amiga Sharon y a Harry, que tenía la suerte de estar vivo. Miró a Harrison, orgullosamente de pie a su lado, y vio que también estaba llorando. Él se sonó discretamente la nariz al volver a sentarse, y cuando luego la acompañó a Berkeley, Tana se sintió muy a gusto a su lado. Casi se durmió en el trayecto porque estaba agotada.

—¿Qué vas a hacer mañana?

—Supongo que ir a ver a Harry. Cualquier día de éstos tendré que ponerme a estudiar.

—¿Podría invitarte a almorzar antes de ir al hospital?

Tana aceptó conmovida, preguntándose al salir del coche qué se iba a poner; pero, ya de vuelta en su habitación, apenas tuvo tiempo de pensarlo. Estaba tan cansada que se quitó la ropa, la dejó tirada en el suelo, se acostó y se quedó dormida como un tronco.

A diferencia de su madre, que se pasó toda la noche llorando, sentada sola en una silla. Tana no la había llamado y Arthur tampoco. Durante toda la noche Jean estuvo luchando contra el lado oscuro de su alma, considerando la posibilidad de hacer algo terrible. Fue a la misa del Gallo, tal como solía hacerlo con Tana. A la una y media regresó a casa y vio un poco de televisión.

A las dos de la madrugada empezó a sentirse desesperadamente sola. Estaba clavada en el asiento, incapaz de moverse y casi de respirar. Por primera vez en su vida, empezó a pensar en el suicidio. A las tres de la madrugada no pudo resistir el impulso. Media hora más tarde, se fue al cuarto de baño, cogió el frasco de somníferos que nunca utilizaba y, con mano temblorosa, volvió a dejarlo. Deseaba tragarse aquellas pastillas, pero, al mismo tiempo no lo deseaba. Hubiera querido que alguien le impidiera hacerlo, que alguien le dijera que todo se iba a arreglar. Pero ¿quién se lo podría decir? Tana no estaba y, probablemente, ya nunca volvería a vivir en casa; en cuanto a Arthur, tenía su propia vida y sólo la incluía en ella cuando le convenía, nunca cuando ella le necesitaba. Tana tenía razón, pero Jean no quería reconocerlo. En su lugar, defendía todo cuanto Arthur hacía y a sus miserables y egoístas hijos, a aquella bruja de Ann que siempre era tan grosera con ella, y a Billy, que era tan cariñoso de pequeño, pero ahora siempre estaba borracho. Se preguntó si sería verdad lo que Tana le había contado, si no era el amable muchacho que ella suponía. Pero si fuera verdad... El recuerdo de lo que Tana le había contado hacía cuatro años se abatió sobre ella como una pesada losa. ¿Y si fuera cierto? ¿Y si la hubiera...? ¿Y si ella se lo hubiera creído? No podía soportarlo. Contempló, anhelante, las píldoras. Se preguntó qué diría Tana cuando la llamaran para comunicarle la noticia. Se preguntó quién descubriría su cadáver. Tal vez el encargado de la vigilancia del edificio, tal vez una de sus compañeras de trabajo. Si esperaban a que fuera Arthur, podrían transcurrir varias semanas. Se angustió al pensar que no tenía a nadie que pudiera descubrir pronto su cadáver. Se le ocurrió escribirle una nota a Tana, pero le pareció excesivamente melodramático. Además, no tenía nada que decirle, como no fuera que la había querido mucho y que había tratado por todos los medios de hacerla feliz. Lloró al pensar en Tana cuando era pequeña, en el minúsculo apartamento que compartían, en cómo conoció a Arthur, en sus esperanzas de que se casara con ella. Toda su vida le pasó por la mente mientras sostenía en la mano el frasco de píldoras. No sabía qué hora era cuando, al final, sonó el teléfono. Se asombró al comprobar que eran las cinco de la madrugada y se preguntó si sería Tana. Quizá había muerto su amigo. Tomó el auricular con mano temblorosa y no reconoció la voz que se identificó como John.

–¿John?

–John York, el marido de Ann. Estamos en Palm Beach.

–Ah, claro.

Pero aún estaba aturdida y las emociones de la noche la habían dejado agotada. Dejó las píldoras sobre la mesa; ya se encargaría de ellas más tarde. No podía comprender por qué la llamaban, pero John York se lo explicó.

—Es Arthur. Ann ha pensado que debíamos llamar. Acaba de sufrir un infarto.

—Oh, Dios mío —exclamó Jean, echándose a llorar—. Pero ¿está bien? ¿Está...?

—Ahora está bien, pero el ataque ha sido bastante grave. Ocurrió hace unas horas y la situación todavía es delicada. Por eso te llamamos.

—Oh, Dios mío...

Mientras ella pensaba en quitarse la vida, Arthur había estado a punto de morir. ¿Y si se hubiera...? Se estremeció al pensarlo.

—¿Dónde está ahora?

—En el hospital Mercy. Ann ha pensado que tal vez querrías venir.

—Pues claro. —Se levantó con el teléfono en la mano, tomó un lápiz y un bloc de notas y tiró, sin querer, el frasco que contenía las píldoras. Volvía a ser la misma de siempre. Era increíble lo que había estado a punto de hacer, ahora que él la necesitaba tanto. Le agradecía a Dios no haberlo hecho—. Dame la dirección, John. Tomaré el primer avión.

Garabateó el nombre, la dirección del hospital y el número de la habitación; preguntó si necesitaban algo y, al cabo de unos momentos, colgó el teléfono. Cerró los ojos y cuando volvió a abrirlos se echó a llorar, pensando en Arthur y en lo que hubiera podido ocurrir.

10

Al mediodía siguiente, Harrison Winslow envió el automóvil a Berkeley para recoger a Tana y se fueron a almorzar al Trader Vic's. Reinaba en el local un ambiente de fiesta y la comida fue estupenda. El restaurante se lo habían indicado a Harrison los del hotel. Lo pasó muy bien en compañía de la chica, hablando de Harry y de otras cosas. Ella le habló de Freeman Blake, de su amiga muerta y de Miriam, que la había convencido de que estudiara derecho.

—Espero sobrevivir, porque es más difícil de lo que suponía —dijo sonriendo.

—¿Crees de veras que Harry podría hacer algo semejante?

—Puede hacer cualquier cosa que se proponga. Lo malo es que prefiere andar tonteando por ahí —contestó Tana ruborizándose.

—Estoy de acuerdo. Le gusta mucho tontear. Creo que es hereditario. Pero la verdad es que yo era mucho más serio que él a su edad, y que mi padre era un hombre muy instruido. Incluso escribió dos libros de filosofía.

Pasaron un buen rato charlando animadamente y Tana pensó que hacía tiempo que no disfrutaba tanto. Al fin, sintió remordimientos y miró el reloj. Compraron una bolsa de pastelillos y se fueron al hospital. Tana insistió en llevarle una bebida al joven. Harry tomó un buen sorbo y sonrió.

—Feliz Navidad —dijo, pero Tana comprendió que no le gustaba que ella y su padre se hubieran hecho amigos.

Cuando Harrison salió un momento de la habitación y bajó al vestíbulo para hacer una llamada, el muchacho la miró enfurecido.

—¿Por qué estás tan contenta? —Era bueno que se enojara, a Tana no le importaba. Le ayudaría a reaccionar—. Ya sabes lo que pienso de mi padre. No dejes que te engañe con sus mentiras.

—No lo hace. No hubiera venido si no le importaras. No seas tan terco y dale una oportunidad.

—Vamos, mujer. —Hubiera salido de la habitación dando un portazo, de haber podido—. Menuda mierda me estás diciendo. ¿Es eso lo que te ha contado?

No podía decirle lo que Harrison le había contado, porque él no hubiera querido, pero sabía lo que aquel hombre sentía por su hijo y estaba convencida de su sinceridad. Cada vez le apreciaba más y hubiera deseado que Harry fuera más amable con él.

—Es un hombre honrado. Dale una oportunidad.

—Es una mala persona y le odio con toda mi alma.

Harrison Winslow entró en aquel momento y oyó las palabras de su hijo. Tana palideció y Harrison se apresuró a tranquilizarla.

—No es la primera vez que lo oigo. Y estoy seguro de que no será la última.

—¿Por qué demonios no has llamado a la puerta antes de entrar? —le preguntó Harry, furioso.

—¿Acaso te molesta que lo haya oído? ¿Qué importa? Me lo has dicho muchas veces a la cara. ¿Es que te has vuelto más discreto? ¿O menos valiente? —inquirió Harrison, irritado.

—Ya sabes lo que pienso de ti —contestó Harry con ojos encendidos—. Nunca estabas a mi lado cuando te necesitaba. Siempre estabas en algún maldito lugar con una mujer, en un balneario, en algún sitio con tus amigos... –Apartó los ojos–. No quiero hablar de eso.

–Sí quieres –dijo Harrison, acercando una silla y sentándose a su lado–. Y yo también. Tienes razón, yo no estaba. Pero tú tampoco. Estabas en aquellos internados en los que preferías vivir y te comportabas como un chiquillo insoportable cada vez que intentaba acercarme.

–¿Y por qué no iba a comportarme así?

–Tú sabrás. Nunca me concediste una oportunidad desde que murió tu madre. Cuando tenías seis años comprendí que me odiabas. Entonces pude aceptarlo. Pero, a tu edad, cabría esperar que fueras más inteligente o, por lo menos, más compasivo. No soy tan malo como crees, ¿sabes?

Tana se sentía muy incómoda y hubiera deseado esfumarse, pero a ninguno de ellos parecía preocuparle su presencia. Mientras los escuchaba, se percató de que había olvidado llamar a su madre. Decidió hacerlo en cuanto saliera del hospital o incluso desde alguno de los teléfonos del vestíbulo, pero no podía abandonar la habitación en aquellos momentos en que se estaba librando una encarnizada batalla.

–Me gustaría saber por qué demonios has venido –dijo Harry.

–Porque eres mi hijo. El único que tengo. ¿Quieres que me vaya? –Harrison se levantó y añadió en tono pausado–: Me iré cuando quieras, no te impondré mi presencia, pero tampoco permitiré que te sigas engañando y creyendo que me importas un comino. Eso del pobre niño rico es muy bonito, pero falso. Te quiero mucho. –Se le quebró la voz y, al verle luchar con sus propias emociones y con sus palabras, Tana se conmovió–. Te quiero muchísimo, Harry. Siempre te he querido y siempre te querré.

Se acercó a la cama, se inclinó, besó suavemente a su hijo en la frente y abandonó la habitación. Harry apartó la mirada y cerró los ojos. Cuando los abrió, vio que Tana estaba llorando.

—Vete —le dijo.

La joven asintió en silencio y salió; mientras cerraba la puerta, oyó los sollozos de Harry desde la cama. Respetaba su necesidad de estar solo y comprendió que las lágrimas le serían beneficiosas.

Harrison la esperaba fuera y, al verla, sonrió un poco más tranquilo.

—¿Cómo está?

—La discusión le sentará bien. Necesitaba oír lo que usted le ha dicho.

—Y yo necesitaba decírselo. Ahora, también yo me siento mejor. —Se acercó a Tana y la tomó de un brazo, como si fueran amigos de toda la vida. Una vez en el vestíbulo, le preguntó sonriendo—: ¿Adónde vas ahora?

—A casa, supongo. Tengo mucho trabajo que hacer.

—Tonterías. ¿Te gustaría hacer novillos e ir al cine con un viejo? Mi hijo acaba de echarme de su habitación, no conozco a nadie en esta ciudad y estamos en Navidad. ¿Qué te parece?

Ella sonrió; le resultaba imposible decirle que tenía que volver a casa; deseaba estar a su lado.

—Es que tengo que irme a casa.

Pero no lo dijo muy convencida y Harrison se acomodó sin más a su lado, en el asiento del automóvil.

—Bueno, ahora que ya hemos eliminado este obstáculo, ¿adónde vamos?

Tana rió como una chiquilla. Harrison le pidió al chófer que diera un paseo por la ciudad. Más tarde, compraron un periódico, eligieron una película, comieron unas palomitas de maíz y se fueron a cenar y tomar unas copas al bar de L'Étoile. Tana se sentía como una chiquilla mimada. Harry le había dicho que aquel hombre era un sinvergüenza, pero ella ya no lo creía porque nunca había sido más feliz. Cuando la acompañó de nuevo a Berkeley y la estrechó entre los brazos y la besó, fue como si ambos se hubieran pasado toda la vida aguardando aquel momento. Harrison la miró, le acarició los labios con la yema de los dedos y no experimentó el menor remordimiento, porque llevaba muchos años sin sentirse tan dichoso.

—Tana, amor mío, nunca he conocido a nadie como tú. —Volvió a abrazarla y besarla y ella se sintió envuelta por un calor y una seguridad que jamás había soñado alcanzar. Harrison hubiera querido tenerla consigo toda la vida, pero pensó que debía de estar loco. Era la amiga de Harry, su chica. Y, aunque ambos insistían en que sólo eran amigos, él intuía que había algo más, por lo menos por parte de Harry—. Dime la verdad, Tana —dijo mirándola a los ojos—: ¿Estás enamorada de mi hijo?

La joven meneó la cabeza. El chófer había bajado para dar un discreto paseo. El automóvil se hallaba estacionado ante la residencia de Tana.

—No. Jamás he estado enamorada de nadie... hasta ahora. —Eran palabras muy audaces y, puesto que Harrison había sido sincero con ella desde un principio, decidió contarle toda la verdad—. Me violaron hace cuatro años. Eso me dejó paralizada, era como si mi reloj emocional ya no funcionara. Me pasé los dos primeros años de estudios superiores sin salir con nadie, hasta que al final Harry me obligó a salir algunas veces con un amigo suyo. Pero no me interesó; y aquí no salgo con nadie. Lo único que hago es trabajar.

Le sonrió con ternura. Se estaba enamorando del padre de su mejor amigo.

—¿Lo sabe Harry?

—¿Que me violaron? Sí, acabé diciéndoselo. Yo le parecía un poco rara y tuve que decirle por qué. Mejor dicho, él vio al tipo en una fiesta a la que asistimos, y lo adivinó.

–¿Era algún conocido? –preguntó Harrison, aterrado.

–Era el hijo del jefe de mi madre. Bueno, en realidad es el jefe y el amante. Fue horrible.

Él la atrajo de nuevo a sus brazos y comprendió muchas cosas. Se preguntó si aquélla sería la razón de que Harry nunca hubiera querido ser más que un amigo, si bien intuía que el deseo estaba allí, aunque Tana no supiera reconocerlo. Comprendió también lo que sentía por la chica. Jamás se había sentido tan atraído por nadie desde que conoció a su esposa, veintiséis años antes. Pensó después en la diferencia de edad y se preguntó si ella tendría algún reparo. Le llevaba treinta años y muchos se escandalizarían.

–¿Y qué? –le dijo Tana cuando Harrison le expresó sus temores–. ¿Qué nos importan los demás?

Esta vez fue ella quien le besó, sintiendo que en su interior se despertaba algo que jamás había conocido, una pasión y un deseo que sólo él podía colmar.

Se pasó toda la noche agitándose y dando vueltas en la cama, lo mismo que él. Le llamó a las siete de la mañana del día siguiente y Harrison se sorprendió de la llamada. De haber sabido cuáles eran los sentimientos de Tana, su sorpresa aún hubiera sido mayor.

–¿Qué estás haciendo despierta a esta hora, pequeñaja?

–Pensar en ti.

Él se sintió halagado, conmovido y orgulloso. Pero lo más importante era que Tana confiaba en él como jamás había confiado en nadie, ni siquiera en su hijo, porque representaba para ella una serie de cosas, incluso al padre al que nunca conoció. Era como todos los hombres en uno y se hubiera asustado de saber todo lo que la joven esperaba de él. Visitaron a Harry, y almorzaron y cenaron juntos. Harrison deseaba acostarse con ella, pero el instinto le decía que no debía hacerlo, que era peligroso, que se establecería entre ambos un vínculo duradero que sería un error.

Durante dos semanas salieron juntos, pasearon, se besaron y se acariciaron. Visitaban a Harry por separado, por temor a que él averiguara lo que ocurría. Por fin, un día, Harrison se sentó junto al lecho de su hijo. Tenía que aclarar aquella cuestión porque no quería lastimar a la chica y ansiaba ofrecerle algo que no ofrecía a nadie desde hacía muchos años: su corazón y su vida. Deseaba casarse con Tana, pero quería conocer los sentimientos de su hijo antes de que fuera demasiado tarde, antes de lastimar a otras personas y, especialmente, a Harry, a quien tanto quería. Por él estaba dispuesto a sacrificarlo todo, incluso el amor que sentía por aquella chica.

—Quiero preguntarte una cosa, y te ruego que me contestes con toda sinceridad.

Gracias a los esfuerzos de Tana, ambos habían firmado una tregua desde hacía un par de semanas y Harrison ya empezaba a recoger los frutos.

—¿De qué se trata? —preguntó Harry, mirándole con recelo.

—¿Qué hay entre ti y esta encantadora muchacha?

Harrison trató de conservar una expresión impasible y rezó para que su hijo no se diera cuenta de nada. Tenía la sensación de llevar encima un rótulo de neón.

—¿Tana? —preguntó Harry, encogiéndose de hombros.

—Ya lo has oído.

Toda su vida, y también la de Tana, dependía de esa contestación.

—¿Por qué? ¿A ti qué te importa? —Harry estaba inquieto y le dolía mucho el cuello—. Ya te lo he dicho, es mi amiga.

—Te conozco mejor de lo que imaginas, tanto si ello te gusta como si no.

—¿Y qué? Eso es todo lo que hay. Jamás me he acostado con ella.

Harrison ya lo sabía, pero no se lo dijo.

–Eso no significa nada. Podría tener que ver con ella y no contigo.

No había la menor intención humorística ni en su mirada ni en sus palabras. Se trataba de un asunto muy serio; pero Harry se echó a reír y le dio la razón.

–Es cierto, podría. –Miró al techo y se sintió unido a su padre por una intimidad desconocida hasta aquel momento–. No sé, papá... Me volví loco por Tana cuando la conocí, pero ella estaba encerrada en sí misma, y aún lo está. –Le habló de la violación y Harrison fingió no saber nada–. Jamás he conocido a nadie como Tana. Creo que siempre he estado enamorado de ella, pero no se lo he dicho para no estropearlo todo. De esta manera no se irá. De otro modo es posible que lo hiciera. –Se le llenaron los ojos de lágrimas–. No podría soportar perderla, la necesito demasiado. –Harrison se notó el corazón pesado como una roca, pero tenía que pensar en su hijo. Era lo único que le importaba, lo único que le iba a importar a partir de entonces. Al fin, le había encontrado y no quería volverle a perder. Ni siquiera por Tana, a la que tan desesperadamente amaba. Las palabras de Harry le quemaron las entrañas como si fueran de fuego–. La necesito tanto...

Lo malo era que Harrison también la necesitaba y no se la podía quitar en aquellos momentos...

–Uno de estos días tendrías que atreverte a decírselo. Puede que ella también te necesite.

Harrison sabía lo sola y aislada que estaba Tana; ni siquiera Harry se había dado plena cuenta de ello.

–¿Y si pierdo?

–Así no se puede vivir, hijo. Temiendo perder, temiendo vivir, temiendo morir. De ese modo nunca ganarás. Tana lo sabe mejor que nadie. Es la lección que puedes aprender de ella.

Él también había aprendido algunas, pero tendría que olvidarlas.

–Es la persona más valiente que conozco... menos en sus tratos con los hombres. En eso me da mucho miedo –dijo Harry.

–Dale tiempo. Mucho tiempo. –Trató de que no se le quebrara la voz. No podía permitir que Harry lo supiera–. Y mucho amor.

El hijo guardó silencio, mientras escudriñaba los ojos de su padre. A lo largo de dos semanas y media habían empezado a descubrirse de verdad mutuamente.

–¿Crees que podría enamorarse de mí?

–Es posible. –A Harrison se le estaba desgarrando el corazón–. Aunque ahora tienes muchas otras cosas en que pensar. Cuando te levantes –evitó decir «te pongas de pie»– y salgas de aquí, podrás empezar a pensar en eso.

Ambos sabían que no había quedado totalmente inútil desde el punto de vista sexual. El médico les dijo que, con un poco de habilidad, Harry podría volver a tener algún día una vida sexual casi regular y que hasta podría llegar a fecundar a su mujer, cosa que a Harry no le interesaba demasiado en aquellos momentos; pero Harrison sabía que, algún día, podría llegar a ser muy importante para él. Sabía lo mucho que le gustaría tener un hijo de Tana. Aquella idea estuvo a punto de hacerle llorar.

Estuvieron charlando un rato y luego Harrison se fue. Aquella noche hubiera tenido que cenar con Tana, pero la llamó para anular la cita. Le explicó por teléfono que había recibido un montón de telegramas y tenía que preparar las respuestas. Al día siguiente almorzaron juntos y Harrison decidió hablarle con franqueza. Fue el peor momento de su vida desde que había fallecido su esposa. Estaba muy triste. Y, en cuanto se reunió con él en el restaurante, Tana comprendió que le iba a dar una mala noticia.

–Ayer estuve hablando con Harry –le dijo él, tratando de reprimir la emoción–. Tenía que hacerlo por el bien de los dos.

—¿Sobre nosotros? –preguntó Tana, asombrada.

Era demasiado pronto. Aún no había ocurrido nada. Se trataba de un inocente idilio. Pero Harrison meneó la cabeza.

—Sobre él y sobre lo que siente por ti. Tenía que saberlo antes de que las cosas llegaran demasiado lejos. –Tomó una mano de la joven y la miró a los ojos–. Tana, quiero que sepas que estoy enamorado de ti. Sólo he amado a una mujer en mi vida como creo amarte a ti, y fue mi esposa. Pero también amo a mi hijo y no quisiera lastimarle, por muy malvado que él piense que soy. Me hubiera casado contigo, pero no puedo hacerlo porque ahora sé cuáles son los sentimientos de Harry. Está enamorado de ti.

—¿Cómo? –preguntó la muchacha, asombrada–. ¡No es posible!

—Sí. Lo que ocurre es que teme decírtelo. Me contó que te habían violado y me habló de tu actitud para con los hombres. Espera una oportunidad desde hace años, pero no cabe duda de que está enamorado de ti. Él mismo lo reconoció. –En sus ojos se reflejaba una profunda tristeza.

—Oh, Dios mío –exclamó Tana–. Pero yo no lo estoy de él. No creo que pueda enamorarme jamás.

—Lo suponía. Pero eso lo tenéis que resolver los dos. El día que se atreva a declararse, tendrás que afrontar la situación. Quería saber lo que él sentía, y sé lo que sientes tú. Lo sabía ya antes de hablar con él. –Las lágrimas asomaron a sus ojos–. Cariño, te quiero más que a mi propia vida, pero, si ahora me fuera contigo, si tú estuvieras dispuesta a venir conmigo, mataría a mi hijo. Destrozaría su corazón y quizá destruyera algo que le hace mucha falta. Y no puedo hacer eso. Y tú tampoco.

Tana se echó a llorar mientras él la estrechaba con lágrimas en los ojos. Ni allí ni en ninguna otra parte tenían nada que ocultar, sólo en presencia de Harry. Era la jugarreta más cruel que le había gastado la vida hasta entonces; el primer hombre al que amaba no podía amarla a causa de su hijo, que era su mejor amigo y al que estimaba mucho, pero de otra manera. Tana tampoco quería lastimar a Harry, pero estaba locamente enamorada de Harrison. Fue una velada terrible, llena de lágrimas y congojas. Tana deseaba acostarse con él a pesar de todo, pero él se negó a ello.

—Después de la espantosa experiencia que tuviste, la primera vez que eso ocurra tiene que ser con el hombre adecuado.

Estuvo muy amable y cariñoso con ella, la abrazó mientras lloraba y hasta hubo un momento en que estuvo a punto de echarse también a llorar. Pasaron una semana muy triste y, al final, Harrison regresó a Londres. Tana tuvo la impresión de haber sido abandonada en una playa desierta. Estaba sola con sus estudios y de nuevo con Harry. Iba al hospital todos los días, se llevaba consigo los libros y estaba pálida y ojerosa.

—Da gusto verte, oye. ¿Qué demonios te ocurre? ¿Estás enferma? —le preguntó él.

Poco faltaba para que lo estuviera, pero sabía que había hecho lo que debía, por muy doloroso que fuera. Ella y Harrison habían hecho lo que debían por alguien a quien amaban. Y ahora se mostraba implacable con Harry; le obligaba a hacer lo que le decían las enfermeras, le estimulaba, le halagaba, le insultaba y le animaba cuando hacía falta. Se mostraba infatigable y abnegada hasta extremos inimaginables, y cuando Harrison la llamaba desde apartados rincones del mundo, a Tana se le volvía a alegrar el corazón. Pero él no quería retroceder. Había hecho un sacrificio por el bien de su hijo, y Tana tenía que aceptarlo. No le ofreció ninguna alternativa. Y tampoco se la ofreció a sí mismo, pese a constarle que jamás se recuperaría de lo que sentía por ella. Confiaba en que Tana lo consiguiera. Tenía toda la vida por delante y era de esperar que encontrara al hombre adecuado.

11

El sol inundaba la estancia y Harry intentaba leer un libro. Ya se había pasado una hora en la piscina y dos en la sala de recuperación, y estaba hasta la coronilla de aquel programa. Estaba harto de hacer siempre lo mismo, ya no podía soportarlo por más tiempo. Consultó el reloj y vio que Tana estaba a punto de llegar. Llevaba más de cuatro meses en el Letterman, y la joven acudía a verle cada día, llevando montañas de papeles, cuadernos y libros. Casi inmediatamente se abrió la puerta y apareció Tana. Había adelgazado mucho en un mes. Trabajaba demasiado y el hecho de ir y venir entre Berkeley y el hospital le suponía un duro esfuerzo. El padre de Harry quiso comprarle un automóvil, pero la muchacha se negó en redondo.

–Hola, chico, ¿se te ha levantado, o es una grosería preguntarlo? –inquirió sonriendo.

–Eres imposible, Tan –contestó Harry, soltando una carcajada. Ya había empezado a animarse un poco en ese sentido. Habían transcurrido cinco semanas desde que hiciera el amor con una enfermera, poniendo un poco de imaginación aquí y allá, tal como le explicó a su terapeuta. El acto fue bastante satisfactorio para ambos, y a él no le importó que ella tuviera novio. El amor no intervino para nada y no tenía la menor intención de probar suerte con Tan, que significaba demasiado para él, tal como se lo confesó a su padre. Bastantes problemas tenía ya–. ¿Qué has hecho hoy?

Tana lanzó un suspiro y se sentó, sonriendo con tristeza.

–¿Qué hago siempre? Pasarme las noches estudiando, entregar trabajos y examinarme. No sé si voy a soportar otros dos años en este plan.

–Pues claro que sí –le dijo Harry.

Tana era la luz de su vida y se hubiera sentido perdido sin sus cotidianas visitas.

–¿Por qué estás tan seguro?

La joven dudaba de ello muchas veces, pero siempre lograba seguir adelante. No quería detenerse. No podía desilusionar a Harry, no podía fracasar en sus estudios.

–Eres la persona más valiente que conozco. Lo conseguirás, Tan.

Ambos solían infundirse mutuamente valor y confianza. Cuando él se deprimía, ella le reprendía, le gritaba hasta hacerle llorar y le obligaba a hacer todos los ejercicios que tenía que hacer. Y, cuando Tana pensaba que ya no podría soportar un día más en la Boalt, Harry la ayudaba a preparar los exámenes, la despertaba por teléfono después de haberla dejado dormir un rato y le subrayaba los libros de texto. Le miró sonriendo.

–Además, estudiar derecho no es tan difícil. He echado un vistazo a los libros que te dejas por ahí.

Era lo que Tana pretendía; pero se volvió a mirarle con aire de fingida indiferencia.

–Ah, ¿sí? Pues entonces ¿por qué no lo pruebas?

–¿Y por qué tengo que esforzarme?

–No tienes nada que hacer. Como no sea quedarte ahí sentado y pellizcarle el trasero a las enfermeras. ¿Cuánto piensas que va a durar esto? Te van a echar de aquí en junio.

–Eso todavía no es seguro.

La idea le ponía nervioso. No estaba preparado para volver a casa. Además, ¿a qué casa iba a volver? Su padre viajaba mucho y, aunque quisiera, no podría estar pendiente de él. Podría ir a un hotel, desde luego, y tenía el apartamento del Pierre, en Nueva York; pero iba a sentirse muy solitario.

—Parece que no te atrae demasiado la idea de volver a casa —le dijo Tana, estudiándole el rostro.

Harrison la llamó desde Ginebra para discutir el asunto. La llamaba por lo menos una vez a la semana para averiguar cómo seguía Harry. Tana sabía que la seguía queriendo como ella a él, pero que la decisión tomada era irrevocable. Harrison Winslow jamás traicionaría a su hijo. Y ella lo comprendía.

—No tengo ninguna casa adonde ir, Tan.

A la joven se le había ocurrido una idea y pensó que tal vez fuera conveniente contársela.

—¿Y si te vinieras a vivir conmigo?

—¿En aquella habitación tan horrible que tienes? —Harry soltó una carcajada—. Es malo estar sentado en una silla de ruedas, pero si tuviera que vivir en aquel cuchitril creo que me mataría. Además, ¿dónde dormiría? ¿En el suelo?

—No, tonto —contestó Tana, riendo al ver la mueca del chico—. Podríamos buscarnos un sitio que tuviera un precio razonable para que yo pudiera pagar mi parte.

—Pero ¿dónde?

La idea empezaba a gustarle.

—Pues no sé... ¿El Haight-Ashbury, tal vez? —El movimiento hippie empezaba a sentar allí sus reales y Tana había visitado el hotel aquellos días. Pero era una broma. A menos que se vistiera uno con holgadas túnicas y se drogara con LSD, vivir allí hubiera sido imposible—. En serio, podríamos encontrar algún sitio.

—Tendría que tener una planta baja —dijo Harry, contemplando la silla de ruedas adosada a la cama.

–Lo sé. Y se me ocurre otra idea.

–¿Y ahora, qué? –preguntó el joven, repantigándose en las almohadas y mirándola con afecto. A pesar de lo difíciles que habían sido aquellos meses, estaban muy unidos–. Es que no me dejas ni un momento tranquilo. Siempre se te ocurre algún maldito plan o proyecto. Me tienes agotado, Tan.

Pero no era una queja y ambos lo sabían.

–Eso es bueno para ti, ya lo sabes.

Harry lo sabía, pero no quería darle la satisfacción de reconocerlo.

–Bueno, ¿qué idea se te ha ocurrido?

–¿Qué te parece si te matricularas en la Boalt?

Él la miró perplejo.

–¿Yo? ¿Estás *loca*? ¿Qué iba a hacer yo allí?

–Probablemente hacer trampa. Pero, a falta de eso, podrías matarte a estudiar, tal como lo hago yo todas las noches. De ese modo, no tendrías que pasarte el rato hurgándote las narices.

–Menuda imagen te has formado de mí, encanto –dijo Harry, haciéndole una reverencia desde la cama–. ¿Y por qué quieres que me torture en la facultad de derecho? No tengo por qué cometer esta idiotez.

–Se te daría muy bien.

Le miró muy seria y él trató de discutir; pero lo peor era que la idea le gustaba.

–Pretendes destrozar mi vida.

–Sí –dijo Tana sonriendo–. ¿Presentarás la instancia?

–Lo más probable es que no me acepten. Mis calificaciones nunca fueron tan buenas como las tuyas.

–Ya he hecho averiguaciones y podrías presentar una instancia en calidad de veterano de guerra. Es posible que hicieran una excepción –dijo, procurando no herirle con sus palabras, pero él se molestó.

–Dejemos ese asunto. Si te aceptaron a ti, también pueden aceptarme a mí.

De repente, experimentó el deseo de hacerlo y casi se preguntó si no se habría sentido excluido viéndola estudiar tanto mientras él se pasaba todo el día tendido en la cama, viendo cómo iban cambiando los turnos de las enfermeras.

A la tarde siguiente, Tana le llevó los impresos de la instancia y ambos reflexionaron sobre las respuestas. Por fin, la enviaron. Tana ya había empezado a buscar apartamento. Tenía que ser un sitio adecuado para Harry.

Acababa de ver dos que le gustaban cuando su madre la llamó una tarde, a finales de mayo. Era una casualidad que Tana estuviera en casa a aquella hora, pero tenía muchas cosas que hacer y sabía que Harry se encontraba bien. La avisó una de las chicas que ocupaba otra habitación del pasillo. Pensó que era Harry, deseoso de saber cómo marchaba el asunto de los apartamentos. Uno de ellos estaba en Piedmont y, sabiendo lo esnob que era él, estaba segura de que le iba a gustar mucho. Pero primero quería asegurarse de que el precio estuviera a su alcance. La joven no tenía ingresos tan elevados como Harry, aunque ya había encontrado un buen trabajo para el verano. Más adelante quizá...

—¿Diga? —Oyó el zumbido característico de una conferencia y le dio un vuelco el corazón: creyó que era Harrison. Harry nunca supo lo que hubo entre ambos, ni el sacrificio que habían hecho—. ¿Diga?

—¿Tana?

Era su madre.

—Ah, hola, mamá.

—¿Ocurre algo? —le preguntó Jean, extrañada por el tono de su hija.

—No; pensaba que era otra persona. ¿Qué ha pasado?

Era insólito que su madre la llamara a aquella hora. Quizá Arthur había sufrido otro ataque. Había permanecido tres meses en Palm Beach y Jean se quedó con él.

Ann, John y Billy volvieron a Nueva York, y Jean le estuvo cuidando cuando le dieron de alta en el hospital. Llevaban dos meses en Nueva York, y Jean debía de estar muy ocupada porque no llamaba casi nunca a su hija.

—No sabía si te encontraría a esta hora.

Estaba nerviosa y parecía no saber qué decir.

—Suelo estar en el hospital, pero hoy tenía quehacer aquí.

—¿Cómo está tu amigo?

—Mejor. Le darán de alta dentro de un mes. Le estoy buscando un apartamento.

Aún no le había dicho que iban a vivir juntos. A ella le parecía perfectamente lógico, pero sabía que su madre no iba a comprenderlo.

—¿Podrá vivir solo? —preguntó Jean, sorprendida de ello.

—Probablemente sí, en caso necesario. Pero no creo que lo haga.

—Es más prudente —dijo Jean sin saber a qué se refería Tana. En aquel momento tenía otras preocupaciones en la cabeza—. Quería decirte una cosa, cariño.

—¿Qué es?

No sabía cómo iba a reaccionar, pero ya no podía seguir ocultándolo.

—Arthur y yo vamos a casarnos —dijo, conteniendo la respiración.

—¿Qué dices?

—Que nos vamos a casar. Yo... él piensa que se está haciendo mayor, que hemos sido unos tontos.

Se le trabó la lengua, mientras repetía algunas de las cosas que Arthur le había dicho; y enrojeció como un tomate, pensando en lo que iba a decir Tana. Sabía que Arthur jamás le había gustado, pero tal vez ahora...

—Tú no te has comportado como una tonta, mamá. Lo ha hecho él. Hubiera tenido que casarse contigo hace quince años. —Frunció el ceño, pensando en lo que su madre acababa de decirle–. ¿Es eso lo que de veras quieres, mamá? Arthur no es muy joven y está enfermo... Es como si hubiera estado ahorrando lo peor para ti.

Lo que decía era duro, pero cierto.

Arthur no quiso casarse con Jean hasta que sufrió el ataque de corazón. Se pasó años sin pensarlo. En realidad, no lo pensaba desde que su mujer había regresado del hospital, hacía dieciséis años. Pero de repente todo había cambiado, y Arthur había caído en la cuenta de que era un ser mortal.

–¿Estás segura?

–Sí, Tana, lo estoy. –Su madre parecía extrañamente serena. Era lo que esperaba desde hacía casi veinte años y no hubiera renunciado a ello por nada, ni siquiera por su única hija. Tana tenía su propia vida y ella sin Arthur carecía de todo. Se alegraba mucho de que por fin se casara con ella. Vivirían muy a gusto juntos y ella podría descansar un poco. Tantos años de soledad y preocupaciones: si vendría, si no vendría, si convendría que se lavara el cabello y, después, por si acaso... Y Arthur se pasaba dos semanas sin aparecer, hasta la noche en que Tana tenía la gripe o ella estaba resfriada. Ahora todo había terminado y empezaría la verdadera vida. Se lo había ganado a pulso e iba a disfrutarlo todo lo que pudiera–. Estoy completamente segura.

–Muy bien, pues. –Tana no se mostró demasiado entusiasmada–. Supongo que tendría que felicitarte o hacer algo por el estilo. –Pero, en cierto modo, no le apetecía. Le parecía que su madre llevaría una vida burguesa de lo más aburrida y, después de todos los años que se había pasado esperándole, le hubiera gustado que le mandara al infierno. Pero eso lo pensaba ella, no Jean–. ¿Cuándo os casáis?

–En julio. Vas a venir, ¿verdad, cariño?

Se había vuelto a poner nerviosa y Tana asintió. De todos modos, tenía la intención de irse a pasar un mes a casa. En verano trabajaría en un bufete jurídico, y sus jefes comprenderían que quisiera tomarse unas vacaciones, o eso le dijeron, por lo menos.

—¿Podría venir Harry? –preguntó.

—¿En una silla de ruedas? –exclamó su madre, horrorizada.

Algo se crispó en el interior de Tana.

—Claro. No le queda más remedio.

—Pues no sé... Creo que sería embarazoso para él. No sé, con tanta gente como habrá. Y tendré que preguntarle a Arthur qué le parece...

—No te molestes. –Tana hubiera querido estrangular a alguien y especialmente a su madre–. De todos modos, no podré.

Las lágrimas asomaron a los ojos de Jean. Comprendió lo que acababa de hacer, pero ¿por qué era Tana siempre tan difícil y obstinada en todas las cosas?

—Tana, por favor. Es que... ¿Por qué quieres traerle?

—Porque lleva seis meses en una cama de hospital y no ha visto a nadie más que a mí y, a lo mejor, le sería beneficioso. ¿No se te ha ocurrido pensarlo? Teniendo en cuenta que eso no le ocurrió en un accidente de tráfico, sino defendiendo un apestoso país en el que no tenemos ningún derecho a estar. Lo mínimo que puede hacer ahora la gente por él es demostrarle un poco de gratitud y amabilidad...

Estaba furiosa y Jean se asustó.

—Sí, claro... Lo comprendo... No hay razón para que no pueda venir. –Sin que viniera a cuento, añadió–: John y Ann van a tener otro hijo, ¿sabes?

—¿Y eso qué demonios tiene que ver con lo que estamos hablando?

Era inútil hablar con su madre. Ya nunca estaban de acuerdo en nada. Tana se había dado por vencida.

—Pues ya podrías empezar a pensar en eso. Tienes casi veintitrés años.

—Estoy estudiando derecho, mamá. ¿Tienes idea de lo que eso significa? ¿De lo mucho que trabajo noche y día? ¿Tienes idea de lo ridículo que sería pensar ahora en matrimonio y en hijos?

—Pues lo será siempre como sigas perdiendo el tiempo con Harry, ¿sabes?

Siempre la estaba pinchando a propósito del joven y Tana se enfureció al oírla.

—Que te crees tú eso —replicó con un fuego en los ojos que su madre no pudo ver—. Aún la puede levantar.

—¡Tana! —exclamó Jean, escandalizada ante la vulgaridad de su hija—. Es repugnante que hables así.

—Pero es lo que querías saber, ¿no? Pues bueno, mamá, tranquilízate, aún le funciona. Tengo entendido que jodió a una enfermera hace unos días y a ella le pareció estupendo. ¿Te sientes mejor ahora?

—Tana, algo te ha ocurrido.

La joven pensó en las muchas horas de agotador estudio, en el imposible amor que sentía por Harrison, en el dolor de ver a Harry regresar tullido de Vietnam... Su madre tenía razón. Le había ocurrido algo. Mejor dicho, le habían ocurrido muchas cosas.

—Creo que he madurado. Y eso no siempre es agradable, ¿verdad, mamá?

—No tiene por qué ser feo ni ordinario, salvo en California, supongo. Deben de ser unos salvajes en esa universidad.

—Creo que sí. —Tana se echó a reír, pensando que vivían en mundos distintos—. Sea como fuere, felicidades, mamá. —Se le ocurrió que ella y Billy iban a ser hermanastros y la idea le produjo náuseas. Billy asistiría a la boda y ella no podría soportarlo—. Intentaré ir.

—Muy bien. —Jean suspiró, pensando en lo agotador que era hablar con su hija—. Y tráete a Harry si no hay más remedio.

—Ya veré si le apetece. Primero quiero sacarle del

hospital. Después tenemos que hacer el traslado al apartamento...

Las palabras se le escaparon sin querer y, en el otro extremo de la línea telefónica, se produjo un silencio abrumador. Aquello iba a ser demasiado.

—Pero ¿es que vas a *vivir* con él?

—Sí —contestó Tana, respirando hondo—. No puede vivir solo.

—Pues que su padre contrate a una enfermera. ¿O es que te van a pagar un sueldo?

Jean podía ser tan ofensiva como su hija, cuando quería.

—En absoluto —contestó ésta, impertérrita—. Vamos a pagar el alquiler a medias.

—Has perdido el juicio. Lo menos que podría hacer sería casarse contigo. Si llegara el caso, yo acabaría con todo eso.

—No podrías si yo quisiera casarme con él, pero no quiero —contestó Tana, extrañamente serena—. Por consiguiente, tranquilízate, mamá. Sé que eso es muy duro para ti, pero tengo que vivir mi vida de acuerdo con mi manera de pensar. ¿Crees que podrás llegar a aceptarlo? —Hubo una larga pausa—. Ya sé que no es fácil.

Oyó que Jean se echaba a llorar.

—Pero ¿no ves que te estás destrozando la vida?

—¿Cómo? ¿Porque ayudo a un amigo en dificultades? ¿Qué hay de malo en ello?

—Que uno de estos días te vas a despertar y te darás cuenta de que has desperdiciado tu juventud, como lo hice yo. Aunque yo por lo menos no la desperdicié del todo: ya te tenía a ti.

—Puede que yo también algún día tenga hijos. Pero ahora no pienso en ello. Estudio para poder ejercer una carrera y hacer algo de provecho en la vida. Ya pensaré después en todo lo demás. Como hizo Ann.

Era una pulla amistosa y Jean la captó.

—No puedes tener un marido y una carrera.

—¿Por qué no? ¿Quién lo ha dicho?

—Es la verdad y basta.

—Tonterías.

—De ninguna manera. Si sigues con ese chico acabarás casándote con él. Y ahora es un inválido, no hay razón para que te compliques la vida. Búscate un chico normal.

—¿Por qué? —preguntó Tana, entristeciéndose por Harry—. También es un ser humano. Mucho más que la mayoría.

—Apenas conoces a otros chicos. No sales nunca.

Gracias a tu querido hijastro, mamá, pensó. Aunque, en realidad, últimamente la culpa la tenían los estudios. Desde lo de Harrison, su opinión acerca de los hombres había cambiado, y se mostraba más confiada y abierta con ellos, aunque todavía no hubiera encontrado a nadie que le igualara. De todos modos, no tenía tiempo para salir. Entre el hospital y la preparación de los exámenes... Todo el mundo se quejaba de lo mismo. La facultad de derecho era capaz de dar al traste con cualquier relación; e iniciar otra resultaba prácticamente imposible.

—Espera un par de años, mamá. Entonces seré abogada y estarás orgullosa de mí. Por lo menos, eso espero.

Pero ninguna de las dos estaba demasiado segura.

—Yo sólo deseo que lleves una vida normal.

—¿Qué es normal? ¿Es normal tu vida, mamá?

—Empezó siéndolo. Yo no tengo la culpa de que a tu padre le mataran y de que las cosas cambiaran a partir de entonces.

—Puede que no, pero has tenido que esperar veinte años para que Arthur Durning se case contigo. —Y, de no haber sufrido un ataque al corazón, tal vez nunca se hubiera casado con ella—. Tú elegiste esta alternativa. Yo también tengo derecho a elegir las mías.

—Es posible, Tan.

Pero no comprendía a la chica y ya ni siquiera lo intentaba. Ann Durning le parecía mucho más normal. Quería lo que quiere toda mujer en su sano juicio: un marido, una casa, unos hijos, vestidos elegantes; y, aunque se hubiera equivocado al principio, la segunda vez había sido más lista. Su marido acababa de regalarle una preciosa sortija de zafiros de Cartier, y eso era lo que Jean hubiera querido para su hija; pero a Tana le importaba todo un bledo.

—Te volveré a llamar muy pronto, mamá. Y felicita a Arthur de mi parte. Él es el más afortunado de los dos. Pero espero que tú también seas feliz.

—Pues claro que lo seré.

Pero, cuando colgó el teléfono, no estaba demasiado segura de ello. Tana le había dado un disgusto. Se lo comentó a Arthur, y éste le dijo que se tranquilizara. La vida era demasiado corta para que los hijos se la fastidiaran a uno. Él jamás permitía que eso ocurriera. Además, tenían otras cosas en qué pensar. Jean iba a cambiar toda la decoración de la casa de Greenwich, y quería comprar una vivienda en Palm Beach y un pequeño apartamento en la ciudad. Pensaba dejar el apartamento en el que había vivido durante tantos años. Tana se inquietó al enterarse.

—Ahora ni siquiera tengo una casa —le dijo a Harry.

—Hace años que yo no tengo ninguna —le contestó él, con indiferencia.

—Mi madre me dijo que siempre habrá una habitación para mí dondequiera que vivan. ¿Me imaginas pasando una noche en la casa de Greenwich después de lo que ocurrió? Tengo pesadillas sólo de pensarlo. Bueno, ya basta de hablar de estas cosas.

Estaba más deprimida de lo que quería reconocer y, aunque sabía que su madre deseaba casarse con Arthur, la idea la molestaba. Era todo tan burgués y aburrido, se decía. Sin embargo, lo que de veras la irritaba era que su madre aún se postrara a los pies de Arthur después de todo cuanto había tenido que aguantar. Al comentárselo a Harry, él le contestó:

—Te estás convirtiendo en una radical, Tan, y no sabes lo que esto me fastidia.

—¿Y tú te has parado a pensar que eres casi de extrema derecha? —replicó ella, ofendida.

—Puede que lo sea, pero eso no tiene nada de malo. Creo en ciertas cosas, Tan, y no son radicales, ni izquierdistas ni revolucionarias, pero considero que son buenas.

—Todo eso no es más que palabrería —dijo Tana con vehemencia. Ya habían discutido varias veces a propósito de Vietnam—. ¿Cómo demonios puedes defender lo que están haciendo esos imbéciles allí abajo?

Tana se levantó y Harry se la quedó mirando en silencio. Al final, el joven contestó:

—Porque yo fui uno de ellos. Sencillamente por eso.

—No es cierto. Tú fuiste un peón. ¿Acaso no te das cuenta? Te utilizaron para combatir en una guerra en la que no hubiéramos tenido que tomar parte, y en un lugar en el que no debiéramos estar.

—Quizá yo piense que sí —dijo Harry con serenidad.

—¿Cómo puedes decir semejante tontería? ¡Mira lo que te ocurrió allí abajo!

—De eso se trata precisamente. —Harry se incorporó en la cama y la miró como si quisiera estrangularla—. Si yo no me defiendo, si no creo en la razón por la que estuve allí, entonces, ¿para qué sirvió? —Las lágrimas asomaron a sus ojos—. ¿Qué significa, entonces, todo eso, maldita sea? ¿Por qué les di mis piernas, si no creo en ellos? ¡Dímelo! —Sus gritos se podían oír desde el pasillo—. Tengo que creer en ellos, ¿comprendes? Porque si no creyera, si pensara lo que tú, todo sería una farsa. Me hubiera podido atropellar un tren en Des Moines...

–Apartó el rostro y empezó a sollozar sin disimulo. Después se volvió a mirarla, todavía enojado, y le dijo–: ¡Y ahora, lárgate de mi habitación, maldita radical insensible!

Tana se fue y estuvo llorando durante todo el camino hasta llegar a la universidad. Sabía que él tenía razón..., desde su punto de vista. No podía permitirse el lujo de creer lo que ella, y, sin embargo, desde que Harry había regresado de Vietnam, experimentaba una furia desconocida, una cólera que nada ni nunca podría aplacar. Una noche, se lo comentó a Harrison por teléfono y él lo atribuyó a su juventud, pero ella sabía que había algo más. Estaba furiosa con todo el mundo porque habían mutilado a Harry y, si la gente aún estaba dispuesta a correr más riesgos políticos, a meterse en camisas de once varas, allá ellos. Hacía año y medio que habían asesinado al presidente de Estados Unidos. ¿Cómo era posible que nadie se percatara de lo que sucedía y de lo que tenía que hacer? Sin embargo, no quería lastimar a Harry con sus argumentos. Le llamó para disculparse, pero el joven no quiso ponerse al teléfono. Y, por primera vez en los seis meses y medio que llevaba en el Letterman, Tana se pasó tres días sin ir a verle. Cuando lo hizo, introdujo primero una rama de olivo a través de la puerta y, después, entró tímidamente en la habitación.

–¿Qué quieres ahora? –le preguntó Harry con tono desabrido.

–Pues, en realidad, el dinero del alquiler –contestó la joven sonriendo.

Él reprimió una sonrisa. Ya no estaba enojado con ella. Si se estaba convirtiendo en una radical ¿a él qué más le daba? Era lo típico en Berkeley. Ya lo superaría. Ahora, estaba más intrigado por lo que Tana acababa de decirle.

–¿Has encontrado un sitio?

–Pues claro –contestó ella–. Está en Channing Way.

Es una casa de dos dormitorios, con sala de estar y cocina. Todo en una planta baja. Por consiguiente, tendrás que reportarte o, por lo menos, decirles a tus amiguitas que no griten demasiado. ¡Te va a encantar!

Harry se alegró de la noticia y Tana le describió la vivienda con todo detalle. Aquel fin de semana, el médico le dio permiso para que le acompañara a ver la casa. La última operación se la habían practicado hacía seis semanas, y el proceso de recuperación seguía su curso. Habían hecho por él todo cuanto se podía hacer. Ya podía irse a casa. Harry y Tana firmaron el contrato de arrendamiento enseguida. El propietario no puso reparos al hecho de que no tuvieran el mismo apellido, y ellos no le dieron ninguna explicación. Luego, Tana acompañó a Harry al Letterman. Dos semanas más tarde, se instalaron en la casa. El muchacho tenía que resolver el problema del transporte para acudir a las sesiones de recuperación, pero Tana prometió llevarle. Una semana después de que ella se examinara, Harry recibió la carta de aceptación de la Boalt. Cuando Tana regresó a casa, le encontró aguardándola en la silla de ruedas; tenía lágrimas en los ojos.

—Me han aceptado, Tan. Y tú tienes la culpa.

Se abrazaron y se besaron, y él comprendió que la quería con toda su alma. Tana seguía pensando que era el mejor amigo que tenía.

Aquella noche, mientras le preparaba la cena, Harry descorchó una botella de champán Dom Pérignon.

—¿De dónde la has sacado? —le preguntó Tana, asombrada.

—La tenía guardada.

—¿Para qué?

Harry la guardaba para otra cosa, pero pensó que lo ocurrido aquel día bien se merecía un buen trago.

—Para ti, tonta.

La muchacha nunca se enteraba de nada, pero Harry

también la quería por eso. Estaba tan ocupada con los estudios, los exámenes, el trabajo del verano y sus ideas políticas, que no tenía la menor idea de lo que ocurría ante sus mismas narices; por lo menos, con respecto a él. De todos modos, Harry aún no estaba preparado, y seguía esperando una ocasión más propicia, temeroso de perder la partida.

—Es estupendo —dijo Tana, tomando un buen sorbo. Estaba ligeramente bebida y se sentía feliz y relajada. La casita les encantaba y se encontraban muy a gusto en ella. Entonces, recordó que tenía que preguntarle una cosa. Con el ajetreo del traslado, lo había olvidado—. Por cierto, siento tener que pedírtelo. Sé que va a ser un rollazo, pero...

—Oh, cielos, ¿y ahora qué? Primero me obligas a matricularme en la facultad de derecho y ahora sabe Dios qué nueva tortura se te ha ocurrido...

Simuló asustarse, pero Tana parecía muy seria.

—Peor todavía. Mi madre se va a casar dentro de dos semanas. —Harry ya lo sabía, pero la joven no le había pedido que la acompañara—. ¿Quieres acompañarme?

—¿A la boda de tu madre? —preguntó Harry, sorprendido—. ¿Te parece correcto?

—No veo por qué no. —Tana vaciló; luego, añadió, mirándole a los ojos—: Necesito que me acompañes.

—Supongo que su encantador hijastro estará allí.

—Supongo que sí. Y todo eso es demasiado para mí. La hija felizmente casada, con un hijo y otro en camino. Arthur simulando que él y mi madre se enamoraron la semana pasada.

—¿Eso es lo que dice? —preguntó él, sonriendo.

—Probablemente. —Se encogió de hombros—. No lo sé. Se me hace todo muy cuesta arriba. No es lo mío.

Harry bajó la mirada y estudió el asunto. Aún no había salido en aquel plan y tenía previsto trasladarse a Europa para reunirse con su padre. Pero podía hacer un alto en el camino. Miró a Tana. No podía negarle nada, después de cuanto había hecho por él.

—Pues claro que sí, Tan, no tengo el menor inconveniente.

—¿De veras no te importa demasiado? —le preguntó la muchacha, mirándole con cariño y gratitud.

—Por descontado que no. Por lo menos, podremos reírnos juntos.

—Me alegro por ella. Pero es que... ya no puedo participar en esos juegos tan hipócritas.

—Procura contenerte mientras estemos allí. Tomaremos un avión y, al día siguiente, me iré a Europa. Quiero pasar una temporada con mi padre en el sur de Francia. —Tana se alegró de volverle a oír hablar de aquellos asuntos. El año anterior, Harry le dijo que deseaba pasarse toda la vida jugando y ahora volvería a jugar; pero, afortunadamente, sólo durante uno o dos meses, hasta que empezaran las clases en la facultad de derecho, en otoño—. No sé cómo permití que me convencieras.

Pero ambos se alegraban mucho de ello. Todo estaba saliendo a pedir de boca. Se habían repartido las tareas de la casa. Tana se encargaba de lo que él no estaba en condiciones de hacer; pero era asombroso las cosas que Harry podía hacer. Casi todo, desde lavar los platos a hacer las camas, si bien una vez estuvo a punto de estrangularse mientras pasaba el aspirador; a partir de entonces, Tana decidió hacerlo ella. Se sentían muy felices. La joven estaba a punto de empezar su trabajo del verano. El verano del sesenta y cinco se les presentaba lleno de promesas y, durante el vuelo a Nueva York, en julio, Harry conquistó a dos azafatas. Repantigada en su asiento, Tana se alegró muchísimo y dio gracias a Dios de que Harry Winslow IV estuviera vivo.

12

La boda fue sencilla y estuvo muy bien. Jean lucía un precioso vestido de gasa gris, y le había comprado a Tana un modelo de color azul cielo por si no le diera tiempo a comprarse nada. No era su estilo, y Tana se pegó un susto cuando vio el precio en la etiqueta. Su madre lo había adquirido en Bergdorf's y era un regalo de Arthur, claro, y, por consiguiente, no podía decir nada.

Sólo la familia estuvo presente en la ceremonia, pero Tana insistió en llevar a Harry, trasladándose con él en el mismo automóvil desde el hotel Pierre en el que se alojaban. Le dijo a su madre que no podía dejarle solo. Se alegró de que los recién casados salieran en viaje de luna de miel al día siguiente porque así no tendrían que quedarse mucho tiempo en Nueva York. No hubiera querido alojarse en la casa de Greenwich y abandonaría Nueva York cuando Harry lo hiciera. El joven se iba a Niza para reunirse con Harrison en Saint-Jean-Cap-Ferrat, y Tana regresaría a San Francisco para empezar su trabajo del verano. Jean y Arthur amenazaban con ir a verla en otoño. La madre miraba significativamente a Harry cada vez que se refería a ello, como si esperara que, para entonces, ya se hubiera esfumado. Por fin, Tana se vio obligada a reírse.

—Es terrible, ¿verdad?

Pero lo peor fue que Billy consiguió acercarse a ella por la tarde. Estaba borracho como de costumbre, lamentaba que su amigo no pudiera levantarla y se ofreció a ayudarla siempre que ella quisiera, ya que aún recordaba lo buena que estaba. Cuando Tana se disponía a propinarle un puñetazo en la boca, vio que un puño más grande que el suyo pasaba velozmente por su lado y se estrellaba en la barbilla de Billy, haciéndole tambalearse hacia atrás antes de caer cuan largo era sobre el césped. Se volvió y vio a Harry sonriendo en su silla de ruedas. Estaba muy satisfecho de haber podido dejar seco a Billy.

—Me apetecía hacerlo desde hace un año –le dijo sonriendo, pero Jean se horrorizó de su comportamiento.

En cuanto pudieron, Tana y Harry regresaron al automóvil y volvieron a Nueva York no sin que antes tuviera lugar una llorosa despedida entre Tana y su madre. En realidad, la que lloró fue Jean. La muchacha mantuvo una actitud más bien distante. Arthur la besó en la mejilla y anunció que, a partir de aquel momento, la consideraba también como si fuera su hija y que no necesitaría obtener más becas. Tana insistió en que no podía aceptar aquel regalo. Deseaba con toda su alma poder alejarse cuanto antes de todos ellos; sobre todo, de la quejumbrosa y embarazada Ann, con sus llamativas joyas y su aburrido marido, que se había pasado la tarde dirigiendo miradas lánguidas a la esposa de otro hombre.

—Caray, ¿cómo pueden vivir así? –le preguntó a Harry, enfurecida, mientras volvían a casa.

—Vamos, vamos –contestó él dándole unas palmadas en una rodilla–. Eso también te ocurrirá a ti algún día.

—Vete al infierno.

Él se rió. Se iban a marchar al día siguiente y, una vez de vuelta en el Pierre, Harry la invitó a cenar al 21. Todos se alegraron mucho de volver a verle y lamentaron que estuviera en silla de ruedas. Recordando los viejos tiempos, bebieron demasiado champán. Cuando regresaron al hotel, estaban bebidos. Lo suficiente como para que Harry hiciera algo que se había prometido no hacer hasta uno o dos años más tarde. Iban por la segunda botella de Roederer –aunque en realidad se habían pasado todo el día bebiendo–, cuando él volvió a mirarla con dulzura, le acarició la barbilla y la besó inesperadamente en los labios.

–¿Sabes que siempre he estado enamorado de ti?

De momento, Tana se sorprendió y, después, estuvo a punto de echarse a llorar.

–Bromeas.

–No.

¿Tendría razón su madre? ¿La tendría Harrison?

–Pero eso es ridículo. No estás enamorado de mí. Nunca lo estuviste –dijo, mirándole con ojos turbios.

–Lo estoy y siempre lo estuve –contestó Harry, tomando una de sus manos entre las suyas–. ¿Quieres casarte conmigo, Tan?

–Estás loco. –Ella retiró la mano y se levantó; tenía los ojos llenos de lágrimas. No quería que Harry estuviera enamorado de ella. Quería que siguieran siendo amigos, amigos y nada más. Y él lo estaba estropeando todo–. ¿Por qué me lo preguntas?

–¿No podrías quererme, Tan? –inquirió él, al borde de las lágrimas.

Ella se serenó de golpe.

–No quiero estropear nuestra amistad. Es muy valiosa para mí. Te necesito demasiado.

–También yo te necesito. De eso precisamente se trata. Si nos casamos, siempre estaremos juntos.

Pero Tana no podía casarse con él, porque aún seguía enamorada de Harrison. Todo era una locura. Se pasó la noche llorando en la cama y Harry ni siquiera se acostó. La estaba esperando cuando ella salió de su habitación, a la mañana siguiente, pálida, cansada y ojerosa. Quería recuperar lo que antes tenía y aún no era demasiado tarde para ello. Para él, Tana lo era todo. Podía vivir sin casarse con ella, pero no hubiera podido soportar perderla.

—Siento lo que ocurrió anoche, Tan.

—Yo también. —La joven se sentó a su lado en la espaciosa sala de estar de la casa—. Y ahora, ¿qué hacemos?

—Le echaremos la culpa a una noche de borrachera. Fue un día muy duro para los dos. La boda de tu madre... La primera vez que yo salía en silla de ruedas... Podremos superarlo. Yo estoy seguro de que podré.

Rezó para que Tana estuviera de acuerdo; pero vio, angustiado, que movía lentamente la cabeza.

—¿Qué nos pasó? ¿De veras estuviste... enamorado de mí durante todo este tiempo?

—Parte de él —contestó él, mirándola con sinceridad—. A veces, te odio con toda mi alma.

Ambos se echaron a reír. A ella le pareció que volvían, en parte, a la situación anterior.

—Siempre te querré, Harry —le dijo, rodeándole el cuello con los brazos—. Siempre.

—Era lo único que quería saber.

Harry sintió ganas de echarse a llorar, pero, en su lugar, llamó al servicio de habitaciones para que les subieran el desayuno. Y ambos se rieron, bromearon y trataron desesperadamente de recuperar la camaradería de antes. Aquella tarde, Tana le despidió en el aeropuerto con los ojos llenos de lágrimas. Tal vez las relaciones entre ambos ya nunca fueran las mismas, pero cerca le andarían. Ya se encargarían ellos de que así fuera. Habían compartido demasiadas cosas como para permitir que algo pudiera estropear lo que poseían.

Cuando Harry llegó a Cap Ferrat con el automóvil y el chófer que Harrison le había enviado, éste le ayudó a descender del automóvil y a sentarse en la silla de ruedas asiéndole por un brazo.

—¿Cómo estás, hijo?

La expresión de Harry le inquietó.

—Bastante bien.

Se le veía cansado. El viaje había sido muy largo, un par de días en total, y esta vez no había bromeado con las azafatas. Estuvo pensando en Tana mientras volaba hacia Francia. Ella siempre sería su primer gran amor, la mujer que le había devuelto la vida. Aquellos sentimientos no podían perderse y, si la muchacha no quería casarse con él, no le quedaría más remedio que aceptarlo. Vio en los ojos de Tana que ella no vibraba por él. Y, por muy doloroso que fuera, sabía que tenía que aceptarlo. Pero no iba a ser fácil. Había esperado mucho tiempo para decirle lo que sentía. Y ahora, todo había terminado. Aquello jamás podría ocurrir. Se le llenaron los ojos de lágrimas al pensarlo, mientras Harrison le sostenía por los hombros con sus fuertes manos.

—¿Cómo está Tana? —preguntó Harrison.

Harry vaciló un instante y el padre comprendió que su hijo había perdido la apuesta.

—Está bien —contestó tratando de sonreír—. Pero es una persona difícil.

Sonrió enigmáticamente y Harrison lo comprendió. Sabía que un día u otro iba a ocurrir.

—Ya —dijo sonriendo mientras una bonita muchacha se acercaba a él desde el otro lado del jardín; miró a Harry y, por un momento, hizo que se olvidara de Tana. Padre e hijo se miraron a los ojos, y Harrison añadió—: Lo superarás, hijo.

Harry notó un nudo en la garganta, soltó una áspera carcajada y luego murmuró casi para sus adentros:

—Lo intentaré.

13

En otoño, cuando regresó a Europa, Harry estaba muy moreno, y se sentía feliz y descansado. Acompañó a su padre a todas partes: a Mónaco, Italia, Madrid, París y Nueva York. Se vio inmerso en el torbellino del que de niño había estado excluido. De repente, en la vida de su padre había un lugar reservado para él. Hermosas mujeres, galas, interminables conciertos, fiestas y toda clase de acontecimientos sociales. Estaba harto de todo aquello cuando, por fin, tomó el avión en Nueva York para regresar al Oeste. Tana acudió a recibirle al aeropuerto de Oakland, y su actitud para con él fue tan tranquilizadora como siempre. Morena y con la rubia melena flotando al viento, ofrecía un saludable aspecto. Su trabajo del verano le encantó. Al término del mismo se fue a pasar unos días a Malibú con unos compañeros de trabajo y tenía intención de irse a México durante las vacaciones. Cuando empezaron las clases, ella y Harry estaban constantemente juntos, pero mantenían las distancias. Tana le acompañaba a la biblioteca, pero sus horarios no coincidían. La joven había hecho nuevas amistades. Disponía de más tiempo libre porque ya no tenía que ir al hospital; y los supervivientes del primer curso estaban más unidos y compenetrados que nunca. Sus relaciones con Harry eran más sanas que antes. Coincidiendo con las fiestas navideñas, Tana empezó a verle por la facultad siempre en compañía de la misma chica, una bonita rubia australiana llamada Averil, que parecía la sombra de Harry. Estudiaba bellas artes, pero se mostraba más interesada en seguir a Harry por doquier, cosa que al muchacho no parecía molestarle. Tana procuró no dar demasiada importancia al hecho la primera vez que vio salir a Averil de la habitación de Harry, un sábado por la mañana; pero, al final, los tres empezaron a reírse con cierta turbación.

—¿Significa eso que me vais a echar de aquí? —preguntó Tana.

—No, mujer. Hay sitio para los tres.

Averil acabó instalándose en la casa. Era adorable, compartía con ellos las tareas domésticas y era extraordinariamente simpática y servicial; y tan cariñosa, que a veces molestaba un poco a Tana, sobre todo cuando tenía exámenes. Pero, en conjunto, el apaño dio buen resultado. Aquel verano, Averil se fue a Europa con Harry para conocer a Harrison, y Tana volvió a trabajar en el mismo bufete jurídico. Le prometió a su madre ir a verla al Este, pero buscaba toda clase de excusas para no hacerlo; y se ahorró tener que decir una mentira cuando Arthur sufrió otro ataque al corazón, esta vez de carácter leve, y Jean se lo llevó a descansar al lago George, asegurándole a Tana que iría a visitarla en otoño. Pero la joven ya sabía lo que significaban aquellas palabras. Su madre ya la había visitado una vez acompañada por Arthur y fue una pesadilla. Jean se mostró «asqueada» por la casa que Tana compartía con Harry, y «escandalizada» ante el hecho de que ambos siguieran viviendo bajo el mismo techo. Más se hubiera escandalizado de haber sabido que ahora otra chica vivía con ellos. Tana sonrió al pensarlo. Su madre era un caso perdido. El único consuelo de la joven era que Ann se había vuelto a divorciar, aunque la culpa no era suya. John había tenido la desfachatez de largarse sin más, y estaba viviendo una apasionada aventura con la mejor amiga de su mujer. O sea que en todas partes cocían habas. Pobre Ann, pensó Tana sonriendo.

Aquel año, se alegró mucho de pasar el verano sola. Quería mucho a Harry y Averil, pero andaba tan ocupada con los estudios que resultaba agradable estar sola de vez en cuando. Por otra parte, se pasaba el rato discutiendo con Harry sobre política. Él seguía mostrándose partidario de la guerra de Vietnam y Tana se ponía hecha una furia cada vez que mencionaba el tema, mientras la pobre Averil intentaba desesperadamente poner paz. Pero Harry y Tana se conocían desde hacía demasiado tiempo y, al cabo de seis años, ya no consideraban necesario guardar las formas; Averil se horrorizaba de aquel lenguaje, y pensaba que ellos jamás se hubieran hablado en aquel tono. Averil tenía un carácter mucho más dulce que Tana, la cual llevaba sola mucho tiempo y, a los veinticuatro años, se sentía fuerte y segura de sus ideas. Caminaba a grandes zancadas y no retrocedía ante nada ni nadie. Sentía curiosidad por todo cuanto la rodeaba, estaba convencida de lo que pensaba y tenía el valor suficiente para decirlo. A veces, eso le acarreaba dificultades, pero no le importaba. Le gustaban las discusiones. Cuando aquel año –gracias a Dios, iba a ser el último, pensó sonriendo– acudió por primera vez a clase, vio que en la cafetería había, por lo menos, ocho o nueve personas discutiendo acaloradamente acerca de la guerra de Vietnam. Ni corta ni perezosa, Tana decidió intervenir, tal como siempre lo hacía. Era el tema que más le llegaba al alma, a causa de Harry, naturalmente; y, aunque él pensara otra cosa, Tana tenía sus propias ideas al respecto. Y, además, Harry no estaba allí. Estaría en alguna parte, con Averil, haciendo manitas antes de entrar en el aula, tal como Tana le decía a menudo en broma. Pasaban muchos ratos en la cama, al parecer, la «imaginación» de Harry no planteaba el menor problema. Mientras exponía sus ideas acerca de Vietnam, sin pensar específicamente en Harry, Tana se sorprendió al ver que a su lado había un hombre todavía más radical que ella. Llevaba una melena de rizado cabello negro que le brotaba de la cabeza casi con rabia, calzaba sandalias, vestía vaqueros y una camiseta color turquesa, y tenía unos ojos de un extraño azul eléctrico y una sonrisa que a Tana le llegó hasta el fondo del alma. Cuando se levantó, sus músculos parecieron estallar en una explosión de sensualidad, y Tana experimentó un impulso casi irreprimible de tocarle un brazo.

—¿Vives aquí cerca? —le preguntó el hombre. Ella meneó la cabeza—. No creo haberte visto antes.

—Suelo estar en la biblioteca. Estudio tercero de derecho.

—Caramba —dijo él, impresionado—. Eso es muy difícil.

—¿Y tú?

—Me especializo en ciencias políticas. ¿Qué más?

Ambos se echaron a reír. Él la acompañó a la biblioteca y allí se despidieron a regañadientes. Era asombrosamente guapo y a Tana le gustaban sus ideas, pese a constarle que Harry no aprobaría aquella amistad. Desde que iba con Averil, sus ideas se habían vuelto muy conservadoras. A Tana le daba igual. Aunque le hubieran crecido helechos en la cabeza y le hubieran salido cuernos, no hubiera dejado de quererle. Era como un hermano para ella y Averil formaba parte de él. Tana procuraba no hablar nunca de política con ellos para evitar las discusiones.

Días más tarde, su nuevo amigo pronunció un discurso en el campus acerca de los mismos temas que había comentado en la cafetería. Fue un brillante y enardecido ejercicio mental, y así se lo dijo Tana después. Para entonces ya había averiguado que se llamaba Yael McBee. Su nombre resultaba cómico, pero él no lo era en absoluto. Era vehemente y apasionado, y su cólera parecía un látigo inmisericorde abatiéndose sobre aquellos a quienes quería fustigar. Tana admiraba sus dotes de orador y acudió a oírle varias veces hasta que, por fin, Yael le propuso salir a cenar juntos. Pagaron a escote y, después, se fueron al apartamento de Yael para seguir charlando. El apartamento albergaba por lo menos a doce personas; algunas dormían en colchones, sobre el suelo, y no era pulcro y ordenado como la casita que Tana compartía con Harry y Averil. En realidad, la joven se hubiera avergonzado de llevarle a su casa porque allí todo era demasiado burgués. Prefería ir a visitarle a la suya. Por otra parte, últimamente no se sentía a gusto en su casita. Averil y Harry se pasaban todo el día haciendo el amor, encerrados en su habitación. Tana no sabía de dónde sacaba Harry tiempo para estudiar, pero sus calificaciones eran extraordinariamente buenas. Ella se divertía más con Yael y con sus amigos. Cuando, por Navidad, Harry se fue a Suiza y Averil regresó a su casa, decidió invitar a Yael a visitarla. Se le antojó extraño verle en aquel ambiente sin la compañía de sus ruidosos amigos. Llevaba un jersey verde de cuello de cisne y unos viejos vaqueros, y calzaba unas botas militares, pese a haber cumplido una condena de un año en prisión por negarse a ir a Vietnam. Le habían enviado a una prisión del Suroeste, y al cabo de un año le concedieron libertad vigilada.

—Es increíble —dijo Tana, fascinada por sus ojos de Rasputín y por aquel valor que le inducía a nadar contra todas las corrientes imaginables.

Era una personalidad extraordinaria y no le sorprendía en absoluto que, cuando era un adolescente, se hubiera sentido atraído por el comunismo. Todo en él era intrigante e insólito. Y cuando en Nochebuena, la tomó entre los brazos y le hizo el amor, aquello también se le antojó intrigante. Sólo en una ocasión tuvo que apartar de su mente a Harrison Winslow, el cual, aunque pareciera extraño, la había preparado en cierto modo para aquel encuentro a pesar de no tener nada en común con Yael McBee. Éste consiguió despertar los sentidos de Tana como ella jamás hubiera podido soñar que ocurriera, penetrando hasta lo más hondo de su ser y en todo cuanto ella anhelaba y había reprimido durante mucho tiempo. Penetró en su alma, extrajo de ella una pasión y un deseo insospechados, y le dio a su vez algo que Tana jamás hubiera podido soñar en un hombre hasta que, al fin, se rindió por entero a él. Casi se había convertido en su esclava cuando Harry y Averil regresaron a casa. A menudo, se quedaba a dormir en el apartamento de Yael, y permanecía acostada con éste en un colchón, en el suelo, fría e inmóvil, hasta que la mano del hombre se posaba sobre su cuerpo y la vida volvía a ser ardiente y sensual y brillantes lucecitas de colores se encendían por doquier. Ya no podía vivir sin él. Después de cenar, solían sentarse en el salón con los demás; hablaban de política y fumaban droga. Tana se había convertido de golpe en una mujer de cuerpo entero, que vivía intrépidamente a los pies de su hombre.

–¿Dónde demonios te metes, Tan? –le preguntó Harry–. Ya nunca te vemos por aquí.

–Tengo mucho trabajo en la biblioteca, estoy preparando los exámenes.

Faltaban cinco meses para los exámenes finales; después, se tendría que colegiar y todo aquello la tenía muy inquieta, aunque, en realidad, se pasaba casi todo el rato en compañía de Yael. Harry y Averil no sabían nada al respecto y Tana no sabía qué decirles. Vivían en mundos tan distintos, que parecía imposible que estuvieran en el mismo lugar, la misma casa y la misma universidad.

–¿Es que tienes algún idilio, Tan?

Aparte de sus ausencias, Harry le notaba algo raro. La veía como ensimismada y distante. Parecía que se hubiera incorporado a algún culto o que se pasara la vida fumando droga, cosa que al joven no le hubiera sorprendido en absoluto. Por Pascua, la vio en compañía de Yael y se quedó horrorizado. La esperó a la salida de clase y empezó a regañarla como un padre iracundo.

—Pero ¿qué diablos estás haciendo con ese asqueroso? ¿Acaso no sabes quién es?

—Pues claro que lo sé. Hace un año que le conozco.

Tana le explicó que se había abstenido de decírselo porque sabía que no lo iba a entender.

—Pero ¿sabes la fama que tiene? Es un radical violento, un comunista, un alborotador de la peor especie. Le detuvieron el año pasado. Y alguien me dijo que había estado en la cárcel antes de... ¡Por lo que más quieras, Tan, despierta de una vez!

—¡Serás imbécil! —Se estaban hablando a gritos junto a la entrada de la biblioteca principal y, de vez en cuando, alguien se daba la vuelta para mirarles, pero a ellos no les importaba—. Estuvo en la cárcel porque se negó a que le reclutaran, lo cual debe ser, en tu opinión, peor que cometer el más vil asesinato. En la mía, sin embargo, no lo es.

—Lo sé muy bien. Pero será mejor que te andes con cuidado si no quieres poner en peligro el inicio de tu carrera, en junio. Por su culpa, te van a detener y expulsar de la universidad en menos que canta un gallo.

—¡No sabes lo que dices!

Pero, a la semana siguiente, durante las vacaciones de Pascua, Yael organizó una manifestación delante del edificio de la administración y dos docenas de estudiantes acabaron en la cárcel.

—¿Recuerdas lo que yo te decía? —le dijo Harry con regodeo; y Tana salió de la casa dando un portazo.

Harry no tenía ni idea de lo que Yael significaba para ella. Por suerte, no detuvieron a Yael y ella se pasó toda la semana con él. Todo en él le gustaba y sus sentidos se excitaban cuando le veía entrar en la habitación. En su apartamento todos andaban muy ocupados en la organización de las manifestaciones de fin de curso, pero Tana estaba tan nerviosa pensando en los exámenes, que más de una vez tenía que quedarse en su casa para poder estudiar un poco. Temiendo que pudiera ocurrirle algo, Harry trató, una vez más, de hacerla entrar en razón. Estaba dispuesto a hacer cualquier cosa por ella, antes de que fuera demasiado tarde.

–Por favor, Tan, por favor... Hazme caso. Te vas a meter en un lío si sigues con él. ¿Estás enamorada?

La idea le causaba pavor, no porque aún estuviera enamorado de Tana, sino porque le parecía que su destino iba a ser muy triste. Odiaba a aquel sujeto tan grosero, palurdo, bárbaro y egoísta, del que tanto se hablaba en la universidad desde hacía seis meses. Era un tipo muy violento y, tarde o temprano, se vería envuelto en graves problemas. Harry no quería que arrastrara a Tana en su caída, lo que probablemente ocurriría siempre y cuando ella se lo permitiera. Y, al parecer, se lo iba a permitir porque estaba loca por él. Harry lamentaba muchísimo verla tan entusiasmada con sus ideas políticas.

Ella le dijo que no estaba enamorada, pero Harry sabía que era el primer hombre al que se había entregado voluntariamente. Por otra parte, el prolongado período de castidad de la joven no le permitía emitir juicios imparciales. Sabía que, en caso de que se cruzara en su camino el hombre adecuado –o inadecuado, que para el caso era lo mismo–, y despertara en ella emociones desconocidas, Tana caería en sus redes, tal como por desgracia había ocurrido. Se sentía irresistiblemente atraída por Yael, por su vida excéntrica y por sus amigos. Estaba fascinada por algo que jamás había experimentado y, por si fuera poco, él despertaba en su cuerpo sensaciones inusitadas. Era una combinación muy difícil de derrotar. Poco antes de los exámenes finales, y cuando ya llevaban seis meses saliendo juntos, Yael decidió someterla a prueba.

—Te necesito la semana que viene, Tan.

—¿Para qué? —preguntó ella, volviéndose a mirarle distraídamente.

Aún tenía que leer doscientas páginas antes de acostarse.

—Una especie de reunión... —contestó él, sin concretarle más.

Ya iba por el quinto «porro» aquella noche; normalmente, ello no solía afectarle, pero en los últimos tiempos se le veía cansado.

—¿Qué clase de reunión?

—Queremos cantarles las cuarenta a los que mandan.

—¿Quiénes son ésos? —preguntó ella sonriendo.

—Creo que ya es hora de que llevemos las cosas directamente al gobierno. Iremos a casa del alcalde.

—Qué barbaridad. Seguro que os detienen.

Pero Tana no se sorprendió demasiado. Ya estaba acostumbrada a todo aquello, aunque jamás la hubieran detenido con él.

—¿Y qué? —replicó Yael con indiferencia.

—Que si voy contigo y me detienen y nadie me paga la fianza, perderé los exámenes.

—Pero bueno, Tan, ¿eso qué importa? ¿Qué vas a ser, de todos modos? ¿Un abogado de tres al cuarto que defenderá la sociedad tal y como es? Liquida todo eso primero y, después, ponte a trabajar. Los exámenes pueden esperar un año. Eso es mucho más importante.

La joven le miró, horrorizada por lo que acababa de oír. Era evidente que él no la comprendía en absoluto. ¿Quién era aquel hombre?

—¿Sabes lo mucho que he trabajado, Yael?

—¿Y no te das cuenta de cuán absurdo es?

Era la primera pelea que sostenían, pero, tras pasar varios días soportando las presiones de su amante, Tana decidió no ir. Regresó a su casa para estudiar con vistas a los exámenes. Y, aquella noche, cuando vio el telediario, poco faltó para que los ojos se le salieran de las órbitas. La casa del alcalde había sido destruida por unos explosivos y dos de sus hijos habían estado a punto de morir. Parecía que los niños iban a reponerse, pero toda un ala de la casa había quedado convertida en escombros, y la mujer del alcalde había sufrido graves quemaduras causadas por la explosión. «Un grupo estudiantil radical de la Universidad de California se ha responsabilizado del atentado.» Detuvieron a siete estudiantes acusados de intento de asesinato, agresión y tenencia ilícita de armas; entre ellos, figuraba Yael McBee. De haberle hecho caso, pensó Tana mientras las rodillas le temblaban de pánico, toda su vida hubiera terminado. No sólo su título, sino también su libertad durante muchísimos años. Contempló en la pantalla cómo introducían al grupo estudiantil en los coches celulares de la policía, y Harry la miró sin decir nada. Al cabo de un rato, Tana se levantó y miró a su amigo con gratitud por haber tenido la delicadeza de guardar silencio. En un santiamén, todo lo que sentía por Yael quedó reducido a nada, exactamente igual que una de sus bombas.

—Quería que esta noche le acompañara, Harry —dijo, echándose a llorar—. Tenías razón.

Estaba asqueada. Aquel chico había estado a punto de destruir su vida. ¿Y por qué? ¿Por su cara bonita? ¿Cómo era posible que hubiera sido tan necia? Se horrorizó al pensarlo. Jamás se había percatado de lo profundamente comprometidos que todos ellos estaban con sus ideales y lamentó amargamente haberles conocido. Temía que la llamaran a declarar, tal como ocurrió, aunque salió bien librada. Sólo era una estudiante que se había acostado con Yael McBee. Y no era la única. Superó los exámenes y obtuvo el título de abogado. Le ofrecieron un puesto de ayudante en la oficina del fiscal de distrito e inició su vida de persona adulta. Los días de militancia radical habían quedado atrás, junto con su vida estudiantil y su convivencia con Harry y Averil, en la casita. Alquiló un apartamento en San Francisco y empezó a organizar el traslado. Se entristeció al pensar que todo aquello había terminado.

—Pareces la viva estampa de la alegría —le dijo Harry, entrando lentamente en la habitación de la joven en su silla de ruedas mientras ella metía un montón de libros de derecho en una caja—. Supongo que ahora tengo que llamarte «señora fiscal».

Tana le miró sonriendo. Aún no se había repuesto de lo que le había ocurrido a Yael y de lo que había estado a punto de sucederle a ella y aún se hallaba deprimida por el afecto que él le había inspirado. Todo empezaba a parecerle absurdo. Aún no se había celebrado el juicio, pero no cabía duda de que Yael y sus amigos iban a permanecer muchísimo tiempo en la sombra.

—Tengo la sensación de que me estoy escapando de casa.

—Puedes volver siempre que quieras, nosotros seguiremos aquí —le dijo Harry.

La miró tímidamente y Tana se echó a reír. Se conocían desde hacía mucho tiempo y nunca podían ocultarse nada.

—Bueno, y ahora, ¿qué pasa? —preguntó ella—. ¿Qué diablura estás tramando?

—¿Yo? Ninguna.

—Harry...

Tana avanzó con gesto fingidamente amenazador y él retrocedió riéndose.

—De veras, Tan. ¡Oh, mierda! —exclamó, al chocar con la silla contra el escritorio de Tana, mientras ésta le rodeaba el cuello con las manos como si quisiera estrangularle. Cada vez se parecía más a su padre, a quien ella seguía echando de menos algunas veces. Hubiera sido mucho más sano tener una aventura con él que con Yael McBee–. De acuerdo, de acuerdo... Te lo diré. Ave y yo vamos a casarnos.

Tana se quedó paralizada de asombro. Ann Durning acababa de casarse por tercera vez con un importante productor cinematográfico de Los Ángeles que le había ofrecido como regalo de boda un Rolls Royce y una sortija con un brillante de veinte quilates de la que Jean contaba y no paraba. Eran cosas que hacían las personas como Ann Durning. En cierto modo, jamás se le había ocurrido pensar que Harry pudiera llegar a casarse.

–¿De veras?

–He pensado que, después de tanto tiempo... –Sonrió–. Es una chica estupenda, Tan.

–Ya lo sé, tonto. Yo también he convivido con ella. Pero casarse me parece una cosa propia de gente mayor. –Los tres tenían veinticinco años, pero Tana aún no se sentía lo suficientemente madura como para casarse y se preguntaba por qué razón ellos sí. Tal vez hacían el amor más a menudo, pensó riéndose para sus adentros; después, se inclinó para darle un beso–. Enhorabuena. ¿Cuándo os casáis?

–Muy pronto.

Tana descubrió algo extraño en los ojos del joven. Una mezcla de orgullo y turbación.

–¿Pretendes decirme que...? ¿No habrás...?

Se rió al ver que él se sonrojaba.

–Habré. La he dejado hecha polvo.

–Vaya por Dios. –Se puso seria de golpe–. No tienes por qué casarte, ¿sabes? ¿O acaso Averil te obliga a hacerlo?

Harry soltó una carcajada y la joven pensó que nunca le había visto tan feliz.

–No; la he obligado yo. Le dije que la mataría como se librara de él. Es nuestro hijo, y ambos le queremos.

–Dios mío –exclamó Tana, sentándose en la cama–.

Además de la boda, hijos. Desde luego, no perdéis el tiempo.

—No —contestó él a punto de reventar de orgullo.

En ese momento entró Averil y esbozó una tímida sonrisa.

—¿Te está contando Harry lo que pienso de él? —preguntó. Tana asintió. Se los veía tan serenos y satisfechos... Se preguntó qué tal sería encontrarse en su misma situación y, por un instante, casi les envidió—. Es un bocazas.

Averil se inclinó a besar a Harry en los labios; él le dio unas palmadas en el trasero y abandonó la estancia en su silla de ruedas. Se iban a casar en Australia, de donde era Averil, y Tana estaba invitada a la boda, naturalmente. Luego, se instalarían de momento en aquella misma casa; pero Harry ya había empezado a buscar en Piedmont una vivienda más bonita en la que pudieran alojarse hasta que finalizara los estudios. Pensaba que ya era hora de que entrara un poco en acción la fortuna de los Winslow. Quería que Averil disfrutara de todas las comodidades.

—De no ser por ti, Tan, yo no estaría aquí ahora —dijo.

Se lo había contado miles de veces a Averil y estaba convencido de ello.

—Eso no es cierto, Harry, y tú lo sabes. Lo hiciste todo tú solo.

—No hubiera podido hacer nada sin ti —dijo él, asiéndola del brazo—. El mérito fue todo tuyo, Tan. El hospital, la facultad de derecho, todo... Ni siquiera hubiera conocido a Ave.

Ella le miró conmovida.

—Y el niño, ¿qué? ¿También es obra mía?

—Anda ya —dijo él; le tiró del largo cabello rubio y volvió junto a su futura esposa, profundamente dormida en la cama en la que aquel hijo había sido concebido.

Su «imaginación» había dado resultado, pensó Tana

aquella noche antes de sumirse en el sueño. Se alegraba por los dos. Pero, de repente, se sintió muy sola. Llevaba dos años viviendo con Harry y uno con Averil; se le haría extraño vivir sola y ellos tendrían su propia vida. Qué raro le parecía todo. ¿Por qué quería casarse todo el mundo? Harry... su madre... Ann... ¿Qué encanto tendría el matrimonio? Tana sólo pensaba en terminar los estudios, y su única aventura la había tenido con un salvaje chiflado que se iba a pasar toda la vida en la cárcel. Se durmió completamente desconcertada. Cuando se mudó a la otra casa, aún no había conseguido resolver el enigma.

Se fue a vivir a un bonito apartamento de Pacific Heights, que tenía una vista preciosa sobre la bahía, desde el que tardaba quince minutos en trasladarse al ayuntamiento, en el vehículo de segunda mano que se había comprado. Ahorraba hasta el último céntimo para poder asistir a la boda de Harry y Averil, pero él insistió en regalarle el pasaje. Viajó a Australia poco antes de empezar su nuevo trabajo y sólo pudo quedarse cuatro días en Sydney con ellos. Con su vestido blanco, Averil parecía una muñequita. Aún no se le notaba nada y sus padres no tenían la menor idea de que había un hijo en camino. Incluso Tana pareció olvidarlo. Se olvidó de todo al ver de nuevo a Harrison Winslow.

—Hola, Tan —le dijo él, besándola en la mejilla.

La joven estuvo a punto de derretirse de emoción. Estaba como siempre: encantador, fascinante y sofisticado, pero el idilio entre ambos había terminado hacía tanto tiempo que ya no podía reavivarse. Se pasaron horas hablando; y, una noche, salieron a dar un largo paseo. Harrison la encontraba distinta y más adulta, pero, para él, siempre sería la amiga de Harry y le constaba que, por muchas cosas que ocurrieran, su hijo siempre la seguiría considerando suya; y él respetaba aquel sentimiento.

Cuando ella se fue, la acompañó al aeropuerto. Harry y Averil ya habían emprendido el viaje de luna de miel. Harrison besó a la joven como en otros tiempos, y ella se estremeció hasta lo más hondo. Subió al avión con los ojos llenos de lágrimas, y las azafatas la miraron, preguntándose quién sería aquel acompañante tan apuesto, y si Tana sería su amiga o su mujer, y la estudiaron con curiosidad. Era una rubia alta y preciosa, enfundada en un sencillo vestido de lino beige, que se movía con gran seguridad y mantenía la cabeza orgullosamente erguida. Lo que ellas no sabían era que, por dentro, se sentía terriblemente sola y asustada. Se iba a encontrar con toda una serie de cosas nuevas. Un nuevo trabajo y una nueva casa, y nadie con quien compartirla. Comprendió, de golpe, por qué las personas como Ann Durning y su madre se casaban. Era más cómodo que tener que arreglárselas sola; y, sin embargo, a bordo del avión que la devolvía a casa, Tana pensó que era la única forma de vida que ella concebía en aquellos momentos.

TERCERA PARTE

LA VERDADERA VIDA

14

El apartamento de Tana tenía una preciosa vista sobre la bahía y un jardincillo en la parte de atrás. Había un pequeño dormitorio, un salón, una cocina con paredes de ladrillo y una puerta vidriera que daba acceso al jardín en el que la joven se sentaba a veces a tomar el sol. Buscó una planta baja para que, cuando Harry la visitara, no tuviera problemas con la silla. Se sentía muy a gusto allí y la asombraba que le hubiera sido tan fácil adaptarse a vivir sola. Al principio Harry y Averil la visitaban muy a menudo porque también la echaban de menos y ella se sorprendió al ver con cuánta rapidez se le estropeó a Averil la figura. Le pareció un pequeño globo y pensó que ambas vivían en dos mundos distintos. El suyo era el mundo de la acusación, el del fiscal de distrito, el de los asesinatos, el de los robos y el de las violaciones. No pensaba en otra cosa y la idea de tener hijos se le antojaba a muchos años luz de distancia. Su madre le comunicó que Ann Durning volvía a estar embarazada, pero a ella le importaba un comino. Todo aquello ya lo había dejado a sus espaldas. El hecho de oír hablar de los Durning ya no le producía el menor efecto; su madre no lo ignoraba y había perdido todas las esperanzas. El golpe de gracia se produjo cuando Jean se enteró de que Harry se había casado con la otra chica. Pobre Tana, tantos años cuidándole, y él se había ido con otra.

—Menuda cochinada te ha hecho.

Tana se asombró al oír estas palabras, pero después se echó a reír. Le parecía graciosísimo. Su madre jamás se había creído que ella y Harry sólo eran amigos.

—¿Por qué? Están hechos el uno para el otro.

—Pero ¿es que no te importa?

¿Qué les pasaba a todos? ¿Qué ideas eran aquéllas? Tana tenía veinticinco años, ¿cuándo sentaría la cabeza?

—Pues claro que no. Ya te lo dije hace años, mamá. Harry y yo sólo somos amigos. Los mejores amigos. Y me alegro mucho de que se hayan casado.

Esperó un tiempo prudencial para contarle lo del hijo y decidió hacerlo la siguiente vez que llamó.

—¿Y tú, Tana? ¿Cuándo sentarás la cabeza?

La joven suspiró. Qué manía.

—Nunca te das por vencida, ¿verdad, mamá?

—¿A tu edad ya te has dado por derrotada?

Qué idea tan deprimente.

—Pues claro que no. Ni siquiera he empezado a pensar en ello.

Tana acababa de salir de su aventura con Yael McBee, que era el hombre con quien menos hubiera podido sentar la cabeza, y en su nuevo trabajo no tenía tiempo para pensar en amoríos. Estaba demasiado ocupada, aprendiendo a ser la ayudante del fiscal de distrito, y transcurrieron más de seis meses antes de que tuviera tiempo de salir con alguien. Uno de los empleados la invitó y Tana aceptó porque parecía un hombre interesante, aunque, en realidad, no le llamaba demasiado la atención. Después, salió con dos o tres abogados, pero siempre estaba pensando en su trabajo. Hasta que, en febrero, le encomendaron el primer caso importante, del que se hizo eco toda la prensa nacional. Le pareció que todos los ojos estaban fijos en ella y deseaba hacerlo todo muy bien. Era un espantoso caso de violación y asesinato. La violación de una niña de quince años a quien el amante de su madre había atraído con engaño a una casa abandonada. La forzó varias veces seguidas, la golpeó y, al final, la mató. Tana se proponía enviarle a la cámara de gas. Era un caso que la conmovía profundamente, aunque nadie supiera la razón de ello, y se entregó en cuerpo y alma a la preparación de la causa. Todas las noches revisaba las declaraciones de los testigos y las pruebas. El acusado era un apuesto hombre de unos treinta y cinco años, muy educado y siempre impecablemente vestido, y la defensa intentaba salvarle con toda clase de triquiñuelas. Tana se acostaba todas las noches a las dos. Era casi como si estuviera preparando los exámenes de fin de carrera.

—¿Cómo va este asunto? —le preguntó Harry, que una noche la llamó.

Tana miró el reloj y se sorprendió de que aún estuviera despierto. Eran casi las tres.

—Muy bien. ¿Ocurre algo? ¿Cómo se encuentra Averil?

—Estupendamente —contestó Harry, exultante de gozo—. Acabamos de tener un niño, Tan. Pesa cuatro kilos cien gramos, y Averil es la chica más valiente que puedas imaginar. Yo estaba allí y ha sido precioso. El niño ha asomado la cabecita, y allí estaba él, mirándome. Me lo han entregado a mí primero que a nadie. —Estaba emocionado y sin resuello y parecía que estuviera llorando y riendo a la vez—. Ave acaba de quedarse dormida y se me ha ocurrido llamarte. ¿Estabas despierta?

—Pues claro. ¡Harry, cuánto me alegro por los dos! —contestó Tana con lágrimas en los ojos.

Invitó a Harry a tomar un trago y el joven se presentó al cabo de cinco minutos, muy cansado pero más feliz que nunca. A ella le resultó extraño verle y oírle contar todas aquellas cosas, como si su hijo fuera el primer niño que nacía en el mundo y Averil, una chica maravillosa.

Los envidiaba un poco, y al mismo tiempo sentía un vacío en el alma, como si todo aquello no fuera con ella. Era como oír a alguien hablar un idioma extranjero y admirarle muchísimo sin entender ni una palabra. Se sentía completamente al margen, pero pensaba que era maravilloso para ellos.

Harry se quedó hasta las cinco de la madrugada y Tana durmió apenas dos horas antes de levantarse para regresar a la sala de justicia. El juicio aún duró tres semanas. Tras haber escuchado la valiente exposición de los argumentos de Tana, los miembros del jurado pasaron nueve días deliberando. Cuando salieron, la joven había ganado: el acusado fue declarado culpable de todas las acusaciones. El juez se negó a condenarle a muerte, pero le sentenció a cadena perpetua; y en su fuero interno, Tana se alegró. Quería que el hombre pagara su culpa aunque el hecho de que fuera a la cárcel no pudiera devolver la vida a la niña.

La prensa señaló que Tana había llevado la causa con mucha brillantez y Harry le gastó bromas cuando la joven acudió a ver al niño a su casa de Piedmont; la llamó doña superdotada y se metió con ella todo el rato.

–Bueno, ya basta. No me tomes tanto el pelo y déjame ver este prodigio que has creado. –Tana pensaba que iba a ser una pesadez, pero al ver al chiquillo se conmovió. Era tan menudo y perfecto que hasta temió tomarlo en brazos cuando Averil se lo ofreció–. Dios mío, si hasta tengo miedo de romperlo.

–No seas tonta –dijo Harry recibiéndolo de manos de su esposa y dejándolo en brazos de Tana. Cuando se lo devolvió a Harry, Tana experimentó la sensación de haber perdido algo y contempló a sus amigos casi con envidia.

–Creo que se ha emocionado mucho –le dijo Harry a Averil cuando Tana se fue.

Y, en efecto, aquella noche pasó mucho rato pensando en ellos. Pero, a la semana siguiente, se olvidó de todo porque le encomendaron otro caso de violación y, después, dos casos de asesinato. Cuando menos lo esperaba, Harry la llamó rebosante de alegría para comunicarle no sólo que ya había obtenido el título de abogado, sino también que ya tenía empleo y deseaba empezar su trabajo.

—¿Quién te ha contratado? —le preguntó Tan, muy contenta.

Harry había trabajado con ahínco y se había ganado el empleo a pulso.

—No te lo vas a creer —contestó él—. Voy a trabajar en la oficina del DP.

—¿En la oficina del defensor público? —Tana soltó una carcajada—. ¿Quieres decir que tendré que vérmelas contigo?

Para celebrarlo, se fueron a almorzar juntos y pasaron el rato hablando del trabajo. Tana no pensaba ni en el matrimonio ni en los hijos. Así transcurrieron dos años. La joven intervino en diversas causas de violaciones, asesinatos, atracos y toda clase de delitos. Sólo una o dos veces tuvo que participar en el mismo juicio en el que intervenía Harry; pero ambos almorzaban juntos muy a menudo. Cuando ya llevaba dos años en la oficina del defensor público, Harry le comunicó que Averil volvía a estar embarazada.

—¿Tan pronto? —preguntó Tana, asombrada.

Experimentaba la sensación de que Harry Winslow V acababa de nacer.

—Va a cumplir dos años el mes que viene, Tan —le dijo él sonriendo.

—Santo cielo, ¿es posible?

No veía a Harry muy a menudo, pero aun así le parecía increíble. El niño iba a cumplir dos años. Y ella tenía veintiocho, lo cual no era extraordinario, pero todo había ocurrido con suma rapidez. Le pareció que apenas era ayer cuando fue a Green Hill con Sharon Blake y visitó Yolan con ella. Sólo era ayer cuando Sharon vivía y Harry podía bailar.

Esta vez, Averil tuvo una niña de sonrosadas mejillas, boquita perfecta y grandes ojos almendrados. Se parecía extraordinariamente a su abuelo y Tana experimentó una extraña emoción al verla; pero seguía pensando que ella no estaba hecha para aquellas cosas. A la semana siguiente, se lo comentó a Harry, mientras almorzaban juntos.

—Pero ¿por qué no? Sólo tienes veintinueve años, o los tendrás dentro de tres meses —le dijo Harry, mirándola muy serio—. No te lo pierdas, Tan. Es lo único que me importa de cuanto he hecho, lo único que me interesa de verdad. Mis hijos y mi mujer.

Ella se sorprendió al oírle decir eso. Creía que lo que más le importaba era su carrera. Su sorpresa fue en aumento cuando él le dijo que pensaba dejar el trabajo en la oficina del defensor público para dedicarse al ejercicio privado de la abogacía.

—¿Hablas en serio? ¿Por qué?

—Porque no me gusta trabajar por cuenta de terceros y estoy harto de defender a esos sinvergüenzas. Todos hicieron lo que afirman no haber hecho. Por lo menos, la mayoría de ellos. Y estoy cansado. Es hora de que cambie. Creo que voy a poner un bufete con un abogado que conozco.

—¿No te parecerá aburrido dedicarte sólo al derecho civil? —Parecía estar hablando de una enfermedad.

—No, a mí no me hacen falta tantas emociones como a ti, Tan —contestó él echándose a reír—. Yo no podría combatir en las cruzadas en las que tú participas cada día. Admiro lo que haces, pero me encontraré muy a gusto ejerciendo sencillamente mi profesión. Y Averil y los niños estarán contentos.

Harry nunca había sido demasiado ambicioso y se

conformaba con lo que tenía. Tana sentía, en cambio, en lo más hondo de su ser, un fuego que la devoraba. Era lo que Miriam Blake había visto en ella hacía diez años, y lo que la impulsaba a buscar causas difíciles, veredictos de máxima culpabilidad y desafíos cada vez mayores. Se sintió muy halagada cuando, al año siguiente, la invitaron a formar parte de una comisión de fiscales que iba a reunirse con el gobernador para tratar sobre una serie de cuestiones que afectaban a los procedimientos penales de todo el estado. La comisión estaba integrada por seis miembros, todos ellos varones, menos Tana. Dos eran de Los Ángeles, otros dos de San Francisco, uno de Sacramento y otro de San José. La semana fue interesantísima. Cada día traía consigo nuevas emociones. Los fiscales, los jueces y los políticos discutían hasta altas horas de la noche; y, cuando al final se acostaba, Tana tardaba por lo menos dos horas en dormirse, pensando en los temas que se habían debatido.

—Interesante, ¿verdad? —le dijo un fiscal sentado a su lado, el segundo día, mientras escuchaba las palabras del gobernador a propósito de una cuestión que Tana había discutido la víspera con uno de sus colegas. El gobernador defendía su postura, y ella se emocionó tanto, que hubiera deseado levantarse y empezar a aplaudir.

—Pues, sí —contestó en voz baja.

Era uno de los fiscales de Los Ángeles, alto, apuesto y que tenía el cabello entrecano. Al día siguiente, se sentaron juntos a la hora del almuerzo y Tana pudo comprobar entonces que era un hombre de actitudes muy liberales. Procedía de Nueva York, había estudiado en Harvard y posteriormente se había trasladado a Los Ángeles.

—Bueno, en estos últimos años he estado trabajando en la administración, en Washington. Pero acabo de regresar al Oeste y estoy encantado de haberlo hecho —dijo.

Era simpático y cordial y a Tana le gustaron mucho sus puntos de vista cuando volvieron a hablar, aquella noche. Al término de la semana, todos se habían convertido en amigos merced al fructífero intercambio de ideas que habían mantenido durante aquellos días.

Él se alojaba en el hotel Huntington y la invitó a tomar una copa en L'Étoile, antes de marcharse. Ambos habían estado de acuerdo en casi todas las discusiones en las que habían intervenido. Era todo un profesional de la cabeza a los pies.

—¿Te gusta trabajar en la oficina del fiscal de distrito? —le preguntó él, muy intrigado. En general, aquella actividad no solía atraer demasiado a las mujeres, que preferían otros aspectos del ejercicio de la abogacía. Las fiscales no abundaban en ningún sitio, y las razones eran obvias. Se trataba de un trabajo muy duro en el que nadie les echaba nunca una mano.

—Me encanta. No me deja mucho tiempo libre, pero no importa —añadió, alisándose el cabello hacia atrás.

Todavía lo llevaba suelto, pero, cuando trabajaba, se lo recogía en un moño, y, en las salas de justicia, vestía trajes sastre y blusas, si bien en casa aún seguía llevando vaqueros. En aquellos momentos, vestía un traje de franela gris y una blusa gris pálido.

—¿Casada? —preguntó él, arqueando una ceja y mirando la mano de la joven.

—Tampoco he tenido tiempo para eso.

En los últimos años había tenido un puñado de hombres en su vida, pero ninguno duraba demasiado. Tana se pasaba mucho tiempo ocupada en los juicios, y nunca podía dedicarles el tiempo suficiente. No le importaba demasiado perderlos, pero Harry le decía que un día lo lamentaría.

—Entonces ya me espabilaré.

—¿Cuándo? ¿Cuando tengas noventa años?

—¿Qué hacías en la administración, Drew? —preguntó.

Se llamaba Drew Lands y tenía unos ojos intensamente azules. Su sonrisa era muy atractiva y Tana se preguntó cuántos años tendría; supuso, acertadamente, que tendría unos cuarenta y cinco.

—Ocupé un cargo en el Departamento de Comercio. El funcionario que lo ocupaba murió y yo me encargué de su trabajo, hasta que se llevó a cabo una reorganización. —Volvió a mirarla y ella se percató entonces de que Drew le gustaba más que ninguno de los hombres que había conocido últimamente—. Al principio, el trabajo me interesó. Washington es algo increíble. Todo gira en torno al gobierno y a la gente que lo integra. Allí, si no trabajas en la administración, no eres nadie. Y la sensación de poder resulta abrumadora. Eso es lo único que allí le importa a la gente.

Era comprensible que a Drew le hubiera gustado.

Tana se había preguntado, más de una vez, si le interesaría la política; pero no creía que ésta se le diera tan bien como el derecho.

—Ya estaba saturado. Me alegré mucho de regresar a Los Ángeles —dijo él dejando el vaso de whisky en la mesa—. Me encuentro como en casa. ¿Y tú, Tana? ¿Dónde está tu casa? ¿Eres una chica de San Francisco?

—De Nueva York. Pero resido aquí desde que obtuve el título en la Boalt. —Habían transcurrido ocho años desde aquel mil novecientos sesenta y cuatro, le parecía casi increíble—. Ya no me imagino viviendo en otro sitio, ni haciendo otra cosa.

La oficina del fiscal de distrito era lo que más le gustaba. Allí siempre había cosas emocionantes que hacer. En los cinco años que llevaba trabajando como ayudante del fiscal, lo cual también le parecía increíble, había adquirido mucha experiencia. ¿Adónde huía el tiempo mientras una trabajaba? De repente, una se despertaba y habían pasado diez años, o cinco, o uno. Al cabo de algún tiempo, ya no había diferencia. Diez años eran como un año o como una eternidad.

—Te has puesto muy seria —le dijo Drew, estudiándola.

—Estaba pensando en cómo corre el tiempo —contestó Tana encogiéndose de hombros—. Parece increíble que lleve aquí tanto tiempo. Nada menos que cinco años en la oficina del fiscal de distrito.

—Eso pensaba yo cuando estaba en Washington. Los tres años me parecieron tres semanas, y de repente me tuve que ir a casa.

—¿Crees que volverás algún día?

—Quizá durante algún tiempo —contestó Drew, mirándola con una expresión en los ojos que Tana no pudo descifrar—. Mis hijas aún siguen allí. No quería que interrumpieran los estudios y mi mujer y yo aún no hemos decidido dónde van a vivir. Probablemente, la mitad del tiempo con ella y la otra mitad conmigo. Me parece lo más justo aunque, al principio, pueda ser un poco difícil para ellas. Pero los niños se adaptan a todo.

Era evidente que acababa de divorciarse.

—¿Cuántos años tienen?

—Trece y nueve años. Son unas niñas estupendas y están muy encariñadas con Eileen, aunque también lo están conmigo. En Los Ángeles se divierten más que en Washington, que no es un lugar apropiado para ellas. Además, mi mujer está muy ocupada.

—¿A qué se dedica?

—Es ayudante del embajador ante la Organización de Estados Americanos, y aspira a una embajada. En tal caso, no podría llevarse a las niñas y yo me quedaría con ellas. Todavía no hemos tomado ninguna decisión.

Drew volvió a sonreír; pero esta vez con cierta reticencia.

—¿Hace mucho tiempo que os habéis divorciado?

—Bueno, lo estamos ultimando ahora. Lo pensamos en Washington y ahora ya está decidido. Presentaré la demanda en cuanto me oriente un poco. Apenas he tenido tiempo de deshacer las maletas.

Tana le miró, pensando en lo difícil que debía de ser su vida, con la mujer, las hijas, los viajes de cinco mil kilómetros y las estancias en Washington y en Los Ángeles. Sin embargo, no parecía que ello repercutiera en su trabajo. De los seis miembros de la comisión, fue el que mejor impresión le causó a Tana. También le llamó la atención su moderado liberalismo. Desde su experiencia con Yael McBee, su radicalismo había disminuido considerablemente; y los cinco años que había pasado en la oficina del fiscal de distrito habían asestado un duro golpe a sus permisivas opiniones. De repente, se había vuelto partidaria de una mayor dureza legal y de unos controles más estrictos, y todas las ideas liberales en las que había creído durante tanto tiempo ya no tenían demasiado sentido para ella. Sin embargo, Drew Lands logró que volvieran a resultarle atractivas. Aunque su postura no acabara de convencerla, Drew sabía exponer sus puntos de vista sin molestar a nadie.

—Creo que has sabido llevar muy bien la discusión —le dijo Tana.

Drew le agradeció el cumplido y ambos tomaron otra copa antes de que él la acompañara en un taxi a su casa; después se dirigió al aeropuerto para regresar a Los Ángeles.

—¿Podría llamarte alguna vez? —le preguntó a Tana con tono vacilante, como temiendo que hubiera alguien importante en la vida de ella.

Sin embargo en ese momento no había nadie. Hacía un año había salido con el brillante director de una agencia de publicidad, pero desde entonces no había vuelto a salir con nadie. Estaba demasiado ocupada y él también, y las relaciones terminaron sin pena ni gloria. Tana solía decir que estaba casada con su trabajo y que era la «segunda esposa» del fiscal de distrito, lo cual era casi cierto, por mucho que sus colegas se rieran. Él la miró esperanzado.

—Pues claro, me encantará —contestó ella sonriendo.

Cualquiera sabía cuándo regresaría Drew a la ciudad y, además, ella se iba a pasar dos meses ocupada con un importante juicio por asesinato.

Drew le dio una sorpresa llamándola a su despacho al día siguiente, mientras Tana se tomaba un café y hacía anotaciones, preparando su estrategia. Habría muchos periodistas en el juicio y no quería hacer el ridículo. Sólo pensaba en esto cuando tomó el teléfono y dijo en tono irritado:

—¿Sí?

—La señorita Roberts, por favor.

Drew jamás se sorprendía de los malos modales de la gente que trabajaba en el despacho del fiscal de distrito.

Estaba cansada y aturdida. Eran casi las cinco y no había salido de su despacho en todo el día. Ni siquiera para ir a almorzar. No había comido nada desde la víspera, pero no había parado de beber café.

—No parecías tú —le dijo Drew, acariciándola con la voz.

Ella se sorprendió; se preguntó si sería un chiflado.

—¿Con quién hablo?

—Con Drew Lands.

—Oh... Perdona... Estaba enfrascada en mi trabajo. No te he reconocido al principio. ¿Cómo estás?

—Muy bien. Te llamaba sobre todo para saber qué tal estabas *tú*.

—Pues mira, preparando mi intervención en un juicio por asesinato que comenzará la semana que viene.

—Será muy divertido —dijo él en tono sarcástico; y se echaron a reír—. ¿Y qué haces en tu tiempo libre?

—Trabajar.

—Me lo suponía. ¿No sabes que eso es malo para la salud?

—Ya me ocuparé de eso cuando me den el retiro. De momento, no tengo tiempo.

–¿Y este fin de semana? ¿Podrías hacer una pausa?

–Pues no sé... Es que... –Los fines de semana solía dedicarlos a trabajar. Las reuniones de la comisión le habían robado una semana que hubiera tenido que dedicar al juicio–. En realidad tendría que...

–Vamos, de unas horas sí dispondrás. Le pediré prestado el yate a un amigo de Belvedere. Incluso te puedes traer el trabajo, aunque eso sería un sacrilegio.

Estaban a finales de octubre y era una época estupenda para pasar una tarde en la soleada bahía, bajo el radiante sol azul. Era la mejor estación del año y San Francisco resultaba muy romántico. Hubiera deseado aceptar la invitación, pero no quería dejar el trabajo.

–La verdad es que tengo que preparar...

–¿Una cena, pues? ¿Un almuerzo?

De repente, ambos se echaron a reír al unísono. Hacía tiempo que nadie se mostraba tan insistente, y Tana se sintió halagada.

–De veras me encantaría, Drew.

–Pues entonces hazlo. Te prometo que no te entretendré más de lo debido. ¿Qué te parece más cómodo?

–Un paseo en barco por la bahía sería maravilloso. A lo mejor hago novillos un día.

La idea de estudiar importantes documentos bajo la brisa no la atraía demasiado; en cambio, le apetecía una excursión en barco en compañía de Drew Lands.

–Muy bien. ¿Qué te parece el domingo?

–Estupendo.

–Te recogeré a las nueve. Llévate algo de abrigo.

–Sí, señor –contestó Tana, y colgó.

A las nueve del domingo por la mañana, Drew Lands se presentó vestido con pantalones blancos, zapatos de lona, una camisa roja y una chaqueta de piel bajo el brazo. Ya tenía la cara bronceada y su cabello brillaba como la plata bajo el sol. La miró risueño con sus ojos intensamente azules mientras la acompañaba al automóvil, un

Porsche plateado con el que se había desplazado desde Los Ángeles a San Francisco el viernes por la noche, le dijo, aunque, fiel a su palabra, no quiso molestarla. Se dirigieron al Saint Francis Yatch Club donde estaba amarrada la embarcación; y, media hora más tarde, ya estaban navegando por la bahía. Drew era un marino excelente y había un patrón a bordo. Tana se tendió en la cubierta a tomar el sol y se alegró de haberse tomado el día libre.

—Se está bien al sol, ¿verdad? —le preguntó Drew con su profunda voz, sentado al lado de Tana en cubierta.

—Desde luego. Aquí, todo carece de importancia. Todas las cosas que te preocupan, todos los detalles que te parecen tan impresionantes, desaparecen como por ensalmo.

Le miró sonriendo y se preguntó si echaría de menos a sus hijas.

—Uno de estos días me gustaría que conocieras a mis niñas —le dijo Drew como si leyera sus pensamientos—. Les gustarás mucho.

—No lo sé —dijo ella con timidez—. No estoy familiarizada con las niñas.

Drew la estudió con interés y le preguntó sin el menor asomo de reproche:

—¿Has querido tener hijos alguna vez?

Tana comprendió que Drew era la clase de hombre con el que podía ser sincera.

—No. Jamás lo he deseado, ni he tenido tiempo para ello. Nunca he conocido al hombre adecuado y las circunstancias tampoco han sido adecuadas.

—Es una explicación exhaustiva, desde luego.

—Pues sí. ¿Y tú? —Tana se sentía alegre y despreocupada—. ¿Quieres tener más?

Él sacudió la cabeza y ella pensó que un hombre como aquél podría llegar a gustarle algún día. Tenía treinta años y los hijos no le apetecían. No tenía nada en común con los niños.

—No podría ni aun queriendo, a menos que estuviera dispuesto a soportar muchas molestias —dijo Drew—. Cuando nació Julie, Eileen y yo decidimos no tener más, y me hice la vasectomía.

Habló con tanta franqueza que ella se sorprendió un poco. Sin embargo, ¿qué tenía de malo no querer más hijos? Ella no los quería, a pesar de que no tenía ninguno.

—Problema resuelto, ¿verdad?

—Sí, en más de un sentido —contestó él con una pícara sonrisa.

Luego Tana le habló de Harry, de sus dos hijos y de Averil... y de cuando Harry regresó de Vietnam y del increíble año que pasó a su lado, viéndole debatirse entre la vida y la muerte y sufrir tantas operaciones, y de su enorme valentía.

—Mi vida cambió mucho a raíz de todo aquello. Creo que ya nunca volví a ser la misma. —Contempló el agua con expresión pensativa mientras Drew admiraba los reflejos del sol sobre su cabello dorado—. A partir de entonces, todo me pareció importante. No podía permitirme el lujo de dar las cosas por sentadas. —Exhaló un suspiro y se volvió a mirar a Drew—. Eran unos sentimientos que ya había experimentado en otra ocasión.

—¿Cuándo? —preguntó él, mirándola con dulzura.

Tana se preguntó qué tal serían sus besos.

—Cuando murió mi compañera de habitación. Estudiábamos juntas en Green Hill, en el Sur —le explicó muy seria.

—Ya sé dónde está —dijo Drew.

—Ah —exclamó Tana, devolviéndole la sonrisa—. Era Sharon Blake, la hija de Freeman Blake. Murió hace nueve años en el transcurso de una manifestación organizada por Martin Luther King. Ella y Harry cambiaron mi vida más que ninguna otra persona.

—Eres una chica muy seria, ¿verdad?

–Creo que sí. Aunque la palabra más adecuada sería «vehemente». Trabajo demasiado, pienso demasiado. Me cuesta mucho apartarme de todas estas cosas.

Drew ya se había dado cuenta de ello, pero no le importaba. Su mujer también era así y a él no le molestaba que lo fuera. No era él quien quería marcharse, sino ella. Mantenía relaciones con su jefe, en Washington y le dijo que quería un poco de «tiempo libre». Él se lo dio y regresó a casa; pero no quería entrar en detalles en aquellos momentos.

–¿Has vivido alguna vez con alguien? Quiero decir en plan amoroso, no como con tu amigo, el veterano de Vietnam –le preguntó Drew.

A Tana le resultó extraño oír hablar de Harry en aquellos términos, le parecía muy impersonal.

–No. Nunca he tenido este tipo de relación.

–Probablemente, te sentaría muy bien. Una intimidad sin ningún tipo de atadura.

–Me parece estupendo.

–A mí también. –Drew se puso muy serio y la miró con cara de chiquillo–. Lástima que no vivamos en la misma ciudad.

A ella le pareció un poco prematuro hablar de aquellas cosas, pero con Drew todo ocurría con vertiginosa rapidez. Era tan vehemente como ella. Aquella semana, él se desplazó dos veces en avión desde Los Ángeles para cenar con Tana; y, al otro fin de semana, la llevó de nuevo a dar un paseo en barco por la bahía a pesar de lo ocupada que ella estaba con el juicio y de lo mucho que le interesaba hacer un buen papel. Sin embargo, Tana comprobó que la presencia de Drew la tranquilizaba. Tras haber pasado el día navegando por la bahía, él la acompañó a casa. Acabaron haciendo el amor frente al fuego de la chimenea del salón. Fue todo muy dulce, tierno y romántico. Después, él mismo preparó la cena. Se quedó a pasar la noche con Tana, pero no le causó la menor molestia. Se levantó a las seis, se duchó y vistió, le sirvió el desayuno en la cama y, a las siete y cuarto, se fue en un taxi al aeropuerto. Tomó el avión de las ocho con destino a Los Ángeles, y a las nueve y veinticinco ya estaba en su despacho. Al cabo de algunas semanas, él estableció un programa de visitas regulares, casi sin pedirle permiso. Todo ocurrió con la mayor naturalidad del mundo, y Tana comprobó que su vida mejoraba. Drew acudió un par de veces a verla actuar en el tribunal. Tana ganó el juicio y él estaba presente cuando se pronunció el veredicto. Para celebrarlo, la invitó a cenar y le regaló una preciosa pulsera de oro que le había comprado en la joyería Tiffany, de Los Ángeles. El viernes y el sábado por la noche, cenaron en el Bistro y el Ma Maison y se pasaron los dos días comprando en Rodeo Drive y tomando el sol junto a la piscina de la casa de Drew. El domingo, tras haber disfrutado de una agradable cena que él mismo preparó en la barbacoa, Tana tomó el avión para regresar a San Francisco. Estuvo pensando en él durante todo el viaje y se asustó un poco de la rapidez de aquellas relaciones; pero Drew se sentía muy solo en una casa tan moderna y espectacular, llena de costosos cuadros modernos y con los dos dormitorios vacíos de sus hijas. No tenía a nadie y deseaba estar constantemente con ella. Se acercaba el día de Acción de Gracias y Tana ya se había acostumbrado a que él pasara media semana con ella en San Francisco. Habían transcurrido dos meses y ya no le parecía extraño. Cuando faltaba una semana para la fiesta, Drew le preguntó de repente:

—¿Qué vas a hacer la semana que viene, cariño?

—¿El día de Acción de Gracias? —Ni siquiera lo había pensado. Tenía tres pequeños casos pendientes que deseaba liquidar, siempre y cuando lograra llegar a un acuerdo con los acusados. No merecía la pena entablar un juicio y todo sería mucho más fácil—. Pues no lo sé. No lo he pensado.

Llevaba años sin ir por su casa. Un día de Acción de Gracias con Arthur y su madre le hubiera resultado insoportable. Ann había vuelto a divorciarse y vivía en Greenwich en compañía de sus revoltosos hijos. Billy iba y venía siempre que no tenía mejor cosa que hacer. Aún no se había casado. Arthur se había vuelto más pesado con la edad, y Jean estaba muy nerviosa por este motivo y solía lamentar a menudo que Tana no se hubiera casado y, probablemente, no lo hiciera jamás. «Una vida desperdiciada», le decía a menudo. Y Tana le contestaba: «Muchas gracias, mamá.» La otra alternativa era pasar la fiesta con Harry y Averil; pero, a pesar de lo mucho que los apreciaba, sus amistades de Piedmont eran tan extraordinariamente aburridas, con su caterva de niños y sus enormes «rubias», que Tana se sentía fuera de lugar a su lado, y se alegraba mucho de que así fuera. No comprendía cómo podía soportarlo. Ella y el padre de Harry lo habían comentado una vez. Harrison tampoco podía soportar aquel ambiente y raras veces se dejaba caer por allí. Sabía que Harry era feliz y estaba bien atendido. Puesto que no le necesitaba, él prefería seguir con su vida de siempre.

—¿Quieres venir conmigo a Nueva York? —le preguntó Drew.

—¿Hablas en serio? ¿Por qué?

Tana se sorprendió. ¿Qué se le había perdido en Nueva York? Los padres de Drew habían muerto y sus hijas vivían en Washington.

—Bueno —contestó él, que ya había elaborado un plan de antemano—, podrías ver a tu familia. Yo me iría primero a Washington a ver a las niñas y, luego, podría reunirme contigo en Nueva York. Puede que incluso llevara a las niñas. ¿Qué te parece?

Tana reflexionó un instante, y después asintió despacio, mientras el cabello le caía en cascada sobre los hombros.

–Sería posible –contestó sonriendo–. Incluso muy posible si eliminamos la visita a mi familia. Las fiestas en compañía de la familia llevan a la gente al suicidio.

–No seas tan cínica –le dijo Drew tirándole de un mechón de cabello mientras la besaba en los labios. Era el hombre más cariñoso que Tana jamás hubiera conocido y se sentía profundamente compenetrada con él. Se asombraba de la enorme confianza que le tenía–. En serio, ¿crees que podrías arreglarlo?

–Creo que sí.

–¿Qué hacemos? –preguntó él mirándola embelesado mientras Tana se arrojaba a sus brazos.

–Tú ganas. Hasta me ofrezco a hacer el sacrificio de visitar a mi madre.

–Irás al cielo por eso. Yo me encargaré de todo. El miércoles por la noche, podremos trasladarnos al Este. Tú pasas el jueves en Connecticut y yo y las niñas nos reunimos contigo por la noche en... Vamos a ver...

Empezó a pensar.

–¿El hotel Pierre? –propuso Tana, sonriendo.

Quería correr con la mitad de los gastos, pero Drew no se lo permitió.

–El Carlyle. Siempre intento alojarme allí si puedo. Sobre todo cuando voy con las niñas. Es más adecuado para ellas.

Era también el hotel donde siempre se había alojado con Eileen durante diecinueve años; pero no se lo dijo a Tana. Lo arregló todo, y el miércoles por la noche tomaron sendos aviones con destino al Este. Tana se preguntó cómo era posible que lo hubiera dejado todo en manos de Drew. Era una novedad a la que no estaba acostumbrada; pero él lo hacía todo sin el menor esfuerzo. Al llegar a Nueva York, se encontró con un frío glacial y con las primeras huellas de la nieve. Se trasladó en taxi desde el aeropuerto John F. Kennedy a Connecticut y, durante el trayecto, pensó en Harry y en el puñetazo que le había propinado a Billy. Lamentaba no tenerle a su lado en aquellos momentos. No le apetecía en absoluto pasar el día de Acción de Gracias con la familia. Hubiera preferido ir a Washington con Drew, pero no quería entrometerse porque él llevaba dos meses sin ver a las niñas. Harry la invitó a pasar el día en Piedmont, como lo hacía cada año, pero Tana le dijo que tenía pensado ir a Nueva York.

—Santo cielo, debes de estar enferma —bromeó él.

—Todavía no. Pero lo estaré cuando me vaya de allí. Me parece que estoy oyendo a mi madre: «Una vida desperdiciada.»

—Por cierto, quería presentarte a mi socio.

Harry había abierto un bufete y Tana aún no conocía al otro abogado. Nunca tenía tiempo y ellos, por su parte, también estaban muy ocupados. Las cosas les iban muy bien en pequeña escala. Era exactamente lo que ambos socios querían, y Harry se lo comentaba siempre muy contento.

—Quizá a la vuelta.

—Es lo que siempre dices. A este paso, nunca podré presentártelo, y es un chico estupendo.

—Ay, ay, me huelo que quieres organizarme una cita. ¿Me equivoco?

Se echaron a reír como en los viejos tiempos.

—Eres muy suspicaz. Pero ¿qué te has creído, que todo el mundo está deseando acostarse contigo?

—En absoluto. Es que te conozco. Si él tiene menos de noventa y cinco años y no está en contra del matrimonio, seguro que me lo quieres endosar. Pero ¿no sabes que soy un caso perdido, Harry? No te esfuerces. Bueno, ya le diré a mi madre que te llame desde Nueva York.

—No hace falta, mujer. Pero no sabes lo que te pierdes esta vez. Es un tipo maravilloso. Averil también lo cree así.

–No me cabe la menor duda. Pero búscale otra.

–¿Por qué? ¿Es que vas a casarte?

–Quizá. –Lo dijo en broma, pero, al ver que Harry mostraba curiosidad, lamentó haberlo dicho.

–¿Ah, sí? ¿Con quién?

–Con Frankenstein. Vamos, déjame en paz.

–Sales con alguien, ¿verdad?

–No... ¡Sí! Bueno, no. Maldita sea, sí, pero no en serio. ¿De acuerdo? ¿Satisfecho?

–Pues no. ¿Quién es, Tan? ¿Va en serio la cosa?

–No. Es simplemente uno de tantos. Nada más. Es muy simpático. Nos encontramos a gusto cuando estamos juntos. Nada especial.

–¿De dónde es?

–De Los Ángeles.

–¿A qué se dedica?

–A violar mujeres. Le conocí en un juicio.

–No tiene gracia. Prueba otra cosa.

Tana se sentía como un animal acosado y estaba molesta.

–Es abogado. Y ahora, déjame en paz. Carece de importancia.

–Pues algo me dice a mí que sí la tiene.

Harry la conocía muy bien. Drew era distinto de los demás, pero ella aún no quería reconocerlo, por lo menos en su fuero interno.

–Entonces, eso significa que estás equivocado, como de costumbre. Bueno, dale recuerdos a Averil de mi parte. Ya os veré cuando vuelva de Nueva York.

–¿Qué harás este año por Navidad? –le preguntó Harry, medio invitándola y medio acorralándola.

Tana experimentó el impulso de colgar el teléfono.

–Iré a esquiar a Sugar Bowl. ¿Te parece bien?

–¿Sola?

–¡Harry! –Pensaba ir con Drew. Ya lo tenían decidido. Puesto que Eileen se iría con las niñas a Vermont, él se hubiera sentido muy solo. Ambos estaban aguardando aquellas vacaciones con mucha ilusión. Pero Tana no tenía intención de contarle nada a Harry–. Adiós. Nos veremos muy pronto.

–Espera. Quería decirte algo más de...

–¡No! –exclamó ella; y colgó.

Ahora, mientras se dirigía a Greenwich en taxi, se preguntó qué pensaría Harry de Drew. Suponía que ambos se caerían simpáticos, pero estaba segura de que Harry lo sometería a un implacable interrogatorio y, de momento, quería evitar que ello ocurriera. Raras veces le presentaba a sus hombres. Sólo lo hacía cuando ya había perdido el interés por ellos. Pero, esta vez, era distinto.

Su madre y Arthur la estaban esperando cuando llegó. Tana se quedó asombrada de lo mucho que él había envejecido. Jean aún era joven, apenas tenía cincuenta y dos años; Arthur, en cambio, tenía sesenta y seis y envejecía muy mal. Los años de tensión con su esposa alcohólica y el manejo de los asuntos de Durning International se habían cobrado su tributo. Varios infartos y un leve ataque de apoplejía le habían dejado extraordinariamente débil y avejentado. Jean pasaba muchos nervios, cuidándole, y se aferraba a Tana como si fuera una balsa salvavidas en un mar embravecido. Aquella noche, cuando Arthur se acostó, Jean entró en la habitación de su hija y se sentó a los pies de la cama. Era la primera vez que Tana se alojaba en la casa, y ocupaba el dormitorio recién decorado que su madre le había prometido. Hubiera sido demasiada molestia quedarse en la ciudad o pernoctar en un hotel y, además, su madre se hubiera ofendido muchísimo porque se veían muy poco en los últimos tiempos. Arthur sólo viajaba a Palm Beach para pasar temporadas en la casa que allí se había comprado, y Jean no quería dejarle solo para irse a visitar a su hija a San Francisco; por ese motivo, sólo podía verla cuando

Tana se trasladaba al Este, lo que ocurría muy de tarde en tarde.

—¿Todo va bien, cariño?

—Muy bien.

Iba más que bien, pero Tana no quería contarle nada a su madre.

—Me alegro. —Jean solía esperar un día para empezar a quejarse de la «vida desperdiciada» de su hija; pero, esta vez Tana sabía que no perdería el tiempo—. ¿Tu trabajo marcha bien?

—Es maravilloso.

Jean se entristeció. Le dolía que a Tana le gustara tanto su trabajo. Ello significaba que no pensaba dejarlo. En su fuero interno, abrigaba la secreta esperanza de que su hija lo dejara todo algún día por el amor de un hombre. No acertaba a imaginar que no lo hiciera porque no la conocía muy bien. Jamás la había conocido y, en los últimos tiempos, su desconocimiento había aumentado.

—¿Algún hombre?

Era la misma conversación de siempre. Tana solía contestar que no, pero esta vez decidió arrojarle un hueso.

—Uno.

—¿Va en serio? —preguntó Jean, arqueando una ceja.

—Todavía no —contestó Tana, echándose a reír. Era casi una crueldad engatusarla de aquel modo—. Y no te hagas demasiadas ilusiones, no creo que eso ocurra jamás.

Sin embargo, el centelleo de sus ojos le dijo a Jean que su hija estaba mintiendo.

—¿Cuánto tiempo hace que salís juntos?

—Dos meses.

—¿Por qué no le has traído al Este?

Tana respiró hondo y, sentada en la cama, se abrazó las rodillas mientras miraba fijamente a su madre.

—Porque se ha ido a Washington a visitar a sus hijas.

No añadió que le vería a la noche siguiente en Nueva York. Jean pensaba que Tana iba a regresar enseguida al Oeste. Su largo viaje sólo para pasar un día en casa sería mucho más apreciado y, además, disfrutaría de entera libertad para divertirse con Drew en Nueva York. No quería presentárselo a la familia, teniendo en cuenta la presencia de Arthur y sus encantadores retoños.

—¿Cuánto tiempo lleva divorciado? —preguntó Jean, apartando la mirada.

—Bastante —mintió Tana.

—¿Cuánto? —insistió su madre, atravesándola con la mirada.

—Tranquilízate, mamá. Ya lo está arreglando. Acaban de iniciar los trámites.

—¿Cuándo?

—Hace unos meses... Por el amor de Dios, ¡tranquilízate!

—Eso es precisamente lo que tú deberías hacer. —Jean se levantó de los pies de la cama y empezó a pasear nerviosamente por la habitación—. Y no deberías salir con él —añadió, mirándola enfurecida.

—Es ridículo que digas eso. Ni siquiera le conoces.

—No tengo por qué hacerlo —contestó Jean con amargura—. Conozco el síndrome. A veces, el hombre ni siquiera importa. A menos que esté divorciado y tenga los documentos en la mano, aléjate de él.

—Es lo más tonto que he oído jamás. Tú no te fías de nadie, ¿verdad, mamá?

—Te llevo muchos años y, por muy liberada que te creas, conozco esas situaciones mejor que tú. Aunque él piense que se va a divorciar, aunque esté absolutamente seguro, puede que eso no ocurra. Quizá el amor que siente por sus hijas le impida divorciarse de su mujer. Quizá, dentro de seis meses, se reconcilie con ella y entonces tú te quedarías enamorada y sin ninguna salida, y seguirías lo mismo al cabo de dos años, de cinco, de diez.

Y, con un poco de suerte, cuando tuvieras cuarenta y cinco años, él sufriría el primera ataque al corazón y te necesitaría a su lado. —A Jean se le habían humedecido los ojos—. Pero puede que su mujer viviera y tú no tuvieras ninguna posibilidad de casarte con él. No se puede luchar contra algunas cosas. Y ésta es una de las más frecuentes. Es un vínculo que sólo él puede romper. Si ya lo ha hecho o se dispone a hacerlo, mejor para los dos. Pero, antes de que sufras, cariño, quisiera verte lejos de todo esto. —Estaba tan afligida, que Tana se compadeció de ella. Su vida no había sido muy agradable desde que se casó con Arthur; pero, al cabo de largos años de desesperada soledad, había conseguido casarse con él—. Yo no deseo eso para ti, cariño. Te mereces algo mejor. ¿Por qué no lo dejas durante algún tiempo, a ver qué ocurre?

—La vida es corta, mamá. No dispongo de tiempo para andar tonteando con hombres. Tengo demasiadas cosas que hacer. Y, además, no importa, porque no pienso casarme.

—No entiendo por qué —dijo Jean lanzando un suspiro y volviendo a sentarse—. ¿Tienes algo en contra del matrimonio?

—Nada. Es una cosa que tiene sentido cuando se quiere tener hijos o no se tiene una carrera. Pero yo la tengo y hay demasiadas cosas en mi vida. No quiero depender de nadie, he cumplido treinta años y mi vida ya está organizada. No la podría cambiar de arriba abajo por nadie. —Pensó en Harry y en Averil, cuya casa parecía un manicomio—. Eso no se ha hecho para mí.

Jean se preguntó si Tana tendría la culpa, aunque en realidad la actitud de su hija se debía a una combinación de varios factores. Arthur engañó a Marie, su madre sufrió durante mucho tiempo, y ella no quería nada de todo aquello; amaba su carrera, su independencia y su vida. No quería ni marido ni hijos, estaba segura de ello desde hacía muchos años.

–Te pierdes muchas cosas buenas –dijo Jean con tristeza. ¿Qué había dejado de darle a su hija para que sustentara aquellas ideas?

–Yo no lo veo así, mamá –contestó ella, tratando de comprender la expresión de su madre.

–Tú eres lo único que me importa.

Le parecía increíble que durante años su madre lo hubiera sacrificado todo por ella, aceptando las limosnas de Arthur para poder ofrecerle más comodidades. Se le partió el corazón al recordarlo y pensó que tenía que estarle muy agradecida. La abrazó con fuerza, recordando el pasado.

–Te quiero, mamá. Y te agradezco mucho cuanto has hecho por mí.

–Yo no quiero tu gratitud. Quiero verte feliz, cariño. Si ese hombre es bueno para ti, estupendo. Pero si te miente o se miente a sí mismo, te destrozará el corazón. Y no quiero que eso te ocurra.

–No es lo mismo que te ocurrió a ti.

Tana estaba segura de ello. Jean no lo estaba tanto.

–¿Cómo puedes saberlo? ¿Cómo puedes tener esta certeza?

–No lo sé, pero le conozco muy bien.

–¿Al cabo de dos meses? No seas ingenua. No sabes nada, como no lo sabía yo hace veinticuatro años. Arthur no me mintió, sino que se mintió a sí mismo. ¿Es eso lo que quieres? ¿Diecisiete años de noches solitarias, Tan? No te causes este daño.

–No sería posible, tengo mi trabajo.

–Eso no lo compensa todo –pero, en su caso, sí lo compensaba–. Prométeme que pensarás en lo que te he dicho.

–Te lo prometo.

Volvieron a abrazarse y se desearon buenas noches. Tana estaba conmovida por la preocupación de su madre, pero tenía la seguridad de que se equivocaba de medio a medio con respecto a Drew. Se acostó con una sonrisa en los labios, pensando en él y en sus hijitas. Se preguntó qué estaría haciendo con ellas. Sabía en qué hotel de Washington se alojaba, pero no quería entrometerse.

Como era de prever, el almuerzo del día de Acción de Gracias en casa de los Durning fue aburrido para todos; pero Jean se alegró de que Tana estuviera con ellos. Arthur estaba un poco apagado, se durmió un par de veces en la silla y la criada le dio unas discretas palmadas. Y al final, Jean le acompañó al dormitorio de arriba. Ann se presentó con sus tres hijos y éstos se portaron todavía peor que en años anteriores. Comentó que se iba a casar con un armador griego y Tana procuró no prestarle la menor atención, pero le fue imposible hacerlo. Lo único bueno del día fue que Billy se había ido con unos amigos a Florida y no estaba en casa.

A las cinco, Tana empezó a mirar el reloj. Le prometió a Drew que estaría en el Carlyle a las nueve y no se habían llamado en todo el día. Se moría de deseo de volver a verle, de mirarle a los ojos, de acariciarle el rostro, de sentir sus manos y quitarse la ropa mientras él se quitaba la suya. Con una leve sonrisa en los labios, subió a su habitación para hacer la maleta. Su madre entró en el dormitorio con ella. Las miradas de ambas se cruzaron en el gran espejo que colgaba sobre la cómoda.

—Vas a verte con él, ¿verdad? —le preguntó su madre.

Tana hubiera podido mentir pero, a los treinta años, ¿por qué iba a hacerlo?

—Sí —contestó.

—Me asustas.

—Te preocupas demasiado por esas cosas. Mi vida no es una repetición de la tuya, mamá. Existe una diferencia.

—No tan grande como quisiéramos.

—Esta vez te equivocas.

—Por tu bien, así lo espero.

Pero Jean se entristeció cuando su hija pidió un taxi y se fue a Nueva York a las ocho en punto. Tana no podía apartar de su mente las palabras de su madre y, cuando llegó al hotel, estaba furiosa. ¿Por qué la agobiaba con sus malas experiencias, sus decepciones y su dolor? ¿Con qué derecho lo hacía? Era como si tuviera que llevar encima constantemente una pesada carga para demostrar que la habían amado; pues bien, Tana no quería que la amaran tanto. Ya no lo necesitaba. Deseaba que la dejaran llevar su propia vida.

El Carlyle era un hotel muy bonito. Una mullida alfombra cubría la escalera que conducía al vestíbulo de mármol, había alfombras persas por todas partes, relojes de pared antiguos, preciosos cuadros colgados en las paredes y unos caballeros vestidos de chaqué en el mostrador de recepción. Era otro mundo, pensó Tana, sonriendo para sus adentros. Dio el nombre de Drew y subió a la habitación. Él aún no había llegado, pero se veía a las claras que le conocían muy bien. La habitación era tan lujosa como el vestíbulo permitía adivinar; tenía una impresionante vista sobre Central Park y sobre los rascacielos, cuyas iluminadas ventanas fulguraban como joyas; el mobiliario también era antiguo y estaba tapizado en seda rosa encendido, había pesados cortinajes de raso y una botella de champán en un cubo de hielo, regalo de la dirección.

—Que tenga usted una feliz estancia —fueron las últimas palabras del botones.

Tana se acomodó en el magnífico sillón. No sabía a ciencia cierta si tomarse un baño o esperar. No estaba segura de si Drew llevaría a las niñas, pero creía que sí. No quería escandalizarlas, recibiéndolas en bata. Pero, una hora más tarde, aún no habían llegado. Y ya eran más de las diez cuando, al final, Drew la llamó.

—¿Tana?

—No, Sofía Loren.

—Qué decepción —bromeó—. Prefiero mil veces a Tana Roberts.

—Ahora ya sé que estás loco, Drew.

—Por ti.

—¿Dónde estás?

Hubo una levísima pausa.

—En Washington. Julie tiene un resfriado espantoso y creemos que Elizabeth ha pillado la gripe. He decidido esperar aquí y seguramente no voy a traerlas. Iré mañana. ¿Te parece bien?

—Pues claro. —Tana lo comprendía, pero no se le había escapado aquel «creemos». «*Creemos* que Elizabeth ha pillado...» Sin embargo, no se molestó demasiado por ello—. La habitación es fabulosa.

—Son una gente estupenda, ¿verdad? ¿Han sido amables contigo?

—Muchísimo —contestó Tana, mirando alrededor—. Pero eso no tiene ninguna gracia sin ti, señor Lands. No lo olvides.

—Iré mañana. Te lo juro.

—¿A qué hora?

Drew reflexionó durante unos momentos.

—Desayunaré con las niñas. Veré cómo se encuentran. Calculo que será más o menos a las diez. Podría tomar el avión del mediodía y estar a las dos sin falta en el hotel.

Eso significa que iban a perder medio día. Tana hubiera querido decirle algo, pero la prudencia le aconsejó callar.

—Muy bien —dijo.

Sin embargo, no estaba contenta, y cuando colgó, tuvo que apartar de su mente las palabras de su madre. Tomó un baño caliente, miró un poco la televisión, pidió que le subieran una taza de chocolate y se preguntó qué estaría haciendo Drew en Washington. Se sentía culpable por lo que había pensado y no le había dicho. Él no tenía la culpa de que las niñas estuvieran enfermas. Desde luego, era un fastidio, pero nadie tenía la culpa. Lo llamó a su hotel de Washington, pero no estaba. Le dejó recado de que había llamado, estuvo viendo el último programa de la televisión y se durmió con el televisor encendido. Se despertó a las nueve de la mañana siguiente. Al salir, descubrió que hacía un día precioso. Se fue a dar un largo paseo por la Quinta Avenida, estuvo curioseando un rato en los almacenes Bloomingdale's y se compró unas cuantas cosas; entre otras, un precioso jersey azul de lana cachemir para él, una muñeca para Julie y una bonita blusa para Elizabeth. Al cabo de un rato, regresó al Carlyle para esperarle; pero esta vez tenían un recado para ella. Las niñas estaban muy enfermas. «Llegaré el viernes por la noche»; pero no llegó. Julie tenía cuarenta de fiebre. Tana se pasó la noche sola en el Carlyle. El sábado se fue al Metropolitan. Drew llegó a las cinco de la tarde, a tiempo para hacer el amor con ella, pedir que le subieran algo de comer, disculparse en el transcurso de la noche y regresar con ella a San Francisco al día siguiente. Fue un memorable fin de semana para ambos.

—Recuérdame que volvamos a hacerlo alguna otra vez —le dijo Tana en tono sarcástico cuando terminó de cenar en el avión.

—¿Estás enfadada conmigo?

Drew estaba inquieto desde su llegada a Nueva York; se sentía culpable ante ella y muy preocupado por las niñas.

Habló demasiado y con excesiva rapidez, y se pasó varios días sin ser el de siempre.

—No, más que enfadada estoy decepcionada. Por cierto, ¿cómo está tu ex mujer?

—Muy bien.

A Drew no le apetecía hablar de ella y se sorprendió de que Tana le hiciera aquella pregunta. No le parecía un tema apropiado. Pero Tana recordaba las palabras de su madre.

—¿Por qué lo preguntas?

—Por simple curiosidad —contestó ella, dirigiéndole una fría mirada mientras tomaba un bocado de postre—. ¿Sigues enamorado de ella?

—Claro que no. Eso es ridículo. Llevo años sin estarlo. —Pareció molestarle mucho y Tana se alegró de ello. Su madre estaba equivocada. Como de costumbre—. Puede que no te hayas dado cuenta, Tan, pero estoy enamorado de ti.

La miró largo rato y Tana estudió su rostro. Por fin, esbozó una sonrisa sin decir nada. Le besó en los labios, dejó el tenedor en la mesa y cerró los ojos para dormir un rato. No quería decirle nada porque estaba muy nervioso. Fue un fin de semana muy difícil para ambos.

15

Diciembre pasó volando, Tana tuvo una serie de pequeños casos sin importancia y acudió a varias fiestas en compañía de Drew. Él tomaba el avión para pasar una noche con ella o para llevarla a cenar. Ambos compartían momentos deliciosos, tranquilas noches en casa y una intimidad que Tana jamás había conocido. Comprendía, ahora, cuán sola había estado durante tanto tiempo. Desde sus locas relaciones con Yael, sólo había tenido pequeñas aventuras que no significaban nada para ella. Con Drew Lands, en cambio, todo era distinto. Era un hombre sensible, afectuoso y considerado hasta en los más pequeños detalles. A su lado se sentía protegida y rebosante de vida. Drew estaba muy contento porque las niñas iban a trasladarse a Los Ángeles para pasar las Navidades con él. Había anulado su estancia con Tana en la estación de esquí de Sugar Bowl.

—¿Vendrás a pasar una temporada con nosotros? —le preguntó Drew.

Tana le miró sonriendo. Sabía cuánto quería a sus hijas.

—Lo intentaré —contestó. Tenía un importante caso entre manos, pero estaba segura de que el juicio aún tardaría algún tiempo en celebrarse—. Creo que podré.

—Haz un esfuerzo. Podrías bajar el veintiséis y pasaríamos unos días en Malibú –propuso él. Alquilaría una casita por unos días; sin embargo, lo que a ella le sorprendió fue la fecha: el veintiséis. Comprendió que él deseaba celebrar la Navidad sólo en compañía de las niñas–. ¿Vendrás, Tan?

Parecía un chiquillo; y Tana se conmovió y le abrazó con fuerza.

–De acuerdo –le dijo riéndose–. ¿Qué le gustaría a las niñas?

–Tú –contestó él, besándola con cariño.

Drew se pasó toda la semana preparando la llegada de las niñas. Tana procuró aligerar el trabajo para poder tomarse unos días libres, y empezó a comprar cosas. Le compró a Drew una camisa de ante, una cartera muy cara, un frasco de su agua de colonia preferida y una preciosa corbata que sabía le iba a encantar. Compró en F.A.O. Schwarz unas muñecas para las niñas, papel de cartas, unos pasadores para el cabello, una adorable malla de gimnasia como la que ella tenía, para Elizabeth, y un conejito de piel natural para la más pequeña. Lo envolvió para llevárselo a Los Ángeles. Aquel año, no se molestó en comprar el árbol de Navidad; no disponía de tiempo y, además, nadie iba a verlo. Pasó una agradable Nochebuena con Harry, Averil y los niños. Harry estaba mejor que nunca, y Averil no cabía en sí de gozo, mientras contemplaba al pequeño Harrison, que corría emocionado de un lado para otro, esperando la llegada de Papá Noel. Cortaron zanahorias en trocitos para los renos, sacaron pastelillos de chocolate y un gran vaso de leche al jardín y, por fin, consiguieron meterle en la cama. Su hermana ya estaba durmiendo y, cuando él se durmió también, Averil entró de puntillas en la habitación y los miró sonriendo, mientras Harry se quedaba con Tana en el salón. Era hermoso verle tan feliz y satisfecho. Su vida estaba colmada, aunque no se pareciera en absoluto a la que él había imaginado en un principio.

Miró a Tana sonriendo y fue como si ambos se adivinaran el pensamiento.

—Es curioso, ¿verdad, Tan?, las vueltas que da la vida...

—Sí. —Se conocían desde hacía doce años, casi la mitad de sus vidas. Parecía increíble.

—Cuando te conocí, pensé que te ibas a casar al cabo de dos años, como máximo.

—Y yo pensé que acabarías muriendo como un degenerado. No —añadió Tana en tono burlón tras pensarlo un poco—. Más bien como un *playboy* borracho...

—Me confundes con mi padre —dijo Harry, soltando una carcajada.

—Que te crees tú eso.

Aún seguía un poco enamorada de Harrison, pero Harry lo ignoraba. Lo sospechó una vez sin estar muy seguro de ello, aunque su padre jamás le dijo nada. Y tampoco Tan.

La miró con cierta extrañeza. No esperaba pasar las Navidades con ella, después de las veladas alusiones que había hecho a su amigo. Intuía que aquellas relaciones eran mucho más importantes de lo que Tana le había dado a entender.

—¿Dónde está tu amigo, Tan? —le preguntó—. Pensaba que os iríais a esquiar a Sugar Bowl. —Ella le miró desconcertada, pero enseguida supo a quién se refería—. Vamos, no me vengas ahora con el número de «a quién te refieres» —añadió Harry sonriendo—. Te conozco muy bien.

—De acuerdo, de acuerdo —dijo ella—. Está en Los Ángeles con sus hijas. Hemos cancelado las vacaciones en Sugar Bowl porque iban a venir las niñas. Yo iré allí el veintiséis.

Él pensó que todo era muy raro, pero no dijo nada.

—Significa mucho para ti, ¿verdad? —le preguntó.

Tana asintió con la cabeza sin mirarle.

–Sí... en lo que pueda valer.

–¿Y cuánto vale?

–Sólo Dios lo sabe –contestó ella, lanzando un suspiro y reclinándose en el sillón.

A Harry le picaba la curiosidad y, al final, no pudo contenerse.

–¿Y por qué no estás hoy allí con él?

–No quería entrometerme en su vida. –No era cierto. Drew no la había invitado.

–Estoy seguro de que él no lo hubiera considerado una intromisión. ¿Ya conoces a sus hijas?

–Pasado mañana las conoceré –contestó Tana.

–¿Estás asustada?

–Pues, sí –respondió Tana, soltando una nerviosa carcajada–. ¿Acaso no lo estarías tú? Ellas son lo más importante de su vida.

–Espero que tú también lo seas.

–Creo que lo soy.

–No está casado, ¿verdad? –preguntó Harry frunciendo el ceño.

–Ya te lo dije, está tramitando el divorcio.

–¿Y por qué no pasa las Navidades contigo?

Tana no podía soportar aquel persistente interrogatorio; se estaba preguntando dónde estaría Averil.

–¿Cómo quieres que lo sepa?

–¿No se lo preguntaste?

–No –contestó ella con tono irritado–. Hasta ahora, me encontraba perfectamente a gusto así.

–Eso es lo malo de ti. Estás tan acostumbrada a la soledad, que ni siquiera se te ocurre hacer las cosas de otra manera. Tendrías que pasar las Navidades con él. A no ser...

–¿A no ser qué?

Tana ya empezaba a cansarse. El hecho de que pasara o no las Navidades con Drew no era de incumbencia de Harry. Ella respetaba su necesidad de estar solo con las niñas.

Pero Harry no cejaba.

—A no ser que pase las Navidades con su mujer.

—Qué estupidez estás diciendo. Eres el hombre más cínico y receloso que conozco. Y yo que me consideraba perversa... —Parecía furiosa, pero en su mirada se leía que él la había tocado en lo vivo. Sin embargo, aquello era sumamente ridículo.

—Puede que no lo suficiente.

Tana se levantó y cogió el bolso. Cuando al final regresó Averil, advirtió que se respiraba una atmósfera de tensión, pero no le dio importancia al hecho. Ellos eran así algunas veces. Ya estaba acostumbrada y sabía que de cuando en cuando se peleaban como perro y gato, aunque siempre sin malicia.

—Pero ¿qué habéis estado haciendo? ¿Atizándoos otra vez? —les preguntó sonriendo.

—Estaba pensando hacerlo —contestó ella, furiosa.

—Puede que le sentara bien.

Los tres se echaron a reír.

—Harry se ha comportado como un cerdo, que es lo que suele hacer.

—Cualquiera diría que te he hecho proposiciones deshonestas —dijo él, dirigiéndole una sonrisa.

—¿Has vuelto a las andadas, cariño? —le preguntó Averil.

A Tana se le pasó un poco el enfado.

—Desde luego, es el mayor pelmazo que he conocido en mi vida. El campeón mundial de los pelmazos.

Harry le hizo una cortés reverencia desde la silla de ruedas, y Tana fue por el abrigo.

—No tienes por qué irte —le dijo él.

Siempre lamentaba que se fuera, incluso cuando no estaba de acuerdo con ella. Estaban unidos por un vínculo muy especial. Era casi como si fueran gemelos.

—Tengo que irme para organizar las cosas. Me he traído una tonelada de trabajo.

—Pero ¿es que vas a trabajar el día de Navidad? —le preguntó Harry, horrorizado.

—Alguna vez tengo que hacerlo.

—¿Por qué no vienes a pasar el día con nosotros?

Harry y Averil iban a pasar las Navidades en compañía de una docena de amigos; entre ellos, el socio de Harry. Pero Tana agitó la cabeza. No le importaba estar sola en casa, o, por lo menos, eso dijo.

—Eres rarísima —le dijo Harry, besándola en una mejilla y mirándola con afecto. La acompañó a la puerta en su silla de ruedas y la miró con inquietud—. Que te lo pases bien en Los Ángeles. Y cuídate mucho. Puede que me equivoque, pero nunca está de más ser precavida.

—Lo sé —contestó Tana suavemente.

Se despidió de ambos con un beso. Mientras regresaba a casa en el automóvil, empezó a pensar en lo que Harry le había dicho. Era imposible que estuviera en lo cierto. Drew no iba a pasar las Navidades con su mujer. Pese a todo, hubiera tenido que pasarlas con *ella*. Trató de convencerse de que no tenía importancia, pero sí la tenía. De repente se acordó de los años en que se había compadecido de la soledad de su madre, que esperaba a Arthur, sentada junto al teléfono, aguardando a que él llamara. En vida de Marie, nunca habían podido pasar juntos las fiestas; y después, siempre hubo excusas: los suegros, los hijos, el club, los amigos... Mientras, la pobre Jean contenía la respiración y tenía los ojos llenos de lágrimas. Le esperaba. Tana intentó apartar aquellos recuerdos de su imaginación. La situación con Drew *no* era igual. *No* lo era. Ella no permitiría que lo fuera. Pero, a la tarde siguiente, mientras trabajaba, las preguntas volvieron a acosarla. Drew la llamó una vez, pero a Tana le dio la impresión de que tenía prisa.

—Tengo que volver al lado de las niñas —le dijo apresuradamente; y casi la dejó con la palabra en la boca.

Cuando al día siguiente Tana llegó a Los Ángeles,

Drew acudió a recibirla al aeropuerto y la estrechó entre los brazos con tanta fuerza que poco faltó para que la dejara sin resuello.

–Espera... ¡Ya basta!

Pero él siguió abrazándola mientras se dirigían al aparcamiento entre risas y besos. Drew tomó las maletas y los paquetes de Tana y ella le miró extasiada. Había pasado unas Navidades muy solitarias sin él. Ella había esperado en secreto que aquel año las fiestas fueran distintas y emocionantes. No quería reconocerlo así, pero, de repente, sentada a su lado en el automóvil, comprendió que era cierto. Drew había dejado a las niñas al cuidado de una «canguro» para poder acudir a recibirla y pasar unos momentos a solas con ella.

–... antes de que nos vuelvan locos –le dijo, mirándola con expresión radiante.

–¿Cómo están las niñas?

–Muy bien. Te juro que han doblado la estatura en un mes. Espera a verlas.

A Tana le parecieron encantadoras. Elizabeth, que se parecía mucho a Drew, era muy simpática y estaba muy crecida, mientras que Julie era una graciosa pelotita que inmediatamente se sentó en su regazo. Los regalos les gustaron mucho. Y, al parecer, su presencia no les molestaba en absoluto, aunque Tana sorprendió a Elizabeth mirándola una y otra vez. Drew manejó la situación con mucha habilidad, excluyendo todas las manifestaciones de cariño, como si ambos sólo fueran buenos amigos que quisieran pasar una tranquila tarde juntos. Era evidente que Drew conocía muy bien a Tana; pero, por su forma de comportarse con ella, hubiera sido imposible adivinar qué clase de relaciones los unían. Tana se preguntó si siempre actuaría de aquella manera en presencia de sus hijas.

–Tú, ¿a qué te dedicas? –le preguntó Elizabeth, volviendo a mirarla mientras Julie contemplaba la escena.

Tana sonrió mientras se alisaba la rubia melena hacia atrás. Elizabeth se la envidió desde el primer momento.

—Soy abogado, como tu papá. Por eso nos conocimos.

—Mi mamá también lo es —se apresuró a explicar Elizabeth—. Es la ayudante del embajador ante la OEA, en Washington, y puede que el año que viene le den una embajada.

—Un puesto de embajadora —la corrigió Drew, mirando a las tres «niñas».

—Yo no quiero que se lo den —dijo Julie, haciendo pucheros—. Yo quiero que vuelva a vivir aquí. Con papá —añadió, sacando el labio inferior hacia afuera con un gesto desafiante.

—Papá podría venir con nosotras al sitio donde envíen a mamá —terció Elizabeth—. Depende de dónde sea. —Tana miró a Drew con el estómago encogido, pero él estaba distraído—. Quizá mamá vuelva aquí, si no le ofrecen el puesto que quiere —explicó la niña—. Por lo menos, eso ha dicho ella.

—Muy interesante —dijo Tana con la boca seca. Esperaba que Drew volviera a tomar las riendas de la conversación, pero él no dijo nada—. ¿Te gusta vivir en Washington?

—Mucho —contestó Elizabeth con exquisita cortesía.

Julie volvió a saltar sobre el regazo de Tana y la miró a los ojos, sonriendo.

—Eres guapa —le dijo—. Casi tanto como nuestra mamá.

—¡Gracias! —No era fácil hablar con ellas y, aparte los hijos de Harry, raras veces se encontraba Tana en semejante tesitura; sin embargo, por amor a Drew tenía que hacer un esfuerzo—. Bueno, ¿qué vamos a hacer esta tarde? —preguntó, en un intento de desviar la conversación.

—Mamá irá de compras por Rodeo Drive —contestó Julie.

Tana se quedó boquiabierta.

—¿Ah, sí? —dijo, mirando a Drew y volviendo después a mirar a las niñas—. Qué bien. Vamos a ver, ¿qué os parecería ir a ver una película? ¿Habéis visto ya *Sounder*?

Tuvo la sensación de estar subiendo por una montaña a gran velocidad sin conseguir llegar a la cumbre. Rodeo Drive... Eso significaba que Eileen se había desplazado a Los Ángeles con las niñas. ¿Por qué no había querido Drew que ella estuviera a su lado el día anterior? ¿Habría pasado el día de Navidad con su mujer? Tana pasó una hora interminable conversando con las niñas hasta que, por fin, éstas se fueron a jugar al piso de arriba y se quedó a solas con Drew. Sus ojos hablaron más que un libro antes de que sus labios pronunciaran una sola palabra.

—Tengo entendido que tu mujer está en Los Ángeles —dijo, rígida y entumecida por dentro.

—No me mires así —le dijo él, apartando la mirada.

—¿Por qué no? —Se levantó y se acercó—. ¿Pasaste la Navidad con ella, Drew?

Él no tuvo más remedio que mirarla. Por otra parte, Tana ya había adivinado la verdad. Cuando Drew la miró, comprendió que estaba en lo cierto y que las niñas le habían delatado sin querer.

—No te he mentido. Yo pensaba... ¡Oh, santo cielo! —La miró casi con rabia porque le había descubierto—. Yo no planeé las cosas de esta manera, pero desde que Eileen y yo estamos separados, éstas eran las primeras Navidades, Tan. Es demasiado duro para ellas.

—¿Lo es ahora? —preguntó Tana con aspereza, procurando disimular el dolor que sentía por dentro, el dolor que él le había producido con su mentira—. ¿Y cuándo tienes previsto que empiecen a acostumbrarse?

—¡Maldita sea! ¿Crees que me gusta ver sufrir a mis hijas?

—Yo las veo muy contentas.

—Claro. Gracias a que Eileen y yo somos personas civilizadas. Es lo menos que podemos hacer ahora. Las niñas no tienen la culpa de que las cosas no hayan salido como queríamos.

Miró a Tana con tristeza y ésta tuvo que hacer un esfuerzo para no echarse a llorar; no por él y las niñas, sino por sí misma.

—¿Estás seguro de que ya es demasiado tarde para salvar tu matrimonio con Eileen?

—No seas ridícula.

—¿Dónde ha dormido?

Drew la miró como si acabara de recibir una descarga eléctrica.

—No es una pregunta muy correcta, y tú lo sabes.

—Oh, Dios mío... –Volvió a sentarse, asombrándose de lo transparente que era Drew–. Has dormido con ella.

—*No* he dormido con ella.

—¡No me engañes! –le gritó ella mientras él se paseaba por la estancia como un gato nervioso.

—He dormido en el sofá –dijo.

—Me estás mintiendo.

—¡Maldita sea, Tana, no me acuses de este modo! Las cosas no son tan fáciles como imaginas. Llevamos casados casi veinte años. No puedo dejarlo todo de la noche a la mañana, tengo que pensar en las niñas. –La miró angustiado y se acercó a ella muy despacio–. Por favor, te quiero mucho, Tan. Necesito un poco de tiempo para arreglar la situación.

Ella se apartó de él, cruzó el salón y le volvió la espalda.

—Me conozco el paño –dijo, volviéndose súbitamente a mirarle–. Mi madre se ha pasado diecisiete años escuchando estas historias, Drew.

—No son historias, Tan. Pero necesito cierto tiempo. Todo eso es muy difícil para nosotros.

—Muy bien —dijo Tana, recogiendo el bolso y el abrigo que había dejado sobre un sillón—. Ya me llamarás cuando lo hayas arreglado. Creo que entonces podré disfrutar mejor de tu compañía.

Pero, antes de que llegara a la puerta, Drew la asió por un brazo.

—No me hagas eso, te lo suplico...

—¿Por qué no? Eileen está en la ciudad. Llámala. Te hará compañía esta noche. —Tana esbozó una sonrisa sarcástica para ocultar su dolor—. Podéis dormir juntos en el sofá..., si queréis.

Cuando ya había abierto la puerta, Drew le dijo, mirándola muy afligido:

—Te quiero, Tan.

Ella experimentó el impulso de echarse a llorar. Le miró y pareció como si toda su resistencia se esfumara.

—No te portes así conmigo, Drew. No es justo. Tú no eres libre. No tienes ningún derecho a... —Pero le había abierto la puerta de su corazón lo justo para que volviera a entrar. Él la estrechó en silencio entre los brazos y la besó con vehemencia, dejándola casi sin aliento. Cuando se apartó, Tana le miró y le dijo—: Eso no resuelve nada.

—No —contestó él, un poco más tranquilo—. De eso ya se encargará el tiempo. Dame una oportunidad. Te prometo que no te arrepentirás. —Después, pronunció las palabras que ella más temía—: Quiero casarme contigo algún día, Tan.

Hubiera querido decirle que hiciera retroceder el carrete hasta la escena anterior; pero ya no importaba porque, en aquel momento, entraron las niñas riendo y gritando, dispuestas a jugar con su padre. Drew miró a Tana por encima de las cabezas de sus hijas y le susurró dos palabras:

—Quédate, por favor.

Tana vaciló. Sabía que hubiera tenido que irse y deseaba hacerlo. Estaba excluida de aquel ambiente. Drew acababa de pasar la noche con la mujer con quien estaba casado y ambos habían celebrado la Navidad en compañía de sus hijas. ¿Qué pintaba ella en todo aquello? Sin embargo, cuando él la miró, no le apeteció marcharse. Deseaba formar parte de su vida, ser suya, estar con él y con sus hijas, aunque jamás se casara con ella. De todos modos, tampoco lo deseaba. Sólo quería estar con él, tal como lo había estado desde que le había conocido.

Dejó el bolso y el abrigo y, cuando Drew la miró, le pareció que se le derretían las entrañas. Julie la abrazó por la cintura y Elizabeth la miró sonriendo.

—¿Adónde ibas, Tan? —preguntó Elizabeth, fascinada por cuanto Tana hacía y decía.

—A ninguna parte —contestó ella, mirando a la preciosa chiquilla—. Bueno, muchachas, ¿qué os apetece hacer?

Las dos niñas se echaron a reír y Drew empezó a perseguirlas por la estancia. Tana jamás le había visto tan feliz. Por la tarde, se fueron al cine, comieron toneladas de palomitas de maíz, visitaron los yacimientos de alquitrán de La Brea y, por la noche, se fueron a cenar a Perino's. Cuando volvieron a casa, no se tenían en pie. Julie se durmió en los brazos de Drew y Elizabeth se acostó enseguida para que no le ocurriera lo mismo. Después, Tana y Drew se sentaron frente al fuego de la chimenea del salón, y hablaron en voz baja mientras él acariciaba el dorado cabello que tanto amaba.

—Me alegro de que te hayas quedado, cariño.

Tana le miró sonriendo y se sintió tan vulnerable como una chiquilla, lo cual no le parecía nada bien. Pensaba que hubiera tenido que ser más fuerte y más sensata. Para él, sin embargo, era la mujer más sensata que jamás hubiera conocido.

—Prométeme que no volverá a ocurrir —le pidió en un susurro.

—Te lo prometo —contestó Drew, mirándola con dulzura.

16

La primavera que Tana y Drew compartieron fue tan idílica como un cuento de hadas. Drew tomaba el avión para estar con ella aproximadamente tres días a la semana y Tana se trasladaba a Los Ángeles todos los fines de semana. Asistían a fiestas, paseaban en barco por la bahía y se presentaban mutuamente a sus amigos. Tana incluso le presentó a Harry y Ave; los dos hombres hicieron inmediatamente muy buenas migas. A la semana siguiente, cuando salió con Tana para celebrarlo, Harry le dio el visto bueno.

—¿Sabes una cosa, nena? Creo que al final has acertado. —Al ver que ella hacía una mueca, se echó a reír—. Lo digo en serio. Cuando pienso en los tipos con los que has salido... ¿Te acuerdas de Yael McBee?

—¡Harry! —exclamó Tana, arrojándole la servilleta a la cara—. ¿Cómo puedes compararle con Drew? Además, entonces yo tenía veinticinco años y ahora estoy a punto de cumplir treinta y uno.

—Eso no es excusa. No eres más lista que entonces.

—¿Cómo que no? Acabas de decir que sí.

—No hagas caso de lo que he dicho, tontuela. Bueno, y ahora, ¿vas a dejarme respirar tranquilo y te casarás con este hombre?

—No —contestó Tana con excesiva rapidez, y él vio en los ojos de su amiga algo que jamás había visto.

Llevaba años esperándolo y, de repente, allí estaba: cierta mirada tímida y vulnerable.

—La cosa va en serio, ¿verdad? Te vas a casar con él, ¿no es cierto?

—No me lo ha pedido.

Lo dijo con tanto recato que él soltó una carcajada de alegría.

—¡Te vas a casar! ¡Ya verás cuando se lo diga a Ave!

—Cálmate, Harry —le dijo, dándole una palmada en un brazo—. Aún no se ha divorciado.

Pero no estaba preocupada por ello. Sabía lo mucho que Drew se estaba esforzando. Cada semana contaba el resultado de las reuniones que tenía con el abogado y de las conversaciones que sostenía con Eileen. Pasaría la semana de Pascua en el Este en compañía de las niñas y esperaba que, para entonces, su mujer firmara los documentos en caso de que ya estuvieran redactados.

—Pero está trabajando en ello, ¿verdad?

Al principio, Harry se mostró preocupado, pero tuvo que reconocer que aquel tipo le gustaba. Hubiera sido casi imposible que Drew Lands no gustara a alguien. Era simpático e inteligente y se notaba a la legua que estaba loco por Tan.

—Pues claro.

—Entonces, tranquilízate. Os casaréis dentro de seis meses. Y al cabo de nueve arrullarás a un hijo entre tus brazos. Tenlo por seguro —dijo Harry rebosante de alegría.

—Menuda imaginación tienes. —Se repantigó en el asiento y se echó a reír—. En primer lugar, aún no me ha pedido que me case con él. Por lo menos, no en serio. Y, en segundo lugar, se ha hecho la vasectomía.

—Bah, volverá a ligarse los vasos. Conozco a muchos hombres que lo han hecho.

Sin embargo, aquel detalle le puso un poco nervioso.

—Pero ¿es que sólo piensas en eso? ¿En embarazar a la gente?

–No –contestó él sonriendo con inocencia–. Sólo a mi mujer.

Ella soltó una carcajada. Al término del almuerzo, cada cual regresó a su despacho. Tana tenía entre manos un caso tremendo, probablemente el más importante de su carrera: tres hombres habían sido acusados de la más espantosa serie de asesinatos que se hubieran cometido en el estado en el transcurso de los últimos años, tres defensores y dos fiscales intervendrían en el juicio. Ella actuaría en representación del fiscal de distrito. La prensa iba a ocuparse muchísimo del caso y, por consiguiente, se tenía que preparar muy bien. No podría trasladarse al Este con Drew cuando él fuera a pasar allí las vacaciones de Pascua en compañía de las niñas. Pensaba que era mejor no ir, de todos modos. Drew estaría muy nervioso con la firma de los papeles y ella estaría preocupada por el juicio. Le sería más útil quedarse en casa trabajando que perder el tiempo esperándole en la habitación de un hotel.

Antes de marcharse, Drew se trasladó a San Francisco para pasar el fin de semana con Tana y, la última noche, ambos permanecieron horas y horas sentados sobre la alfombra, frente al fuego de la chimenea, charlando, pensando en voz alta y expresando todos sus sentimientos. Ella se percató de nuevo de lo mucho que se estaba enamorando de él.

–¿Te interesaría casarte? –le preguntó Drew, pensativo, mientras Tana le miraba sonriendo, iluminada por el suave fuego de la chimenea.

Bajo el suave resplandor, estaba preciosa; sus delicadas facciones parecían haber sido esculpidas en mármol color melocotón y sus ojos brillaban como esmeraldas.

–Nunca lo he pensado –contestó Tana, acariciándole los labios con las yemas de los dedos.

Drew le besó las manos y, luego, la boca.

–¿Crees que podrías ser feliz conmigo? –le preguntó.

–¿Es una declaración en regla, señor? –repuso ella, sonriendo. Le pareció que Drew se andaba un poco por las ramas–. No tienes por qué casarte conmigo, ¿sabes? Yo soy feliz así.

–¿De veras?

La miró asombrado y ella asintió con la cabeza.

–¿No lo eres tú?

–No del todo. –Los cabellos de Drew parecían más plateados que nunca y sus ojos eran como dos relucientes zafiros. Tana pensó que jamás querría amar a otro hombre–. Deseo algo más que eso, Tan... Deseo tenerte siempre a mi lado.

–Y yo a ti también –musitó ella.

Entonces, él la estrechó y le hizo suavemente el amor allí mismo, delante de la chimenea. Después, permaneció tendido largo rato mirándola. Al final, besando su cabello y acariciando el cuerpo que tanto amaba, preguntó:

–¿Querrás casarte conmigo cuando sea libre?

–Sí –contestó ella con un hilillo de voz.

Jamás se lo había dicho a nadie, pero, en aquellos momentos, lo dijo en serio. De golpe, comprendió lo que sentía la gente cuando se prometía: en la fortuna y en la adversidad, hasta que la muerte nos separe. Ya no quería volver a vivir sin él. Cuando le acompañó al aeropuerto, al día siguiente, aún estaba ligeramente abrumada por aquellos sentimientos.

–¿Dijiste en serio lo de anoche, Drew? –le preguntó.

–¿Cómo puedes preguntármelo siquiera? –dijo él, estrechándola en sus brazos delante de todo el mundo, en la terminal–. Pues claro que sí.

–Eso significa que somos novios, ¿no? –preguntó Tana, poniendo más cara de chiquilla de trece años que de ayudante del fiscal de distrito.

–Desde luego que sí. –Drew se rió como un muchacho feliz, y añadió–: A ver qué anillo te podré encontrar en Washington.

—Eso carece de importancia. Lo único que quiero es que vuelvas sano y salvo.

La espera de diez días se le iba a hacer interminable. Menos mal que la preparación del juicio la tendría muy ocupada.

Al principio, Drew la llamaba dos y hasta tres veces al día, y le contaba cuanto hacía desde que se levantaba hasta que se acostaba. Pero, cuando Eileen empezó a poner dificultades, él ya no la llamó más que una vez, y Tana adivinó por su voz cuán nervioso estaba. Sin embargo, se había iniciado el proceso de selección de los miembros del jurado y ella estaba totalmente inmersa en dicha tarea. Cuando Drew regresó a Los Ángeles, Tana cayó en la cuenta de que llevaba más de dos días sin hablar con él. Se había quedado allí más de lo previsto, pero todo había sido por una «digna causa», le dijo. Ella estaba tan ocupada con su trabajo que apenas le prestó atención. Ignoraba cómo se iban a portar los miembros del jurado, qué táctica iba a adoptar la defensa, qué resultado darían las pruebas que acababan de obtenerse y cómo actuaría el juez que les habían asignado. Tenía muchas cosas en que pensar y, por si fuera poco, Drew tendría que intervenir en un pleito. Por regla general, siempre conseguía resolver las disputas sin necesidad de acudir a los tribunales; pero, aquella vez, todo había fallado y permaneció apartado de ella casi otra semana. Cuando volvieron a reunirse, casi parecían unos desconocidos. Él le preguntó en broma si se había enamorado de otro e hicieron apasionadamente el amor durante toda la noche.

—Quiero que estés tan cansada todo el día que todo el mundo tenga que preguntarte qué demonios hiciste anoche —le dijo Drew.

Y consiguió su propósito. Tana estaba medio adormilada y no podía apartarlo de sus pensamientos. Nunca se saciaba de su presencia y, a lo largo de las sesiones, se sintió muy sola. Pero no podía permitirse el lujo de cometer equivocaciones; y, sacando fuerzas de flaqueza, consiguió trabajar sin desfallecer en ningún momento. El juicio se prolongó hasta finales de mayo y, en la primera semana de junio, se dio a conocer el veredicto. Todo ocurrió tal como Tana esperaba y la prensa elogió, como siempre, su actuación. A lo largo de los años, se había ganado la bien merecida fama de ser rígida, conservadora, implacable y brillante en todas las causas en las que intervenía. Los comentarios eran siempre sumamente elogiosos y Harry solía leerlos con una sonrisa en los labios.

—Nunca reconozco en ellos a la chica liberal que yo conocía y amaba, Tan —le decía.

—Todos tenemos que madurar un día u otro, ¿no te parece? Voy a cumplir treinta y un años.

—Eso no es un pretexto para que seas tan dura.

—No soy dura, Harry, soy eficiente. —Tenía razón y él lo sabía—. Estos hombres han matado a nueve mujeres y a un niño. No se puede dejar que gente así ande suelta por la calle. Nuestra sociedad se vendría abajo. Alguien tiene que hacer lo que yo hago.

—Me alegro de que seas tú y no yo, Tan —dijo Harry, dándole unas palmadas en una mano—. No podría dormir por las noches, temería que, algún día, esa gente se vengara. —Aunque no se lo quería decir, a veces se preocupaba por ella, pero Tana no tenía miedo—. Por cierto, ¿cómo está Drew?

—Muy bien. La semana que viene se va a Nueva York por un asunto del trabajo. A la vuelta se traerá a las niñas.

—¿Cuándo os casáis?

—Cálmate. No hemos vuelto a hablar de ello desde que empecé a preparar este caso. La verdad es que apenas hemos hablado.

Cuando Tana le comunicó el éxito que había obtenido antes de que éste llegara a la prensa, Drew le contestó sin el menor entusiasmo.

—Estupendo.

—Bueno, no te emociones tanto —bromeó Tana—. Podría ser malo para el corazón.

—Perdona, estaba pensando en otra cosa.

—¿En qué?

—No tiene importancia.

Pero Drew siguió igual hasta que se fue, estuvo todavía peor cuando habló con ella desde el Este y, al regresar a Los Ángeles, ni siquiera la llamó. Tana se preguntó si le habría ocurrido algo y pensó en ir a verle por sorpresa para aclarar las cosas. Ambos necesitaban un poco de tiempo para ordenar sus asuntos, habían trabajado con ahínco y estaban un poco alterados. Una noche, Tana miró el reloj y estuvo en un tris de tomar el último avión de Los Ángeles; pero, al final, se contentó con llamarle. En todo caso, podría irle a ver al día siguiente. Al cabo de los dos meses del juicio, ambos necesitaban poner un poco al día sus relaciones. Tana marcó el número que se sabía de memoria, oyó sonar el teléfono tres veces y sonrió cuando lo descolgaron. Su sonrisa se esfumó al oír una voz femenina.

—¿Diga?

El corazón le dio un vuelco mientras permanecía sentada, contemplando la noche a través de la ventana. Se repuso enseguida y colgó a toda prisa el aparato.

Se le había desbocado el corazón y se sentía aturdida, torpe, desorientada, extraña. No podía creer lo que acababa de oír. Se habría equivocado de número, pensó; pero, antes de que tuviera tiempo de serenarse y volver a probar, sonó el teléfono. Era Drew. Lo comprendió en el acto. Debió de suponer que había llamado ella y estaba asustado. Tana tuvo la sensación de que su vida había terminado.

—¿Quién era? —preguntó con ansia.

—¿De quién hablas? —replicó Drew, muy nervioso.

—De la mujer que ha contestado al teléfono.

—No sé a quién te refieres.

—¡Drew! Contéstame. ¡Por favor! —Lloraba y gritaba al mismo tiempo.

—Tenemos que hablar.

—Oh, Dios mío... Pero ¿qué me has hecho?

—No te pongas tan melodramática, por lo que más quieras...

—¿Melodramática? —gritó ella—. Te llamo a las once de la noche y contesta una mujer. Y me dices que no me ponga melodramática. ¿Qué dirías tú si se pusiera un hombre al teléfono cuando tú me llamaras?

—Ya basta, Tan. Era Eileen.

—Naturalmente. ¿Y dónde están las niñas? —Ni siquiera sabía por qué lo preguntaba.

—En Malibú.

—¿Malibú? ¿O sea que estás solo con ella?

—Teníamos que hablar —contestó él con voz apagada.

—¿A solas? ¿Y a esta hora? ¿Qué demonios significa todo esto? ¿Ha firmado los documentos?

—Sí. Bueno, no... Oye, tengo que hablar contigo.

—Vaya, ahora resulta que tienes que hablar conmigo. —Era muy dura con él y ambos se habían puesto histéricos—. ¿Qué está ocurriendo ahí?

Hubo un interminable silencio que Drew no supo cómo llenar. Tana colgó y se pasó toda la noche llorando. Él se presentó en San Francisco al día siguiente. Era sábado y la sorprendió en casa, tal como esperaba. Utilizó su llave para entrar y la encontró sentada detrás del escritorio, contemplando melancólicamente la bahía. Cuando le oyó entrar, ni siquiera se volvió a mirarle.

—¿Por qué te has molestado en venir?

Drew se arrodilló al lado de Tana y le acarició la nuca.

—Porque te quiero.

—No es cierto —dijo ella, agitando la cabeza—. Quieres a Eileen. Siempre la has querido.

—Eso no es verdad. —Pero ambos sabían que sí; mejor dicho, lo sabían los tres—. La verdad es que os quiero a las dos. Resulta tremendo decirlo, pero es la pura verdad. No sé qué hacer para dejar de quererla, pero, al mismo tiempo, estoy enamorado de ti.

—Es repugnante —dijo ella, sin dejar de contemplar la bahía. Drew vio lágrimas en sus ojos y se conmovió.

—No puedo evitar sentir lo que siento. No sé qué puedo hacer. Elizabeth ha estado a punto de fracasar en los exámenes porque lo nuestro la tiene muy trastornada. Julie sufre pesadillas. Eileen ha dejado su trabajo en la OEA, ha rechazado el puesto de embajadora que le habían ofrecido y ha vuelto a casa con las niñas.

—¿Viven contigo? —Le miró como si acabaran de clavarle un puñal en el corazón. Drew asintió con la cabeza. Ya no quería mentirle más—. ¿Y cuándo ocurrió todo eso?

—Hablamos mucho de ello en Washington, durante la semana de Pascua. Pero no quería disgustarte en aquellos momentos, estabas agobiada de trabajo, Tan. —Ésta experimentó el impulso de propinarle un puntapié. ¿Cómo era posible que se lo hubiera ocultado?—. Además, no era seguro. Eileen lo hizo todo sin consultarme y se presentó sin avisarme la semana pasada. Y ahora, ¿qué esperas que haga? ¿Que las eche de casa?

—Sí. Nunca hubieras debido permitir que volvieran a entrar.

—Son mi mujer y mis hijas —dijo Drew, al borde de las lágrimas.

—Supongo que eso lo resuelve todo, ¿no? —Tana se levantó, se dirigió lentamente a la puerta y le miró—. Adiós, Drew.

—No pienso irme así. Estoy enamorado de ti.

—Pues, entonces, líbrate de tu mujer. Ya ves qué sencillo es.

–¡*No* lo es, maldita sea! –gritó él. Tana se negaba a comprender la apurada situación en que se encontraba–. Tú no sabes lo que es eso, lo que siento... La culpabilidad... la angustia.

Se echó a llorar y ella le miró asqueada. Apartó el rostro y, procurando reprimir sus propias lágrimas, le dijo:

–Vete, por favor.

–No quiero.

La atrajo hacia sí y ella trató de rechazarle; pero no pudo. Y, de repente, sucumbió sin querer y volvieron a hacer el amor. Lloraron, suplicaron, gritaron, se hicieron mutuos reproches y maldijeron el destino. Al terminar, permanecieron tendidos y abrazados.

–¿Qué vamos a hacer? –preguntó ella.

–No lo sé. Dame tiempo.

–Juré que jamás iba a hacer algo así –dijo Tana, exhalando un doloroso suspiro.

Pero no podía soportar la idea de perderle, y él no podía soportar la angustia de dejarla. Se pasaron dos días llorando el uno en brazos del otro y, cuando él regresó a Los Ángeles, aún no habían decidido nada, pero sabían que no todo había terminado. Tana accedió a darle más tiempo y Drew prometió buscar un arreglo. Durante seis meses, se volvieron locos mutuamente con promesas y amenazas, ultimátums y gritos. Tana llamó y le colgó mil veces el teléfono a Eileen. Drew le suplicó que no cometiera imprudencias. Hasta las niñas se habían percatado de lo mal que lo estaba pasando. Tana empezó a evitar los contactos con la gente y, sobre todo, con Harry y Averil. No podía soportar las preguntas que veía en los ojos de su amigo, la dulzura de su mujer y la presencia de sus hijos, que tanto le recordaban a las hijas de Drew. Era una situación intolerable para todos. Eileen lo comprendía, pero dijo que no pensaba marcharse. Aguardaría a que Drew adoptara una decisión y, entretanto, no se iría a ninguna parte. Tana se estaba volviendo loca. Como era de esperar, se pasó sola en casa el día de su cumpleaños, el Cuatro de Julio, el día del Trabajo y el día de Acción de Gracias.

—¿Qué esperas de mí, Tana? ¿Quieres que las abandone sin más?

—Puede que sí. Tal vez sea eso exactamente lo que espero de ti. ¿Por qué tengo que ser yo la que siempre esté sola? Eso, a mí, también me importa.

—Pero yo tengo a las niñas.

—Vete al infierno.

Pero no se lo dijo en serio hasta que pasó las Navidades sola. Drew le prometió ir a verla, y Tana le esperó inútilmente todo el día, sentada con su vestido de noche hasta las nueve de la mañana del día de Año Nuevo. Entonces, se quitó lenta e irrevocablemente el vestido y lo arrojó al cubo de la basura. Se lo había comprado sólo para él. Al día siguiente, mandó cambiar las cerraduras, recogió todas las cosas que él había dejado en su apartamento a lo largo de un año y medio, hizo un paquete y se lo envió a su apartado de correos. Después, le envió un telegrama que lo explicaba todo: «Adiós. No vuelvas nunca más.» Lloró inconsolablemente porque, a pesar de su valentía, la gota que había derramado el vaso la había dejado destrozada. Tras recibir el telegrama y el paquete, Drew acudió a verla, temía que Tan hablara en serio. Al intentar introducir la llave en la cerradura, comprendió que sus temores eran fundados. Se dirigió al despacho de su amante e insistió en verla. Y cuando ella le recibió, sus verdes ojos le miraron con una frialdad desconocida.

—No me queda nada que decirte, Drew.

En su interior, algo había muerto. Él lo había matado con las esperanzas jamás cumplidas y con las mentiras que le había dicho. Se preguntó cómo era posible que su madre hubiera aguantado tantos años sin suicidarse. Era la peor tortura que Tana hubiera podido imaginar, y no quería volver a encontrarse en aquella situación por culpa de ningún hombre. Y menos, por él.

—Por favor, Tana...

—Adiós —le dijo ella, abandonando el despacho para dirigirse a una sala de juntas.

Poco después, Tana salió del edificio, pero tardó varias horas en regresar a su casa. Cuando llegó, Drew la estaba aguardando en la calle, bajo un fuerte aguacero. Aminoró la marcha del vehículo y, al verle, pisó el acelerador y se alejó. Pasó la noche en un motel de Lombard Street. A la mañana siguiente, cuando volvió, le encontró durmiendo en el interior de su automóvil. Al oír las pisadas de Tana, Drew despertó y descendió a toda prisa del coche para hablar con ella.

—Si no me dejas en paz, llamo a la policía —le dijo ella en tono amenazador, mirándole a los ojos enfurecida.

Sin embargo, lo que Drew no pudo ver fue cuán destrozada estaba por dentro, lo mucho que lloró al ver que se marchaba y lo desesperada que se sintió al pensar que jamás volvería a verle. Incluso estuvo a punto de arrojarse desde el puente, pero se lo impidió algo que ni siquiera supo exactamente lo que era. Entonces, de un modo casi milagroso, Harry intuyó que ocurría algo tras llamarla repetidamente sin que nadie se pusiera al teléfono. Tana pensó que era Drew y permaneció tendida en el suelo del salón, recordando entre sollozos la vez que hicieron el amor allí y él le propuso que se casaran. De súbito, llamaron a la puerta y oyó la voz de Harry. Estaba hecha un desastre cuando fue a abrir; tenía el rostro surcado por las lágrimas y los pies descalzos, la falda cubierta de pelusa de la alfombra y el jersey torcido.

—¡Dios mío! Pero ¿qué te ha sucedido? —Parecía haber pasado una semana bebiendo o haber sido apaleada o víctima de algo espantoso. Sólo esto último era cierto—. ¿Tana?

Ésta rompió a llorar y le abrazó, inclinándose torpemente sobre la silla de ruedas de Harry. Luego se sentó en el sofá y se lo contó todo.

—Ha terminado. Ya nunca volveré a verle.

—Tanto mejor para ti —dijo Harry, mirándola con expresión sombría—. Así no puedes vivir. Desde hace seis meses, estás muy desmejorada. No es justo.

—Lo sé. Pero quizá si hubiera esperado... puede que al final...

Estaba débil e histérica y, al verla tan trastornada, Harry tuvo que hablarle a gritos.

—¡Ya basta! Jamás abandonará a su mujer, si no lo ha hecho hasta ahora. Maldita sea, Tan, Eileen volvió a su lado hace siete meses y aún sigue allí. Si Drew quisiera, ya se hubiera largado. No te engañes.

—Me he estado engañando durante un año y medio.

—Son cosas que a veces ocurren —dijo Harry con tono filosófico, aunque en su fuero interno deseara asesinar al mal nacido que había causado todo aquel daño—. Tienes que animarte y seguir adelante.

—Sí, claro. —Tana se echó de nuevo a llorar, olvidando con quién estaba hablando—. Para ti es fácil decirlo.

Él la miró con dureza.

—¿Recuerdas cuando me arrastraste hasta la vida, arrancándome con los dientes de mi desesperación, y después me convenciste de que estudiara derecho? ¿Te acuerdas? Bueno, pues, no me vengas ahora con estas porquerías. Si yo lo conseguí, tú también podrás hacerlo. Lo superarás.

—Nunca he querido a nadie como a él —dijo ella gimoteando.

Harry se afligió al ver el dolor que reflejaban sus grandes ojos verdes. Parecía una chiquilla de doce años y él pensó que ojalá pudiera ayudarla; pero no estaba en su mano quitar de en medio a la mujer de Drew, aunque gustosamente lo hubiera hecho por ella. Hubiera sido capaz de cualquier cosa por Tan, su mejor y más querida amiga.

—Ya encontrarás a otro. Y mejor que él.

—Yo no quiero a otro. No quiero a nadie.

Eso era lo que él más temía.

Durante un año, Tana se empeñó en demostrar que lo que había dicho era cierto. No fue a ninguna parte y no vio a nadie; incluso se negó a ver a Harry y Averil por Navidad. Nadie la felicitó cuando cumplió treinta y dos años, se pasaba las noches sola y se hubiera comido sola el pavo del día de Acción de Gracias, caso de haberse tomado la molestia de comprarlo, lo que no hizo. Trabajaba más de la cuenta, sentada a su escritorio hasta las once de la noche. Se encargaba de más casos que nunca, sin divertirse ni tomarse un minuto de descanso a lo largo de todo el año. Raras veces se reía, no llamaba a nadie, no salía con nadie y tardaba semanas en responder a las llamadas de Harry.

—Felicidades —le dijo éste un día de febrero en que, por fin, consiguió hablar con ella. Tana se había pasado más de un año guardando luto por Drew Lands y, a través de unos amigos comunes, se había enterado de que él y Eileen seguían juntos y acababan de comprarse una casa preciosa en Beverly Hills. Harry ya estaba cansado de perseguirla—. Bueno, pelmaza, ¿me quieres explicar por qué ya ni contestas a mis llamadas?

—He tenido mucho que hacer durante estas últimas semanas. ¿No lees la prensa? Estoy esperando un veredicto.

—Por si te interesa saberlo, todo eso me importa un bledo. Y, además, no excusa tu comportamiento de este último año. Ya *nunca* me llamas. Siempre soy yo quien te llama. ¿Qué te molesta? ¿Mi aliento, el olor de mis pies, mi cociente intelectual?

Tana se echó a reír. Harry siempre sería el mismo guasón.

—Todo eso y mucho más.

—Eres una insensata. Pero ¿acaso piensas pasarte toda la vida compadeciéndote? Ese hombre no merecía la pena, Tan. Y pasarte todo un año así es ridículo.

—No tenía nada mejor que hacer.

Sin embargo, ambos sabían que no era cierto y que todo se debía a Drew Lands y al hecho de que éste no hubiera dejado a su mujer.

—Vaya, otra novedad. Antes nunca me mentías.

—Es que me ha sido más fácil trabajar sin ver a nadie.

—Pero ¿por qué? ¡Si tendrías que celebrarlo! Hubieras podido ser como tu madre y pasarte quince años esperando. Tú, en cambio, has tenido la inteligencia de dejarlo. ¿Qué has perdido, Tan? ¿Tu virginidad? ¿Año y medio? ¿Y qué? Otras mujeres pierden diez años con hombres casados, pierden sus corazones, la cordura, el tiempo y la vida. En mi opinión, has tenido mucha suerte.

—Ya.

Tana sabía que Harry tenía razón, pero no podía reconocerlo. Tal vez jamás pudiera. La añoranza y el odio todavía seguían alternándose en su mente. No había alcanzado aquel estado de indiferencia al que aspiraba. Y un día que Harry la invitó a almorzar, se lo confesó.

—Eso lleva tiempo, Tana. Además, un clavo saca otro clavo. Tienes que salir con otras personas. Distraerte con otras cosas para no pensar siempre en Drew. No puedes pasarte todo el día trabajando. —La miró sonriendo. La quería mucho y siempre la querría. No era lo mismo que sentía por su mujer. A ella, la quería en aquellos momentos más bien como a una hermana. Pensó en los muchos años en que estuvo perdidamente enamorado de ella y se los recordó—. Y conseguí sobrevivir.

—No era lo mismo. Drew me propuso casarme con él. Es el único hombre con quien he querido casarme, ¿lo sabías?

—Sí. —Harry la conocía mejor que nadie—. Es un capullo, ya lo sabemos, y tú tardas mucho en reaccionar. Pero volverás a querer casarte. Aparecerá otro hombre.

—Lo que me faltaría. —La idea la asqueaba—. A mi edad, los idilios románticos ya no son adecuados, muchas gracias.

—Bueno, pues búscate a un vejestorio que te encuentre bonita. Pero no te quedes ahí sentada malgastando tu vida.

—No creo que la malgaste, Harry. Tengo mi trabajo.

—Pero eso *no* es suficiente. Qué terca eres.

La miró sacudiendo la cabeza y la invitó a una fiesta que había organizado en su casa.

Pero Tana no apareció y Harry tuvo que luchar denodadamente para sacarla de nuevo de su caparazón. Parecía que hubieran vuelto a violarla. Por si fuera poco, perdió un juicio y se sumió en un profundo estado depresivo.

—Bueno, eso quiere decir que no eres infalible. Descansa un poco, bájate de la cruz. Ya sé que estamos en Semana Santa, pero con Uno es suficiente. ¿No puedes encontrar algo que hacer en lugar de pasarte todo el rato atormentándote? ¿Por qué no te vienes a pasar un fin de semana con nosotros, en Tahoe? —Acababan de alquilar una casa y a Harry le encantaba ir allí con sus hijos—. De todos modos, ya no podremos ir muy a menudo.

—¿Por qué no? —preguntó ella mientras él pagaba la cuenta.

Había pasado meses muy preocupado por ella; pero, por fin, parecía que empezaba a reaccionar.

—Ya no podré llevar a Averil mucho tiempo. Vuelve a estar embarazada, ¿sabes?

Tana se quedó sin habla. Entonces, Harry se ruborizó y esbozó una tímida sonrisa.

—Ya ha ocurrido otras veces. No es nada extraordinario.

Pero ambos sabían que sí. Tana sonrió y se olvidó de

repente de Drew Lands. Volvió a contemplar la vida en todo su esplendor y experimentó el deseo de gritar y cantar. Era como si le hubiera dolido una muela durante un año y descubriera, de golpe, que la muela había desaparecido como por ensalmo.

—Me dejas de una pieza. Pero ¿es que no pensáis parar?

—No. Y después iremos por el cuarto. Esta vez quiero otra niña, pero Ave desea que sea un chico.

Tana le miró radiante de felicidad y le dio un fuerte abrazo al salir del restaurante.

—Voy a ser tía otra vez.

—Éste es el camino más fácil. Y no es justo, Tan.

—A mí me va bien.

Tana no quería hijos, por mucho que llegara a querer a un hombre. No tenía tiempo para eso y esa decisión venía de muy lejos. Su hijo era el Derecho. Además, en caso de que le apeteciera mimar a un chiquillo y sentárselo en el regazo, ya tenía a los de Harry. Ambos eran adorables y Tana se alegraba mucho de que hubiera un tercero en camino. Averil tenía unos embarazos muy fáciles, y Harry estaba orgulloso de que pudiese tener todos los hijos que quisiera. Cuando Tana se lo comentó a su madre, ésta lo desaprobó.

—Me parece una imprudencia.

Desde hacía algún tiempo, Jean se oponía a todo: a los hijos, a los viajes, al cambio de empleo, a los cambios de casa. Era como si quisiera pasar el resto de su vida en sordina y pretendiera que todo el mundo hiciera lo mismo. Tana comprendió que era un signo de envejecimiento a pesar de lo joven que todavía era su madre. Desde que se había casado con Arthur, Jean había envejecido mucho. Las cosas no le salieron como esperaba y, cuando consiguió lo que había ansiado durante tanto tiempo, resultó que no era lo que pensaba. Arthur era viejo y estaba enfermo.

Sin embargo, Tana se alegraba mucho por Harry y Ave. Y cuando nació el nuevo vástago, el 25 de noviembre, Ave vio cumplido su deseo. Era un niño precioso, rebosante de vitalidad. Le bautizaron con el nombre de su bisabuelo, Andrew Harrison, y, mientras le contemplaba sonriendo en brazos de su madre, Tana tuvo que contener las lágrimas. Nunca había reaccionado de aquella manera con los otros, pero, por alguna razón inexplicable, le conmovió profundamente la inocencia de aquel niño, su sonrosada carne, sus ojos grandes y redondos y sus deditos graciosamente doblados. Jamás había visto semejante perfección. Miró a Harry sonriendo y se alegró de verle tan orgulloso, oprimiendo fuertemente con una mano la de su mujer y acariciando suavemente a su hijo con la otra.

Averil regresó a casa al día siguiente de haber dado a luz, y ella misma se encargó de preparar el almuerzo del día de Acción de Gracias, tal como siempre había hecho. Rechazó cualquier ayuda y Tana se asombró de las cosas que sabía hacer y de lo bien que las hacía.

—Te parece extraño, ¿verdad? —le preguntó Averil, amamantando a su hijo sentada junto a la ventana que daba a la bahía mientras ella la miraba.

—Tú también podrías hacerlo, si quisieras, Tan —le dijo Harry.

—Ni lo sueñes. Apenas sé hacerme un huevo pasado por agua, figúrate si tuviera que dar a luz y preparar un pavo para mi familia dos días más tarde, como si me hubiera pasado toda la semana sin hacer nada. Cuídala mucho, Harry, y no vuelvas a dejarla embarazada.

Sin embargo, ambos eran muy felices y Averil no cabía en sí de gozo.

—Lo procuraré. Por cierto, ¿vendrás al bautizo? Ave quiere que sea el día de Navidad, si piensas estar aquí.

—¿Y dónde quieres que esté? —le preguntó Tana.

—Vete a saber. Podrías irte a tu casa de Nueva York.

Yo pensaba irme con los niños a Gstaad para ver a mi padre, pero me dice que se va a ir a Tánger con unos amigos. O sea que todo ha quedado en agua de borrajas.

—Me partes el corazón —exclamó Tana, echándose a reír.

Llevaba años sin ver a Harrison, pero Harry le dijo que estaba muy bien. Al parecer, era uno de esos hombres que se conservan guapos y sanos durante toda la vida. Asustaba un poco pensar que tenía más de sesenta años, sesenta y tres para ser más exactos, según le recordó Harry, aunque no los aparentaba. Tana pensó en lo mucho que le había odiado Harry en otros tiempos. Ella fue la causante de que todo cambiara y Harry jamás lo olvidó. Ahora, quería que volviera a ser la madrina de uno de sus hijos y ella estaba muy conmovida.

—Pero ¿es que no tienes otros amigos? Tus hijos estarán hartos de mí cuando sean mayores.

—Peor para ellos. Jack Hawthorne es el padrino de Andrew. Así, por lo menos conseguiré presentaros. Él cree que le has estado evitando.

Harry y Jack llevaban varios años de socios, pero Tana no le conocía, aunque desde hacía algún tiempo sentía curiosidad por saber cómo era. Cuando le vio en la iglesia de Santa María de Union Street, el día de Navidad, pensó que era, más o menos, tal como lo había imaginado: alto y rubio, y tenía toda la pinta de un jugador de fútbol universitario, aunque su cara mostraba mucha más inteligencia de lo acostumbrado en semejantes casos. Tenía los hombros muy anchos y unas manos enormes, con las que sostuvo al niño con una delicadeza que dejó asombrada a Tana. Al salir de la iglesia, le vio conversando con Harry.

—Lo haces muy bien, Jack —le dijo Tana sonriendo.

—Gracias. Estoy un poco oxidado, pero aún puedo arreglármelas en un caso de apuro.

—¿Tienes hijos? —le preguntó Tana por decir algo.

Sólo hubieran podido hablar de asuntos legales o de su común amigo, pero resultaba mucho más fácil y agradable hablar del ahijado que ambos compartían.

—Tengo una hija de diez años.

—Nadie lo diría.

Le parecía muy mayor. Claro que Elizabeth tenía trece, pero Drew le llevaba bastantes años a aquel hombre. Tana sabía que Jack pasaba de los treinta. En la fiesta que se celebró más tarde en casa de Averil y Harry, Jack se pasó el rato contando chistes e historias divertidas que hicieron las delicias de todo el mundo, incluida la propia Tana.

—No me extraña que le aprecies tanto —le dijo Tana a Harry, en la cocina, cuando él entró para prepararle una bebida a un invitado—. Es un hombre muy simpático.

—¿Te refieres a Jack? —No se sorprendió. Aparte Tana y Averil, Jack Hawthorne era su mejor amigo; estaban muy compenetrados desde hacía varios años. Las cosas les iban muy bien, aunque no trabajaran con tanto ardor como Tana—. Es muy listo, pero se lo toma todo con mucha calma.

—Ya me he dado cuenta.

A primera vista, Jack daba la impresión de ser distraído y casi indiferente a todo cuanto le rodeaba; pero Tana observó que en realidad era mucho más perspicaz de lo que parecía.

Finalizada la fiesta, Jack se ofreció a acompañarla a su casa y ella aceptó. Había dejado el automóvil aparcado delante de la iglesia.

—Bueno, por fin he tenido ocasión de conocer a la famosa ayudante del fiscal de distrito. Escriben muchas cosas sobre ti.

—Sólo cuando no tienen otra cosa que hacer —contestó ella un poco turbada.

Jack sonrió. Le gustaba su modestia. Le gustaban también aquellas largas y torneadas piernas que asomaban por debajo de la falda de terciopelo negro. Era un modelo que se había comprado en I. Magnin para lucirlo el día del bautizo de su ahijado.

—Harry está muy orgulloso de ti, ¿sabes? —le dijo Jack—. Me parece que ya te conozco porque él me habla mucho de ti.

—Yo soy como él. No tengo hijos y todo el mundo tiene que aguantarme las historias que cuento de Harry y de cuando íbamos a la universidad.

—Menudas piezas debíais de ser entonces —dijo Jack sonriendo.

—Más o menos. Nos divertíamos mucho, eso sí. También las pasamos moradas algunas veces. —Tana sonrió al recordarlo—. Tanta nostalgia debe ser cosa de la edad.

—Es muy propia de esta época del año.

—¿Verdad? En Navidad siempre me pongo así.

—Yo también. —Jack se preguntó dónde estaría su hija, porque ésta formaba parte de su nostalgia—. Tú eres de Nueva York, ¿no es cierto?

Ella asintió. Todo lo de allí se le antojaba a años luz de distancia.

—¿Y tú?

—Del Medio Oeste. De Detroit, para ser más exacto. Es un lugar encantador.

Era muy simpático y Tana aceptó de buen grado la sugerencia de ir a tomar unas copas en algún sitio; pero todo estaba bastante vacío y resultaba deprimente ir a un bar el día de Navidad, por lo que, al final, ella optó por invitarle a casa. El comportamiento de Jack fue tan circunspecto y comedido que Tana ni siquiera le reconoció al principio, cuando se tropezó con él, una semana más tarde, en el ayuntamiento. Era uno de esos hombres altos, guapos y rubios que pueden ser un compañero de estudios, el marido, el hermano o el amante de alguien.

—Perdona, Jack —dijo ella ruborizándose al reconocerle—. Estaba distraída.

—Y con razón.

La miró sonriendo y a ella le hizo gracia comprobar lo mucho que admiraba su trabajo. Harry debía de haberle contado una sarta de mentiras. Sabía que exageraba mucho cuando hablaba de ella; contaba el caso de un violador que la había atacado en una celda de detención, explicaba las llaves de judo que Tana conocía y comentaba los casos que resolvía ella sola sin contar con la ayuda de los investigadores. Nada de ello era cierto, claro, pero a Harry le gustaba contar historias y, sobre todo, historias llenas de peligro que la tuvieran a ella por protagonista.

—¿Por qué cuentas tantos embustes? —le había preguntado más de una vez Tana a Harry; pero él no sentía el menor remordimiento.

—Parte de ello es cierto.

—De eso, ni hablar. Hace una semana, me tropecé con uno de tus amigos y creía que un traficante de droga me había acuchillado en una celda de detención. Ya basta, Harry, por favor.

Mientras miraba a Jack, pensó que Harry habría vuelto a hacer de las suyas.

—Las cosas están muy tranquilas de momento. Y a ti, ¿cómo te va?

—No del todo mal. Tenemos unos asuntos bastante buenos. Harry y Ave se han ido a pasar unos días a Tahoe, y yo me he quedado aquí a guardar la fortaleza.

—Harry es muy trabajador —dijo Tana.

Jack la miró, indeciso. Hacía una semana que deseaba llamarla, pero no se atrevía a hacerlo.

—No dispones de tiempo para almorzar conmigo, ¿verdad? —le preguntó.

Por casualidad, sí disponía de tiempo. Aceptó la invitación. Jack la llevó muy contento al Bijou, un pequeño restaurante francés de Polk, que tenía más pretensiones que calidad. Aun así, fue muy agradable charlar con él durante una hora. Tana había oído hablar mucho de Jack a lo largo de los años, pero su trabajo por una parte y sus turbulentas relaciones con Drew Lands por otra habían impedido que se produjera el encuentro entre ambos.

—Es ridículo. Harry hubiera tenido que presentarnos hace años.

—Creo que ya lo intentó –dijo Jack, esbozando una sonrisa.

No dio a entender que supiera nada de Drew, pero Tana ya se había curado y estaba en condiciones de hablar de ello.

—Durante cierto tiempo, pasé por un período muy difícil –dijo.

—¿Y ahora? –preguntó Jack, mirándola con la misma dulzura con que había contemplado a su ahijado.

—Vuelvo a ser la misma de siempre.

—Me alegro.

—En realidad, Harry me salvó la vida, esta vez.

—Sé que estuvo muy preocupado por ti.

—Me comporté como una estúpida –dijo ella, lanzando un suspiro–. Creo que todos lo somos alguna vez en el transcurso de nuestra vida.

—Yo también lo hice en una ocasión. –Él la miró–. Dejé embarazada a la mejor amiga de mi hermana menor, en Detroit, hace diez años, cuando fui a casa a pasar las vacaciones. No sé qué me ocurrió, debí de volverme loco o algo por el estilo. Era una bonita pelirroja de veintiún años. Y, zas, me tuve que casar sin apenas darme cuenta. A ella no le gustaba vivir aquí y se pasaba los días llorando. La pequeña Barb estuvo enferma de cólicos durante sus primeros seis meses de vida y, al cabo de un año, Kate se fue y todo terminó. Ahora, tengo una ex mujer y una hija en Detroit, y sé de ellas tan poco como entonces. ¡Fue la mayor locura de mi vida y no pienso volver a cometerla nunca más! –dijo muy convencido–.

Desde entonces, nunca he querido tener relaciones serias con ninguna mujer –añadió con tristeza.

–Por lo menos sacaste un beneficio. –Ella, en cambio, no podía decir lo mismo, y no es que le hubiera gustado tener un hijo de Drew, aunque él no se hubiera hecho la vasectomía–. ¿Ves a tu hija de vez en cuando?

–Cada año viene a pasar un mes conmigo –contestó Jack, exhalando un suspiro–. Es difícil construir unas buenas relaciones en este plan. –Siempre pensaba que era una situación injusta para la niña pero, ¿qué podía hacer? Ya no podía ignorarla–. Somos unos desconocidos el uno para el otro. Yo soy el chiflado que cada año le envía tarjetas de felicitación de cumpleaños y la lleva a ver partidos de béisbol cuando viene a pasar unos días conmigo. No sé qué otra cosa puedo hacer. Ave fue muy amable cuidando de ella durante el día el año pasado. Además, me dejaron la casa de Tahoe una semana. A la niña y a mí nos encantó. Cuesta mucho hacer amistad con una niña de diez años.

–Desde luego. Las relaciones... El hombre con quien salía tenía dos hijas y yo no sabía cómo tratarlas. Yo no tengo hijos y no eran como los hijos de Harry; de repente, me encontré con dos seres desconocidos que me miraban como si yo fuera un bicho raro.

–¿Te encariñaste con ellas? –le preguntó Jack; y Tana se sorprendió al comprobar cuán fácil estaba resultando la conversación.

–Pues la verdad es que no. No hubo tiempo. Ellas vivían en el Este. –Recordó lo que ocurrió después, y añadió–: Al principio.

–Desde luego, has conseguido complicarte la vida menos que nosotros. Supongo que no sales con nadie.

–Por regla general, no. Pero aun así, me he causado bastante daño. Sólo que no ha habido hijos de por medio.

–¿Lo lamentas?

–No. –Había tardado treinta y tres años en decirlo en serio–. Hay cosas en la vida que no están hechas para mí, y los hijos son una de ellas. Prefiero ser madrina.

–Ojalá yo hubiera pensado lo mismo. Por lo menos, en bien de Barb. Menos mal que su madre se ha vuelto a casar y la chiquilla tiene a su lado una figura paterna durante los once meses que no pasa conmigo.

–¿Te preocupa? –Tana se preguntó si sería muy posesivo con la niña. Drew lo era mucho, sobre todo con Elizabeth.

–Apenas la conozco –contestó él meneando la cabeza–. Sé que es horrible decirlo, pero es la verdad. Es como si cada año la conociera por primera vez. Y, cuando vuelve al cabo de otro año, ha crecido y es completamente distinta. Es un empeño inútil, pero puede que a ella le sea beneficioso. Lo ignoro. Tengo una obligación con ella, pero me temo que, dentro de unos años, me dirá que me vaya al carajo, que tiene un amigo en Detroit y no piensa venir.

–A lo mejor te lo trae –comentó Tana; y se echaron a reír.

–Dios me libre. Sería lo único que me faltaría. Pienso lo mismo que tú, hay cosas en la vida que no están hechas para mí. El matrimonio..., los hijos...

Tana se rió ante su sinceridad. La gente no solía expresar aquel tipo de opiniones, pero Jack intuyó que con ella podía hacerlo, lo mismo que ella con él.

–Estoy de acuerdo. Considero imposible hacer bien el trabajo y entregarse, al mismo tiempo, a esta clase de relaciones.

–Eso parece muy noble, amiga mía, pero ambos sabemos que no tiene nada que ver lo uno con lo otro. La verdad es que tengo un miedo atroz de tropezarme con otra Kate de Detroit que se pase toda la noche llorando porque aquí no tiene amigos. O con una mujer que se dedique exclusivamente a sus labores y no haga nada en todo el día, como no sea fastidiarme cuando vuelvo a casa. O que, al cabo de dos años de matrimonio, llegue a la conclusión de que la mitad del negocio que Harry y yo hemos montado le pertenece. Harry y yo vemos muchos casos parecidos y no quiero meterme en esos líos. Y tú, ¿de qué tienes miedo? ¿Del parto? ¿De abandonar tu profesión? ¿De la competencia masculina?

Era muy agudo y Tana le sonrió con admiración.

—Has dado en el clavo en todo cuanto has dicho. Quizá tema poner en peligro lo que he construido o tenga miedo de que me causen daño. Lo ignoro. Creo que hace años tenía ciertas dudas acerca del matrimonio, aunque entonces no lo sabía. Es lo único que quería mi madre, pero yo siempre le decía: «Espera... Todavía no... Tengo muchas cosas que hacer, primero.» Es como prestarse voluntariamente a que le corten a uno la cabeza, ningún momento es bueno.

Jack soltó una carcajada y, en aquel instante, Tana se acordó de la proposición que le hizo Drew una noche, frente al fuego de la chimenea, y procuró apartar de su mente aquella escena. Buena parte de los recuerdos que conservaba de Drew ya no la hacían sufrir, pero algunos seguían resultándole muy dolorosos. Y aquél más que ningún otro, porque le parecía que Drew se había burlado de ella. Quiso hacer una excepción por él, aceptó su proposición; y entonces, él volvió junto a Eileen.

Frunció el ceño mientras Jack la observaba con mucho interés.

—Ningún hombre merece que alguien sufra tanto por él, Tana.

—Viejos recuerdos —contestó ella.

—Pues olvídalos. Así ya no te harán daño.

Jack tenía un carácter estupendo. Casi sin darse cuenta, Tana empezó a salir con él. Una película, una cena, un paseo por Union Street, un partido de fútbol... Se hicieron amigos casi sin advertirlo. Y cuando, por fin, se acostaron aquella primavera, les pareció la cosa más natural del mundo. Hacía cinco meses que se conocían y, aunque no fue un terremoto, la experiencia resultó muy positiva. Jack era un compañero muy simpático e inteligente, y comprendía y respetaba muchísimo el trabajo de Tana. Y, por si fuera poco, tenían un amigo común. Cuando, en verano, llegó la hija de Jack, todo resultó también muy agradable. Era una encantadora niña de once años, pelirroja y de ojos grandes, que parecía un cachorro de *setter* irlandés. La llevaron algunas veces a Stinson Beach e hicieron varias excursiones al campo. Tana no disponía en aquellos momentos de mucho tiempo –tenía un importante juicio entre manos–, pero aun así lo pasó muy bien. Los tres acudieron varias veces a casa de Harry, que les observaba con mucho detenimiento, preguntándose si la cosa iba en serio. Pero Averil no lo creía y raras veces se equivocaba. No había fuego, pasión, ni intensidad; pero tampoco había dolor. Eran unas relaciones cómodas, inteligentes y hasta incluso divertidas, además de muy satisfactorias en la cama. Al cabo de un año de salir con Jack, Tana pensó que no le importaría seguir con él durante toda la vida. Eran las clásicas relaciones entre dos seres que jamás se habían casado ni pensaban hacerlo para gran pesar de sus amigos varias veces divorciados. Los sábados por la noche, se les veía en los restaurantes, se iban juntos de vacaciones, asistían a reuniones navideñas y fiestas de gala, disfrutaban de la mutua compañía y, al final, acababan en la cama de uno de ellos. Al día siguiente, regresaban a su casa, encontraban las toallas perfectamente ordenadas, la cama hecha y la cafetera a punto. Tana y Jack se sentían muy a gusto de aquella manera; pero Harry se enfurecía y a ellos les divertía hacerle rabiar.

–Os veo tan satisfechos que me dan ganas de llorar –les dijo Harry un día en que los tres almorzaron juntos.

Pero Tana y Jack estaban muy tranquilos.

—Dale un pañuelo, cariño —le dijo Tana a su amigo.

—No hace falta; que use la manga —contestó Jack—. Es lo que suele hacer.

—Pero ¿es que no tenéis vergüenza? ¿Qué demonios os pasa?

Tana y Jack se intercambiaron una mirada llena de resignación.

—Supongo que somos unos decadentes.

—¿No queréis tener hijos?

—¿Nunca has oído hablar del control de la natalidad? —le preguntó Jack.

Tana se rió al verlo tan exasperado.

—No te esfuerces, muchacho. No vas a convencernos. Somos muy felices así.

—Hace un año que salís juntos. ¿Qué demonios significa eso para vosotros?

—Que tenemos mucho aguante. Ahora sé que Jack se pone furioso si alguien toca la sección deportiva de los periódicos dominicales, y que odia la música clásica con toda su alma.

—¿Y eso es todo? ¿Cómo puedes ser tan indiferente?

—Es algo congénito —contestó ella sonriendo dulcemente mientras Jack la miraba complacido.

—Reconócelo, Harry, estás desfasado.

Sin embargo, cuando Tana cumplió treinta y cinco años seis meses más tarde, ambos le dieron a Harry una sorpresa mayúscula.

—¿Os vais a *casar*? —preguntó Harry cuando Jack le dijo que estaban buscando una casa.

—No —le contestó éste soltando una carcajada—. No conoces a tu amiga si crees que hay la menor posibilidad de que eso ocurra. Tenemos intención de vivir juntos.

Harry giró en redondo en la silla de ruedas y lo miró enfurecido.

—Es lo más asqueroso que he oído en mi vida. No permitiré que le hagas eso a Tan.

–Pero si la idea fue suya –repuso Jack–. Además, tú y Ave hicisteis lo mismo.

Su hija acababa de regresar a casa, y el hecho de tener que ir y venir entre su apartamento y el de Tana durante un mes le había planteado muchas dificultades.

–Su apartamento y el mío resultan demasiado pequeños para los dos. Me gustaría vivir en Marin. Y Tana dice que a ella también.

Harry estaba desolado. Hubiera querido un final feliz con arroz, pétalos de rosas y niños; pero ellos no querían colaborar.

–¿Os dais cuenta de lo complicado que va a ser invertir en la compra de una casa no estando casados?

–Claro que sí. Por eso, lo más probable es que la busquemos de alquiler.

Y eso fue lo que hicieron. Encontraron en Tiburon la casa que buscaban; tenía una vista impresionante, cuatro dormitorios, y era baratísima. Podrían disponer de un despacho para cada uno, de un dormitorio y de una habitación para Barb cuando viniera de Detroit o para posibles invitados. Había una terraza preciosa, un porche y una piscina de agua climatizada orientada hacia la vista. Ambos estaban que no cabían en sí de gozo. Harry y Averil visitaron la casa en compañía de los niños y no tuvieron más remedio que reconocer que el sitio era muy bonito, aunque no fuera lo que Harry deseaba para Tana. Ésta se limitó a reírse; lo peor de todo fue que Jack compartía su opinión. No estaba dispuesto a que nadie volviera a pescarle. Tenía treinta y ocho años y su aventura de Detroit, de hacía doce años, le había costado muy cara.

Aquel año, celebraron la Navidad en casa de Jack y Tana; y fue muy hermoso contemplar la bahía y la ciudad que se extendía a lo lejos.

–Es como un sueño, ¿verdad, cariño? –murmuró Jack en cuanto sus amigos se hubieron marchado.

Era la vida que les gustaba. Al final, Tana dejó el

apartamento que tenía en la ciudad. Al principio, lo conservó para mayor seguridad pero acabó dejándolo. Se sentía protegida al lado de Jack y éste la colmaba de atenciones. Cuando la operaron de apendicitis, él se tomó dos semanas libres para poder cuidarla. Cuando cumplió treinta y seis años, organizó una fiesta en su honor en el Trafalgar Room del Vic's de Trader a la que asistieron ochenta de sus mejores amigos. Y, al año siguiente, la sorprendió con un crucero por las islas griegas. Tana regresó a casa morena, descansada y más feliz que nunca. Jamás hablaban de matrimonio aunque, de vez en cuando, comentaban la posibilidad de comprar la casa en la que vivían. Pero Tana tenía ciertos recelos y, en su fuero interno, a Jack tampoco le hacía demasiada gracia la idea. Ninguno de ellos quería amarrar la barca que tan satisfactoriamente había navegado hasta entonces. Hacía casi dos años que vivían juntos y todo les había salido a pedir de boca. Hasta octubre, al regresar del crucero por Grecia. Tana se estaba preparando para un importante juicio y, tras pasarse casi toda la noche en vela repasando las notas y documentos, se quedó dormida con la cabeza apoyada sobre el escritorio del despacho que daba a la bahía. La despertó el teléfono antes de que lo hiciera Jack llevándole una taza de té.

Miró fijamente a su compañero mientras descolgaba el auricular.

—¿Diga? —preguntó. Jack la miró sonriendo y pensó que estaba hecha un desastre, como siempre que permanecía en vela durante toda la noche. Tana se volvió a mirarle como si leyera sus pensamientos, y de repente se quedó petrificada—. ¿Cómo? Pero ¿estás loco? No es posible... Oh, Dios mío. Estaré ahí dentro de una hora.

Colgó el teléfono y miró a Jack, mientras éste depositaba la taza de té sobre el escritorio con expresión preocupada.

—¿Ocurre algo? —No podía haber sucedido nada en

su casa de Nueva York porque la había oído decir que estaría allí al cabo de una hora, tenía que ser algo relacionado con el trabajo... y no tenía nada que ver con él–. ¿Qué ha pasado, Tan?

–No lo sé –contestó ella–. Tengo que hablar con Frye.

–¿El fiscal de distrito?

–Claro. ¿Quién si no?

–Bueno, pero ¿por qué te has puesto tan nerviosa?

Jack seguía sin comprender nada y lo mismo le ocurría a Tana. Su actuación siempre había sido impecable. Era absurdo. Llevaba años trabajando allí. Miró a Jack con los ojos llenos de lágrimas y, al levantarse, derramó la taza de té sobre los papeles; pero no pareció que ello le importara.

–Dice que me han despedido.

Se echó a llorar y Jack la miró asombrado.

–No puede ser, Tan.

–Es lo que me ha dicho. La oficina del fiscal de distrito es toda mi vida.

Por desgracia, ambos sabían que era verdad.

17

Tana se duchó, se vistió y se trasladó a la ciudad en una hora. Tenía el rostro sereno y la mirada sombría. Habría ocurrido algún acontecimiento inesperado. Parecía que acabaran de comunicarle el fallecimiento de alguien. Jack se ofreció a acompañarla, pero ella sabía que tenía un día muy ocupado. Harry llevaba algún tiempo sin aparecer por el despacho, por cuyo motivo todos los asuntos tenían que pasar por las manos de Jack.

—¿Estás segura de que no quieres que te acompañe, Tan? No quiero que sufras un accidente.

Ella le besó suavemente en los labios. Era curioso. Hacía tiempo que vivían juntos y, sin embargo, eran casi más amigos que otra cosa. Por las noches le gustaba conversar con Jack, comentarle sus problemas, hablarle de sus causas y de la estrategia que iba a emplear. Él comprendía su vida y sus peculiaridades, era feliz a su lado y, al parecer, esperaba relativamente poco de ella. Harry decía que aquello no era natural y, a decir verdad, era muy distinto de cuanto él y Averil compartían. Sin embargo, mientras ponía el vehículo en marcha, Tana miró a Jack y se dio cuenta de cuán preocupado estaba. Seguía sin comprender lo que había ocurrido, lo mismo que ella. Media hora más tarde, entró en su despacho con la cabeza aturdida; y, sin molestarse en llamar primero a la puerta, fue a ver al fiscal de distrito. Le miró sin poder contener las lágrimas por más tiempo.

–¿Qué he hecho para merecer esto?

Estaba destrozada por el dolor y Frye se arrepintió de lo que acababa de hacer. Pensó que resultaría divertido decírselo dando un rodeo, pero no esperaba causarle tanta zozobra. Lamentó más que nunca tener que perderla.

–Eres demasiado buena en tu trabajo, Tan. Siéntate y deja de llorar –le dijo.

–¿O sea que me despides? –preguntó ella, mirándole desconcertada.

–Yo no he dicho eso. He dicho que ibas a perder este puesto.

–Y eso ¿qué demonios significa? –Se sentó pesadamente, abrió el bolso y sacó un pañuelo para sonarse.

No se avergonzaba de expresar sus sentimientos. Amaba aquel trabajo desde el primer día. Llevaba doce años en la oficina del fiscal de distrito. Era casi toda una vida y hubiera preferido dejar cualquier otra cosa. Cualquier otra cosa. El fiscal de distrito se acercó a Tana, muy apenado, y le rodeó los hombros con un brazo.

–Vamos, Tan, no te lo tomes así. Nosotros también te echaremos de menos, ¿sabes? –Al ver sus lágrimas se conmovió. Se tendría que ir enseguida en caso de que aceptara. Pensó que ya la había hecho sufrir bastante y la miró directamente a los ojos–. Te ofrecen un puesto en los tribunales. La jueza Roberts. ¿Cómo te suena?

–¿Es cierto? –preguntó Tana casi sin poder asimilarlo–. ¿Lo es? ¿No estoy despedida? –Se echó a llorar de nuevo, se sonó, y de repente empezó a reír–. No es cierto. Me estás tomando el pelo.

–Qué más quisiera –dijo Frye, muy contento por ella.

Al darse cuenta de la broma que él le había gastado, Tana lanzó un grito.

346

–Qué mal amigo eres. ¡Y yo que pensaba que me ibas a despedir!

–Pensaba que eso le daría un poco de emoción –dijo él, riendo.

–Eres un cerdo –le miró con incredulidad, aturdida por la noticia–. Dios mío... Pero ¿cómo ha ocurrido?

–Yo lo veía venir desde hace tiempo, Tan. Sabía que acabaría ocurriendo, aunque ignoraba cuándo. Y te apuesto cualquier cosa a que el año que viene, por estas fechas, vas a estar en el tribunal superior. Con el expediente que tienes aquí, es lo más lógico.

–Oh, Larry. Dios mío, un puesto en el tribunal... –No encontraba palabras para expresar su emoción–. No puedo creerlo. A los treinta y siete años, jamás lo hubiera pensado.

–Menos mal que otros sí lo pensaron –dijo él estrechándole la mano efusivamente–. Enhorabuena, Tan, te lo tienes merecido. Quieren que tomes posesión del cargo dentro de tres semanas.

–¿Tan pronto? ¿Y mi trabajo? Pero si tengo un juicio que empezará el veintitrés...

Frunció el ceño, mientras Frye agitaba una mano con gesto magnánimo.

–Déjalo, Tan. ¿Por qué no te tomas unos días de descanso y te preparas para desempeñar el nuevo cargo? Encárgale la tarea a otro, para variar. Aprovecha estas semanas para recoger tus cosas e irte preparando en casa.

–¿Qué tengo que hacer? –preguntó, todavía aturdida–. ¿Comprarme unas togas?

–Creo que podrías empezar a buscarte otra casa. ¿Sigues viviendo en Marin? –El fiscal sabía que Tana llevaba un par de años viviendo con un amigo, pero ignoraba si aún conservaba el apartamento de la ciudad. Ella asintió–. Tienes que residir en la ciudad.

–¿Y eso por qué?

–Es una condición para ser juez en San Francisco.

Puedes conservar la otra casa, pero tu residencia principal tiene que estar aquí.

—¿Es absolutamente necesario? —preguntó ella, ligeramente contrariada.

—Me temo que sí. Por lo menos durante la semana.

—Vaya por Dios —exclamó Tana, pensando en Jack. De repente, toda su vida se había trastornado—. Tendré que resolver este asunto.

—Vas a tener mucho que hacer en el transcurso de estas semanas y, ante todo, tendrás que contestar. —El fiscal adoptó un tono oficial—: Tana Roberts, ¿acepta el puesto de jueza del Tribunal Municipal que se le ha ofrecido en la ciudad y condado de San Francisco?

—Lo acepto —contestó ella, mirándole muy seria.

Frye se levantó y sonrió; se alegraba de su merecido éxito.

—Buena suerte. Te echaremos mucho de menos.

Tana le miró con los ojos llenos de lágrimas; y aún estaba aturdida cuando volvió a su despacho y se sentó. Tenía miles de cosas que hacer. Vaciar el escritorio, examinar las causas pendientes, informar a otros de las causas que les iba a traspasar, llamar a Harry... Decírselo a Jack. ¡Jack!

Consultó el reloj y tomó el teléfono. La secretaria le comunicó que Jack estaba en una reunión, pero Tana le dijo que le avisara de todos modos.

—Hola, nena, ¿estás bien?

—Sí —contestó ella en voz baja. No sabía por dónde empezar—. No te vas a creer lo ocurrido, Jack.

—Me ha sorprendido mucho que te llamaran a casa. ¿Qué ha pasado?

Ella respiró hondo y se lanzó:

—Acaban de ofrecerme un puesto en los tribunales.

Se produjo un silencio en el otro extremo de la línea.

—¿Siendo tan joven?

—¿No te parece increíble? —dijo ella, rebosante de felicidad–. No sé, nunca hubiera pensado... Jamás hubiera soñado...

–Me alegro mucho por ti, Tan –dijo él con tono pausado, aunque estaba muy contento.

Tana se acordó entonces de lo que le había dicho el fiscal de distrito. Tendría que buscarse una casa en la ciudad, pero no quería decírselo por teléfono.

–Gracias, cariño. Aún estoy aturdida. ¿Está Harry por ahí?

–No, hoy no vendrá.

–Falta mucho al trabajo últimamente, ¿verdad? ¿Por dónde anda?

–Creo que ha ido a pasar un largo fin de semana en Tahoe, con Ave y los niños. Puedes llamarle allí.

–Esperaré a que vuelva. Quiero ver qué cara pone.

Pero la cara que no hubiera querido ver fue la que puso Jack cuando Tana le dijo que tenía que irse de Marin.

–Cuando me llamaste, fue lo primero que pensé –le dijo él, muy triste, aquella noche.

Estaba disgustado y ella también, pero su emoción lo superaba todo. Incluso llamó a su madre; Jean se quedó de una pieza.

–¿Mi hija, jueza? –preguntó, sorprendida.

Pero se puso muy contenta. Pensó que tal vez, por fin, las cosas acabarían arreglándose. Había conocido a Jack una vez, y creía que era un buen chico. Esperaba que se casaran, aunque Tana no quisiera tener hijos. Siendo jueza, quizá fueran un estorbo para ella. Hasta Arthur se emocionó cuando Jean se lo comunicó.

–¿Te importará mucho vivir en la ciudad durante la semana? –le preguntó Tana a Jack.

–Más bien sí. Aquí vivimos muy a gusto.

–He pensado que podríamos buscar un sitio pequeño que no nos diera demasiados quebraderos de cabeza. Un apartamento, una casita, incluso un estudio.

Algo minúsculo; pero Jack sacudió la cabeza.

—Nos volveríamos locos, acostumbrados al espacio que tenemos aquí.

Durante dos años habían vivido como reyes, con un amplio dormitorio principal, un despacho para cada uno, un salón, un comedor, una habitación para Barb y una vista preciosa sobre la bahía. En comparación con aquello, un estudio les parecería una celda.

—Pues tendré que hacer algo, Jack. Y sólo dispongo de tres semanas.

Estaba un poco molesta con él porque no le facilitaba las cosas. Se preguntó si aquel nombramiento le habría disgustado. Hubiera sido comprensible que así fuera, por lo menos al principio. Pero Tana apenas tuvo tiempo de pensar en ello en los días sucesivos. Repartió entre sus colegas las causas que tenía pendientes, vació el escritorio y recorrió la ciudad en busca de vivienda, hasta que, a mediados de la segunda semana, el corredor de fincas la llamó. Tenía algo «muy especial» en Pacific Heights, y quería que Tana lo viera.

—No es exactamente lo que usted tenía pensado, pero vale la pena que lo vea.

Cuando fue, Tana se quedó extasiada. Era una casa preciosa, una minúscula joya pintada de beige, con adornos de color crema y canela. Era la perfección. Tenía suelos de parquet, chimeneas de mármol en casi todas las habitaciones, enormes armarios empotrados, iluminación indirecta, puertas acristaladas de doble hoja y una vista sobre la bahía. No era lo que Tana andaba buscando, pero, una vez allí, no pudo resistir la tentación.

—¿Qué alquiler tiene?

Sabía que era una locura, porque parecía una casa sacada de una revista.

—No es de alquiler —contestó el corredor sonriendo—. Está a la venta.

Le dijo el precio y Tana pensó que era muy razonable. No es que fuera barato, pero tampoco se iba a comer todos sus ahorros de golpe. Teniendo en cuenta los precios del mercado, incluso se podía considerar como una inversión. Era una casa irresistible en todos los sentidos y resultaba muy adecuada para ella. Había un gran dormitorio en el piso de arriba, un cuarto de vestir con las paredes cubiertas de espejos, un pequeño estudio con una chimenea de ladrillo; y, en la planta baja, un precioso salón y una cocina en estilo rústico que daba a un patio bordeado de árboles. Firmó en el acto, entregó la paga y señal y se presentó muy nerviosa en el despacho de Jack. Sabía que no había cometido un error, pero con todo... Había llevado a cabo un acto tan independiente, tan solitario, tan maduro..., sin consultarlo con él.

—Dios mío, pero ¿quién se ha muerto? —preguntó Jack al verla tan agitada—. Así está mejor —añadió, besándola en el cuello—. ¿Ya estás ejercitándote para jueza? Vas a matar a la gente de un susto si pones esa cara.

—Es que acabo de cometer una locura —dijo ella.

Él había tenido un día muy ajetreado a pesar de que aún no eran ni las dos de la tarde.

—Bueno, y ahora, ¿qué ocurre? Pasa y cuéntamelo. —Tana vio que la puerta de Harry estaba cerrada; y, en vez de llamar, entró directamente en el bonito y espacioso despacho de Jack, que éste había adquirido en propiedad en el Victorian, hacía cinco años. Fue una buena inversión y quizá ello ayudara a que Jack comprendiera la decisión que Tana había tomado aquella mañana. La miró sonriendo, sentado detrás del escritorio—. Bueno, dime qué has hecho.

—Creo que acabo de comprar una casa —contestó Tana, un poco asustada.

—*Crees* que la has comprado. —Soltó una carcajada—. Comprendo. ¿Y por qué lo crees?

Hablaba en el mismo tono de siempre, pero en sus ojos había algo distinto, y Tana se preguntó por qué.

–En realidad, ya he firmado los papeles. Oh, Jack..., espero no haber hecho mal.

–¿A ti te gusta?

–Me encanta. –La miró sorprendido, ya que ninguno de los dos había hablado de comprar una casa. Comentaron la cuestión varias veces. No necesitaban una vivienda permanente, y él no había cambiado de idea. Pero, al parecer, ella sí; y Jack no sabía por qué. Tana había cambiado mucho en diez días. Para él, todo seguía igual–. ¿No será una molestia, Tan? ¿Conservarla, preocuparse por las goteras del techo y una serie de cosas que no nos interesaban?

–No sé... Creo que... –Le miró nerviosa. Había llegado el momento de preguntárselo–. Vendrás a vivir conmigo, ¿verdad?

Estaba asustada y se lo dijo sonriendo con dulzura. Era vulnerable y tierna y, al mismo tiempo, increíblemente poderosa. Jack la quería por eso, y siempre la querría. Era también lo que más le gustaba a Harry de ella; eso, y su lealtad, su generosidad, su inteligencia. Era una mujer encantadora, por muy jueza que fuera. Sentada allí mirándole, parecía una tímida adolescente.

–¿Hay sitio para mí? –preguntó él.

Tana asintió con vehemencia, agitando la melena. Pocas semanas antes de recibir la noticia, se había cortado el cabello recto hasta la altura de los hombros, y lo llevaba elegantemente peinado como una suave cortina dorada desde la coronilla hasta la nuca.

–Por supuesto.

Pero Jack aún tenía sus dudas cuando aquella tarde fue a ver la casa. Convino en que era preciosa, pero le parecía excesivamente femenina.

–¿Cómo puedes decir eso? Aquí no hay más que paredes y suelos.

–No sé, tal vez me da esta sensación porque sé que la casa es tuya. –La miró–. Perdona, Tan. Es muy bonita. No quiero aguarte la fiesta.

—No te preocupes. Ya me encargaré de que resulte cómoda para los dos. Te lo prometo.

Por la noche salieron a cenar juntos y se pasaron horas charlando sobre el nuevo empleo de Tana y la escuela judicial de Oakland a la que tendría que asistir durante tres semanas, encerrada en un hotel en compañía de otros colegas. Todo era nuevo y excitante. Hacía años que Tana no experimentaba aquellas emociones.

—Es como empezar una nueva vida, ¿verdad?

—Supongo que sí —contestó él.

Después, se fueron a casa e hicieron el amor y pareció que nada hubiera cambiado significativamente entre ambos. Tana dedicó una semana a la compra del mobiliario, pagó el precio de la casa y se compró un vestido para la ceremonia de toma de posesión de su cargo. Incluso le pidió a su madre que asistiera, pero Arthur no se encontraba bien y Jean no quería dejarle solo. Asistirían, en cambio, Harry, Averil y Jack y todos sus amigos y conocidos. En total fueron doscientas personas. Harry ofreció luego una recepción en su honor, en el Trader Vic's. Tana se divirtió mucho y se pasó la tarde riéndose y besando a Jack.

—Parece que nos hayamos casado, ¿verdad? —le dijo él, entre risas, mientras intercambiaban una mirada de complicidad.

—Mucho mejor que eso, a Dios gracias.

Bailaron y bebieron; y por la noche, cuando regresaron a casa, estaban un poco embriagados. A la semana siguiente, Tana se fue a la escuela judicial.

Se alojaba en un hotel y tenía previsto pasar los fines de semana con Jack, en Tiburon, pero siempre tenía algo que hacer en la nueva casa, un cuadro o unas lámparas que quería colgar, un sofá que acababan de llevar, o un jardinero con quien quería hablar. Y, de este modo, durante las primeras dos semanas, cuando no estaba en la escuela judicial, dormía en la ciudad.

—¿Por qué no vienes aquí a dormir conmigo? —le preguntó a Jack en tono quejumbroso e irritado.

Llevaba varios días sin verle, aunque de todos modos, estaba muy ocupada.

—Tengo mucho trabajo —contestó él lacónicamente.

—Lo puedes traer aquí, cariño. Te prepararé un poco de sopa y una ensalada y podrás utilizar mi estudio.

Jack captó el tono posesivo y se molestó un poco; pero no dijo nada porque tenía muchas cosas en la cabeza.

—Pero ¿tú sabes lo que significa llevarte todo el trabajo a casa de otra persona?

—No soy otra persona. Soy yo. Y tú también vives aquí.

—¿Desde cuándo? —preguntó él, sarcástico.

Pasaron el día de Acción de Gracias con Harry, Averil y los niños, pero la tensión que había entre ambos no había desaparecido.

—¿Qué tal la nueva casa, Tan? —preguntó Harry, contento por ella.

Tana observó, sin embargo, que estaba fatigado y que Averil estaba más nerviosa que de costumbre. Fue un día muy difícil para todos y hasta los niños berrearon más que otras veces. El ahijado de Jack y Tana se pasó casi todo el día llorando. Cuando regresaron a la ciudad, Jack lanzó un suspiro de alivio en el silencio del automóvil.

—¿No te alegras de no tener hijos? —preguntó.

—En días como éste, desde luego —contestó ella sonriendo—. Pero, cuando los ves con sus vestidos tan graciosos o dormidos en sus cunitas, y ves a Harry mirando con tanto cariño a Ave... A veces, pienso que sería bonito... —Exhaló un suspiro y miró a Jack—. De todos modos, no creo que pudiera soportarlo.

—Sería divertido verte en el estrado del juez con una sarta de chiquillos al lado —dijo él en tono levemente burlón.

Hacía unos días que estaba muy ofensivo con ella; y, al ver que se estaba dirigiendo a la ciudad y no a Tiburon, Tana le miró desconcertada y le preguntó:

—¿No vamos a casa, cariño?

—Claro, pensaba que querías ir a la tuya.

—No me importa. Yo... —Respiró hondo y pensó que tenía que preguntárselo—. Estás enfadado porque he comprado la casa, ¿verdad?

Jack se encogió de hombros y siguió conduciendo sin apartar los ojos de la carretera.

—Supongo que tenías que hacerlo, pero no me lo esperaba.

—Lo único que hice fue comprar una casita porque me obligan a vivir en la ciudad.

—Pero yo no creía que tú quisieras tener algo en *propiedad*, Tan.

—¿Y qué más da que la alquile o que la compre? De todos modos, es una buena inversión. Ya habíamos hablado de ello.

—Sí, y decidimos no comprar. ¿Por qué has tenido que liarte con algo permanente? —Estaba irritado. Le gustaba vivir en una casa de alquiler, en Tiburon—. Tú no querías eso antes.

—A veces las cosas cambian. Cuando vi la casa, me enamoré de ella y pensé que valía la pena comprarla.

—Ya lo sé. Eso es lo que seguramente me molesta. La casa es *tuya*, no nuestra.

—¿Hubieras preferido que la compráramos a medias?

—Eso nos hubiera complicado la vida. Tú lo sabes.

—Las cosas no siempre pueden ser sencillas. Y la verdad, me parece que nosotros nos las hemos arreglado muy bien. Somos las personas más libres que conozco.

Lo habían hecho a propósito. Nada era permanente ni estaba grabado en piedra. Lo hubieran podido desmontar todo en cuestión de horas, o eso pensaban y decían ellos desde hacía dos años.

—Yo tenía un apartamento en la ciudad —añadió ella—. ¿Dónde está la diferencia? —Pero el motivo del enfado de Jack no era la casa, sino el nuevo cargo. Estaba molesto por el revuelo que se había armado en la prensa. Antes, lo soportaba porque Tana sólo era una ayudante del fiscal de distrito; pero, de repente, se había convertido en jueza. Su señoría. La jueza Roberts. Tana se había fijado en la cara que ponía Jack cada vez que alguien se dirigía a ella utilizando aquel tratamiento—. No es justo que te portes así conmigo, ¿sabes? No puedo evitarlo. Me ha ocurrido algo maravilloso y ahora tenemos que acostumbrarnos a vivir así. Hubiera podido ocurrir al revés.

—Creo que yo hubiera llevado las cosas de otra manera.

—¿Cómo? —exclamó Tana, dolida por sus palabras.

Jack le dirigió una mirada acusadora; se disponía a expresar la cólera que sentía. Era como una composición musical a la que, finalmente, alguien le hubiera puesto letra. Deseaba desahogarse.

—Creo que yo lo hubiera rechazado. Es una fanfarronada.

—¿Una fanfarronada? Me asombra que digas eso. ¿Piensas que soy una fanfarrona porque he aceptado el cargo que me han ofrecido?

—Depende de cómo manejes el asunto —contestó Jack, enigmático.

—Explícate.

Al detenerse junto a un semáforo, él la miró brevemente.

—Da igual. Sencillamente, no me gustan los cambios que todo eso nos ha obligado a hacer. No me gusta que vivas en la ciudad, no me gusta tu maldita casa, no me gusta nada de todo eso.

—Y quieres castigarme por eso, ¿verdad? Intento hacer las cosas de la mejor manera, dame una oportunidad.

Deja que me oriente. También ha representado un cambio muy grande para mí.

–Pues nadie lo diría. Estás muy contenta.

–Es cierto –admitió Tana con sinceridad–. Es maravilloso, halagador e interesante, y me lo paso muy bien en mi trabajo. Es emocionante, pero también me da mucho miedo porque no sé cómo manejarlo. Por otra parte, no quisiera herirte.

–No te preocupes por eso.

–¿Cómo que no me preocupe? Yo te quiero, y no deseo que eso nos destruya.

–En tal caso no nos destruirá –dijo Jack, encogiéndose de hombros.

Pero ninguno de los dos estaba demasiado convencido, y él pasó varias semanas enfurruñado. Tana dormía en Tiburon siempre que podía y procuraba halagarle constantemente; pero Jack estaba enfadado. Pasaron unas Navidades tristes en la nueva casa, y él le dio a entender que nada de su nueva situación le gustaba. Se fue a las ocho de la mañana del día siguiente, alegando que tenía cosas que hacer, y estuvo varios meses haciéndole la vida imposible. Sin embargo, Tana seguía disfrutando con su nuevo trabajo. Lo único que no le gustaba era las muchas horas que le robaba. No le apetecía tener que permanecer, a veces, en su despacho hasta medianoche. Pero le quedaban muchas cosas por aprender y tenía que leer y prepararse bien. Estaba tan enfrascada en sus cosas, que no se daba cuenta de nada. Ni siquiera se fijó en lo desmejorado que estaba Harry y en lo poco que paraba en su despacho. A finales de abril, Jack ya no pudo más y le dijo a gritos:

–Pero ¿es que estás ciega? Se está muriendo, por Dios bendito. Lleva seis meses así, Tan. ¿Es que ya todo te importa una mierda?

Las palabras de su amigo la tocaron en lo más hondo y le miró horrorizada.

–Eso no es cierto. No puede ser. –Pero, de repente, recordó aquel rostro tan pálido y aquellos ojos espectrales. ¿Por qué no le había dicho nada? ¿Por qué? Miró a Jack con expresión acusadora–. ¿Por qué no me lo dijiste?

–Ni te hubieras enterado. Estás tan cochinamente orgullosa de lo importante que eres que no ves nada de cuanto ocurre.

Eran acusaciones muy duras y palabras muy fuertes. Aquella noche, Tana se marchó en silencio de Tiburon y se dirigió a su nueva casa. Una vez allí, llamó a Harry pero, antes de poder pronunciar una palabra, rompió a llorar.

–¿Qué te pasa, Tan? –preguntó él con voz fatigada.

–No puedo... Yo... Oh, Dios mío, Harry...

Estaba mortalmente angustiada. De repente, empezó a experimentar los efectos acumulados de todas las tensiones de los últimos meses, el enojo de Jack y lo que éste le había dicho aquella noche sobre la enfermedad de Harry. No podía creer que éste se estuviera muriendo. Pero, al día siguiente, cuando almorzaron juntos, Harry la miró serenamente a los ojos y le dijo que era verdad.

–No puede ser. No es justo. –Parecía que le hubieran clavado un afilado cuchillo en el pecho. Empezó a sollozar como una chiquilla. Estaba desesperada y no podía consolar a su amigo. Entonces, Harry se le acercó en la silla de ruedas y la rodeó con sus brazos. También había lágrimas en sus ojos, pero estaba insólitamente tranquilo. Sabía que estaba enfermo desde hacía casi un año y se lo habían dicho hacía mucho tiempo: las lesiones de guerra le acortarían la vida. Era lo que le estaba ocurriendo. Padecía una hidronefrosis que le iba devorando poco a poco y que le llevaría a un fallo renal. Los médicos habían hecho todo lo posible, pero la enfermedad seguía avanzando sin remedio. Tana le miró aterrorizada–. No puedo vivir sin ti.

–Sí puedes. –Harry estaba más preocupado por Averil y los niños. Sabía que Tana lo iba a superar. Ella le había salvado. Nunca se daría por vencida–. Quiero que me hagas un favor. Quiero que te ocupes de que Averil esté bien. Todo lo relativo a los niños está arreglado, y ella tiene todo cuanto pueda necesitar. Pero no es como tú, Tan. Siempre ha dependido de mí.

–¿Lo sabe tu padre? –preguntó Tana.

–Sólo lo saben Jack y Ave. Y ahora, tú –contestó Harry, agitando la cabeza. Le dolía que Jack se lo hubiera dicho de aquella manera, pero quería que Tana le prometiera una cosa–. ¿Me prometes que cuidarás de ella?

–Pues claro que sí. –Era espantoso. Hablaba como si estuviera a punto de emprender un viaje. Tana le miró y, en un abrir y cerrar de ojos, pasaron por su mente veinte años de amor: el baile donde le conoció, los años transcurridos en Harvard y en la Universidad de Boston, el traslado al Oeste, el Vietnam, el hospital, la facultad de derecho, el apartamento que habían compartido, la noche en que nació su primer hijo... Era increíble, imposible. Su vida aún no había acabado, no podía acabar. Le necesitaba demasiado. Pero, entonces, recordó aquella serie de infecciones urinarias y comprendió adónde conducía todo aquello: Harry se estaba muriendo. Se echó nuevamente a llorar y él la abrazó con cariño–. ¿Por qué? No es justo.

–Pocas cosas lo son en la vida –dijo Harry, dirigiéndole una triste sonrisa.

No estaba preocupado por él, sino por su mujer y sus hijos. Hacía varios meses que intentaba enseñarle a Averil a manejar los asuntos ella sola, pero era inútil. Estaba completamente histérica y se negaba a aprender, como si con ello pudiera evitar que ocurriera lo inevitable. Él estaba cada día peor y lo sabía. Sólo iba al despacho una o dos veces por semana. Por eso Tana nunca le veía por allí cuando, algunas veces, acudía a ver a Jack. Ahora, lo comentó con Harry.

—Empieza a odiarme.

Estaba tan desolada que él se asustó. Jamás la había visto de aquella manera. Eran tiempos difíciles para todos. Aún no podía creer que iba a morirse. Era como si se estuviera escapando el relleno de una muñeca de trapo; iba desapareciendo poco a poco, hasta que, por fin, dejaría de existir. Sencillamente eso. Los demás despertarían y él ya no estaría. Así de sencillo. Sin el llanto, los empujones y los berridos con que viene uno al mundo, sino con las lágrimas y los suspiros de los que pasan a otra vida, si de veras existía semejante cosa. Ya ni de eso se hallaba seguro; y no sabía si le importaba. Estaba demasiado preocupado por las personas a las que iba a dejar: su mujer, sus hijos, su socio, sus amigos. Todos parecían depender de él. La situación era agotadora, aunque, en cierto modo, también le ayudaba a vivir, tal como le ocurría en aquellos momentos con Tana. Le parecía que aún tenía que compartir algo con ella antes de marcharse. Algo importante para ella. Quería que cambiara de vida antes de que fuera demasiado tarde. Lo mismo le había dicho a Jack; pero éste no quería ni oír hablar del asunto.

—No te odia, Tan. Mira, tu cargo representa una amenaza para él. Además, lleva varios meses muy disgustado con lo mío.

—Hubiera podido decirme algo, por lo menos.

—Le hice jurar que no lo haría, no le culpes. Por lo demás, tú eres ahora una mujer muy importante, Tan. Tu trabajo es más importante que el suyo. Así están las cosas. Es una situación muy difícil para los dos, y tendréis que adaptaros.

—Díselo tú.

—Ya lo he hecho.

—Quiere castigarme por lo que ha ocurrido. Odia mi casa, no es el mismo de antes.

—Sí lo es. —Demasiado, para lo que Harry hubiera

querido. Seguía empeñado en los mismos principios: amaba su libertad. Llevaba una vida vacía, y Harry se lo decía a menudo; pero Jack se limitaba a encogerse de hombros. Le gustaba su forma de vivir; por lo menos, hasta que a Tana le ofrecieron el nuevo cargo. Esto le había fastidiado mucho, aunque no se lo hubiera dicho a Harry–. A lo mejor, está celoso de ti. No es bonito, pero sí posible. Al fin y al cabo, es un ser humano.

–¿Y cuándo se portará como un adulto? ¿O tengo que resignarme?

Era un alivio hablar de cosas normales, como si aquella pesadilla no estuviera ocurriendo, como si, hablando de otras cosas con Harry, pudiera impedir que ocurriera lo inevitable. Como en los viejos tiempos. Eran tan dulces... Las lágrimas asomaron a los ojos de Tana al recordarlos.

–No tienes por qué resignarte, pero dale tiempo. –Miró a su amiga, pensando en otra cosa–. Quiero decirte una cosa. Mejor dicho, dos. –Habló con tanta vehemencia, que a ella le pareció que sus palabras penetraban en su alma como un fuego abrasador–. No sé lo que me va a deparar cada nuevo día... Si aún estaré aquí... Lo que voy a decirte será lo único que te dejaré, Tana. Escúchame con atención. En primer lugar, quiero darte las gracias por cuanto hiciste por mí. Estos últimos dieciséis años de mi vida han sido un regalo tuyo, no del médico, sino sólo tuyo. Tú me obligaste a volver a vivir, a seguir adelante. De no haber sido por ti, no hubiera conocido a Averil ni tendría a mis hijos. –Las lágrimas se deslizaban lentamente por las mejillas de Harry y ella se alegró de que ambos hubieran decidido almorzar en su despacho. Necesitaban estar solos–. Y eso me lleva a lo segundo. Te estás engañando, Tan. No sabes lo que te pierdes y no lo sabrás hasta que lo conozcas. Te estás privando del matrimonio, de los compromisos serios, del verdadero amor. No de un amor prestado, alquilado o provisional. Sé que ese insensato está enamorado de ti y que tú le quieres. Pero Jack desea ser libre, no quiere volver a cometer un error, y ése es el mayor de los errores. Cásate, Tan. Ten hijos. Es lo único que da sentido a la vida, lo único importante que dejas a tus espaldas. Seas quien seas y hagas lo que hagas, hasta que no tienes eso y eres eso y das eso, no eres nada ni nadie. Sólo vives a medias. No te engañes, Tana, por favor. –Harry lloraba ya sin disimulo. La había amado durante mucho tiempo y no quería que se perdiera lo que él y Averil habían compartido. Mientras seguía hablando, Tana recordó cómo solían mirarse, cómo se reían juntos. Todo aquello estaba a punto de terminar. Harry tenía razón. Por una parte, hubiera querido disfrutar de todo aquello; pero, por otra, estaba asustada. Los hombres que se habían cruzado en su vida jamás fueron los apropiados para eso. Yael McBee, Drew Lands... Y, en aquellos momentos, Jack y otros hombres sin importancia con los que había mantenido relaciones a lo largo de su vida. Ninguno la atrajo lo suficiente para casarse y tener hijos. Quizá el padre de Harry; pero había transcurrido tanto tiempo...–. Si se te presenta la oportunidad, aprovéchala. Déjalo todo, en caso necesario. Aunque no creo que haga falta.

–¿Qué me aconsejas que haga? ¿Que salga a la calle con un letrero que diga: «Cásate conmigo y tengamos hijos»?

Se echaron a reír como en los viejos tiempos.

–Pues, sí, tonta, ¿por qué no?

–Te quiero, Harry –dijo ella, rompiendo a llorar mientras él la estrechaba entre sus brazos.

–No me iré del todo, Tan. Tú lo sabes. Tú y yo compartimos muchas cosas que no pueden perderse. Como Ave y yo, en otro sentido. Yo seguiré aquí vigilando la marcha de vuestros asuntos.

Tana no sabía cómo podría vivir sin él y ya se imaginaba lo que estaría sufriendo Averil. Era el momento más doloroso de sus vidas.

Durante tres meses, le vieron rodar lentamente cuesta abajo. Y un tibio día de verano, en el que el sol brillaba más que nunca en lo alto del cielo, Tana recibió la llamada. Era Jack. Estaba llorando y a ella le dio un vuelco el corazón. La víspera había visto a Harry. Le iba a ver cada día a la hora del almuerzo o de la cena; y, a veces, incluso antes de ir al trabajo. Por muy ocupada que estuviera, jamás dejaba de hacerlo. Justo la víspera, Harry la había tomado por una mano y la había mirado sonriendo. Apenas podía hablar, pero Tana le besó en la mejilla. De repente, se acordó del hospital. Hubiera deseado sacudirle para que regresara a la vida, obligarle a luchar para volver a ser lo que era; pero él ya no podía hacerlo y era más fácil morirse.

—Acaba de morir —dijo Jack con voz quebrada.

Tana empezó a llorar. Hubiera querido verle una vez más, oírle reír, verle los ojos. Pasó un minuto sin poder hablar. Luego, respiró hondo para ahogar sus sollozos.

—¿Cómo está Ave?

—Me parece que bien.

Hacía una semana que Harrison había llegado y se alojaba en la casa con ellos. Tana consultó el reloj.

—Voy enseguida. De todos modos, he suspendido el juicio hasta la tarde. —Le pareció que Jack se crispaba al oír esas palabras, como si pensara que ella estaba faroleando. Pero aquél era su trabajo. Era una jueza de un tribunal municipal y acababa de suspender un juicio—. ¿Dónde estás?

—En el despacho. Su padre acaba de llamar.

—Me alegro de que esté ahí. ¿Vas tú?

—Ahora no puedo.

Tana pensó que si ella hubiera pronunciado aquellas palabras, Jack le hubiera dicho con sarcasmo que se creía un gran personaje. Ya no podía discutir con él a pesar de lo mucho que se había esforzado Harry en hacerle cambiar de actitud. Le quedaban tantas cosas por decir, tantas cosas que compartir con aquellos a quienes amaba... Todo había terminado. Tana cruzó el puente con su automóvil, llorando con desconsuelo. De súbito, le pareció que sentía la presencia de Harry a su lado y sonrió. Aunque se había ido, ahora estaba por doquier. Con ella, con Ave, con su padre y con sus hijos.

«Hola, nena.» Tana sonrió sin dejar de llorar. Cuando llegó a la casa, ya se lo habían llevado con el fin de prepararle para el funeral. Harrison estaba sentado en el salón, completamente anonadado. Tana le vio muy viejo y recordó que estaba a punto de cumplir setenta años. El dolor le hacía aparentar todavía más edad. Tana no dijo nada; se acercó a él y le abrazó con fuerza. En aquel momento, salió Averil del dormitorio con un sencillo vestido negro, el cabello rubio recogido hacia atrás y la alianza en la mano izquierda. Harry le había regalado algunas joyas muy bonitas, pero no las lucía en aquel momento. Estaba sola con su pena, con su orgullo y su amor, rodeada por la vida, el hogar y los hijos que ambos habían compartido. Estaba extraordinariamente guapa y, hasta cierto punto, Tana la envidió. Ella y Harry habían compartido algo que no todo el mundo tenía la suerte de encontrar, y había merecido la pena. Por primera vez en su vida, Tana experimentó una sensación de vacío. Lamentó no haberse casado con él o con otro, no tener hijos. Había un hueco en su alma que no podía llenar. Durante el funeral, en el cementerio y cuando se quedó sola, Tana experimentó algo que no hubiera podido explicarle a nadie. Y cuando intentó contárselo a Jack, éste sacudió la cabeza y la miró a los ojos.

—No enloquezcas porque Harry ha muerto, Tan.

Le dijo que su vida le parecía vacía porque no se había casado y no tenía hijos.

—Yo he hecho ambas cosas y te aseguro que eso no cambia nada. No te engañes, no todo el mundo tiene esta suerte. Te diré que yo nunca he conocido a nadie tan afortunado como ellos. Y si te casaras en la esperanza de encontrar esta felicidad, sufrirías una decepción.

—¿Y tú cómo lo sabes? —La respuesta de Jack la había decepcionado.

—Te lo aseguro.

—No puedes opinar. Tuviste un desliz con una chica de veintiún años y no te quedó más remedio que casarte. Eso no tiene nada que ver con una opción inteligente a nuestra edad.

—¿Intentas presionarme, Tan? —La miró enfurecido, y ella vio una expresión de cansancio en su hermoso rostro. La muerte de Harry le había afectado profundamente—. No me parece el momento más apropiado.

—Te estoy diciendo sencillamente lo que siento.

—Sientes cosas tremendas porque acaba de morir tu mejor amigo. Pero no me vengas con la tontería de que el secreto de la vida son el matrimonio y los hijos. Puedes creerme, no lo son.

—¿Cómo demonios lo sabes? Tú no puedes juzgar a los demás. No intentes hacerme una valoración de las cosas, Jack. Te da tanto pánico encariñarte con una persona que te pones a chillar cada vez que alguien se te acerca. ¿Y sabes una cosa? ¡Estoy hasta la coronilla de que me castigues porque el año pasado me nombraron jueza!

—¿Es lo que crees?

Ambos pretendían desahogarse con sus gritos, pero las palabras de Tana contenían cierta verdad, y Jack se ofendió tanto que se largó dando un portazo y tardó tres semanas en volver a aparecer. Era la separación voluntaria más prolongada que se había producido entre ambos. Tana no supo nada de él hasta que llegó la hija de éste para su visita anual, y ella la invitó a su casa de la ciudad. Barb se entusiasmó mucho con la idea; y cuando se presentó en la casita, a la tarde siguiente, Tana se sorprendió de lo mucho que había cambiado. Acababa de cumplir quince años y casi se había convertido en una mujer de esbelta figura, bonitas caderas, grandes ojos azules y una preciosa melena pelirroja.

—Estás muy guapa, Barb.

—Gracias. Tú también.

Tana la tuvo en casa cinco días e incluso la llevó a la sala de justicia; pero sólo hacia el final de la semana hablaron de Jack y de su cambio de carácter.

—Ahora, se pasa todo el día gritando —dijo Barbara, que no se divertía mucho al lado de su padre—. Mi madre dice que siempre fue así. Pero cuando tú estabas con él se portaba de otra manera, Tan.

—Últimamente está un poco nervioso.

Quería excusarle a los ojos de Barb para que ésta no se creyera culpable de la situación; pero había otras muchas causas: Tana, Harry, los agobios del trabajo. Nada le salía a derechas. Y, tras el regreso de Barbara a Detroit, Tana consiguió cenar una noche con él, pero acabaron arrojándose los trastos a la cabeza. Estaban discutiendo sobre lo que Averil debería hacer con la casa. A Jack le parecía mejor que la vendiera y se trasladara a vivir a la ciudad, pero Tana no estaba de acuerdo con ello.

—La casa significa mucho para ella; han vivido allí durante mucho tiempo.

—Necesita un cambio, Tan. No hay que aferrarse al pasado.

—Y tú, ¿por qué tienes tanto miedo de aferrarte a nada?

En los últimos tiempos, ella había observado que Jack quería estar cada vez más libre de ataduras. Era un milagro que la relación entre ambos hubiera durado tanto tiempo, aunque estuvieran un poco maltrechas. A finales de verano, el destino descargó un nuevo golpe sobre ellos. Tal como ya le habían vaticinado al ocupar su cargo de jueza en el tribunal municipal, en cuanto se produjo una vacante, Tana pasó al tribunal superior. No sabía ni cómo decírselo a Jack, pero tampoco quería que se enterara a través de terceros. Con el corazón en un puño, una noche marcó el número de teléfono de Jack. Tana se encontraba en su acogedora casita, leyendo unos textos jurídicos para analizar determinados artículos del código penal. Contuvo el aliento cuando oyó su voz.

–Hola, Tan, ¿qué ocurre?

Parecía más relajado que de costumbre, y Tana no hubiera querido destruir aquel estado de ánimo. Pero le fue imposible evitarlo. Cuando le dijo que acababan de nombrarla jueza del tribunal superior, fue como si alguien le hubiera propinado un puñetazo en el estómago.

–Qué bien. ¿Cuándo será el nombramiento? –preguntó, como si Tana acabara de depositar una serpiente cobra a sus pies.

–Dentro de dos semanas. ¿Asistirás a mi toma de posesión o prefieres no ir?

–Menuda manera de hablar. No parece sino que estás deseando que no venga.

Se mostraba tan suspicaz, que no había por dónde cogerle.

–Yo no he dicho eso. Pero sé lo mucho que te molesta mi trabajo.

–¿Qué motivos tienes para pensarlo?

–Vamos, Jack. No empecemos otra vez con lo mismo. –Estaba cansada al término de una agotadora jornada de trabajo y, sin la presencia de Harry, todo le resultaba más duro e insoportable. El mal momento que atravesaban sus relaciones con Jack no contribuía a mejorar las cosas–. Espero que vengas.

–¿Significa que no te veré hasta entonces?

–Pues claro que no. Puedes verme siempre que lo desees.

–¿Qué te parece mañana por la noche? –preguntó Jack, como si quisiera ponerla a prueba.

–Estupendo. ¿En tu casa o en la mía? –Ella se echó a reír, pero él guardó silencio.

—La tuya me produce claustrofobia. Te recogeré a las seis en el ayuntamiento.

—Sí, señor —dijo ella con tono burlón, pero tampoco logró hacerle reír.

Cuando se encontraron, a la tarde siguiente, estaban muy alicaídos. Echaban de menos a Harry; la única diferencia consistía en que Tan hablaba de ello y Jack no. Éste se había buscado otro socio y, al parecer, se llevaba muy bien con él. Lo comentaba satisfecho y se refería a los muchos éxitos que había tenido aquel hombre y al dinero que iban a ganar juntos. Seguía muy molesto a causa del trabajo de Tana. Y ésta lanzó un suspiro de alivio cuando, a la mañana siguiente, la volvió a dejar en la puerta del ayuntamiento. Iba a pasar el fin de semana jugando al golf con un grupo de amigos en Pebble Beach, pero no la había invitado. Tana subió los peldaños del ayuntamiento pensando que su vida no era fácil en aquellos momentos. De vez en cuando, recordaba lo que le había dicho Harry antes de morir. Sin embargo, no se podían establecer lazos permanentes con Jack. No estaba hecho para esas cosas, aunque, a decir verdad, tampoco ella. Quizá por eso se habían llevado tan bien durante esos años. Desde hacía algún tiempo, los roces entre ambos eran casi insoportables. Tana se alegró de que Jack tuviera que irse a Chicago en viaje de negocios el día de su toma de posesión.

Fue una ceremonia muy sencilla, presidida por el presidente del tribunal superior. Asistieron una media docena de jueces, su antiguo amigo el fiscal de distrito, el cual la felicitó muy contento con un «ya te lo dije», y un puñado de queridos amigos. Averil se hallaba en Europa, con Harrison y los niños. Había decidido pasar el invierno en Londres, para alejarse de los malos recuerdos, y los niños ya estaban matriculados en una escuela de allí. Harrison la convenció y se los llevó a todos consigo. Antes, hubo una dolorosa conversación a solas con Tana en el transcurso de la cual él se cubrió el rostro con las manos y se echó a llorar; se preguntaba si Harry supo alguna vez lo mucho que le quería. Tana le tranquilizó, asegurándole que sí. El hecho de cuidar de su nuera y de sus nietos contribuía a mitigar un poco de su tristeza y su remordimiento. Pero, sin ellos, la toma de posesión de Tana no fue lo mismo; y la ausencia de Jack fue otro motivo de inquietud.

El juramento se lo tomó un juez del tribunal de apelaciones con quien Tana había tratado una o dos veces a lo largo de los años. Tenía el cabello negro, ojos oscuros de severa mirada y un impresionante porte capaz de asustar al más pintado; pero era, también, un hombre de risa fácil, aguda inteligencia y sorprendente simpatía. Era especialmente famoso por sus polémicas decisiones de las que solía hacerse eco la prensa nacional, sobre todo, el *New York Times*, el *Washington Post* y el *Chronicle*. Tana había leído muchas cosas acerca de él y se preguntaba si de veras sería tan fiero. En el transcurso de la ceremonia de su juramento, le pareció que era más cordero que león. Conversó unos momentos con él acerca del período que había pasado en el tribunal superior y de su previa actuación como abogado en uno de los más conocidos bufetes de la ciudad. Era un hombre con una carrera interesantísima a sus espaldas a pesar de su juventud. Tana calculaba que tendría unos cincuenta años. Durante mucho tiempo, fue una especie de niño prodigio. Estuvo muy amable con Tana cuando le estrechó la mano y volvió a felicitarla cordialmente antes de marcharse.

—Estoy asombrado —le dijo a Tana su viejo amigo el fiscal de distrito—. Es la primera vez que veo a Russell Carver en una ceremonia de toma de posesión. Vas a llegar muy lejos, amiga mía.

—Seguramente se disponía a bajar al aparcamiento para pagar el importe de los billetes, y alguien le reclutó.

Ambos se echaron a reír. En realidad, era íntimo amigo del presidente del tribunal y se había ofrecido voluntariamente a tomarle juramento. Con su negro cabello y su severo semblante, resultaba muy adecuado para desempeñar aquel papel.

—Hubieras tenido que verle cuando era presidente de este tribunal, Tan. Una vez envió a la sombra a uno de nuestros fiscales por desacato, y no pude sacarlo de la cárcel.

Tana se echó a reír al imaginarse la escena.

—Menos mal que no fui yo.

—¿Nunca le viste como juez?

—Sólo un par de veces. Lleva mucho tiempo en el tribunal de apelaciones.

—Desde luego. Pero, que yo sepa, no es muy mayor. Cuarenta y nueve, cincuenta, a lo sumo cincuenta y uno...

—¿De quién habláis?

El presidente se acercó a ellos para estrechar de nuevo la mano de Tana. Era un gran día, y ella se alegró de que Jack no estuviera allí. Era un alivio no tener que pedirle disculpas.

—Estábamos hablando del magistrado Carver.

—¿Russ? Tiene cuarenta y nueve años. Estudiamos juntos en Stanford —dijo el presidente. Después, añadió sonriendo—: Aunque debo confesar que él estaba varios cursos más atrás que yo —en realidad, Carver era alumno de primero cuando el presidente terminó sus estudios, pero sus familias se conocían—. Es un hombre estupendo, más listo que el hambre.

—No me cabe la menor duda —dijo Tana, llena de admiración. Aún le quedaba otro salto que hacer: el tribunal de apelaciones. Qué idea tan absurda. Tal vez diez o veinte años más tarde. De momento, pensaba disfrutar con lo que tenía. El tribunal superior le iba a gustar mucho. Enseguida le iban a encomendar delitos penales, ya que eran su especialidad–. Ha sido muy amable al venir –añadió.

–Es un hombre muy simpático.

Todo el mundo lo decía. Tana le envió una nota, agradeciéndole la gentileza de haberle tomado juramento y de haberle dado más realce a la ceremonia con su presencia. Al día siguiente, Carver la llamó y le dijo:

–Ha sido usted muy atenta. Hace veinte años, por lo menos, que no recibo una carta de agradecimiento.

Tana se rió un poco turbada y le dio las gracias.

–Me pareció un detalle muy amable. Algo así como si el Papa presidiera la ceremonia de tu profesión religiosa.

–Dios bendito, qué ocurrencia. ¿Es eso lo que hizo usted la semana pasada? Retiro lo dicho.

Soltaron una carcajada y pasaron un rato charlando. Después, le invitó a visitarla cuando tuviera un momento. Se sentía Tana muy a gusto en aquel ambiente de camaradería del que había entrado a formar parte, en el que jueces y magistrados trabajaban juntos. Era como si, al final, hubiera llegado al Olimpo; todo le parecía infinitamente más fácil y descansado que actuar como fiscal en juicios por violación o asesinato, preparando sus argumentos, aunque aquello también le gustaba mucho. En su nuevo cargo, tenía que conservar la mente más clara y tener una visión más objetiva de los casos. Jamás había estudiado tantas leyes. Se encontraba en su despacho rodeada de libros cuando el magistrado Carver le tomó la palabra y acudió a visitarla, dos semanas más tarde.

–¿A eso la he condenado yo? –le preguntó, sonriendo desde la puerta.

–Qué agradable sorpresa –dijo levantándose e indicándole un cómodo sillón de cuero–. Siéntese, por favor. –Le observó mientras se sentaba y pensó que era un hombre apuesto y viril, aunque con cierto aire de intelectual. No era un guapo a lo jugador de fútbol, como

Jack. Todo su físico era mucho más reposado y poderoso, tal como él era en muchos sentidos–. ¿Le apetece tomar una copa?

En el despacho había un pequeño bar para estas ocasiones.

–No, gracias. Tengo mucho trabajo esta noche.

–¿Usted también? ¿Cómo logra soportarlo?

–No lo soporto. A veces me dan ganas de mandarlo todo al infierno. Pero al final todo se va haciendo poco a poco. ¿En qué está trabajando?

Tana le describió brevemente el caso, y Carver asintió con aire pensativo.

–Puede ser interesante. Y hasta cabe la posibilidad de que venga a parar a mí.

–No tiene usted demasiada confianza en mí, si piensa que van a apelar mi fallo –dijo Tana, echándose a reír.

–No, no –se apuró a explicarle Carver–. Es que ahora pisa usted un terreno nuevo y cualquier decisión que adopte, si no les gusta, apelarán contra ella. Incluso es posible que intenten anularla. Tenga cuidado y no les dé ningún motivo.

Era un buen consejo.

Ambos se pasaron un buen rato charlando animadamente. Carver tenía unos ojos oscuros y soñadores que le conferían una apariencia casi sensual, un poco en contraste con su seriedad. Era un personaje contradictorio por muchos conceptos, y Tana estaba muy intrigada. Cuando ésta se levantó, él la ayudó a llevar un montón de libros hasta su coche. Luego, le preguntó en tono vacilante:

–¿Podría invitarla a comer una hamburguesa en algún sitio?

Tana le miró sonriendo. Aquel hombre le gustaba. Jamás había conocido a otro igual.

–Podría, si me promete acompañarme a casa temprano para que pueda trabajar un poco.

Eligieron el Bill's Place, de Clement. Era un lugar agradable y simpático, en el que servían hamburguesas, patatas fritas y batidos de leche, y poblado de jovenzuelos, en el que nadie hubiera podido sospechar quiénes eran o cuán importantes eran sus cargos. Empezaron a hablar de los casos difíciles que les habían pasado por las manos, y compararon las bondades de Stanford y la Boalt.

–De acuerdo, lo reconozco –dijo ella al final–. Su universidad es mejor que la mía.

–Yo no he dicho eso –protestó Carver riéndose–. He dicho que nuestro equipo de fútbol era mucho mejor.

–Bueno, de eso no tengo yo la culpa, por lo menos. En eso no intervine para nada.

–Ya me lo figuraba.

Tana se encontraba muy a gusto en compañía de Carver. Ambos tenían intereses y amigos comunes. El tiempo pasó sin que lo advirtieran. Él la acompañó a su casa; y estaba a punto de irse, cuando Tana le invitó a tomar una copa. Carver se quedó asombrado ante lo bonita que era la casa y lo bien decorada que estaba. Era un auténtico refugio en el que daban ganas de sentarse a descansar un poco frente a la chimenea.

–Aquí me encuentro muy bien.

Y era cierto, a condición de que estuviera sola. Últimamente se encontraba incómoda cuando Jack iba a verla. Con Russ, en cambio, todo era perfecto. Éste encendió el fuego de la chimenea y Tana le ofreció un vaso de vino tinto. Pasaron un buen rato hablando de sus familias y sus vidas. Russ había perdido a su mujer hacía diez años, y tenía dos hijas ya casadas.

–Por lo menos aún no soy abuelo –dijo sonriendo–. Beth estudia arquitectura en Yale y su marido estudia derecho. Lee es diseñadora de moda en Nueva York. Lo hace muy bien y estoy muy orgulloso de las dos. Pero nietos... –añadió casi con un gruñido mientras Tana le miraba sonriendo–. Todavía no estoy preparado para eso.

—¿Ha deseado volver a casarse alguna vez?

Era un hombre muy interesante y ella sentía curiosidad por sus cosas.

—No. Creo que no he conocido a nadie que me interesara en este sentido. —Miró alrededor—. Ya sabe lo que ocurre en estos casos. Se acostumbra uno a un determinado estilo de vida y es difícil cambiarlo todo por otra persona.

—Supongo que sí. Nunca lo he intentado en serio. Supongo que no he sido muy valiente. —A veces lo lamentaba un poco y sentía que Jack no le hubiera hecho una proposición antes de que la situación empezara a deteriorarse—. El matrimonio me ha dado mucho miedo.

—Y con razón. Es un paso muy delicado. Pero, cuando resulta bien, es maravilloso. —Se le iluminaron los ojos y Tana adivinó que había sido muy feliz con su mujer—. Sólo tengo buenos recuerdos. —Ambos sabían que, en tales circunstancias, era muy difícil volver a casarse—. Y mis hijas son estupendas. Me gustaría presentárselas algún día.

—Y a mí me encantaría conocerlas.

Estuvieron charlando un rato más. Luego, Russ apuró su copa de vino y se marchó. Tana subió al estudio con los libros y estuvo trabajando hasta muy tarde. Al día siguiente, cuando estaba en el despacho, un ordenanza le entregó un sobre. Tana no tuvo más remedio que sonreír. Era una carta de agradecimiento del mismo estilo que la que ella le envió para agradecerle que le hubiera tomado juramento. La llamó para acusar recibo y mantuvo con él una conversación mucho más agradable que la discusión que más tarde tuvo con Jack. Éste desenterró el hacha de guerra y empezaron a discutir sobre qué harían el fin de semana. Tana acabó hartándose y decidió quedarse tranquilamente en casa. Allí estaba el sábado, contemplando unas viejas fotografías, cuando llamaron a la puerta. Fue a abrir y se encontró con Russell

Carver, que le pedía disculpas con la mirada y llevaba un ramo de rosas en la mano.

–Ya sé que es una terrible falta de educación y le pido perdón por anticipado.

Estaba muy apuesto con la chaqueta de tweed y el jersey de cuello de cisne.

–Jamás he pensado que traerle unas rosas a una mujer fuera una falta de educación –contestó Tana, sonriendo muy halagada.

–Es para que me perdone el que haya venido sin previo aviso. Pero pensaba en usted y no tenía su número de teléfono. Supongo que no figura en la guía. Y entonces, he decidido correr el riesgo.

–No tenía absolutamente nada que hacer –dijo ella, franqueándole el paso.

–Me sorprende encontrarla en casa. Estaba seguro de que habría salido.

Tana le ofreció una copa de vino y se sentó a su lado, en el sofá.

–En realidad tenía planes, pero los anulé.

La situación a la que había llegado con Jack era imposible y Tana no sabía cómo resolverla. Tarde o temprano, tendrían que llegar a un acuerdo, pero, de momento, prefería no enfrentarse con el problema. Además, él estaba fuera.

–Me alegra que lo hiciera –dijo Russ Carver–. ¿Le apetecería acompañarme a Butterfield's?

–¿La sala de subastas?

Media hora más tarde, ya estaban paseando entre piezas antiguas y obras de arte orientales. A Tana le resultaba muy agradable charlar con Russ porque compartía sus puntos de vista acerca de casi todo. Hasta le habló de su madre.

–Creo que a eso se debe en buena parte que nunca haya querido casarme. La veía siempre sentada sola, esperando a que él la llamara...

Seguía odiando aquel recuerdo con toda su alma.

–Pues tanta más razón para casarse con alguien y tener un poco de seguridad.

–Pero yo sabía que él estaba engañando a su mujer. Nunca he querido ser ni lo uno ni lo otro. Ni como mi madre, ni como la esposa a la que él engañaba.

–Debió de ser muy difícil para usted, Tana. –Russ era un hombre muy comprensivo.

Aquella tarde, mientras paseaban por Union Street, ella le habló de Harry y de su amistad, de sus años universitarios, del hospital y de lo sola que se sentía en aquellos momentos. Se le llenaron los ojos de lágrimas al recordarle y miró a Russ acongojada.

–Debía de ser un hombre estupendo –dijo él, acariciándola con su voz.

–Mucho más que eso. Era el mejor amigo que he tenido. Era extraordinario. Antes de morir, quiso darnos a todos una parte de sí mismo. –Tana volvió a mirar a Russ–. Me gustaría que le hubiera conocido.

–A mí también me hubiera gustado –dijo él, mirándola con dulzura–. ¿Estaba usted enamorada de Harry?

–Él se encaprichó de mí cuando éramos jóvenes –contestó Tana–. Pero Averil era la esposa perfecta para él.

–¿Y para usted, Tana? –preguntó Russell Carver, mirándola inquisitivamente–. ¿Quién es perfecto para usted? ¿Quién ha habido? ¿Quién ha sido el amor de su vida?

La pregunta era un poco extraña, pero Russ estaba seguro de que tenía que haber habido alguien. No era posible que una mujer como aquélla no tuviera un amor. Allí había algún misterio que él no podía desentrañar.

–Nadie –contestó Tana sonriendo–. He tenido algunos aciertos y algunos fracasos. En general, eran personas inadecuadas. La verdad es que no he dispuesto de mucho tiempo.

–Para llegar donde usted ha llegado, hay que pagar

un precio –dijo Russ, asintiendo–. Y uno puede llegar a sentirse muy solo.

Tuvo la sensación de que Tana se sentía colmada como mujer, y pensó que quizá hubiera un hombre en su vida. Se lo preguntó, tras muchos rodeos.

–Hace unos años que salgo con un hombre. Bueno, en realidad, algo más que eso. Estuvimos viviendo juntos durante cierto tiempo. Y aún seguimos viéndonos. Pero las cosas ya no son como antes –añadió–. Como dice usted, es el precio que hay que pagar. La situación empezó a cambiar cuando me nombraron jueza, el año pasado. Después, se produjo la muerte de Harry. Hemos sufrido muchos golpes.

–¿Son relaciones serias? –preguntó él, preocupado e intrigado a la vez.

–Lo fueron, pero ya empiezan a fallar. Creo que seguimos juntos por lealtad.

–Entonces, ¿aún no han terminado?

Russ la miró con interés, mientras ella movía la cabeza en silencio. Con Jack aún no habían renunciado a seguir juntos. Por lo menos de momento, aunque ninguno de los dos sabía qué les iba a deparar el futuro.

–Por ahora seguimos juntos. Nuestra relación fue satisfactoria durante mucho tiempo. Ambos compartíamos las mismas ideas. Ni matrimonio ni hijos. Y, mientras estuvimos de acuerdo, todo marchó bien.

–¿Y ahora?

Los grandes ojos oscuros la miraban inquisitivamente; y ella ansió de repente el contacto de las manos y los labios de Russ. Era el hombre más atractivo que jamás hubiera visto. Pero tenía que hacerse un reproche. Aún pertenecía a Jack. Aunque ya no estaba demasiado segura de ello.

–No lo sé. Todo ha cambiado mucho para mí desde que murió Harry. Algunas cosas que me dijo me han dado mucho que pensar. No sé cómo explicarlo. ¿Eso es

todo cuanto hay? A partir de aquí, sigo con mi trabajo...,
con Jack o sin él. –Russ adivinó a quién se refería–.
¿Y eso es todo? Quizá desee algo más en el futuro. Nunca lo había pensado antes. Pero ahora sí lo pienso o, por
lo menos, me hago a veces algunas preguntas.

–Creo que va por el buen camino.

Parecía mundano y experto y, en cierto modo, le recordaba a Harrison.

–Eso es lo que diría Harry –comentó con un suspiro–. ¿Quién sabe? A lo mejor, lo mismo da una cosa que
otra. De repente, todo termina, tú desapareces y, ¿qué
importa?

–Importa mucho. Yo también pensaba lo mismo
cuando murió mi mujer, hace diez años. Es muy difícil
adaptarse a una situación como ésta, porque nos obliga a
pensar que un día tendremos que enfrentarnos también
con la muerte. Todo tiene su importancia, cada año, cada
día, cada relación, el hecho de que uno esté malgastando
su vida o de que sea feliz en el lugar donde se encuentre.
Un día, uno se despierta y tiene que pagar la factura.
Creo que merece la pena ser feliz allí donde uno esté.
–Esperó un instante y, después, preguntó–: ¿Lo es usted?

–¿Feliz? –Tana vaciló, y luego respondió–: En mi
profesión sí.

–¿Y en lo demás?

–No mucho. Son tiempos muy difíciles para Jack y
para mí.

–¿La molesto entonces?

Russ quería saberlo todo, y a veces resultaba un
poco difícil contestarle.

–No, en absoluto –contestó contemplando aquellos
ojos castaños que ya empezaba a conocer.

–Pero aún ve a su amigo... Ese con el que vivió durante cierto tiempo, ¿verdad?

La miró con aquella sonrisa suya tan extraordinariamente sofisticada y adulta. A su lado, se sentía casi una chiquilla.

—Sí, nos seguimos viendo de vez en cuando.

—Quería saber en qué situación se encuentra usted.

Tana hubiera deseado preguntarle por qué, pero no se atrevió a hacerlo. Después, él la llevó a su casa y le mostró todas las habitaciones. En cuanto entró en el vestíbulo, Tana se quedó boquiabierta. Jamás hubiera podido adivinar que fuera tan rico. Era un hombre sencillo y sobriamente elegante, pero sólo al ver su casa se podía comprender quién era en realidad. La casa estaba ubicada en la calle Broadway, y tenía un jardín esmeradamente cuidado y un vestíbulo de reluciente mármol verdiblanco, altas columnas de mármol, una cómoda Luis XV con tablero también de mármol y una bandeja de plata para las tarjetas de visita. Había espejos dorados, suelos de parquet y cortinas de raso por todas partes. La planta principal la formaban una serie de exquisitos salones. El piso de arriba era más acogedor; tenía una preciosa suite principal, una bonita biblioteca revestida de madera y un agradable estudio con chimenea de mármol. En el segundo piso estaban las habitaciones de las hijas de Russ, que ya nadie utilizaba.

—Esta casa ya no tiene mucho sentido para mí. Pero llevo viviendo aquí mucho tiempo y no me apetece marcharme.

Tana se sentó y le miró sonriendo.

—Creo que, después de haber visto todo esto, lo único que puedo hacer es pegarle fuego a mi casa.

Sin embargo, Tana se sentía muy a gusto en su casa. Aquello era otro mundo, otra vida. Él lo necesitaba, pero ella no. Recordó haber oído comentar alguna vez que Russ poseía una inmensa fortuna personal. Por otra parte, durante varios años había tenido un fructífero bufete de abogados. Aquel hombre se las había arreglado muy bien en la vida y no tenía nada que temer de ella.

Tana, por su parte, no esperaba nada de él desde un punto de vista material. Él le mostró orgullosamente la sala de billar y el gimnasio de abajo y las armas que utilizaba para cazar patos. Era un hombre completo, con una amplia variedad de intereses y aficiones. Cuando volvieron a subir, Russ la tomó de una mano y sonrió casi con timidez.

—Le tengo mucha simpatía, Tana... Me gustaría verla más a menudo. Pero no quisiera complicarme la vida en estos momentos. Cuando sea usted libre, ¿querrá decírmelo?

Ella asintió, asombrada. Más tarde, Russ la acompañó a su casa. Y, una vez sola, Tana permaneció sentada frente al fuego de la chimenea del salón, pensando en él. Era uno de esos hombres que sólo aparecen en los libros o en las revistas. De repente, se había presentado en su vida, diciéndole que «le tenía mucha simpatía», regalándole rosas, llevándola a restaurantes. No sabía qué pensar de él, pero de una cosa sí estaba segura, y era de que ella «también le tenía mucha simpatía» a él.

Durante semanas, sus relaciones con Jack fueron borrascosas. Tana pasó varias noches en Tiburon casi por remordimiento, pero pensaba constantemente en Russ; sobre todo cuando hacía el amor. Estaba casi tan irritada como Jack, y pasó el día de Acción de Gracias hecha un manojo de nervios. Russ se fue al Este a ver a su hija Lee y la invitó a que le acompañara; pero Tana pensó que no sería correcto hacerlo. Primero tenía que resolver su situación con Jack. Sin embargo, se ponía histérica cada vez que pensaba en él. Sólo deseaba estar con Russ, conversar tranquilamente con él, pasear, recorrer las tiendas de antigüedades y las galerías de arte y almorzar en su compañía en pequeños cafés y restaurantes. Él había traí-do a su vida algo que jamás había conocido y, siempre que tenía algún problema, llamaba a Russ y no a Jack. Éste se limitaba a gritarle. Aún necesitaba castigarla por sus triunfos y la situación ya empezaba a resultar aburrida. Tana no se sentía capaz de soportarlo.

—¿Por qué sigues con él? —le preguntó Russ un día.

—No lo sé —contestó ella, mirándole con tristeza.

Estaban almorzando poco antes del inicio de las vacaciones en los tribunales.

—Tal vez porque le asocias mentalmente a tu amigo. —Era una idea nueva, pero Tana pensó que podía ser cierta—. ¿Le quieres, Tan?

—No se trata de eso. Es que llevamos mucho tiempo juntos.

—No es una excusa. Por lo que me cuentas, no eres feliz con él.

—Lo sé, y eso es lo más absurdo. Puede que me sienta segura a su lado.

—¿Por qué?

Algunas veces Russ la acorralaba, pero eso era bueno para ella.

—Jack y yo siempre hemos querido lo mismo. Nada de compromisos, de matrimonio, de hijos.

—¿Tienes miedo de todo eso?

—Sí. —Respiró hondo—. Creo que sí.

—Tana —dijo él, extendiendo una mano para tomar la suya—, ¿también me tienes miedo a mí? —Ella sacudió lentamente la cabeza. Y entonces, él pronunció las palabras que ambos temían y deseaban a un tiempo. Tana lo ansiaba desde que le había conocido y mirado a los ojos por vez primera—. ¿Sabes que quiero casarme contigo?

Tana asintió con los ojos llenos de lágrimas.

—No sé qué decirte.

—No tienes que decir nada. Sólo quería aclarártelo. Y ahora, tú tienes que aclarar tu situación con Jack en bien de la paz de espíritu, con independencia de lo que decidas sobre nosotros.

—¿No se opondrían tus hijas?

—Es mi vida, no la suya. Además, son unas chicas en-

cantadoras. No hay razón para que se opongan a mi felicidad.

A Tana, aquellas palabras le parecieron un sueño.

–¿Lo dices en serio?

–Jamás he hablado con mayor seriedad –contestó
Russ, mirándola a los ojos–. Te quiero mucho.

Aún no le había dado ningún beso a pesar de lo mucho que ella lo deseaba. Al salir del restaurante, Russ la
atrajo suavemente hacia sí y la besó en los labios con
dulzura.

–Te quiero, Russ –a Tana las palabras le brotaron de
repente sin el menor esfuerzo–. Te quiero muchísimo
–añadió, mirándole con lágrimas en los ojos mientras él
sonreía.

–Y yo a ti. Y ahora, pórtate como una buena chica y
ordena tu vida.

–Puede que me lleve un poco de tiempo.

Regresaron dando un paseo. Tana tenía que volver al
trabajo.

–De acuerdo. ¿Qué te parece un par de días? –Se
echaron a reír–. Podríamos irnos a pasar las vacaciones a
México.

Tana hizo una mueca. Le había prometido a Jack ir a
esquiar con él. Pero tenía que hacer algo.

–Dame tiempo hasta primeros de año y te prometo
que lo arreglaré todo.

–Entonces, puede que me vaya solo a México. –Vio
que Tana fruncía el ceño–. ¿Qué te preocupa, amor mío?

–Que te puedas enamorar de otra.

–Pues date prisa –dijo él besándola de nuevo.

Tana pasó toda la tarde con una extraña expresión en
los ojos y una leve sonrisa en los labios. No podía con-
centrarse en nada. Aquella noche, cuando vio a Jack, no
supo qué decirle. Él le preguntó si ya tenía preparado el
equipo de esquiar. Habían alquilado un apartamento con
unos amigos. Al cabo de un rato, ella se levantó y le miró.

–¿Qué ocurre, Tan?

–Nada... y todo. –Cerró los ojos–. Tengo que irme.

–¿Ahora? –preguntó Jack–. ¿A la ciudad?

–No. –Se levantó y rompió a llorar. ¿Por dónde podía empezar? ¿Qué podía decir? Él la había arrojado de su lado por el resentimiento que le inspiraban su trabajo y su éxito, su amargura y su negativa a contraer ninguna clase de compromiso. Ahora, Tana quería algo que Jack no podía darle y sabía que estaba obrando con rectitud; pero todo era muy difícil. Le miró tristemente, sin que le cupiera la menor duda. Casi le pareció sentir la presencia de Russ y de Harry, animándola a seguir adelante–. No puedo –dijo, mirando a Jack.

–¿Qué es lo que no puedes?

Estaba perplejo. Tana no solía hablar con tantos rodeos.

–No puedo seguir así.

–¿Y por qué no?

–Porque no es bueno para ninguno de los dos. Hace un año que estás furioso conmigo y yo estoy destrozada. –Tan se levantó y empezó a pasearse por la estancia, contemplando los conocidos objetos. Aquella casa le había pertenecido durante dos años, pero en aquellos momentos se le antojaba la de un extraño–. Quiero algo más, Jack.

–Vaya por Dios –dijo él–. ¿Como qué?

–Una relación permanente, como lo de Averil y Harry.

–Ya te dije que eso no lo encontrarás. Ellos eran un caso especial. Y tú no eres como Averil.

–Eso no es una excusa para que me dé por vencida. Sigo queriendo encontrar a alguien que sea *mío* para toda la vida, que quiera serlo ante Dios y los hombres y me quiera a su lado hasta el fin de sus días.

–¿Quieres que me case contigo? –preguntó Jack, horrorizado–. Creía que ya habíamos llegado a un acuerdo sobre eso.

–Descuida –dijo ella, sacudiendo la cabeza–. No es eso lo que quiero de ti. Quiero irme, Jack. Creo que ya es hora.

Él guardó silencio porque, a pesar de presentir lo que iba a ocurrir, le dolía. Y, además, le estropeaba las vacaciones.

–Por eso pienso lo que pienso. Tarde o temprano, todo termina. Y así es más fácil. Yo hago mis maletas, tú haces las tuyas, nos decimos adiós y sufrimos durante cierto tiempo; pero por lo menos no nos mentimos y no tenemos que arrastrar a un rebaño de chiquillos.

–Ni siquiera estoy segura de que eso fuera tan horrible. Por lo menos, sería una demostración de nuestro cariño.

Estaba tan triste como si acabara de perder a un ser querido. Le había amado durante mucho tiempo.

–Nos hemos tenido mucho cariño, Tan, y ha sido muy agradable. –Jack se acercó a ella con lágrimas en los ojos y se sentó–. Si me pareciera lo adecuado, me casaría contigo.

–Para ti no sería adecuado –dijo ella, mirándole.

–Tú nunca serías feliz en el matrimonio, Tan.

–¿Por qué no? –No quería oírle decir semejante cosa en aquellos momentos en que Russ aguardaba entre bastidores para casarse con ella. Era como si le estuviera echando una maldición–. ¿Por qué dices eso?

–Porque tú no estás hecha para esas cosas. Eres demasiado fuerte. –Tana sabía que lo era más que él, pero hacía muy poco que lo había descubierto: desde que había conocido a Russ. Éste era muy distinto de Jack. Mucho más fuerte que cualquier hombre que ella hubiera conocido y mucho más que ella misma–. De todos modos, no te hace falta casarte –añadió Jack con amargura–. Ya estás casada con el derecho. Y eso es para ti un amor en régimen de plena dedicación.

–¿Acaso no se pueden tener ambas cosas?

—Algunas personas, sí. Tú, no.

—¿Tanto te he lastimado, Jack? —preguntó ella, mirándole afligida.

Él se levantó sonriendo, descorchó una botella de vino y le ofreció una copa, mientras ella pensaba que jamás le había conocido de verdad. Todo era tan amargo, tan superficial... Jack era un hombre que jamás ahondaba en las cosas, y Tana se preguntó cómo había podido permanecer tanto tiempo a su lado. Sin embargo, ella tampoco había querido profundizar en nada en el transcurso de aquellos años. Quería ser tan libre como Jack. Pero lo había superado y, aunque le daba mucho miedo el desafío que Russ le estaba lanzando, deseaba con toda su alma aceptarlo. Miró a Jack a los ojos, mientras él brindaba por ella.

—Por ti, Tan. Que tengas mucha suerte.

Ella tomó un sorbo, depositó la copa en la mesa y le miró.

—Me voy.

—Muy bien. Llámame alguna vez.

Él se volvió de espaldas y Tana sintió que se le clavaba un puñal en el pecho. Hubiera querido extender las manos hacia Jack, pero ya era demasiado tarde. Para los dos. Le tocó la espalda y musitó una sola palabra:

—Adiós.

Luego regresó apresuradamente a casa. Se bañó y se lavó el cabello como si quisiera quitarse de encima todas las decepciones y las lágrimas. Treinta y ocho años e iba a empezar otra vez —aunque de manera muy diferente— con un hombre completamente distinto de cualquier otro que ella hubiera conocido. Hubiera querido llamarle aquella noche, pero su mente todavía estaba llena de Jack. Por otra parte, le daba miedo decirle a Russ que era libre. No le dijo nada hasta que almorzaron juntos, la víspera de que él se fuera a México. Entonces, le miró, sonriendo misteriosamente.

—¿Qué te hace tanta gracia, encanto?

—La vida, supongo.

—¿Eso te divierte?

—A veces. Yo... hum... Bueno. —Al verla enrojecer, Russ se echó a reír—. No me pongas las cosas tan difíciles, caramba.

—¿Qué pretendes decirme? —preguntó él tomándole una mano entre las suyas.

Jamás la había visto tan turbada. Tana respiró hondo y le respondió:

—Ya he arreglado las cosas, esta semana.

—¿Con Jack? —Tana asintió, esbozando una tímida sonrisa mientras él la miraba—. ¿Tan pronto?

—No podía seguir así.

—¿Se disgustó mucho? —preguntó él, con un gesto preocupado.

—Sí —contestó ella, entristeciéndose por un instante—, pero no quiso demostrarlo. Jack siempre quiere mantenerlo todo a un nivel superficial. —Lanzó un suspiro y añadió—: Dice que yo nunca sería feliz casada.

—Estupendo. —Russ esbozó una sonrisa—. Cuando te vayas, acuérdate de incendiar la casa. Es lo mejor que se puede hacer con ciertos hombres. Te aseguro que no estoy preocupado. Acepto correr el riesgo, gracias —añadió, rebosante de felicidad.

—¿Sigues queriendo casarte conmigo?

Tana no acertaba a creer lo que le estaba ocurriendo y por un brevísimo instante experimentó la tentación de regresar a su antigua vida; pero ya no la deseaba. Quería a Russ, quería el matrimonio y su profesión, por mucho que ello la asustara. Tenía que correr el riesgo. Ya estaba preparada. Había tardado mucho tiempo en decidirse, pero, al final, lo había conseguido y estaba muy orgullosa de ello.

—¿Tú qué crees? Pues claro que sí —contestó Russ para tranquilizarla.

—¿Estás seguro?

–Más bien cabe preguntar si lo estás tú.

–¿Te parece que esperemos un poco? –preguntó Tana, nerviosa.

–¿Cuánto? –inquirió él con una sonrisa–. ¿Seis meses? ¿Un año? ¿Diez años?

–Pongamos cinco –contestó Tana, riendo también. Le miró y le preguntó–: No querrás tener hijos, ¿verdad?

Russ meneó la cabeza y la miró sonriendo.

–Estás en todo, ¿eh? No, no quiero tener hijos. Soy demasiado mayor, voy a cumplir cincuenta años el mes que viene, y además ya tengo dos. Y no pienso hacerme la vasectomía. Pero haré cualquier otra cosa que me pidas para evitar dejarte embarazada. ¿De acuerdo? ¿Quieres que lo firme con sangre?

–Sí.

Russ pagó la cuenta y salieron a la calle. La abrazó como ningún hombre lo había hecho jamás y la hizo sentirse más dichosa que nunca.

Después, consultó el reloj y corrió con ella hacia el automóvil.

–¿Qué estás haciendo?

–Tenemos que tomar el avión.

–¿Los dos? Pero si no puedo. Yo no...

–¿No está de vacaciones tu tribunal?

–Sí, pero...

–¿Tienes el pasaporte en regla?

–Pues sí... Creo que sí...

–Lo comprobaremos en tu casa. Vas a venir conmigo. Planearemos la boda allí. Llamaré a las chicas. ¿Qué te parece febrero? ¿Digamos dentro de unas seis semanas? ¿Qué tal el día de San Valentín? ¿Te parece suficiente tiempo?

Estaban locos el uno por el otro. Por la noche, tomaron un avión con destino a México y pasaron una maravillosa semana tomando el sol y haciendo, por fin, el amor. Él prefirió esperar a que Tana rompiera definitivamente con Jack. Al regresar, Russ le compró una sortija de compromiso y comunicaron la noticia a todos sus amigos. Jack la llamó al enterarse por la prensa.

—Conque era eso, ¿eh? ¿Por qué no me dijiste que estabas liada con otro? Y nada menos que con un magistrado. Has progresado mucho.

—Eres mezquino. Además, no estaba liada con él.

—Eso cuéntaselo a tu abuela. —Jack soltó una amarga carcajada—. Aunque, pensándolo bien, será mejor que se lo cuentes al juez.

—Mira, has estado toda tu vida tan ocupado en evitar no comprometerte que ya lo estás confundiendo todo.

—Por lo menos sé cuándo engaño a alguien, Tan.

—Yo no te he engañado.

—Entonces, ¿qué hacías? ¿Acostarte con él a la hora del almuerzo porque antes de las seis de la tarde eso no cuenta?

Tana colgó el auricular bruscamente, lamentando que su relación con Jack tuviera que terminar de aquella manera. Le escribió una carta a Barbara, en la que le explicaba que su matrimonio con Russ era un poco precipitado, pero que todo se debía a que éste era un hombre encantador. Le decía, también, que, cuando visitara a su padre, al año siguiente, la puerta de su casa estaría abierta para ella igual que siempre. No quería que la chica pensara que la rechazaba. Tenía un montón de cosas que hacer. Le escribió a Averil a Londres y poco faltó para que a su madre le diera un ataque al corazón cuando la llamó.

—¿Estás sentada?

—Oh, Tana, te ha ocurrido algo —dijo Jean, al borde de las lágrimas.

Apenas tenía sesenta años, pero parecía que tuviera el doble. A los setenta y cuatro años, Arthur estaba muy viejo y ella lo había asimilado muy mal.

—Es algo muy bonito, mamá. Algo que llevas mucho tiempo esperando.

—No acierto a imaginar qué puede ser —dijo Jean, clavando los ojos en la pared.

—Me caso dentro de tres semanas.

—¿*Cómo*? ¿Con quién? ¿Con el hombre con quien has vivido todo este tiempo?

No tenía a Jack en muy buen concepto, pero ya era hora de que regularizaran su situación; sobre todo teniendo en cuenta que Tana era jueza. Poco esperaba la sorpresa que le iba a dar su hija.

—No. Con un magistrado del tribunal superior. Se llama Russell Carver, mamá.

Después le contó el resto de la historia. Y Jean rió y lloró sin poder contenerse.

—Oh, cariño. Hace tanto tiempo que esperaba oír esta noticia...

—Y yo. —Tana también reía y lloraba a la vez—. La espera ha merecido la pena, mamá. Ya te darás cuenta cuando veas a Russ. ¿Vendrás a la boda? Nos vamos a casar el catorce de febrero.

—El día de San Valentín. Oh, qué bonito. —A Tana le daba un poco de vergüenza, pero tanto a ella como a Russ les hacía gracia—. No me lo perdería por nada del mundo. No creo que Arthur esté en condiciones de poder venir, o sea que no podré quedarme mucho.

Jean tenía mil cosas que hacer antes de irse, y deseaba colgar el teléfono para poder empezar. Ann acababa de casarse por quinta vez y sus bodas ya no interesaban a nadie. ¡Tana se iba a casar! ¡Y nada menos que con un magistrado del tribunal superior! Y, por si fuera poco, Tana le había dicho que era muy guapo. Jean se pasó la tarde yendo de un lado para otro, en un estado de nerviosismo total. Al día siguiente iría a la ciudad para comprarse ropa en el lujoso establecimiento de Saks. Necesitaba un vestido de ceremonia... No, quizá sería mejor un elegante traje sastre. No podía creer que, al final, su hija se casara. Aquella noche musitó una silenciosa plegaria de agradecimiento.

18

La boda fue preciosa. Se celebró en la residencia de Russ, y dos violines y un piano interpretaron una delicada composición de Brahms cuando Tana bajó lentamente por la escalinata, luciendo un sencillo vestido de crespón de seda color marfil. Llevaba suelto el cabello rubio, se tocaba con una pamela con velo y calzaba zapatos de raso a juego. Habría unos cien invitados, y Jean se pasó casi todo el día llorando como una esponja. Se había comprado un exquisito traje beige de Givenchy y se la veía tan orgullosa que a Tana le entraban ganas de llorar cada vez que la miraba.

—¿Eres feliz, amor mío? —le preguntó Russ con una dulce mirada.

A Tana le parecía imposible haber encontrado a un hombre como aquél. Jamás había conocido a nadie igual. Era como si hubiera nacido para ser suya. Mientras avanzaba por el pasillo, comenzó a pensar en Harry. «Bueno, querido tonto, ¿he hecho bien?», le preguntó en su fuero interno.

¡Estupendamente bien! Sabía que Harry hubiera hecho muy buenas migas con Russ y le pareció percibir su presencia a su lado. Harrison y Averil le enviaron un telegrama de felicitación. Estaban allí las hijas de Russ, unas chicas esbeltas, atractivas y simpáticas; las acompa-

ñaban sus maridos, que a Tana le gustaron mucho. Formaban un grupo muy agradable y todos se desvivían por ella. Lee acogió con especial cariño a su madrastra, que apenas le llevaba doce años.

–Menos mal que ha tenido el buen juicio de esperar a que creciéramos –dijo la joven–. En primer lugar, la casa está más tranquila ahora. Y, en segundo lugar, no tendrás que soportarnos. Mi padre llevaba mucho tiempo solo y Beth y yo nos alegramos mucho de que te cases con él. No me gusta que esté solo en esta casa.

Era un poco alocada y vestía maravillosamente bien con modelos diseñados por ella misma. Quería muchísimo a Russ y adoraba a su marido. Beth, por su parte, se mostraba muy cariñosa con todos. Formaban un grupo ideal, y Jean se alegró de que Tana no hubiera cometido la insensatez de enamorarse de Billy en los años en que ella lo hubiera visto con buenos ojos. Tana supo esperar la llegada de un hombre extraordinario. Y menuda vida iba a llevar. La casa era la más bonita que Jean hubiera visto jamás, y Tana se había compenetrado enseguida con el mayordomo y la camarera. Pasaba de salón en salón, atendiendo a sus amistades mientras la gente se dirigía a ella llamándola «señoría» y alguien recitaba un poema burlesco a propósito de un juez y un magistrado.

Fue una tarde maravillosa. Volvieron a México en viaje de luna de miel y regresaron pasando por La Jolla y Los Ángeles. Tana se tomó un mes de vacaciones. A la vuelta, cada vez que decía su nuevo nombre, no tenía más remedio que esbozar una sonrisa. La jueza Carver. Tana Carver. Tana Roberts Carver. Siempre añadía el apellido de Russ, importándole un bledo la liberación femenina. Le había esperado durante casi treinta años y se había resistido al matrimonio durante casi dos décadas; y ahora había dado el salto, quería disfrutar de todos los beneficios que la nueva situación le reportaba. Todas las noches regresaba a casa, feliz y contenta de verle. Una noche, Russ le preguntó con tono cariñosamente burlón:

—¿Cuándo vas a empezar a comportarte como una verdadera esposa y sermonearme un poquito?

—Creo que he olvidado hacer esas cosas.

Él la miró sonriendo; luego, volvieron a hablar de la casa de Tana. Ésta pensaba alquilarla. Era tan bonita, que no quería venderla, aunque le constaba que jamás volvería a vivir allí.

—¿Y si yo te la alquilo para Beth y John cuando vengan a vernos?

—Sería estupendo —contestó Tana—. Vamos a ver... Te la puedo dar a cambio de dos besos y un viaje a México.

Russ rió. Al final, decidieron conservar la casa y alquilarla.

Un día en que se sentía más feliz que nunca y todo le había salido a pedir de boca, Tana se tropezó con un hombre en la calle. Salía de la sala del tribunal para almorzar con Russ cuando se encontró cara a cara con Drew Lands. Al reconocerla, éste puso la cara que pondría alguien que acabara de descubrir un yacimiento de petróleo en el patio de su casa, y empezó a charlar amigablemente con ella. Era increíble la angustia que le había causado aquel hombre en otros tiempos. Tana se asombró de que Julie y Elizabeth ya tuvieran dieciocho y veintidós años.

—¡Santo cielo! ¿Tanto tiempo ha pasado?

—Así parece, Tan —respondió Drew con voz melosa. Tana se sintió molesta al ver en su mirada unas insinuaciones que estaban fuera de lugar desde hacía varios años—. Eileen y yo nos divorciamos hace ya seis años.

¿Cómo se atrevía a decírselo? ¿Cómo se atrevió a divorciarse después de haberla hecho sufrir tanto?

—Qué pena —le dijo con voz glacial.

No le interesaba nada de lo que Drew le contaba y no quería hacer esperar a Russ. Sabía que éste se hallaba ocupado en una causa importante.

–Bueno... No sé si... Quizá podríamos vernos alguna vez. Ahora vivo en San Francisco.

–Nos encantaría verte algún día –dijo ella sonriendo–. Pero en estos momentos mi marido tiene un juicio muy importante entre manos.

Le dirigió una mirada casi perversa, le saludó con una mano, le dijo unas palabras irónicas y se fue. Cuando se reunió con Russ en el Grill de Hayes Street, él aún pudo ver en los ojos de su esposa el reflejo de su victoria. Era uno de sus restaurantes preferidos. A menudo, se sentaban en una mesa del rincón, y se besaban y acariciaban durante el almuerzo mientras la gente les miraba sonriendo.

–¿Por qué estás tan contenta? –le preguntó él, que la conocía muy bien.

–Por nada. –Pero no quería ocultarle sus secretos; aunque en realidad no tenía ninguno–. Acabo de tropezarme con Drew Lands por primera vez en casi siete años. Menudo hijo de perra está hecho. Supongo que lo fue siempre, el muy cerdo.

–Bueno, bueno, ¿qué te hizo para merecer semejantes epítetos?

–Es el hombre casado de quien te hablé.

–¡Ah! –exclamó Russ, contemplando divertido el fuego que ardía en los ojos de Tana.

Sabía que no corría ningún peligro de perderla, no porque estuviera muy seguro de sí mismo, sino por el profundo amor que ambos se profesaban.

–¿Y sabes una cosa? Finalmente, se divorció de su mujer.

–Era de prever –dijo él sonriendo–. Y ahora quería recuperarte, ¿verdad?

–Le he dicho que nos encantaría verle algún día. Y me he largado sin más –contestó Tana.

–Eres una pequeña bruja. Pero te quiero, de todos modos. ¿Cómo te ha ido hoy en el tribunal?

—Bastante bien. Voy a tener un caso interesante, un delito industrial. Será muy embrollado, pero planteará interesantes cuestiones técnicas. ¿Y cómo va lo tuyo?

—Vamos tirando... –contestó Russ, sonriente. Luego, hizo una pausa y miró enigmáticamente a Tana—. Por cierto, me ha llamado Lee.

—¿Cómo está?

—Bien.

Se miraron. Algo raro estaba ocurriendo.

—Russ, ¿qué pasa?

Estaba preocupada por él, lo veía raro.

—Ha ocurrido. Al final, me han hecho la faena. Voy a ser abuelo. –Estaba contento y disgustado a la vez.

—¡Oh, no! –exclamó Tana, soltando la carcajada—. ¿Cómo te han podido hacer eso a ti?

—¡Eso es precisamente lo que yo le he dicho! ¿Te lo imaginas?

—Con cierta dificultad. Vamos a tener que comprarte una peluca blanca para que resulte más verosímil. ¿Cuándo tendrá el niño?

—En enero. Más o menos por mi cumpleaños. O hacia Nochevieja.

La niña vino al mundo el primer día del año, y Russ y Tana decidieron trasladarse a Nueva York para verla. Russ estaba deseando ver a su primer nieto, otra niña como las que él ya tenía. Reservó una suite en el Hotel Sherry Netherland y emprendieron el viaje. Lee se encontraba instalada en la mejor habitación de la sección de maternidad del New York Hospital y la niña era preciosa y sonrosada. Russell le dedicó los cumplidos de rigor. Al regresar al hotel hizo apasionadamente el amor con su mujer.

—Por lo menos aún no estoy totalmente decrépito. ¿Qué tal resulta hacer el amor con un abuelo, cariño?

—Mucho mejor que antes.

Pero Russ vio en sus ojos algo extraño y lo comprendió inmediatamente. La atrajo suavemente hacia sí acariciando su aterciopelada piel desnuda y empezó a inquietarse. A veces, cuando algo la preocupaba, Tana lo escondía en lo más hondo de su ser, tal como estaba haciendo en aquellos momentos.

—¿Qué ocurre, amor mío? —le susurró al oído.

—¿Y por qué piensas que ocurre algo? —repuso ella sorprendida.

—Te conozco muy bien. No puedes engañar a un viejo como yo. Por lo menos, a uno que te quiera tanto como yo te quiero.

Ella trató de negar que ocurriera algo, pero despúes, para gran asombro de Russ, se echó a llorar en sus brazos.

El hecho de contemplar a Lee y a su hija le había causado un dolor indecible... una terrible sensación de soledad y vacío que jamás había experimentado anteriormente. Russ estaba asombrado y ella todavía más. Nunca hubiera imaginado que se albergaran en su interior aquellos sentimientos.

—¿Quieres un hijo, Tan?

—Pues no lo sé. Nunca había sentido estas cosas. Y eso que casi tengo cuarenta años.

De súbito, lo deseó con toda su alma y volvió a recordar las palabras de Harry.

—¿Por qué no lo piensas y lo discutimos más adelante?

Tana se pasó un mes pensando en Lee y en su hija. De vuelta a casa, empezó a ver mujeres embarazadas por doquier y niños en cochecitos en todas las esquinas de las calles. Le pareció que todo el mundo tenía hijos menos ella. Y empezó a experimentar una envidia y una soledad indescriptibles. Russell se lo leyó en la cara, pero no volvió a mencionar el asunto hasta el día del aniversario de boda. Entonces, Tana estuvo insólitamente áspera con él. Era casi como si le doliera hablar de ello.

—Dijiste que eras demasiado mayor para eso. Yo también lo soy.

—No, si de veras te importa. Al principio podría resultarme un poco molesto, pero ya me acostumbraría. Otros hombres tienen una segunda familia a mi edad, e incluso más viejos que yo —dijo Russ sonriendo.

Él también estaba asombrado de lo mucho que se había conmovido al ver a la niña en brazos de Lee y al tomarla después en sus propios brazos. No le hubiera importado demasiado ser padre. Tener un hijo de Tana hubiera sido un sueño. En marzo volvieron a México y pasaron unas vacaciones fabulosas. Tana hizo turismo a tope, pero a la vuelta, no se encontraba muy bien.

—Creo que has trabajado demasiado —le dijo Russ.

Hacía casi tres semanas que Tana arrastraba una gripe, y él insistía en que fuera a ver al médico.

—No tengo tiempo para eso.

Pero estaba tan cansada y le dolía tan a menudo el estómago que, por fin, decidió ir. Se llevó la mayor sorpresa de su vida. Era lo que tanto deseaba y temía a la vez. No disponía de tiempo para esas cosas. Su trabajo era muy importante. Resultaría ridícula, nunca lo quiso. Russ se iba a enfadar con ella. Estaba tan angustiada, que no regresó a casa hasta las siete. En cuanto la vio, Russ comprendió que le había sucedido algo. Pero no dijo nada y, en su lugar, le ofreció un trago a Tana. En el transcurso de la cena, descorchó una botella de Château Latour; pero ella no quiso probar ni una gota y aún estaba muy nerviosa cuando subieron al dormitorio. Russ empezaba a preocuparse. Al verla sentada, acercó una silla y se sentó frente a ella.

—Bueno, dime qué te ha pasado. O has perdido el empleo o ha muerto tu mejor amigo.

Tana esbozó una tímida sonrisa y se relajó mientras Russ le tomaba una mano.

—Me conoces demasiado bien.

—Pues, entonces, tienes que hacerme el favor de decirme la verdad.

–No puedo.

Ya lo había decidido. Se iba a librar del niño. Pero no había quien engañara a Russ. Levantó su siniestra voz y frunció su famoso ceño; y, si Tana no le hubiera conocido como le conocía, se hubiera echado a temblar de pies a cabeza. En su lugar, soltó una carcajada.

–Me das un miedo espantoso cuando pones esta cara.

–De eso se trata precisamente –dijo Russ, riéndose a su vez–. Y ahora, dímelo de una maldita vez. ¿Qué demonios te pasa?

Tana le miró durante un largo rato; después, bajó los ojos y volvió a levantarlos.

–No te lo vas a creer, cariño.

–Quieres el divorcio.

–No, claro que no.

Tana esbozó una sonrisa. Russ siempre conseguía aliviarle la tensión. Había pasado todo el día histérica, pero él lograba hacerla sonreír.

–¿Tienes una aventura con alguien?

–Frío.

–¿Te han expulsado del tribunal?

–Mucho peor. –Se puso muy seria porque lo que acababa de ocurrir equivalía a lo mismo. ¿Cómo podría conservar su puesto con lo que se le venía encima? Se echó a llorar y miró a su marido–. Estoy embarazada, Russ.

Por un instante fue como si todo se detuviera a su alrededor. Después, él la tomó en sus brazos y empezó a reírse como si aquello fuera un motivo de jolgorio y no de suicidio.

–Oh, cariño, ¡cuánto me alegro! –exclamó extasiado.

–¿De veras? –le preguntó Tana, muy sorprendida–. Pensaba que no querías tener hijos. Habíamos decidido que...

–Da igual. Tendremos un retoño precioso. Una chiquilla igualita que tú.

La abrazó con fuerza, rebosante de gozo. Tana lo deseaba también; pero ahora que había ocurrido, veía muy negro el porvenir.

—Pero me lo va a estropear todo —dijo al borde de las lágrimas.

—¿Por ejemplo?

—Mi trabajo. ¿Cómo puedo ejercer de jueza dándole el pecho a un niño?

Él se rió al imaginar la escena.

—Seamos prácticos. Sigues trabajando hasta el último momento y después te tomas seis meses de excedencia. Buscamos a una buena niñera y, luego, vuelves al trabajo.

—¿Así de fácil? —preguntó ella no demasiado convencida.

—Puede ser todo lo fácil que quieras, amor mío. Pero no hay ninguna razón para que no puedas ejercer una profesión y tener hijos. A veces habrá que hacer algunas filigranas, pero todo se puede arreglar con un poco de ingenio. —La miró sonriendo y Tana empezó a tranquilizarse. Puede que él tuviera razón y en tal caso... En tal caso, todos sus deseos se verían cumplidos, porque ella quería ambas cosas. Durante años había creído que sólo podía tener o lo uno o lo otro. Sin embargo, Tana quería algo más que su trabajo: quería a Russ, quería tener un hijo suyo, lo quería todo. El terrible dolor y el vacío que había experimentado durante tantos meses se estaban esfumando—. Me siento muy orgulloso de ti, cariño. —Ella le miró sonriendo mientras las lágrimas le resbalaban lentamente por las mejillas—. Todo va a salir bien, ya lo verás... Y tú vas a estar preciosa.

—¡Que te crees tú eso! Ya he aumentado tres kilos.

—¿Dónde? —preguntó Russ, haciéndole cosquillas y buscándolos por su cuerpo, mientras ella reía feliz entre sus brazos.

19

La jueza se dirigió con paso cansino al estrado, se sentó cuidadosamente, dio un par de golpecitos con el martillo e inició su actuación de aquella mañana. A las diez, el alguacil le trajo una taza de té y, cuando se levantó para la pausa del mediodía, a Tana le costó Dios y ayuda recorrer la distancia que la separaba de su despacho. El niño ya llevaba nueve días de retraso. Tana quería dejar el trabajo con dos semanas de antelación, pero lo tenía todo tan bien organizado en casa, que decidió seguir trabajando hasta el final. Aquella tarde, su marido acudió a recogerla a la salida.

—¿Cómo te ha ido hoy? —le preguntó, orgulloso.

Había sido un período maravilloso para ambos, incluyendo aquellos días de propina. Tana se alegraba de pasar aquellos últimos días a solas con Russ, a pesar de lo incómoda que se sentía. A las cuatro de la tarde, los tobillos se le ponían como postes de farola, y el hecho de permanecer sentada tanto rato le causaba molestias, pero lo hacía porque no tenía otra cosa que hacer.

—Bien —contestó Tana con un suspiro—. El veredicto ya está a punto de ser emitido. Creo que dejaré el trabajo a finales de esta semana, tanto si el niño viene como si no. ¿A ti qué te parece?

Russ sonrió mientras la acompañaba a casa en el Jaguar que acababa de comprarse.

–Me parece una idea estupenda, Tan. Te vendría muy bien descansar un poco un par de días.

–Ya te lo puedes figurar.

Pero no tuvo tiempo para eso. Rompió aguas a las ocho de aquella misma tarde y miró a Russ muy asustada. Ya sabía que iba a ocurrir, pero al ver que llegaba *ahora* hubiera querido escapar, aunque no tenía dónde. Su cuerpo la seguiría dondequiera que fuera. Russ comprendió sus sentimientos y trató de consolarla.

–Todo irá bien.

–¿Cómo lo sabes? –repuso Tana con aspereza–. ¿Y si tienen que hacerme una cesárea? Tengo cien años.

En realidad, tenía apenas unos cuarenta. Se echó a llorar, mirando a Russell. Las contracciones se iniciaron casi inmediatamente después de haber roto aguas.

–¿Quieres tenderte un rato, Tan, o prefieres ir al hospital?

–Prefiero quedarme aquí.

Russ llamó al médico, le sirvió a Tana un vaso de gaseosa de jengibre, encendió el televisor que había a los pies de la cama y esbozó una sonrisa. Iba a ser una gran noche para ambos y esperaba que todo fuera bien. Confiaba mucho en que así fuera. Tana había insistido en que ambos se prepararan juntos según el método de Lamaze y, aunque Russ no había presenciado el nacimiento de sus dos hijas, quería estar al lado de Tana cuando naciera aquel hijo. Se lo había prometido y lo esperaba con ansia. Aunque se habían realizado todos los análisis pertinentes, ambos prefirieron no conocer de antemano el sexo del hijo que iba a nacer. A medianoche, Tana se durmió un rato; después, despertó un poco más tranquila. Miró sonriendo a Russ y él empezó a controlar reloj en mano los intervalos de las contracciones. Hacia las dos, volvió a llamar al médico y éste le dijo entonces que trasladara a su mujer al hospital. Tomó la bolsa que Tana guardaba en el armario del pasillo desde hacía tres semanas y la ayudó a subir al coche. Cuando llegaron al hospital, la ayudó a bajar y a entrar en el edificio. Tana apenas podía dar un paso y las contracciones la obligaban a hacer un gran esfuerzo; pero esos dolores no eran nada en comparación con los que empezó a experimentar tres horas más tarde. Se agarró al brazo de Russ, tendida en la cama de la sala de partos, y él empezó a experimentar un pánico creciente. No esperaba que el proceso fuera tan doloroso. A las ocho de la mañana, el niño aún no había nacido. El sol brillaba en el cielo y Tana seguía jadeando, con el cabello húmedo y los ojos desorbitados; miraba a Russ como si éste pudiera ayudarla. Pero él sólo podía respirar al unísono con ella, tomarle una mano y decirle que se sentía muy orgulloso de ella. Hacia las nueve, se armó un gran revuelo. La trasladaron en camilla a la sala de alumbramientos, le levantaron las piernas y se las sujetaron mientras Tana gritaba de dolor. Era el dolor más insoportable que jamás hubiera experimentado. Tuvo la sensación de que se ahogaba mientras oprimía una mano de Russ y el médico la instaba a seguir empujando. Creyó que no podría resistirlo. Quería morir, morir. Quería...

–Veo la cabeza. Oh, Dios mío, cariño... Ya está aquí.

Russ lanzó un grito al ver aparecer de golpe una carita colorada. Tana le miró y dio un tremendo empujón que expulsó la criatura hacia fuera. El médico la recibió en sus manos y el niño empezó a llorar. Cortaron el cordón umbilical, lo ataron, limpiaron rápidamente al niño, le aspiraron la nariz, lo envolvieron en una cálida manta y se lo entregaron a Russ.

–Ahí tiene a su hijo, Russ –dijo el médico sonriendo.

Tras el duro esfuerzo realizado, Tana miró a Russ con expresión victoriosa.

–Has estado maravilloso, cariño –le dijo con voz ronca y el rostro ceniciento, mientras él se inclinaba para besarla con ternura.

—¿Que *yo* he estado maravilloso?

Estaba impresionado por lo que acababa de ver. Era el mayor milagro que jamás hubiera presenciado. Tana le miró radiante de felicidad. A los cuarenta años, había conseguido todo lo que quería, todo. Se le llenaron los ojos de lágrimas mientras extendía las manos hacia su marido y éste depositaba suavemente al niño en los brazos de su esposa, tal como primero lo había depositado en su vientre.

—Oh, qué hermoso es.

—No. —Russ sonrió, aunque tenía lágrimas en los ojos—. Tú sí lo eres. Eres la mujer más hermosa del mundo. —Miró a su hijo—. Pero él tampoco está nada mal.

Harrison Winslow Carver. Habían acordado hacía tiempo que le pondrían ese nombre. El niño había venido al mundo rodeado de amor y le iban a poner un nombre muy querido.

Volvieron a llevarla a su habitación poco antes del mediodía. Tana pensó que jamás querría volver a pasar por aquella experiencia, aunque se alegraba de haberla vivido una vez. Russ permaneció a su lado hasta que se quedó dormida. El niño dormía apaciblemente en la cunita que habían colocado a su lado; y Tana, limpia, soñolienta y enamoradísima de Russ, abrió los ojos una vez, despertando brevemente del sueño provocado por el sedante, y le dijo:

—Te quiero mucho, Russ.

Éste asintió sonriendo, entregado para siempre a ella desde aquella noche.

—Ssssh... Ahora duerme. Yo también te quiero.

20

Cuando el pequeño Harry cumplió los seis meses, Tana contempló con tristeza el calendario. Faltaba una semana para que volviera al trabajo. Había prometido hacerlo y sabía que ya era hora, pero el chiquillo era tan dulce, que a ella le encantaba pasar las tardes con él. Salían a dar largos paseos y Tana se emocionaba mucho al verle sonreír. Hasta habían acudido a visitar a Russ en su despacho, alguna que otra vez. Era una vida tranquila y reposada que Tana no había conocido jamás y que lamentaba tener que dejar, aunque todavía no estaba preparada para abandonar su profesión.

Cuando volvió al trabajo, se alegró de no haberlo dejado para siempre. Se sentía muy a gusto entre juicios, veredictos, jurados y decisiones. Era increíble lo aprisa que transcurrían las jornadas y las ansias que sentía Tana de regresar a casa por la tarde para reunirse con Harry y con Russ. A veces, su marido llegaba a casa antes que ella y la esperaba, jugando con el niño sobre la alfombra. Ambos estaban entusiasmados con él y se comportaban como si fuera el primer niño que hubiera nacido en la tierra. Lee, que ya esperaba su segundo hijo, acudió a visitarlos con la pequeña Francesca, y le preguntó a Tana con ironía:

—¿Y tú cuándo irás por el otro, Tan?

—No, gracias, ya tengo más que suficiente con Harry. —Aunque su embarazo transcurrió sin dificultades, el alumbramiento fue tremendamente doloroso. Con el paso del tiempo, sin embargo, ya empezaba a olvidarlo. Además, ambos estaban encantados con el chiquillo—. A tu edad puede que tuviera otro, Lee, aunque no estoy muy segura. No se puede tener todo, una profesión y diez hijos.

Pero Lee no estaba asustada. Conservaba su trabajo y, a pesar del hijo que esperaba, quería seguir trabajando hasta el final y reanudar después sus actividades como si tal cosa. Acababa de ganar el Premio Coty y por nada del mundo hubiera renunciado a todo aquello. No veía por qué hubiera tenido que hacerlo. Podía compaginar ambas cosas, ¿no?

—¿Qué día has tenido, cariño? —preguntó Tana, dejando la cartera en un sillón, mientras se inclinaba para besar a Russ y consultaba el reloj.

Aún seguía amamantando a su hijo tres veces al día, por la mañana, por la tarde y entrada la noche, y no recordaba muy bien a qué hora le había alimentado por última vez. Le encantaba el nexo de intimidad que ello le permitía establecer con el niño y los silenciosos momentos que transcurría a solas con él, a las tres de la madrugada. Se alegraba de poder contribuir de aquella manera a su bienestar. La cosa tenía, además, otra ventaja. Le habían dicho que no era probable que volviera a quedar embarazada mientras siguiera amamantando al niño.

—¿Te parece que le siga dando de mamar hasta los doce años? —le preguntó un día a Russ.

Éste se echó a reír. Su vida era plenamente satisfactoria y había merecido la pena esperar tanto tiempo. Por lo menos, eso decía Tana. Ésta acababa de cumplir cuarenta y un años y él tenía cincuenta y dos.

—¿Sabes una cosa, Tan? Te veo un poco cansada —le dijo Russ con inquietud—. Puede que la lactancia te agote demasiado, ahora que ya has vuelto al trabajo.

Ella se resistía a reconocerlo, pero su cuerpo le daba la razón a Russ. Al cabo de unas semanas, se le acabó la leche. Era como si su organismo se negara a seguir alimentando a Harry. Acudió al médico, que la pesó, la palpó, le examinó los senos y le dijo que quería hacerle un análisis de sangre.

—¿Ocurre algo? —preguntó Tana consultando el reloj. Tenía que regresar al tribunal a las dos.

—Quiero comprobar una cosa. La llamaré esta tarde.

En conjunto, la encontraba muy bien y ella no tenía tiempo de preocuparse por nada. Regresó corriendo a la sala de justicia; y, a las cinco, cuando su secretaria le hizo una seña, ya había olvidado que el médico iba a llamarla.

—Dice que quiere hablar con usted.

—Gracias.

Tana cogió el teléfono y empezó a garabatear unas notas mientras escuchaba, pero se detuvo en seco. No era posible. Se habría equivocado. Había dado de mamar al niño hasta hacía una semana. Se quedó clavada en el sillón, le dio las gracias al médico y colgó el teléfono. Volvía a estar embarazada. Harry era una preciosidad, pero a ella no le apetecía tener otro hijo. Su carrera se iría a pique. Esta vez, se libraría de él. Era imposible tenerlo. No sabía qué hacer. Tenía una opción, claro, pero ¿qué le iba a decir a Russ? ¿Que había abortado para librarse de su hijo? No podía hacer eso. Pasó una noche entera sin dormir; y no quiso contarle nada a Russ cuando éste le preguntó qué le ocurría. Esta vez, no podía decírselo. Su profesión significaba demasiado para ella. Por otra parte, se sentía demasiado mayor. Sin embargo, Lee continuaría trabajando tras el nacimiento de su segundo hijo. ¿O acaso sería absurdo que lo hiciera? ¿Y si abandonara su carrera de juez? ¿Acabarían sus hijos siendo más importantes para ella que todo lo demás? Se debatió entre mil posibilidades. Por la mañana, cuando se levantó, estaba hecha un desastre. Russ la miró mientras desayunaban, pero no dijo nada. Cuando ya estaba a punto de marcharse, le preguntó:

–¿Podrás almorzar conmigo o estarás ocupada?

–No, que yo sepa. –Sin embargo, no le apetecía almorzar con su marido. Tenía que pensar–. Pero quiero despejar un poco mi escritorio –añadió, evitando mirarle.

–Tienes que comer. Te traeré unos bocadillos.

–De acuerdo.

Se sentía una traidora y el corazón le pesaba cuando salió de casa. Despachó varios casos de poca importancia. Y, hacia las once de la mañana, levantó la mirada y vio a un hombre de ojos febriles, con una melena encrespada. Se le acusaba de haber colocado un explosivo en un consulado extranjero, y tenían que someterle a juicio. Tana empezó a estudiar los papeles y, de repente, vio su nombre y levantó los ojos. Por razones que ninguno de los que se hallaban en la sala pudo entender, se negó a encargarse del caso. El hombre era Yael McBee, su amante radical de la facultad de derecho de la Boalt. El chico que había terminado en la cárcel por haber colocado una bomba en la casa del alcalde. Después de leer los documentos, vio que había estado dos veces en prisión desde entonces. Qué extraña era la vida. Hacía tanto tiempo de todo aquello... Le vino a la memoria el recuerdo de Harry y de la simpática casita que había compartido con él y con Averil, entonces tan joven; y de la comuna hippie que visitó en compañía de Yael. Volvió a mirarle. Se había convertido en un adulto. Tenía cuarenta y seis años y seguía luchando a su turbulenta manera por las mismas causas. Qué lejos habían llegado todos. Y Yael, en concreto, con sus descabelladas ideas. Según los documentos, era un terrorista. Un terrorista. Y ella era una jueza. La vida era un camino interminable. Y Harry ya se había ido y los hermosos momentos que compartieron estaban un poco empañados o habían caído en el olvido; algunos de sus amigos habían muerto... Sharon, Harry. Y otros ocupaban sus lugares en la vida. Su hijo, el pequeño Harry, así llamado en homenaje a aquella amistad; y ahora, el nuevo hijo que llevaba en las entrañas. Qué lejos habían llegado todos. Al levantar la mirada, vio a Russ y le dirigió una sonrisa; después rechazó ocuparse del caso de Yael McBee, ordenó hacer una pausa para ir a almorzar y se reunió con su esposo en su despacho.

—¿Quién era ése? —preguntó Russ. Pensó que el trabajo de su mujer era más entretenido que el suyo.

—Se llama Yael McBee, si eso significa algo para ti —contestó ella, soltando una carcajada al tiempo que se sentaba—. Le conocí cuando estudiaba en la Boalt.

—¿Un amigo tuyo? —preguntó irónicamente Russ.

—Pues sí, tanto si lo crees como si no.

—Has recorrido un largo trecho desde entonces, amor mío.

—En eso estaba pensando precisamente. —De súbito, Tana recordó algo y miró a su marido con angustia, preguntándose cómo iba a reaccionar—. Tengo que decirte una cosa.

—Vuelves a estar embarazada —dijo Russ sonriendo.

—¿Cómo lo sabes? ¿Te ha llamado el médico?

—No, pero soy más listo de lo que te figuras. Anoche lo adiviné y pensé que me lo dirías más adelante. Ahora estarás pensando en que tu carrera ha terminado, en que tendremos que dejar la casa, en que yo perderé mi empleo o en que lo perderemos los dos. —Tana rió mientras las lágrimas asomaban a sus ojos—. ¿Estoy en lo cierto?

—Completamente.

—¿Y no se te ha ocurrido que, si puedes ser jueza con un hijo, también puedes serlo con dos? Y una jueza estupenda, además.

—Se me ha ocurrido en cuanto te he visto entrar.

—Vaya, vaya. —Intercambiaron una mirada de amor mientras Russ se inclinaba para darle un beso—. ¿Quién lo hubiera imaginado?

Volvió a besarla. En ese momento entró la secretaria, que se retiró rápidamente con una sonrisa en los labios, mientras Tana le daba en silencio las gracias a su buena estrella por el camino que había recorrido y por el hombre que había encontrado, así como también por las sabias decisiones adoptadas paso a paso. Había empezado una carrera, pero sin tener un hombre y sin ningún hijo. En esos instantes lo poseía todo: el hombre, la carrera y el hijo. Fue añadiendo cada cosa poco a poco, como si estuviera arreglando un ramillete de flores silvestres. Ahora tenía las manos llenas y el corazón rebosante de gozo, tras haber conseguido, por fin, recorrer todo el círculo de la vida, completar la rueda del deseo...

**EN ESTA MISMA
COLECCIÓN**

BIBLIOTECA DE AUTOR DE

DANIELLE STEEL

245/01 **ACCIDENTE**
245/02 **REGALO, EL**
245/03 **VOLAR**
245/04 **RELAMPAGO**
245/05 **CINCO DIAS EN PARIS**
245/06 **ENCUENTRO DECISIVO**
245/07 **VIDAS CRUZADAS**
245/08 **ALBUM DE FAMILIA**
245/09 **SECRETOS**

BIBLIOTECA DE AUTOR DE

ROSAMUNDE PILCHER

188/01 **BUSCADORES DE CONCHAS, LOS**

188/02 **SEPTIEMBRE**

188/03 **ALCOBA AZUL Y OTRAS HISTORIAS**

188/04 **FLORES BAJO LA LLUVIA
Y OTROS RELATOS**

188/05 **TOMILLO SILVESTRE**

188/06 **LAZOS PROFUNDOS**

188/07 **NIEVE EN ABRIL**

188/08 **CASA VACIA, LA**

188/09 **REGRESO, EL**